O ritual da meia-noite

O ritual da meia-noite

Lucy Foley

Tradução de Luciana Pádua Dias
e Maria Carmelita Dias

intrínseca

Copyright © 2024 by Lost and Found Books Ltd.
Esta obra não pode ser exportada para Portugal.

TÍTULO ORIGINAL
The Midnight Feast

COPIDESQUE
Beatriz Araújo

REVISÃO
Meira Santana
Nathalia Necchy

DIAGRAMAÇÃO
Caíque Gomes

DESIGN DE CAPA
Grace Han

IMAGENS DE CAPA
© Shutterstock (luzes)
© Pradipna Lodh (árvore)

CIP-BRASIL. CATALOGAÇÃO NA PUBLICAÇÃO
SINDICATO NACIONAL DOS EDITORES DE LIVROS, RJ

F699r

Foley, Lucy, 1986-
O ritual da meia-noite / Lucy Foley ; tradução Luciana Pádua Dias, Maria Carmelita Dias. - 1. ed. - Rio de Janeiro : Intrínseca, 2025..

Tradução de: The midnight feast
ISBN 978-85-510-1362-5

1. Romance inglês. I. Dias, Luciana Pádua. II. Dias, Maria Carmelita. III. Título.

24-95201
CDD: 823
CDU: 82-3(410.1)

Meri Gleice Rodrigues de Souza - Bibliotecária - CRB-7/6439

[2024]
Todos os direitos desta edição reservados à
EDITORA INTRÍNSECA LTDA.
Av. das Américas, 500, bloco 12, sala 303
Barra da Tijuca, Rio de Janeiro — RJ
CEP 22640-904
Tel./Fax: (21) 3206-7400
www.intrinseca.com.br

*Para Kim, pelos dez anos maravilhosos trabalhando em parceria.
Obrigada por tudo!*

A Floresta

Um motor ligado à noite na extremidade da floresta.
Uma mensagem deixada em uma árvore oca.
Um chamado.

Uma raposa, procurando o rastro de um coelho nas folhas mortas de faia, para de repente. Ergue a cabeça, orelhas em pé, pata elevada, antes de se virar e sair correndo. As corujas interrompem seu coro noturno, levantando voo como fantasmas pálidos e silenciosos para descobrir outro trecho da mata. Um pequeno rebanho de cervos se dispersa fazendo mais barulho, esmagando a vegetação rasteira na pressa de fugir.

Nesse momento, algo se move entre as árvores, perturbando a harmonia noturna. Sombras com forma, com substância, farfalham no meio das folhas, pisam no chão da mata, estalam gravetos e samambaias.

Bem no centro da floresta, eles se reúnem na mesma clareira há anos; no mesmo local onde os antepassados deles se reuniam, desde o início das lendas. Um bando estranho, de mantos pretos e cabeças de animais, nascido nas profundezas desconhecidas da floresta. Uma imagem de uma xilogravura medieval, um conto folclórico sombrio para assustar crianças malcriadas. No mundo moderno, um mundo de agitação, de velocidade e conexão, ficam deslocados. Porém, aqui, no meio das árvores, fora do alcance do luar e das estrelas, é como se o mundo moderno fosse o conto de fadas: diferente e estranho.

Próximo à clareira, o velho está sentado em seu escritório na mata — uma cabana reformada cercada de árvores antigas.

A porta está entreaberta. Agora que a escuridão caiu, o ar está frio. Invade a cabana e revira os papéis em cima da mesa.

Na frente do homem, há uma única pena, a penugem preta eriçada pela brisa.

O velho não presta atenção no que está acontecendo a sua volta.

Ele não presta atenção porque está morto.

Junho de 2025, noite de abertura
BELLA

É a noite de abertura do Solar, a "nova joia do litoral de Dorset". A vista é um espetáculo: o oceano, o gramado verde-esmeralda que se estende até o penhasco, a piscina infinita projetada por Owen Dacre. Onde estou hospedada, porém, parece outro mundo. Há uma floresta antiga e densa atrás do prédio principal que os hóspedes podem acessar pelos caminhos de cascalho que serpenteiam por entre os "Chalés da Floresta". Um desses é o meu.

Fecho a porta. Sigo o som da música e das risadas pelo crepúsculo roxo até o coquetel de boas-vindas, que está acontecendo logo depois das árvores. Entro em um local que parece ter sido idealizado para ser uma versão elegante de uma gruta. Centenas de luzinhas pendem dos galhos. Há um harpista tocando para entreter os convidados. Tapetes antigos e almofadas grandes foram espalhados pelo chão da mata de forma descontraída. Eu me sento em uma delas e dou um gole no drinque "Espírito da floresta" — gim com infusão de alecrim e um toque de *bitter* de bétula cultivada na região, segundo o garçom.

Os outros hóspedes, como eu, conversam sentados, relaxados e levemente bêbados, na expectativa de terem um fim de semana de sol à beira-mar, sem nada para fazer além de comer, beber, nadar e se divertir. Muitos parecem se conhecer: dão gritinhos quando esbarram com amigos de longa data e chamam os conhecidos para se juntar a eles. O clima é amistoso, apesar do ar de competição social.

Ninguém precisa das mantas de lã que foram fornecidas. Embora o sol esteja se pondo, ainda está quente o bastante para ficar só com uma camada de linho (há bastante linho). O primeiro sinal da iminente onda de calor.

No meio daquela cena, como uma rainha das fadas — como Titânia em seu trono silvestre —, está a dona do Solar. Francesca Meadows. Radiante com um vestido rosa-claro de seda lavada que deixa os ombros de fora, o cabelo ondulado para trás e o rosto iluminado pela luz das velas. "A realização de um sonho", foi o que ela disse no artigo. "Estou muito animada para compartilhar este lugar com todo mundo." Bem, todo mundo que pode pagar, pelo menos. Mas quem é que está reclamando?

Olho ao redor. Imagino que para aqueles que vieram com seus parceiros ou com um grupo maior, ou só para passar um fim de semana longe da cidade, esse lugar deva ser um paraíso. Talvez só eu que não esteja achando tudo calmo e amigável.

Espero a onda do álcool bater, percorro devagar com os olhos as sombras cada vez mais intensas entre as árvores, o teto irregular de galhos iluminados pelas luzinhas e a roupa que estou usando: linho, sim, mas amassado, revelando que acabou de ser retirado da mala. Mas a única coisa que realmente prende a minha atenção é o rosto de Francesca Meadows. Ela está tão calma. Tão contente.

De repente, todos escutam uma comoção vinda da floresta. Francesca olha para aquela direção enquanto os hóspedes ficam em silêncio, examinando a escuridão. O harpista para de tocar.

Um grupo surge do nada na gruta. Não usam linho, parecem desleixados e usam botas de caminhada. São mulheres, em sua maioria, com alguns piercings, tatuagens e raízes grisalhas não retocadas. Francesca Meadows não se move e seu sorriso continua intacto. No entanto, uma funcionária — uma loira baixa de camisa branca e salto alto, talvez a gerente — vai até o grupo, como se tivesse recebido uma ordem silenciosa. Ela murmura com discrição. Mas a líder da quadrilha esfarrapada se recusa a escutar.

— Não estou nem aí para essa merda — diz ela. — Faz séculos que existe um direito de passagem por aqui, muito antes daquele prédio ser construído. *Vocês* é que estão invadindo. Quem mora aqui sempre andou no meio dessas árvores... e usou a madeira, a flora e a fauna desse lugar. Existe uma convergência única de linhas de ley aqui. Afastar as pessoas da terra, da terra *delas*, desse jeito é uma crueldade. É quase um assassinato.

Ela olha por cima da cabeça da mulher, na direção de Francesca Meadows, e então grita:

— Aliás, estou falando com você! Não me importo que tenha subornado alguém na prefeitura, ou seja lá o que você fez. Essa floresta sempre vai pertencer mais a *nós* do que a você. Então você pode deixar a gente passar por aqui, ou a gente pode fazer um escândalo *de verdade*. E aí, qual vai ser?

A gerente dá um passo para trás, sem saber o que fazer. Ela olha para Francesca Meadows, que responde, talvez, inclinando bem de leve a cabeça dourada. Então, a gerente murmura algo para o pequeno grupo. Seja lá o que tenha dito, funcionou, pois, um instante depois, o bando segue seu caminho. Atravessam a clareira — olhando ao redor com desprezo. Sob a força de seus olhares carrancudos, os hóspedes acomodados ajeitam a postura e as roupas amarrotadas. Uma das invasoras derruba um drinque com o pé, e o grupo vai embora ao som de vidro quebrado.

O harpista volta a tocar, o barman pega a coqueteleira.

Mas eu sinto. Alguma coisa no ar mudou.

O dia depois do solstício

O barco pesqueiro parte pouco antes do amanhecer, deixando um brilho prateado sob as lâmpadas halógenas em seu rastro. Os pescadores estão se dirigindo para as águas profundas, seguindo um amplo ancoradouro ao redor da Mão do Gigante, cinco montes de calcário que se projetam além da linha de penhascos como quatro dedos imensos e um polegar. É um pouco antes das cinco horas da manhã. Esse é quase o horário mais cedo em que o sol nasce durante o ano inteiro: o dia após o solstício de verão, o dia mais longo do ano.

O céu já está ficando rosado, do violeta para o malva. Há, porém, algo estranho nesta manhã. Uma segunda faixa de cor apareceu sobre a terra, como um raiar do sol duplicado, mas na direção oposta. Uma borrifada de tinta de um escarlate lívido.

Mais tarde, eles dirão que conseguiam sentir o calor daquilo. Mesmo ali, seguindo mar adentro. O sopro de ar quente na nuca, como a quentura de um segundo sol.

— Que luz é aquela?

O primeiro pescador aponta, chamando a atenção do homem ao seu lado.

— O que, cara?

— Ali, bem em cima dos penhascos.

Agora os outros homens se viram para olhar também.

— Não é uma luz. É um... *O que é* aquilo? Ah. Merda.

— É um incêndio.

— Alguma coisa está pegando fogo. Bem ali na costa.

À medida que o vento muda, eles sentem o cheiro de fumaça também. Partículas de cinzas aparecem no ar, dançando em torno deles, se instalando no deque, nas ondas.

— Meu Deus. É um prédio.

— É aquele lugar. O hotel que acabou de abrir... O Solar.

Eles desligam o motor. Param e observam. Todos ficam calados por um instante. Encarando. Horrorizados. Impressionados.

Um sujeito pega o binóculo, outro puxa o celular.

— Nem dá para ficar com tanta pena — diz ele, tirando algumas fotos. — A merda em que eles se meteram... Tiveram o que mereciam.

Um terceiro homem agarra o telefone.

— Não. Não pode ser, cara. Pode ter gente morta lá. Gente inocente... funcionários... moradores.

Todos ficam em silêncio enquanto assimilam a possibilidade. Observam a fumaça, que está começando a formar imensas nuvens cinzentas. Conseguem agora sentir o cheiro, acre, riscando o fundo de suas narinas.

Um dos homens liga para a polícia.

A luz muda de novo. A fumaça se espalha como tinta na água, preenchendo rápido o azul-claro do início da manhã, bloqueando o sol que mal raiou. É como se a escuridão da noite estivesse retornando, um véu sendo esticado no céu. É como se o que quer que esteja acontecendo nos penhascos tivesse cancelado o alvorecer.

Noite de abertura
EDDIE

Já vai dar meia-noite. Meu expediente está quase no fim. Todos os hóspedes ainda estão no coquetel de boas-vindas, por isso o bar está vazio. Estou tirando os copos de um caixote, colocando-os nas prateleiras e ouvindo Rita Ora no headphone. Os caras do time de rúgbi costumavam me zoar por causa do meu gosto musical, mas "I'll Be There" realmente tem me ajudado a passar pelas montanhas de copos e pratos sujos — empilhar, descarregar, lavar e fazer tudo de novo quando chegam do Concha do Mar (o restaurante aqui do hotel). Vi a comida quando saiu daqui: tinha uma cara ótima. Mas agora está igual à gororoba que dão para os porcos. Estou com fome, mas nem um pouco a fim de experimentar.

É meu primeiro dia de trabalho de verdade, agora que o hotel está cheio de hóspedes. Ainda não peguei o jeito com o esguicho dessa mangueira, já ensopei meus tênis duas vezes. Todos os funcionários usam tênis aqui no Solar, porque a vibe é bem "casual", mas são tênis da Common Projects, que eu nunca compraria porque custam mais ou menos três vezes o que eu ganho em uma semana.

Tomo um susto quando alguém levanta um lado do meu fone. Mas é só Ruby, minha amiga da recepção.

— Tudo certinho, Eds? Vim pegar uma Coca. — Abro a geladeira e passo o refrigerante para ela. — Preciso de um pouco de cafeína. Estou cansadona de ficar sorrindo o dia inteiro.

Ruby veio de Londres. A maioria dos cargos que envolvem contato com o público foi ocupado por pessoas que não são daqui, como ela, com experiência (ela trabalhou em um lugar chamado Chiltern Firehouse) e o sotaque correto.

Um homem com um terno rosa-claro e tênis caros chega, como quem não quer nada.

—Vocês têm um Macallan 25 Anos aqui? — pergunta ele, dando uma espiada na prateleira atrás de mim. — Só 18? Hum.

Ele bufa, obviamente pouco impressionado. Ruby dá um gole na Coca-Cola. Quando o hóspede desaparece, ela diz:

—Você também não acha que a personalidade de alguns homens se resume a "branco idiota e rico"? — Ela dá outro gole. — Acho que a maioria deles está hospedada aqui neste fim de semana.

Ruby é uma das poucas funcionárias que não é branca — o pai dela é de Trinidad e Tobago. Quando não está de uniforme, ela usa um sobretudo de couro e óculos pequenos, parecidos com os que usam em Matrix. Eu me sentiria intimidado por achá-la descolada e bonita demais se ela também não fosse superlegal e um pouco nerd — logo, logo ela vai começar um mestrado em Inglês, em Exeter. Além disso, não existe nenhuma possibilidade de ela se interessar por fazendeiros de Dorset que são mil vezes mais burros que ela, então não tenho chance alguma para começo de conversa.

Depois que Ruby sai, aumento o volume da música e entro num ritmo bom empilhando latas de cerveja, copos, taças de martíni e champanhe. Tem uma brincadeira que faço quando os coloco na lava-louça: tento adivinhar o drinque pelo cheiro e pela cor do líquido que ficou na taça. Pode parecer bobo, mas vejo como uma forma de praticar. Acho que um bom barman conseguiria acertar. O drinque da casa é o "Solar Mule": grapefruit, gengibre, vodca e um toque de óleo de canabidiol — esse troço está em tudo que é lugar por aqui.

Só que trabalhar na fazenda do seu pai durante o verão só lhe oferece experiência o suficiente para lavar pratos. Mas todo mundo tem que começar de algum lugar, não é mesmo? E, se eu conseguir mostrar do que sou capaz nos próximos dias, a gerente, Michelle, disse que vou poder ajudar no banquete de sábado à noite servindo bebidas. Quero virar barman para fugir de Tome e construir uma vida nova em Londres. De certa maneira, a lesão no ligamento cruzado anterior foi um alívio. Eu não queria mais jogar rúgbi naquele nível. Não tinha mais graça, era pressão demais. Também não quero fazer faculdade. E, sem sombra de dúvida, não quero assumir a fazenda e viver como o meu pai. Meu irmão sempre foi a pessoa certa para isso.

Percebo um movimento rápido com o canto do olho. Consigo não soltar um palavrão quando vejo uma silhueta escura se aproximar do bar. De onde ela surgiu? Ela chega mais perto da luz.

— Oi — diz ela. — Me vê um martíni?

A mulher exala Londres e dinheiro. Loira, batom avermelhado, cheiro de perfume caro. Parece mais velha. Não com idade para ser mãe, mas com certeza bem mais velha do que eu. Mas ela tem um rosto lindo e sobrancelhas bonitas e normais. Hoje em dia há muitas sobrancelhas assustadoras por aí — minha ex-namorada, Delilah, passou por uma fase em que desenhava as dela com uma canetinha permanente.

Seco minhas mãos molhadas no jeans e pigarreio. Não tenho permissão para fazer drinques. Se Michelle me pegasse fazendo isso...

Mas não consigo dizer isso para ela. Não consigo dizer para essa mulher que sou só o cara que lava os pratos.

— Hum... gim ou vodca? — pergunto.

— Qual você escolheria?

Uma pessoa como ela não deveria saber como gosta que seu martíni seja feito? Percebo um quê de apreensão nela, agora que olho mais de perto. Ela está brincando com a pilha de guardanapos de coquetel, rasgando um deles em tirinhas irregulares. Pigarreio.

— Acho que depende do que a senhora gosta. — Para soar mais confiante, digo uma frase que ouvi Lewis, o chefe dos barmen, usar: — Para mim, gim não tem erro. — Como se eu fizesse centenas deles por dia. — E posso fazer um dirty martíni ou com um twist de limão.

Ela sorri, quase agradecida.

— Pode ser gim, então. Confio em você. Dois martínis com gim, por favor. O que "dirty" quer dizer?

Fico vermelho. Ainda bem que está escuro o suficiente aqui para ela não ver.

— Hum... quer dizer que você adiciona uma salmoura de azeitona.

— Pode ser "dirty" então, por favor.

Será que ela está flertando? Delilah sempre disse que eu não percebia quando davam em cima de mim. "Pelo amor de Deus, Eddie. Elas podiam mostrar os peitos e se esfregar em você, e você só ia ficar tipo: 'Ah, a Jenny é muito simpática, né?'"

— Dois dirty martínis saindo pra já — digo com a maior confiança que consigo.

Será que pareço um imbecil? Como um fazendeirinho do sudoeste tentando ser algo que ele não é? Bem, acho que é exatamente isso que sou.

— Quer saber? — Ela desce deslizando da banqueta do bar. É mais baixa do que eu imaginava, mas eu também sou mais alto do que praticamente todo mundo. — Pode levar os martínis até o meu quarto? Estou no Chalé da Floresta número... — Ela saca uma chave da bolsa e confere. — Onze. O que fica mais perto da mata.

— Hum...

Reflito. Se Michelle me pegar indo até o quarto de uma hóspede, talvez ela realmente me mate. Ruby me contou ontem que acha que Michelle tem "um olhar insano, igual ao da Liz Truss" e que "você não vai querer criar inimizade com a Michelle. Ela te daria uma facada enquanto você dorme".

— Eu agradeceria muito — diz a hóspede, e abre um sorriso. Há um ar meio carente nele.

Os hóspedes sempre têm razão. Michelle literalmente nos disse isso semana passada, no treinamento. Principalmente hóspedes que ficam em um lugar como esse.

— Claro — respondo. — Já deixo lá.

Bato na porta do chalé número 11 dez minutos depois. É uma boa caminhada até os chalés, carregando uma bandeja de drinques pelos caminhos de cascalho iluminados por lanternas, ainda mais enquanto tento prestar atenção se Michelle vai aparecer.

O coquetel de boas-vindas deve ter terminado: não há música nem vozes, tudo que ouço são as corujas e o som do vento nas folhas. Esse chalé é o mais distante do prédio principal, encostado nas árvores, os galhos enroscados nele, como se tentassem trazê-lo mais para dentro da mata. Eu não dormiria aqui nem se me pagassem.

Essas acomodações são chamadas de chalés porque os ricos gostam de fingir que estão vivendo sem conforto, mas na verdade estão debaixo das cobertas em camas superking com seus banheiros particulares ao ar livre e chuveiros com efeito de chuva. Esses são os mais baratos, sem a vista para o mar dos Chalés da Falésia, do outro lado do Solar. Baratos em relação aos outros, digo. A nova acomodação, Casa na Árvore, será para os ricos que querem o mesmo tipo de experiência, só que dormindo a vários metros acima do chão.

— Oi — diz a hóspede ao abrir a porta. — Que rápido!

De alguma forma, em sua voz rouca, isso soa meio sexy, assim como Nigella, a chef de cozinha, falando de salsichas e manteiga derretida (minha mãe e eu assistíamos a um monte de programas de culinária juntos; Nigella foi meu primeiro grande crush). Seu batom está um pouco borrado, e ela está descalça.

Quero dizer alguma coisa legal ou inteligente, mas tudo que sai é:

— Sim, sem problemas.

— Quer deixar os drinques ali? — Ela continua segurando a porta aberta.
— Entre.

Enquanto me livro dos meus tênis encharcados (minha mãe me ensinou muito bem como lidar com esse tipo de situação), dou uma olhada em volta. Ainda não tinha entrado em nenhum quarto de hóspede. Não sei o que estava esperando, mas é ainda mais chique do que eu imaginava. É pequeno, mas tem uma grande cama com dossel de um lado, com cortinado em linho branco. Aos pés da cama, há um par de poltronas de veludo verde-escuro e, entre elas, uma mesa de centro de vidro e dourada. Por ser um chalé de madeira, toda a mobília chique fica ainda mais chique de alguma forma. E tem *cheiro* de caro, como o resto do Solar. Eles estão divulgando uma "fragrância exclusiva" em todos os espaços. Ruby diz que dá enxaqueca nela.

Coloco a bandeja na mesa de centro. Estou esperando que um marido, ou um namorado, ou algo assim, apareça para tomar o segundo martíni, mas não há ninguém.

A hóspede se senta na poltrona e pega uma das taças. A brisa deve estar mais forte, porque os galhos estão batendo nas janelas.

— E o outro drinque? — pergunto. — Deixo aqui?

Sim, estou me prolongando um pouco, pois essa pode ser minha primeira chance (minha única chance?) de ganhar uma gorjeta.

— Esse aí é para você — diz ela.

— Hum...

Já ultrapassei um limite aqui, mas acho que isso seria ir longe demais.

— Eu não...

— Já é quase meia-noite. Não tem mais ninguém no bar. Você vai ficar bem. Quer me fazer companhia?

Ela dá um tapinha no assento ao lado.

Há alguma coisa no modo como ela disse a última frase. Sua voz mudou. Ela pareceu de repente... O quê? Solitária? Com medo? Como se não quisesse ficar aqui sozinha? Eu me sento bem na beirada da poltrona, nada à vontade.

Mais galhos batem no telhado, e eu a vejo se encolher.

— Esse era o último quarto que eles tinham — comenta ela. — Acho que não pensei direito em como seria ficar aqui sozinha depois de escurecer.

Meu expediente realmente acaba daqui a pouco. E eu também não sei dizer não. A maioria das pessoas que se hospeda em lugares como esse está acostumada a conseguir o que quer.

Ela pega a taça de martíni, toda sem jeito, e um pouco do líquido entorna por cima da borda.

— Ops!

Uma risadinha nervosa. Ela dá um gole e diz:

—Você tinha razão.

Hesito por um instante, sem ter ideia do que ela está falando.

— Como?

— Gim não tem erro. O drinque. Prove o seu.

Dou um gole, porque novamente não consigo dizer não. Ultrapassei mais um limite. Muito bem, Eddie. O sabor é o que imagino ter um fluido de isqueiro, como ficar bêbado pela primeira vez. Não consigo nem dizer se é bom, mas ela está feliz, então me sinto orgulhoso. Parece profissional também, com a azeitona decorando.

— Como é o seu nome mesmo?

— Eddie.

— Oi, Eddie. Eu sou a Bella. É...Você é daqui? Seu sotaque...

— Hum, sou. Daqui de perto.

Não vou contar para ela que vim da fazenda descendo a estrada, pois já escutei uns dois hóspedes reclamarem do cheiro. Até os funcionários do hotel andaram rindo disso, e esse também é um dos motivos pelos quais ainda não contei para a maioria das pessoas com quem trabalho.

Ela me observa atentamente, como se estivesse tentando descobrir algo. Sinto que estou ficando vermelho de novo.

— Desculpe — diz ela, dando-se conta de que está me encarando.

Ela desvia o olhar e pega o drinque.

Ouvimos um barulho vindo do lado de fora. Um gemido. Não é o que estou pensando, é? Sinto meu rosto ficar ainda mais vermelho; ainda bem que o quarto não está muito iluminado. Muitas coisas no Solar são de última geração, menos o isolamento acústico nos Chalés da Floresta, pelo visto. Outro som: um grunhido... Então, um suspiro. Ai, meu Deus. Ah, não. Em algum lugar bem perto — talvez a apenas alguns metros de distância — começaram a transar muito alto, como se estivessem num filme pornô.

Não sei o que fazer com a minha cara. Então, ela ri, o que é um alívio, assim posso rir também e fingir que não estou morrendo de vergonha. Quando paramos de rir, não consigo pensar em nada para dizer. Talvez ela também não consiga, porque o silêncio se prolonga até ficar desconfortável. Ouvimos mais alguns gemidos e uma pancada ritmada. Não consigo me encolher mais do que já estou encolhido. Enquanto isso, aqui dentro fica ainda mais silencioso.

— Eu nem sei o que estou fazendo aqui — diz ela, de repente, quase como se estivesse falando consigo mesma.

— O quê, neste quarto?

Acho que somos dois então.

— Não... Digo no Solar. Fiz a reserva por impulso, sabe? — Ela parece meio ansiosa. Quase... assustada? — E agora... Bem, agora que estou aqui, fico me perguntando se foi uma boa ideia... — Ela muda de assunto. — Merda, foi mal. Estou falando demais. Acho que é o martíni.

Mas ela não parece bêbada. Parece agitada.

Não consigo entender de jeito nenhum como pode ser uma má ideia conseguir pagar três noites em um lugar como esse, onde você só precisa decidir se vai para a piscina ou para a praia e o que vai comer no café da manhã. Problemas de gente rica. Ruby diz que, com eles, tudo vira um drama porque, quando você não passa nenhuma dificuldade na vida, você acaba inventando alguma.

— Quer dizer... me parece um lugar bem bacana para se hospedar... — digo.

— É — diz a mulher. — É, acho que é. Se... — Ela interrompe o raciocínio outra vez e sorri. — Acho que estou um pouco alta. — Ela ergue o martíni. — Isso aqui é um perigo! — Mas, mesmo assim, ela dá outro longo gole.

Quando volto a fitá-la, ela está me olhando tão intensamente que não sei o que fazer.

— Desculpe — diz a mulher. — Tem algo em você que me lembra... — Ela para de falar e ergue a mão. — Talvez seja a sua boca. O formato, aqui.

Agora seu dedo está desenhando o contorno do meu lábio superior. Sinto minha pele formigar. Será que ela está flertando comigo? Isso realmente está acontecendo?

Ouvimos outro gemido do chalé próximo.

Faz séculos que não transo. De repente, até barulhos horríveis de sexo me excitam.

Sinto o cheiro do álcool em seu hálito. Ela está em forma, mesmo sendo mais velha. E tem algo meio intenso nela e nessa situação toda, que também é bem excitante.

Ela sorri para mim — mas não é como antes, quando estávamos rindo. Retribuo o sorriso.

De alguma forma, nos aproximamos mais um pouco.

Acho que sei o que está prestes a acontecer, mas ainda não consigo acreditar.

E então acontece. Ela me beija. Ou nós dois nos beijamos... porque eu definitivamente também a beijo. Será que quero isso? Quer dizer, meu pau está duro. Mas, por outro lado, só tenho dezenove anos, então quase tudo me dá tesão.

Só que... também existe toda a relação de poder que faz com que eu me sinta estranho. Vou transar com uma hóspede porque sou educado demais para dizer não? Só transei com uma pessoa na vida. Será que isso significa que vou ser muito ruim? Quando nós terminamos, Delilah disse que "fingiu orgasmo em quase todas as vezes". Penso nisso muito mais do que gostaria.

Semicerro os olhos e tento tirar Delilah da cabeça.

E então termina. A mulher se afasta. Abro os olhos.

Ela está me encarando. Tenho a impressão de que está surpresa de me ver sentado ali, de que estava esperando outra pessoa.

— Ah, merda — diz ela, depois de alguns segundos. — Eu... meu Deus, desculpe. Eu tenho que ir... É... tenho que ir ao banheiro.

Quando ela se levanta, cambaleia um pouco e percebo que pode estar mais do que "um pouco alta". Ela entra no banheiro, e então noto a garrafa de espumante pela metade em cima da penteadeira.

Fico sentado nesse quarto chique, esperando minha ereção passar, me perguntando o que fazer. "Esquisito" não é o suficiente para descrever tudo isso. Se ela está bêbada e eu não... Bem, é muito ruim, né? Não me parece nada bom.

Só quero dar no pé agora. Eu podia ir facilmente enquanto ela está no banheiro, mas seria muito insensível da minha parte. Seria pior ainda se, sei lá, ela ficasse com muita raiva. Eu poderia ser demitido no meu primeiro dia de trabalho por causa dela.

Vou até a porta e esbarro na penteadeira. Uma pasta cai e vários papéis se esparramam pelo chão. Droga. Eu me agacho para guardar tudo, mas paro de repente quando percebo que os papéis são recortes de matérias de jornais e revistas. Todos sobre Francesca Meadows, a dona do Solar. Tem bastante coisa aqui. Inclusive um sobre o casamento dela com o arquiteto Owen Dacre dois meses atrás. Leio a enorme citação no topo de outra matéria: "Queria criar um lugar onde nossos hóspedes pudessem fugir da vida superestressada na cidade, um lugar onde eles possam ter paz. Sei que muitos dizem que não é qualquer pessoa que pode bancar algo assim, mas eu queria que esse lugar fosse perfeito, e a perfeição é cara."

Na página atrás, há uma foto de Francesca segurando um galo branco. A palavra PUTA está escrita por cima em caneta esferográfica. As letras foram pressionadas com tanta força que rasgaram o papel.

A maçaneta do banheiro começa a girar. Sinto que vi algo que não deveria ter visto. Largo a pilha de papéis em cima da penteadeira e saio pela porta antes de ela voltar para o quarto.

FRANCESCA

A noite de abertura, finalmente. Esperei tanto por esse momento. Pela primeira vez, o Solar está cheio de hóspedes, e me sinto *abençoada*. É a palavra que escrevi em meu diário, onde escrevo todos os dias para focar no agora (sou muito boa em viver o presente). Vou contar um segredinho: *abençoada* é a palavra que escrevo quase todos os dias. Sei que virou um clichê de Instagram, mas para mim é uma verdade, e é isso que importa. Autenticidade é a chave, não é?

Estou sentada no espaço onde medito em nosso apartamento, no topo do Solar, olhando pelas janelas. Está muito quente. Mudança climática é uma coisa horrível, mas é preciso pensar positivo e não dá para negar que é bom para os negócios. O céu está mais limpo do que nunca, as estrelas tão brilhantes e próximas que o céu noturno me faz lembrar a opala preta incrustada no anel de ouro em minha mão esquerda. Meus cristais nunca me decepcionam. Na verdade, eles são tão importantes que todos os quartos do hotel têm uma seleção de pedras escolhidas a dedo para ajudar a suprir as necessidades dos hóspedes. Sei que são detalhes como esse que fazem o Solar se destacar. A opala preta significa purificação para o corpo e para a mente, sabia disso? "Não que você precise", foi o que meu marido, Owen, me disse. Ah, e ainda serve para nos proteger contra energias negativas.

Senti que precisava disso umas duas horas atrás. Aquela pequena cena no coquetel de boas-vindas — os invasores passando no lindo idílio que criamos na floresta. Não vou ficar pensando nisso. Mas, sério, eu esperava que a essa altura eles já tivessem aceitado que vencemos de forma justa. Não estamos em uma cidade pequena, pelo amor de Deus, eles têm espaço de sobra para andar sem precisar passar por uma propriedade privada.

Passo a ponta dos dedos na pedra preta. *Respire. Solte.* Olho o gramado abaixo e o prateado cintilante do mar até o horizonte, banhado pela luz da lua crescente. Meu reino.

Tudo aqui é absolutamente perfeito, com exceção de algumas coisinhas irritantes. A primeira é a Fazenda Vistamar, descendo a estrada. O fazendeiro... Não quero falar mal de ninguém — não sou esse tipo de pessoa —, mas, meu Deus, ele é um brutamontes, com uma aparência de selvagem, e a fazenda também é uma monstruosidade. E não vou nem falar do cheiro! Os animais parecem tristes, como se estivessem implorando por uma vida melhor. Sério mesmo! É a última coisa que alguém esperaria ver antes de entrar no hotel. Eu poderia fazer tanta coisa com aquilo! Pense em algo chique e bonito, um clube meio hotel-fazenda com refeições orgânicas. Os hóspedes poderiam passear por lá com as galochas especiais que fornecemos, fazer uma tour, dar leite para os carneirinhos na mamadeira e escolher os ovos que vão comer no café da manhã. Tudo isso não passa de um sonho agora — mas achei uns documentos interessantes no meio dos papéis do meu avô, sugerindo que não há um consenso sobre quem é o dono de grande parte daquela terra. Conversei com meus advogados e apresentei uma proposta para a prefeitura. Então, me aguardem! Já fiz uns dois amigos novos lá. Nada é impossível: aprendi isso quando consegui fazer com que redirecionassem o caminho da trilha.

Sabe, eu sempre achei que tudo dá certo na minha vida, dá mais do que certo. Este lugar, por exemplo: acabamos de abrir e já temos reservas garantidas para os próximos seis meses! Começamos de um jeito e queremos que continue assim, com uma celebração magnífica. Quando me dei conta de que o fim de semana da inauguração ia cair justo no solstício de verão, pareceu obra do destino. Aí estava nossa maneira de dizer que tínhamos chegado, que éramos especiais. Uma festa ao ar livre. Hoje em dia não basta oferecer apenas conforto e comida de primeira. Os hóspedes esperam algo mais. Um pouco de *magia*. Eles querem se sentir parte de algo, algo sobre o qual possam comentar quando voltarem para casa, algo para... sim, para causar inveja nos amigos e na família, nos seguidores nas redes sociais (apesar de contraindicarmos o uso de celular aqui para garantir que nossos hóspedes se conectem de verdade e relaxem). Uma invejinha saudável, nós sabemos como fazer!

Há muitas histórias pagãs da região que quero achar um jeito de incorporar a nossa experiência, antigas tradições do interior de celebração das estações... mas com um toque moderno, inovador. Nada macabro, sabe? Algumas lendas da região têm um lado meio sombrio, nem um pouco *hippie*. "Pagão chique", digamos assim. Tenho essa imagem na minha cabeça de celebrações nas noites de sábado acontecendo ao ar livre, sob um céu limpo e estrelado. A previsão do tempo parece gostar da minha ideia. Viu? Sempre consigo o que quero. Vai ser fabuloso. Consigo sentir.

Fecho os olhos para realmente sentir a energia da lua em meu rosto. É muito importante envolver todos os sentidos, se inteirar do ambiente ao seu redor. E só agora percebo o *tum, tum, tum* de um baixo distante. Um grito, uma risada. Sei que estão vindo da praia lá embaixo. Eles voltaram. Não pensei que teriam a audácia de invadir assim que o Solar abrisse as portas. Aquela praia é *minha*.

Pego o telefone e ligo para Michelle.

— Oi, querida — digo, com delicadeza. — Está acontecendo de novo. Pode resolver?

— É para já, Francesca. Sem problemas!

Michelle. Tão ávida para ajudar. Dá para ouvir que ela está praticamente vibrando com essa oportunidade de provar sua capacidade. Ela permaneceu ao meu lado dia e noite durante os últimos seis meses, nos preparativos para a inauguração. Tão leal e obediente quanto um cachorro treinado.

—Você é uma *joia* — digo. —Você sabe disso, né? Obrigada.

Outro som de baixo assim que desligo. E *shiiih* — uma chama de pura ira se acende dentro de mim tão rápido que me deixa sem fôlego.

Não, Francesca. Inspire. Essa não é você. Você é muito maior do que tudo isso. Procure a luz. Procure seu lugar de tranquilidade. Expire.

BELLA

Ah... merda. O que eu estava pensando?

Saio do banheiro. Eu me sinto bem mais sóbria depois de jogar água fria no rosto. Quer dizer, ainda estou bêbada, sim, mas agora totalmente ciente de cada detalhe do que acabou de acontecer.

O chalé está vazio, a porta entreaberta. Eddie, o barman, foi embora. Estou aliviada, mas também morta de vergonha. Será que ele achou que era melhor sair correndo?

Meu Deus. Sou mãe, pelo amor de Deus. Talvez tenha até idade suficiente para ser mãe dele...

O problema é que não queria ficar sozinha aqui, do lado da floresta.

Reservei este lugar meses atrás. Passei muito tempo planejando minha estadia aqui. Mas, agora que cheguei, tenho muitas dúvidas. Não consigo nem acreditar que realmente estou aqui. Não sei se sou corajosa o suficiente.

Tomo um banho longo e quente. Depois, me sento à penteadeira para tentar organizar meus pensamentos. Estou usando o roupão verde-floresta macio com o nome do hotel bordado no bolso — na mesma fonte do kit de artigos de papelaria que deixaram no quarto. Há também um bastão de sálvia branca para "limpar" o ambiente. Ao lado, uma caixa de fósforos com a logo, o que parece corajoso. E uma "seleção personalizada de cristais". É bem a cara do Solar: místico, mas ainda assim chique. Como explicou a jovem na recepção, eles vêm com uma bolsinha de veludo e uma corrente de ouro produzida por um jovem designer de joias para os hóspedes usarem durante a estadia no hotel. Pego uma das pedras — pequena e preta, delicadamente polida — e a giro na mão. O livreto na mesa diz: "Seus cristais estão prontos e energizados para seu uso e sua cura." Fico me perguntando como se energiza um cristal. Penso na minha própria desgraça.

Uma condição crônica, com a qual convivo desde a adolescência. Não acho que cristais vão resolver.

Olho para o espelho e levo um susto. Não reconheço a pessoa refletida ali. Na luz fraca, meu batom é uma mancha vermelha. Meus olhos têm um brilho preto.

A noite de hoje foi um experimento. Acho que nunca pedi um martíni na vida. E normalmente eu nunca flertaria com o barman, mas até que faz certo sentido, já que estou interpretando um personagem. Esta pessoa no espelho, este quarto, estas roupas penduradas no closet, até o nome na reserva, não são meus. Uma das esquisitices do Solar: tive que enviar uma biografia antes de vir para cá. "Nós gostaríamos de conhecer a pessoa que estamos acolhendo aqui em nossa família." Inventar todas as informações me fez lembrar de como eu gostava de criar histórias na escola e dos diários que eu tinha. Foi quase divertido construir uma nova persona em torno do meu guarda-roupa alugado. A mulher no espelho trabalha em uma parte não muito conhecida da produção de filmes. Ela é o tipo de pessoa tão confiante que fica feliz de se hospedar sozinha em um hotel no fim de semana. Aparentemente, também é uma pessoa que gosta de seduzir funcionários.

Olho para as poltronas de veludo e penso em nós dois sentados ali, com nossos drinques. E no momento em que percebi que Eddie estava esperando — esperando até para dar um gole na bebida, segurando o copo de um jeito constrangedor. Cabia a mim definir o que ia acontecer. Eu me dei conta de que é assim que os homens devem se sentir. Homens mais velhos, homens ricos. O poder nos dá uma sensação estranha. Perigosa. O barman parecia ser um rapaz legal. Havia certa inocência nele, uma bondade. Não se fazem mais homens assim. Ou pelo menos eu achava que não. Uma vez conheci um rapaz como ele, com o mesmo ar de ingenuidade.

Pego um lenço de papel e tiro meu batom. Nunca uso vermelho, ou tanta maquiagem assim, e a estranheza do meu reflexo está me assustando. O batom me manchou toda. Estou parecendo uma súcubo maligna que rejuvenesce ao beber sangue de jovens barmen. Também aparento estar bêbada e ser vários anos mais velha do que sou.

Ponho a cabeça nas mãos e tento pensar. Tento respirar com calma.

O que estou fazendo aqui?

Olho para a penteadeira e vejo todos os recortes de jornal empilhados de qualquer jeito em cima dela. Eddie provavelmente viu tudo. Tento imaginar quão estranho deve ter parecido para ele. Quem sabe só tenha dado a impressão de que pesquiso muito bem antes de me hospedar em algum lugar... Mas acho que a foto com PUTA rabiscado em cima meio que faz essa ideia cair por terra.

A foto de Francesca Meadows é da matéria da *Harper's Bazaar*. Seu cabelo está penteado em ondas macias, espalhado pelos ombros nus. Ela parece estar nua, mas é só porque a foto está cortada na altura dos cotovelos e seu tórax está escondido pelo galo branco em seu colo, as penas tão lustrosas quanto o cabelo dela, a crista do mesmo tom de vermelho-morango de seus lábios. A manchete diz: CONHEÇA A IDEALIZADORA DO SEU NOVO PARAÍSO NO CAMPO.

Alguém me mandou essa foto. Essa é a parte estranha, o que tem tirado meu sono e feito com que me perguntasse: quem? Por quê?

Eu me lembro do pacote caindo no capacho. De o pegar enquanto mastigava um pedaço de torrada. De abrir o envelope.

Eu poderia recitar o conteúdo da matéria palavra por palavra.

"Tantas lembranças felizes da época em que passei lá..."

"Dias tranquilos de verão..."

"Tantas aventuras. Festinhas de madrugada e na casa da árvore. Quero capturar a versão adulta daquilo."

O estranho zumbido em meus ouvidos.

Eu me lembro de me engasgar com a torrada. Por um instante, achei que fosse vomitar.

"Em poucos dias, as reservas poderão ser feitas", dizia o artigo.

Minha filha, Grace, tinha acordado da soneca e estava chorando no andar de cima.

Merda, me dou conta de que esqueci de ver se deu tudo certo na hora de colocá-la para dormir. Ela ficou com a minha mãe enquanto eu vim para cá, para minha "viagem de trabalho". Meu "fim de semana de integração da equipe". Porque recepcionistas de imobiliárias realmente são convidadas para esse tipo de coisa. Esse é o tipo de lugar onde nossos clientes se hospedariam — onde eles considerariam comprar uma segunda propriedade, uma casa de campo. Não euzinha aqui. O que minha mãe diria se soubesse onde estou?

Eu não deveria estar aqui, eu não deveria estar fazendo isso.

Eu não deveria estar andando por aí me embebedando e flertando com o barman. Não deveria estar fazendo nada que me afastasse daquele corpinho fofo e rechonchudo, daquelas mãozinhas curiosas e surpreendentemente fortes, daqueles olhos escuros e sérios, que olham dentro da minha alma com uma sabedoria antiga, como quem diz: *quem é você?*

Este não é o meu lugar. É um sentimento tão estranho. Como se eu estivesse tirando uma folga da minha vida.

Não, eu digo a mim mesma. Este é *o* lugar. Isso é necessário. É confuso, mas estou fazendo isso por ela, por minha filha pequena e indefesa. O que vou ensinar para ela? Quem eu quero ser por ela?

Mas preciso ser honesta: estou fazendo isso por mim também.

Os galhos batem no telhado de novo. Consigo vê-los pelas janelas, pressionados no vidro. Eu me levanto e fecho as cortinas, mas não me sinto tão melhor.

As perguntas que tenho feito a mim mesma desde que li pela primeira vez sobre a inauguração do Solar me vêm à mente de novo. Quem me mandou aquela matéria? Por quê? E o mais importante de tudo: o que eles sabem?

O dia depois do solstício

Os pescadores dão meia-volta com o barco para ter uma visão melhor das ruínas do prédio. Ainda há fumaça saindo dos destroços em meio ao fogo. O prédio se tornou um enorme esqueleto preto acima dos penhascos.

Então, um dos homens franze a testa. Ele vai até a proa do barco, protegendo os olhos com a mão, e aponta para algo um pouco mais à frente na costa.

— O que é *aquilo*? Ali embaixo. Estão vendo?

— Onde?

— Perto do fim do penhasco. Embaixo da fazenda. Parece... — Ele para de falar bruscamente, não querendo dizer antes de ter certeza.

— Puta merda — diz outro, bem baixo.

Não é a primeira vez que eles se deparam com um corpo. É possível encontrar vários tipos de corpos no mar: tudo que pode se enfiar em uma rede, que pode boiar e ficar na superfície. Esse, porém, é diferente. A começar pelo sangue. Vítimas de afogamento não ficam ensanguentadas. E, nesse caso, os cadáveres quase não parecem humanos — pobres criaturas inchadas subindo lá das profundezas, transfiguradas pela água salgada em algo diferente e estranho.

A cena de horror vai se formando aos poucos. Um braço esticado e ensanguentado — os dedos da mão pálidos como calcário na luz do início da manhã. Os membros jogados em ângulos improváveis. O cabelo cintilando aos primeiros raios de sol. O restante da cabeça... Não. Era horrível demais para contemplar por mais que alguns segundos. O impacto da queda. O rosto completamente destruído.

Noite de abertura
FRANCESCA

Piso descalça no gramado úmido pelo orvalho e iluminado pelo luar, a melhor maneira de me conectar com a terra. Ainda estou ouvindo os ruídos vindos da praia, o zumbido das caixas de som. Fecho os olhos e me liberto dessa preocupação. Michelle está cuidando disso.

Só há mais uma coisa que preciso fazer antes que este fim de semana comece para valer. Outra coisa da qual preciso me libertar. Dou uma olhada rápida para trás para me certificar de que não estou sendo observada.

Estou carregando a urna com as cinzas do meu avô. Ele queria que fossem espalhadas ao lado do jardim de inverno, onde seu labrador Kipling foi enterrado, mas não quis arriscar criar uma energia macabra ao lado do que agora é nosso espaço de bem-estar. Tenho certeza de que ele entenderia. Ele era pragmático acima de tudo.

Minha avó morreu antes do meu avô, e este lugar na verdade pertencia a ela. Minha avó o deixou para mim em seu testamento. Desconfio que foi uma pequena vingança contra o meu avô por seus diversos deslizes, contra a minha mãe por mal colocar os pés aqui depois de adulta, e contra os meus irmãos mais velhos por tratarem o lugar com descaso. Era evidente que ela me considerava a herdeira legítima.

Tenho certeza de que ela vai erguer uma sobrancelha perfeita quando descobrir que transformei o lugar num hotel. Mas precisamos nos modernizar. E nossos hóspedes são selecionados a dedo. São o tipo certo de gente. É por isso que gosto de chamá-los de nossa "família".

Abro a urna com cuidado e espalho os restos mortais do meu avô na brisa quente, que os leva por cima do penhasco até o mar.

Pronto. Feito. Um peso a menos.

Uma das primeiras coisas que fiz depois que meu querido avô faleceu foi me livrar de seu escritório na floresta. Ele infartou e morreu lá dentro, então o espaço trazia lembranças desagradáveis. Infelizmente, ele estava um pouco *esquisito* no final. Passava a maior parte do tempo lá, achando que ainda estava fazendo um trabalho importante para o governo. Parecia inofensivo, e é óbvio que não seria certo colocar o pobrezinho em um asilo assim que herdei o lugar... embora eu tenha dado entrada na licença de construção e demolição, e tal.

Na última vez em que vim visitá-lo (e entregar em mãos uma garrafa de uísque muito especial para um novo amigo na prefeitura), ele estava obcecado por um assunto em particular.

—Você tem que deixar os pássaros felizes — dizia ele. — Não perturbe os pássaros.

Ele repetiu aquilo várias vezes. Uma pena — antes ele tinha a cabeça muito boa.

—Tudo bem, vô — disse a ele.

Coitado. Claramente tinha ficado meio gagá e começado a acreditar nas baboseiras da região.

Mas então, ele se sentou na cama e segurou meu pulso com tanta força que me machucou.

—Você não pode perturbar os pássaros. Entendeu?

—Ai, meu Deus, Arthur — disse a enfermeira, entrando no quarto —, os pássaros *de novo*, não.

Lanço o último punhado de cinzas ao vento. Verifico se a urna está vazia. Dou uma olhada para trás outra vez para ter certeza de que ninguém testemunhou meu ritual secreto à meia-noite. Pronto. Tem um ar cerimonial, justo. Como colocar um ponto-final no que já passou.

Sempre fui boa em deixar o passado no passado.

EDDIE

— Ah, aí está você, Eddie — diz Michelle.

Estou de volta ao bar, tentando não deixar transparecer que acabei de levar um susto. Michelle costuma aparecer assim do nada, como se quisesse te flagrar sem trabalhar.

Eu a encaro. Parece irritada com algo. Espero Michelle dizer que sabe o que andei aprontando, que estou demitido — no meu primeiro dia! —, mas, então, ela suspira e diz:

— Acabei de falar com um casal no telefone me implorando que os mudasse do Chalé da Floresta deles para uma das acomodações com vista. *Obviamente* não tem nenhuma disponível. O que eles acham que nós somos, uma rede de hotel? É o fim de semana da inauguração! Quase disse que era só eles não terem sido tão mão de vaca para início de conversa!

É sempre "nós". Michelle comprou totalmente a ideia de "família Solar". Ela provavelmente tem permissão para falar sobre os hóspedes desse jeito, reclamar deles, mas, se fosse eu dizendo uma coisa dessas, seria demitido na hora. Mesmo com o desconto por causa das obras, a diária dos Chalés da Floresta ainda custa centenas de libras. Imagino que Michelle receba mais do que eu, mas não deve ser uma diferença muito grande. Acho que trabalhar em lugares como esse meio que deturpa sua noção da realidade.

Ela vem para trás do bar, e sou atingido por uma lufada tão forte de seu perfume que me afasto. Eles nos fazem usar as fragrâncias que estão disponíveis na loja do hotel — Mercado Solar —, pois é "muito importante para agregar na atmosfera que estamos construindo", e parece que Michelle tomou um banho de perfume, como se pensasse que seria uma forma de mostrar para todo mundo como ela é uma funcionária leal. Ela abre a geladeira, pega uma garrafa de vinho branco e despeja o líquido na taça, enchendo quase até a boca.

— Está segurando as pontas aí, Eddie? — pergunta ela.

— Estou — respondo, desconfiado.

Durante o treinamento de pré-inauguração, percebi que Michelle às vezes age como se fosse sua melhor amiga, e às vezes age como se fosse a rainha do universo e você fosse algo que ficou preso na sola do sapato dela. É difícil acompanhar, e é melhor se preservar.

Ela dá um gole grande, e metade do vinho vai embora de uma vez só. Ela segura a taça com tanta força que tenho medo de que a quebre. Imagino que tudo isso deva ser muito estressante para ela. Não sou eu que vou lembrá-la de que ela tem que voltar para casa dirigindo (a maioria dos funcionários tem carro). As coisas são diferentes por aqui. As pessoas bebem e dirigem o tempo todo, como se estivessem nos anos 1970, ou algo assim.

— Por que eles queriam tanto mudar? — pergunto.

— Quê? — Ela franze a testa, olhando para mim por cima da taça de vinho.

— Os hóspedes: por que eles queriam sair do Chalé da Floresta?

— Ah. Disseram que não gostaram da... — ela faz pequenas aspas com os dedos — "atmosfera". Que as árvores estavam mais perto do que eles tinham imaginado. Mas também falaram que ouviram uns barulhos estranhos vindos da mata, que viram umas luzes, coisas assim. — Michelle revira os olhos. — Não sei se foi antes ou depois de tomarem a garrafa de espumante que damos de cortesia. Sabe como é?

Não os culpo, mas não vou dizer isso a Michelle. Minha mãe sempre me alertou para não brincar na mata depois de escurecer. "Não é seguro", dizia ela. "Você nunca sabe quem pode estar andando por ali." Sempre achei que era porque ela ficou superparanoica depois de tudo que aconteceu com o meu irmão. Mas o pessoal da região acredita em histórias sobre essa floresta. Ultimamente tenho voltado a fazer o que fazia quando era criança: fecho as cortinas à noite com o maior cuidado, sem deixar nenhuma fresta. Senão parece (sei quão idiota isso soa) que a floresta está me observando.

— Seu expediente acabou agora, né? — pergunta Michelle, olhando o relógio.

— Acabou, sim — digo. — À meia-noite.

— Bem. Tem uns jovens lá na praia de novo. — O modo como Michelle diz "jovens" faz com que ela pareça ter oitenta anos, mesmo que ela tenha no máximo uns trinta e cinco. — Foi Francesca que me alertou. Agora que estamos funcionando, ela está toda preocupada com isso.

Michelle sempre parece entusiasmada quando diz o nome de Francesca. Ruby acha que ela tem uma quedinha pela patroa. "Ou algo assim. Duvido que Francesca saiba o nome dela", diz Ruby. Mas ela está errada. A patroa parece saber o nome de todo mundo. Por mais que ela ande por aí parecendo meio distraída, sorrindo para todo mundo... acho que ela presta atenção em tudo.

— Então, Eddie — diz Michelle, com seu tom assustador de chefe —, será que você poderia ir lá ter uma conversinha com eles?

Michelle é bem baixinha, mas é o tipo de pessoa com a qual você não quer arrumar confusão. Sua aparência combina com seu jeito autoritário: o colarinho pontudo da camisa branca, o corte chanel loiro e bem retinho, o sapato de bico fino.

— Humm... — digo — Não sei se...

— Você quer ser barman, não quer? — diz ela, sorrindo. Ela fica mais assustadora quando sorri. — Vou ser muito clara. Uma atitude como essa não passa desapercebida. — Ela dá um toquezinho na lateral da cabeça com o dedo. — *Pense* naquela avaliação, Eddie! — Ela me olha de cima a baixo. — Você já é bem grandinho. Eu acredito em você. Te escolhi justamente porque acho que conhece essa área melhor do que ninguém. Estou errada?

Ela me encara até eu desviar o olhar. Será que ela sabe que eu menti meu endereço quando me candidatei? Que na verdade eu moro logo ali, na Fazenda Vistamar? Não ficaria surpreso se ela tivesse descoberto. Nem se ela usasse isso contra mim se eu não fizer o que ela quer.

— Hum...

— Ótimo — diz Michelle, mesmo que eu não tenha concordado. — Às vezes, o funcionário tem que ir além. Temos que fazer coisas que nos deixam pouco à vontade. Tenho certeza de que você entende.

Tiro minha bicicleta do espaço coberto atrás do prédio principal e a deixo perto do portão, na beira do penhasco. A lua está quase cheia, e a certa distância da costa os calcários da Mão do Gigante estão iluminados, parecendo dedos descomunais e prateados saindo da água escura. Atrás dela, no outro lado do mar escuro, consigo discernir as luzes fracas da ilha de Wight. As estrelas estão muito brilhantes. Meu irmão sabia um pouco sobre estrelas. Essa é uma das últimas memórias que tenho dele. "Aquela ali é a Ursa Maior", eu me lembro dele dizendo. "Aquele sou eu. E lá está você, a Ursa Menor." Sei que se eu procurasse por elas agora no céu conseguiria achá-las, mas evito olhar.

Escuto um grito vindo lá de baixo. Não quero fazer isso. Mas não se diz "não" para a Michelle. Por isso, digito o código no portão que leva aos degraus para a praia. Essa é a única maneira de se chegar até a praia pelo solo, por meio do gramado na frente do Solar. É por isso que os jovens da região precisam vir de barco. Sim, acabei de notar um barquinho inflável parado na areia. Eles acenderam uma fogueira enorme no meio da praia. Vejo algumas silhuetas sentadas ao redor dela, os capuzes para cima, as pontinhas alaranjadas dos baseados cintilando no escuro. Stormzy no último volume na caixa de som. Respiro fundo e desço os degraus.

Assim que piso na areia, grito:

— Ei! Gente?

Mas não tão alto. O que devo dizer a eles? Há, tipo, vinte deles e apenas um de mim. E estamos em um país livre, eles têm permissão de ficar ali. Imagino que o problema seja a música. Isso é o que Michelle diria. Mas duvido que eles vão dizer algo tipo: "Ah, claro, Eddie, foi mal, amigo! Ops! Você que manda!"

Ainda dá para eu voltar. Acho que ninguém me viu. Estou meio escondido aqui. Posso dizer a Michelle que tentei...

O golpe vem de repente, de trás. E, então, estou esparramado no chão, a areia áspera na boca e no nariz, as costelas doendo como se eu tivesse quebrado alguma coisa. Não consigo respirar.

FRANCESCA

Volto andando para o apartamento, purificada. Meu querido Owen já voltou da academia — ele costuma malhar tarde da noite para dormir melhor.

— Como foi o coquetel de boas-vindas? — pergunta ele.

Owen é um homem de poucas palavras e se expressa por meio de suas criações (ele é o responsável por todas as inovações arquitetônicas daqui).

— Ah, foi *mágico* — respondo. Não vale a pena ficar pensando de forma negativa e mencionar os invasores. — Venha aqui e me deixe dar uma olhada em você, meu lindo.

Estendo os braços e seguro o rosto dele entre as mãos, analisando os fios escuros de seu cabelo, as linhas de sua testa, a curva acentuada do nariz, as maçãs do rosto altas. Sempre tive atração por coisas e pessoas bonitas. E traumatizadas também. E Owen é, sem dúvida, um pouco traumatizado. Sua mãe o abandonou quando ele era adolescente. Quer dizer, pelo pouco que ele me contou, ela claramente era desequilibrada. Ou melhor, *tinha problemas psicológicos*. Eu só queria que ele se abrisse mais. Quero ajudá-lo a se curar. E também me identifico com casos de mães ausentes — é um milagre eu ter tanta inteligência emocional hoje em dia, honestamente.

Mas eu estaria mentindo se dissesse que seu lado misterioso não me atraiu. Foi algo que notei na primeira vez em que nos encontramos, em um clube exclusivo de Londres, para conversar sobre minhas ideias para o Solar. Vi o modo como as pessoas se viravam para observá-lo, atraídas por seu magnetismo, sua presença. Uma sensação de mistério. Vi nosso reflexo no espelho grande do outro lado do cômodo e não consegui deixar de reparar em como formávamos um casal incrível. Sua escuridão junto à minha luz. Um *match* admirável.

"Então", eu me lembro de dizer enquanto dava um gole no meu chá, "o que te atrai nesse projeto?"

Ele pensou antes de responder. As frases do meu amor são tão precisas e economicamente construídas quanto seus projetos.

"No início, eu ia recusar quando seu escritório me ligou. Faz anos que não trabalho no Reino Unido. Mas não consegui tirar o projeto da cabeça", disse ele. Percebi um mundo de significados — e mágoa? — escondido por trás daquela resposta cautelosa. E alguma outra coisa que não consegui distinguir o que era.

"Meu escritório ligou para você?", perguntei, confusa. Como assim não foi *ele* quem fez o primeiro contato quando mandou seu *pitch*? Obviamente houve um mal-entendido, tenho certeza de que minha equipe não ligou para ninguém. Mas não me prolonguei muito. Podia sentir o destino mexendo os pauzinhos. Além do mais, eu estava praticamente dando pulinhos de animação com a visão e a amplitude das ideias dele. Ele partilhava da minha ambição, sabia exatamente do que o lugar precisava. Era como se nosso encontro — nossa parceria profissional, como era na época — estivesse escrito nas estrelas.

Faz só dois meses que nós nos casamos, depois de um namoro-relâmpago. Quando é para ser, a gente sabe, não é?

— Pronto para deitar? — pergunto.

Deixo o roupão vintage de seda escorregar pelo meu ombro. Eu me besunto todo dia de óleos de alecrim e amêndoa — na luz baixa, minha pele parece seda.

Ele assente, em silêncio.

Abro um sorriso.

— Só queria ver uma coisinha antes. As árvores *vão* ser derrubadas amanhã, né?

Ele assente.

— De manhã. Vamos começar a escavar depois.

— Que notícia maravilhosa — digo, embora eu quisesse que as Casas na Árvore tivessem ficado prontas a tempo.

Tentei dizer a Owen como elas eram importantes para mim! Não devíamos deixar uma obra rolando aqui nesse fim de semana tão especial. Não pega bem. Mas, otimista que sou, abri as reservas para o outono e agora não podemos desperdiçar nem um dia.

Calma, lembro a mim mesma. Serenidade e calma. É isso que todo mundo espera de mim, inclusive Owen.

Pego a mão dele e o levo até o quarto, sentindo os calos em seus dedos. Não é o que se esperaria das mãos de um arquiteto, para falar a verdade.

Quando nos aproximamos da cama, avisto algo em cima do travesseiro. Uma pena preta. Que bizarro. As janelas deviam estar abertas, e a pena deve ter voado para dentro. Ainda assim, vou tentar conversar com o serviço de quarto amanhã, porque é um pouco de descuido da parte deles não ter percebido isso.

Por enquanto, vou aproveitar o agora. Jogo a pena no chão. Depois, deixo meu roupão cair, um sussurro de seda contra as tábuas.

Agora eu posso *realmente* ser eu mesma.

OWEN

Fico deitado, ouvindo o som irregular da minha respiração. Meu ombro direito está doendo. Meu Deus. Eu me sinto exausto. Eu me sinto... usado. Um pouco violentado. Mas de uma forma boa. Pelo menos, acho que é, certo?

O jeito como Francesca se comporta na cama... é completamente diferente de como ela age no dia a dia. A princípio, você acha que seriam só velas e música suave, olho no olho, talvez um pouco de tantra. *Fazer amor.*

Não é nada disso. É foder. Não dá para chamar de outro nome. Amor obviamente não parece estar envolvido. É selvagem, sombrio. Muitas vezes um pouco violento. Por parte dela, não minha. Eu sou a vítima (quase sempre) disposta dela.

Não gozei hoje. Eu estava muito... O quê? Nervoso? Consigo sentir a ardência dos arranhões que ela deixou em mim... Acho que ela rasgou a pele dessa vez. Sim, quando viro a cabeça para dar uma olhada, noto que as marcas no meu ombro direito estão com gotinhas escuras de sangue.

Acho que é excitante. Com certeza, eu prefiro isso do que luz de velas e tantra. Mas ainda assim me abala. E faz com que eu me pergunte se minha parceira não tem outro lado. Um lado oculto que só vislumbro na cama, da mesma forma como só se vê o outro lado de algumas pessoas quando elas estão bêbadas ou sob o efeito de alguma coisa. Fran não bebe nem usa drogas, claro, então talvez o sexo seja sua única válvula de escape. Mas talvez seja só sexo. Talvez eu esteja vendo coisa onde não tem.

Fran se vira para mim e segura meu rosto com as duas mãos.

— Foi glorioso, meu amor. Foi glorioso para você?

E, de repente, todos os traços do animal selvagem de alguns minutos atrás somem. Ela me encara, sem piscar. Sou o primeiro a desviar o olhar, sempre sou. Existem coisas sobre mim que ainda não contei a ela. Não acho que possam ser chamadas de segredos. Omissões seria mais preciso: omissões daqueles aspectos que não combinam com a versão de mim mesmo que apresentei a Francesca. Mas todo mundo faz isso, certo? Nós escolhemos o que vamos mostrar para o outro. Acho que ser arquiteto ajuda. A atenção aos detalhes. Pensando bem, talvez eu seja a minha construção mais bem-sucedida.

— Não é uma loucura — diz ela — como o universo nos uniu? É como se eu tivesse pedido por você e o universo tivesse escutado. Já chegou a pensar nisso? Como o destino me levou a você?

Bem, não foi exatamente o destino. Recebi um telefonema — "Estou ligando do escritório de Francesca Meadows..." — me convidando para mandar meu *pitch* para o projeto de reforma. Fran pareceu confusa quando mencionei o telefonema na primeira vez em que nos encontramos; me disse que ninguém da equipe dela tinha entrado em contato comigo. Tentei lembrar como era a voz da pessoa que me ligou, mas não me recordo nem se foi homem ou mulher, porque eu estava prestando muita atenção no que estavam dizendo. *Solar na cidadezinha de Tome. Litoral de Dorset. Já ouvi falar? Estaria interessado? Achamos que você seria perfeito para o projeto.*

Ouço uma gargalhada vindo da praia, alguns gritinhos e a batida inconfundível de música, acho que ainda mais alta do que antes. Um bando de moleques desocupados sem nada melhor para fazer. Pensar neles me deprime. Eles têm aparecido quase toda noite desde que começou o verão. Todo dia de manhã, Francesca manda algum funcionário ir lá embaixo limpar a areia — madeira queimada, vidrinhos de lança-perfume, latas vazias de cerveja e sidra branca. Às vezes eu até ajudo porque sou sempre o primeiro a descer — surfo de manhã, bem cedinho.

Fran veste o roupão de seda e vai até as janelas dar uma olhada lá fora.

— Michelle me disse que ia resolver — diz ela.

Aquela mulher. Reviro os olhos.

— Sei que você não a suporta, amor. Não consigo entender. Ela é ótima.

— Ela é uma intrometida. E um pouco cafona para a imagem que você quer passar aqui.

Fran franze o nariz.

— Preciso *mesmo* ter uma conversa com ela sobre aquelas luzes no cabelo. Eu podia até chamar meu cabeleireiro para vir aqui um dia e dar um jeito em vários funcionários. Tem uns outros que também precisam. — Ela sorri. — Mas você tem que admitir que ela é eficiente.

O sorriso some do rosto dela quando alguém na praia solta outro grito, dessa vez mais animalesco do que humano. Ela dá um suspiro.

— Por que eles não podem simplesmente respeitar o que temos aqui? Tentei ser legal, de verdade. Nós até os recebemos naquela noite. Lembra?

— Não dá para esquecer.

Faz só uma semana, afinal de contas. Uma missão apaziguadora e para a manutenção da paz. Eu me ausentei por diversos motivos, mas ouvi tudo que aconteceu. Os drinques estavam "pela metade do preço" (embora eu saiba que Fran encomendou produtos mais baratos achando que não valorizariam direito o mezcal premium e os gins artesanais). Eles vieram, encheram a cara, debocharam de tudo, ficaram totalmente descontrolados. No fim, ainda deixaram um cocô na piscina. Cocô humano mesmo. Dá para imaginar? Selvagens de merda.

— Foi tão... decepcionante — diz Fran. — E você sabe que não quero transformar isso em uma questão de classe social. Não quero mesmo. Mas com certas pessoas simplesmente *não dá*.

Sim, classes sociais não deveriam ser uma questão em 2025. Mas são. Talvez mais do que nunca. E minha mulher maravilhosa — apesar de perfeita em quase tudo — talvez seja um pouquinho esnobe. Tudo bem. Eu entendo. Talvez eu também tenha me tornado esnobe vivendo neste mundo.

Fran sempre diz que quer me conhecer *de verdade*. Quer que eu seja "vulnerável" com ela. Fran é uma pessoa muito sensível (fora do quarto). E já compartilhei coisas com ela. Ela só não sabe que não contei tudo. Contei o básico: que tive uma infância ruim, de merda, e a mãe dela também não foi nenhum presente de Deus, apesar dos privilégios. Então isso é algo que temos em comum.

Puxo os lençóis para me cobrir, e então percebo que sua superfície branca está manchada com pingos de sangue, provavelmente do meu ombro arranhado. Tudo bem. Há mais lençóis de onde esses vieram, roupa de cama belga de primeira linha. Porque esta é a minha vida. Que loucura... Uma parte de mim ainda não consegue acreditar que durmo aqui, uso tênis de camurça de quatrocentas libras, dirijo um carro igual ao do James Bond — presente de aniversário de Francesca. Que acordo todo dia neste lugar, como um senhor feudal moderno.

Eu sou uma fraude.

EDDIE

Cuspo areia. Sinto como se tivesse levado uma pancada violenta numa partida de rúgbi. Rolo para ficar deitado de costas e olho para cima.

— Eddie, Eddie, Eddie. Ei, ei, ei!

Ele está de cócoras, me encarando.

Merda. Nathan Tate. Todo mundo que tem minha idade conhece Tate, principalmente porque é ele quem fornece equipamento duvidoso para qualquer festa ou rave num raio de trinta quilômetros e porque, se houver algum problema, você sabe que ele não estará longe. Antigamente ele andava com meu irmão mais velho; hoje em dia ele ainda anda com gente de dezenove anos, mesmo que seu cabelo preto na altura dos ombros esteja ralo e as entradas nas têmporas já sejam visíveis. Ele está usando um moletom com capuz com os dizeres EU CURTO SER ASFIXIADO NO PRIMEIRO ENCONTRO. Ele me pega lendo.

— Está confuso, meu amigo Eddie? Vocês preferiam luz de velas, Ed Sheeran e papai e mamãe. Certo?

Ele deve estar falando de Delilah. Eu me levanto com dificuldade. Devia retribuir com um empurrão, mas deixo pra lá. Acho que deixo a maior parte das coisas pra lá. É por isso que, mesmo sendo um cara grande, nunca briguei de verdade, a não ser quando discutia no campo de rúgbi — mas nunca era eu que começava. "Meu gigante gentil", é o que a minha mãe diz. "Você não consegue matar nem uma aranha", foi o que Delilah disse, irritada, quando me pediu para esmagar a que apareceu debaixo da cama dela. Ainda assim, acho que todo mundo tem um limite. Eu só nunca encontrei o meu.

Tate está com o maior sorrisão no rosto, mas não chega ao olhar. Consigo ver seu dente canino morto e marrom, do qual ele meio que parece se orgulhar, e seu sorriso repuxa para esse lado. O mesmo lado das três argolas douradas que usa no lóbulo da orelha e que, na cabeça dele, o deixam parecido com o Johnny Depp em *Piratas do Caribe*. Não deixam.

— Tudo beleza, Eddie, Eddie, Eddie? — Meu nome soa totalmente idiota assim. — De onde é que você veio?

Olho de relance e vejo que os outros, perto da fogueira, se viraram para observar.

— Do Solar — murmuro.

— Do *Solar*? — pergunta ele, com um tom pretensioso. — Que elegante! Está hospedado lá, é? Na cobertura? — Não respondo. Ele segura um isqueiro e o acende toda hora, a chama tremeluzindo. — Ouvi falar que eles vão fazer uma festa ridícula no solstício de verão. Um amigo meu trabalha numa fazenda de sidra orgânica e disse que eles fizeram a maior encomenda que já receberam. Consigo imaginar. Os otários da cidade grande mostrando quem realmente são durante todo o fim de semana. Então... — Ele faz uma reverência contida e falsa. — O que te trouxe ao nosso humilde reino?

Penso na promoção que Michelle mencionou. Adeus, tênis velhos. Vou poder fazer drinques. Ajeito um pouco a postura. Sou uns quinze centímetros mais alto que ele.

— Eu... Eu vim mandar vocês irem embora. A música... Vocês estão perturbando os hóspedes.

— Ah, é? — Ele dá um sorriso malicioso. — Olhe só para você, Eddie! Todo crescidinho. Não, cara... Eles que parem de encher a porra do nosso saco. Esses riquinhos se acham donos de tudo, né? — Tate fala como se morasse no centro de Londres, o que soa até esquisito com o sotaque de Dorset. — Vi que tentaram barrar a gente colocando uma cerca, mas quando a gente vem de barco, eles não podem fazer porra nenhuma. — Ele se vira e olha para trás. — Ah, olhe só quem tá vindo! Vem cá, amor.

Olho para além dele e vejo que outra pessoa se separou do grupo. Quando ela se aproxima, percebo — droga — que é Delilah. Demorei um pouco para reconhecer porque ela tingiu o cabelo — saiu do loiro platinado para um vermelho-escuro. Ela para ao lado de Tate com os braços cruzados.

— Oi... Lila — digo, tentando ser amigável.

— Eddie — diz ela. Definitivamente nada amigável.

— Você está diferente.

Ela joga o cabelo para trás e dá um sorriso malicioso. Sei que a estou encarando.

— Olhe bem mesmo para o que você perdeu, seu idiota — replica Delilah.

Terminei com ela no ano passado. No início, não conseguia acreditar que ela realmente quis transar comigo naquela festa. Nem que ela realmente quis *continuar* transando comigo — e todo o resto. Mas aí aquele papo de influencer fitness ficou muito chato. Não sinto falta de namorar uma tiktoker. Talvez eu a tivesse levado mais a sério se ela de fato fizesse algum exercício, mas Delilah só se besuntava de óleo, colocava roupa de lycra, me mandava fazer vários vídeos dela rebolando com roupa de ginástica e depois se deitava no sofá com um prato de miojo para ver *Sunset – Milha de Ouro*. Os vídeos dela só recebiam comentários assustadores, provavelmente de cinquentões pervertidos. E ela nem estava ganhando dinheiro com isso, só recebia leggings baratas e suplementos suspeitos para divulgar. Acontece que Delilah é toda sarada, mas existem milhares — até milhões — de meninas saradas nas redes sociais que começaram antes e conseguiram muitos seguidores. "Só preciso de uma oportunidade", dizia Delilah. "Tenho certeza de que é só uma questão de tempo para a bonitinha aqui se dar bem."

Quando lhe falei que não estava dando certo, ela me disse: "Esses peitos vão acabar com a sua vida, você não vai encontrar nada melhor."

Só que eu quero mais do que peitos, pensei (embora eles fossem incríveis mesmo). Quero alguém com quem eu possa dar risada. Fazer planos. E alguém que não ache que ser igual a Khloe Kardashian é #metadevida.

Mas a verdade é que esse não foi o real motivo do término. Foi o que aconteceu na floresta. O que encontramos. Toda vez que eu a via, me lembrava. Toda vez que transávamos, eu pensava que quase transamos na floresta quando ouvimos aquele som. O grito.

Tate desliza a mão até a bunda dela. Que nojo. Olho para Delilah. *Nathan Tate, sério?* Pergunto em silêncio. *Cala a porra da boca*, responde a expressão dela. Engulo em seco. Acho que tenho mais medo dela do que de Michelle.

Tate se vira para ela.

— Tudo bem, amor? — Então, enfia a língua na garganta dela. Eu me viro e fito a fogueira. Em algum momento, Tate se afasta com um barulho nojento de estalo molhado. — A voz dela é linda pra caralho, a minha Lilo — diz ele. — Ela vai entrar na banda, né, amor?

Não sei o que é pior. Tate se dirigir a ela como se fosse um objeto qualquer e ela achar ok ou a mentira sobre a banda. Nós costumávamos rir da cara dele. Ele age como se fosse famoso só porque a banda dele supostamente tocou uma vez num palco bem secundário do Glastonbury, mas isso foi há quinze anos. Ele não supera e ainda fica se achando.

— Achei que você fosse influencer fitness — digo a Delilah.

—Tenho dezenove anos — diz Delilah. — Posso ser a porra que eu quiser, Eddie. E não é mais da sua conta, se é que algum dia já foi. Você não é a única pessoa que quer ir embora desse lugar.

Tate se volta para Delilah.

— Eddie acabou de dizer que não temos permissão de frequentar essa praia. Disse para irmos embora.

Delilah ergue a sobrancelha.

— É porque ele pensa que é melhor do que a gente. Só porque trabalha naquele lugar. Sabe o que ele faz lá? — Ela dá uma risadinha. — Lava prato. — Ela balança a cabeça para mim, fingindo estar triste. — Isso não é *nada*, Eds.

— Na verdade, fui promovido — replico. — Agora sou barman. — Mas sai de um jeito meio patético, já que é mesmo uma mentira patética.

— Ah, parabéns — diz Delilah. — *Barman*. Aposto que você deve estar se sentindo muito especial.

Sei que Delilah se candidatou para uma vaga no spa. Ela fazia um curso de estética em Poole depois da escola, mas não conseguiu o emprego. Agora que trabalho no Solar, sei que ela nunca teve chance. Tirando Julie (uma senhora experiente que mora por aqui e que meu pai jura ser uma "bruxa"), toda a equipe do spa têm experiência em retiros de bem-estar e hotéis elegantes de Ibiza, Los Angeles, Londres e St. Barts (seja lá onde isso for). Os funcionários que lidam com o público ou vieram de alguma cidade grande, ou esconderam muito bem que são daqui. Ruby tem certeza de que Michelle fez aula de dicção.

A pequena chama do isqueiro na mão de Tate ganha vida outra vez e então morre. Ele parece um menino piromaníaco de doze anos.

— Então, como é — pergunta ele — trabalhar para todos esses ricos otários? Sabe que isso não faz de você um deles, né?

— Sim, mas ele quer se *tornar* um deles — diz Delilah. — É o plano dele.

Ela está brincando com a corrente de ouro no pescoço. Acho que é nova, mas não quero observar com atenção para ela não achar que estou olhando para seus seios.

— Seus pais sabem que está trabalhando lá? — pergunta ela, me observando.

— Não sei — respondo, dando ombros, como se isso não importasse.

Ela semicerra os olhos.

— É... acho que você não contou para eles. Encontrei sua mãe na rua outro dia. Ela me disse que estava feliz que a gente estava se dando tão bem e que era legal a gente passar tanto tempo juntos. — Outro olhar amedrontador; sim,

Michelle não se compara a ela. — O que ela quis dizer, Eds? Parece que você não contou a ela o que anda fazendo.

Por favor, tento dizer com o olhar. *Não conte para minha mãe.* Isso arruinaria tudo.

Tate a interrompe, como se achasse que fosse a hora de ele falar.

— O que eu acho engraçado é que eles querem que isso seja uma praia particular para os hóspedes. Olhe... — Ele aponta para a escada de madeira que começa no gramado e para a fila de tendas listradas de branco e verde, como as que se usavam na era vitoriana para trocar de roupa. — Eles destruíram o caminho que a gente usava, aquele que dava na trilha do penhasco. E colocaram uma merda de uma senha para acessar a escada. Mas essa praia é nossa. Eles não vão tirar a praia de nós. Não como tiraram o estacionamento de trailers do meu pai...

A voz dele falha. Por um minuto, toda a sua presunção some, e tenho que desviar o olhar. Esses dias ouvi que o velho Graham Tate vai toda noite ao Ninho do Corvo e fica até cair da banqueta e os atendentes se recusarem a lhe servir mais alguma coisa. Sim, sei como é ver o próprio pai se destruir bem na sua frente.

— Foda-se aquele lugar — diz Tate, se animando de novo. — Foda-se aquela Francesca Meadows. Sabe o que eu acho? Está na hora de alguém mudar isso.

E lá vai o isqueiro de novo. Clique, clique, clique. Tate está agitado, olhando para tudo quanto é canto. Muito bêbado ou chapado. Será que ele veio pilotando o barco? Delilah e eu podemos não estar mais juntos, mas ainda me importo com ela.

— Lila? — chamo. — Posso falar com você um segundo?

Ela balança a cabeça.

— Não me chame de Lila. Você não pode mais me chamar assim.

— Não, não, não — diz Tate. — É Tate e Lyle agora, né, amor?

É então que "Hail", do Kano, começa a tocar no último volume perto da fogueira, ele se vira para os amigos e dá um soquinho no ar, gritando a letra da música.

Olho para Delilah: *Tate e Lyle? Tá me zoando?*

Talvez Delilah também esteja achando isso um pouco constrangedor, pois evita o meu olhar. Ela ergue a mão para tirar o cabelo do ombro, mas acaba prendendo na corrente em seu pescoço, que pula para fora da blusa. Eu sinto um calafrio.

— Delilah — sussurro, encarando. — Que merda é essa?

— Ah. — Ela olha para baixo. — É uma pena, Eddie. Nada de mais.

— Mas é aquela... É de quando a gente encontrou o homem, não é? A que estava em cima da mesa.

— É. Bom. Ele não vai sentir falta, né?

— Era para a gente ter deixado lá para a polícia ver.

— Ah, pelo amor de Deus, Eddie. Ele já resolveram isso. Foi um ataque cardíaco.

Ela me olha, e por um instante eu apenas sei que ela está pensando naquela noite, em como foi horrível. Posso jurar que um lampejo de medo passa pelo seu rosto. Mas desaparece com a mesma velocidade, e então ela diz:

— Peraí. Não vai me dizer que você *acredita* neles?

Tate se vira de novo.

— O que vocês dois estão falando aí?

Ele não suporta não ser o centro das atenções.

— Eddie está surtando por causa do meu colar — diz Delilah.

Ela continua segurando a pena, protegendo-a.

— Não estou...

— Ele está assustado por causa dos Pássaros — diz ela. — Ele acredita neles.

Ela está me zoando agora, mas eu me lembro de como ficou apavorada quando encontramos o velho morto com aquela expressão horrível no rosto. As dobradiças da porta rangendo com o vento. *Ai, meu Deus, Eddie. Você acha... Você acha...*

Tate puxa o capuz preto até seu rosto ficar totalmente nas sombras.

— Queimado até os ossos — diz ele, ríspido.

E, mesmo que eu saiba que está debochando, sinto um calafrio. Então, ele levanta o queixo, e tudo que vejo são seus dentes tortos, aquele canino morto e marrom, e seu sorriso perturbado.

— Não vai me dizer que está com medo de uns passarozinhos, né, Eddie?

BELLA

Estou deitada no colchão mais confortável que já experimentei, mas nunca me senti tão insone.

"Você vai ficar muito perto da floresta." Foi o que a recepcionista me disse quando liguei para fazer a reserva depois de transferir um bocado da minha modesta poupança para a minha conta corrente. "E durante a sua estadia, algumas obras estarão em andamento perto dos chalés. Mas estamos oferecendo um desconto considerável."

"Quanto?"

"Cinquenta por cento. Mas preciso alertar também que esse chalé em específico é o que fica mais perto do barulho."

Respirei fundo.

"Eu vou querer."

A obra não é o problema, eu consigo lidar com isso. O problema é a sensação da floresta me cercando, as árvores pressionadas contra o vidro como se estivessem tentando invadir o chalé.

Desisto de tentar dormir, então rolo o *feed* do Instagram até encontrar o perfil oficial do Solar. Toda imagem ou vídeo tem uma névoa iluminada pelo sol, como se fosse uma dimensão mais fascinante do que a nossa. E todas as fotos que mostram o hotel — a silhueta do prédio principal, de arquitetura georgiana, em contraste com o sol poente, a luz cintilando na piscina, a horta de ervas aromáticas toda viçosa, a floresta permeada pela bruma do amanhecer — são intercaladas com uma foto ou um *reel* de Francesca Meadows igualmente fascinante: com um cesto de vime cheio de alecrim enganchado no braço; usando um vestido de linho esvoaçante enquanto se inclina para afagar a orelha de um porco surpreendentemente limpo; descalça, colhendo flores silvestres em um campo, como um comercial de perfume. Os posts com ela sempre recebem mais curtidas e têm mais visualizações. Eu rolo a tela até meus olhos doerem. Mas não consigo parar de olhar.

Ouço um som vindo do lado de fora e de repente fico alerta. O celular desliza até o assoalho, fazendo um barulho forte. Lá fora, na escuridão da floresta, um gemido baixo e gutural se alastra.

E então... nada. Acabou em um segundo. Mas o silêncio reverbera. Saio deslizando da cama, pego o roupão do cabide e me enrolo nele. Estou nervosa. Quando me olho no espelho, vejo meus olhos arregalados e com um brilho de medo.

Destranco a porta. O calor do ar é quase estranho. Está um silêncio praticamente absoluto no lado de fora, cortado apenas por um chiado leve das árvores conforme a brisa se move entre elas. O céu tem um tom preto, profundo, aveludado, típico do interior, e as estrelas estão mais brilhantes e próximas do que nunca, como não vejo há muitos anos. O som desapareceu. Já é difícil me lembrar dele direito, entender o que realmente escutei. Ou talvez não tenha vindo da floresta como pensei, e sim de um dos outros chalés. Talvez o casal do sexo barulhento esteja de volta. Mas acho que não. Odeio pensar em que tipo de sexo provocaria um som como aquele. Parecia alguém sentindo dor.

E, então, avisto algo com o canto do olho. Como se minha visão estivesse me pregando uma peça, igual àqueles brilhinhos que aparecem quando levantamos muito rápido. Pequenas manchas de luz se movendo entre as árvores. O coquetel de boas-vindas já acabou há muito tempo; não pode ser isso. Quando meus olhos se acostumam com o ambiente, vejo que as luzes estão mais para chamas, tremeluzentes, circulando à altura da minha cabeça, ou talvez mais alto.

Capto outra imagem. Uma figura bem na extremidade da floresta. Com um capuz, ou algo do tipo. Talvez a uns quinze metros de distância. Só consigo ver por causa das luzes em volta. Está tão imóvel que, se eu não tivesse olhado para a direção exata, poderia nem ter notado. Não tenho certeza se não se trata de uma ilusão de ótica. Se for uma pessoa, é difícil definir o que é corpo e o que é sombra — e, se for uma pessoa, não consigo distinguir um rosto. Semicerro os olhos para a escuridão. Acho que agora vejo um movimento. Mas, de novo, poderia ser apenas uma ilusão provocada pelo vento, as sombras se reorganizando. Ou poderia ser outro hóspede fumando tranquilamente.

Porém algo se remexe no fundo do meu inconsciente. Uma memória da qual não quero me lembrar...

Fecho a porta e a tranco depressa. Meu coração dispara. Uma cantiga infantil começa a tocar sem parar em minha cabeça. Os versos avisando sobre criaturas que se reúnem na floresta. Só que, na versão que eu aprendi, havia algo muito pior à espera.

O dia depois do solstício

O barco pesqueiro se aproxima, chegando o mais perto que os pescadores se atrevem sem encalhar — as rochas submersas ao longo desse pedaço de litoral são conhecidas por serem extremamente perigosas.

Agora eles conseguem distinguir melhor o corpo, com os braços e as pernas esticados.

— Deve ter caído da trilha do penhasco — diz um deles.

— É uma baita queda.

— Por quanto tempo será que a gente fica consciente enquanto estamos caindo, antes de bater no chão?

— Meu Deus, cara. Para de falar essas besteiras.

O vento fica mais forte. Uma parte de tecido branco manchado de sangue se ergue e incha como uma vela de barco.

— É um deles — diz outro pescador. — Só pode ser. Daquele lugar. Eles fizeram a festa de inauguração ontem à noite, não foi? Dava para ouvir a música lá de Tome.

O alívio. Não era um morador, então. Era um *deles*. Um forasteiro. Um dos invasores.

— A maré logo vai levar o corpo — diz outro. — Ou será que a gente devia...

— Merda, não. Não vamos chegar mais perto. Já chamamos a polícia. Fizemos a nossa parte.

A fumaça continua cobrindo o céu a oeste.

— Deve ter a ver, né? Com o que está acontecendo naquele lugar.

— Teve um burburinho no pub ontem à noite — se intromete outro homem. — Sobre os Pássaros.

— Fala sério, cara.

O homem dá de ombros.

— Só estou repetindo o que eu ouvi de Joe Dodd.

— Ah, o velho Joe. Claro. Ele bem que gosta de inventar histórias depois de entornar umas cervejas, né?

— Não sei. Pode ser. Mas já tem um tempo que os moradores falam em dar um jeito neles. Pode ser que alguém finalmente tenha surtado...

Eles param de conversar quando ouvem o som de sirenes. De repente, luzes azuis começam a piscar em cima do penhasco.

— Pronto, chegaram. Não é mais problema nosso. O que será que vão fazer com tudo isso?

Os pescadores ficam calados de novo. Apesar de todo o sangue, talvez o cabelo fosse a pior parte. O modo como ele se mexe, balançando ao vento, dando uma falsa impressão de vida.

Noite de abertura
EDDIE

Quando chego em casa, mamãe está na cozinha, com seu roupão de sempre, chinelos e uma caneca de chá na mão. São quase duas da madrugada, e eu não esperava que ela estivesse acordada. Mas talvez devesse esperar. Ela tem insônia desde quando eu era pequeno. Desde tudo que aconteceu com meu irmão, provavelmente.

— Onde você estava, Ed? — pergunta ela.
— Na rua... Lá na praia, com a Lila e o pessoal. — Não é mentira.
— Bebendo?
— Não.
—Você veio pela estrada? Não pela floresta, né?
—Vim, mãe.
— Que bom. Mas mesmo assim tem que tomar cuidado. Os hóspedes daquele lugar estão passando pela estrada fazendo o maior barulho a manhã toda, dirigindo igual uns loucos.
—Tudo bem, mãe. Eu sempre tomo bastante cuidado.
— A *Good Housekeeping* fez uma matéria sobre ela. Toda aquela história de deusa da terra. Grande bosta. Ninguém devia sair por aí destruindo o ganha-pão das pessoas e mandando no direito de ir e vir dos outros. Se quer saber o que eu acho, tem alguma coisa maligna com aquela mulher. Essa onda de calor chegando... ouvi dizer que amanhã vai ser o dia mais quente em sessenta anos. Espero que faça aquele povo todo derreter, né?

É chocante ouvir minha mãe dizer "bosta" — é o mais perto que ela vai chegar de um palavrão de verdade. E é por isso que não posso contar aos meus pais onde estou trabalhando.

— É — digo, evasivo.

— Quer um chocolate quente, querido? — pergunta ela. — Para levar para a cama?

Não quero, pois ainda está uns vinte e cinco graus lá fora e não é o clima para chocolate quente, mas sei que ela gosta de fazer, de cuidar de mim.

— Quero, sim. Obrigado.

Na cozinha, ela esquenta o leite no velho fogão, que fede a óleo e sem dúvida deixa meu quartinho, que fica logo acima, ainda mais quente. Ela bate a porta do armário quando pega o pote de achocolatado e, ao se virar, suas bochechas estão rosadas. Herdei dela o rubor, mas agora ela não está ruborizada, está com raiva. Meu pai fica com raiva o tempo todo, então você se acostuma. Mas minha mãe é meiga, boa... até explodir de uma hora para outra. "Sua mãe é tão legal", dissera Delilah uma vez. E é mesmo. Mas também consegue ser terrível quando você pisa no calo dela.

— Eles montaram tipo um hortifrúti no hotel — murmura ela.

— É mesmo?

Dei uma olhada na loja outro dia. Nunca vi um morango tão brilhante, pequeno e perfeito (eles vêm em cestinhas de vime), ou uma granola com tantos "superalimentos" diferentes (dez libras a caixa). Hoje vi hóspedes saindo de lá com sacolas enormes de papel, cheias de coisas, como se tivessem ido fazer as compras do mês. Não entendo o que vão fazer com aquilo já que usam o serviço de quarto ou comem no Concha do Mar.

— Eles vieram com essa história de que iam vender produtos locais.

Tenho um pressentimento ruim.

— Ah...

— Sim, contei para o seu pai. Porque o que podia ser mais local do que a fazenda vizinha? É óbvio que ele foi contra no início, mas acho que no fim das contas ele ficou bem animado. — Tento imaginar meu pai "animado" com alguma coisa, mas não me vem nada. — Os supermercados estão sacaneando ele fazendo pedidos cada vez menores. Aí ele foi até lá com nosso queijo e leite.

Imagino a cena constrangedora, meu pai entrando no Solar, com suas botas de trabalho grandes e cheias de lama, o casaco manchado, uma enorme barba grisalha e um saco de produtos nas costas, como um Papai Noel de baixa renda.

— Seu pai mostrou para eles o que tinha trazido, e eles disseram: "Ah, já temos nossos fornecedores, obrigado. E só usamos produtos orgânicos" — diz ela, imitando uma voz pretensiosa. — Eles nem se deram ao trabalho de perguntar se o *nosso* leite era orgânico.

Não é. Meu pai diz que é muito burocrático mudar para orgânico, e, de qualquer forma, ele não tem dinheiro para fazer isso.

— Acho que eles são só uns esnobes imbecis, mãe — digo.

Ela passa a mão em meu rosto.

— Eles são piores que isso, Eds.

— Como assim?

— Seu pai não foi muito organizado com a documentação ao longo desses anos. Coisa de registro das terras...

— Como assim?

Ela balança a cabeça, como se tivesse se arrependido de ter tocado no assunto.

— Não se preocupe. Tenho certeza de que não vai dar em nada.

Não me parece nada, mas sei, pela maneira como ela aperta a boca, que ela não vai me contar mais detalhes.

— Meu pai já chegou? — pergunto.

Minha mãe está de costas para mim enquanto faz o achocolatado.

— Não. Ainda não.

Onde será que ele está a essa hora da noite? Não há nenhum lugar aberto na cidade depois da meia-noite. Minha mãe se enrola ainda mais no roupão, embora seja impossível ela estar com frio. Nós nos entreolhamos, e sei que ambos estamos pensando naquele dia, anos atrás, quando meu pai se trancou no galpão do trator...

— Bem — diz ela, como se tivesse escolhido parar de pensar nisso. Ela põe a xícara fumegante de achocolatado na minha frente. Só de olhar, sinto o suor brotar em minha testa. — Boa noite, querido.

Ela bagunça meu cabelo, dá meia-volta e sobe a escada arrastando os pés. Eu me sinto mal por ela, esperando por nós dois, se perguntando onde meu pai está, depois de ter passado o dia inteiro aqui sozinha. Ela deve se sentir muito solitária. Enquanto a observo subir os degraus, com os ombros curvados, penso no quanto ela parece velha. Meus pais me tiveram bem tarde. Minha mãe me contou uma vez (depois de muito vinho no Natal) que a minha gravidez não foi planejada. "Mas foi uma gravidez muito feliz!" Eles nem achavam que ainda pudessem ter filhos. Havia uma diferença de treze anos entre mim e meu irmão. É por isso que nunca fui muito próximo dele.

Ouço as dobradiças da porta de casa rangerem uma hora mais tarde. Meu pai chegou. Não sei se minha mãe também ouviu. Fiquei acordado o esperando chegar enquanto stalkeava Delilah nas redes sociais: ela apagou todos os posts da época de influencer fitness, e no Instagram há só uma foto dela em preto e branco, com seu cabelo novo mais escuro e um ar melancólico e misterioso. A legenda diz: *Fiquem ligados. Algo MUITO importante vai rolar em breve!* A mesma coisa no vídeo que ela postou no TikTok, mas neste ela se vira para a câmera e dá uma piscadinha bem devagar.

Nathan Tate, penso. *Sério?!*

Escuto meu pai cambalear no hall de entrada, xingando enquanto tira as botas com muito custo. Ele sempre usa as mesmas botas, faça chuva ou faça sol — são muito resistentes, poderia cair um machado em cima delas que não deixaria nenhuma marca. Saio de fininho e o observo das sombras do patamar da escada enquanto ele oscila de leve. Deve estar bêbado. Mas não estava no pub, pelo menos não há alguns minutos, porque já faz horas que o pub fechou. Isso significa que ele dirigiu até algum lugar? Acho que não escutei nenhum barulho de motor lá fora.

Ele começa a subir a escada. Volto para o meu quarto; não quero falar com ele nesse estado, vai ser constrangedor para nós dois. E então — merda — dou um espirro. Que provavelmente foi provocado pelo meu pai, porque ele passa tempo demais com as vacas, coberto de saliva e pelo dos animais.

— Quem está aí? — pergunta ele. — Eddie?

— Sim, sou eu, pai. Oi.

Ando até o patamar. A lâmpada com sensor de presença acende.

Ele aparece no topo da escada. Espero para ver se ele vai me dizer por onde andou, ou perguntar o que estou fazendo acordado a essa hora. Mas ele desvia o olhar, meio evasivo, com um ar de culpa, até.

— Bem — diz ele, com a voz rouca. — Boa noite, filho. Não vamos ficar aqui batendo papo. Não queremos acordar sua mãe.

Observo suas costas enquanto ele sobe os degraus até o quarto deles no sótão. Nenhuma explicação de onde esteve nas últimas horas, nada.

OWEN

Destranco a porta do depósito, sedento por uma bebida. É aqui que os itens caríssimos ficam guardados: vinho, outras bebidas alcoólicas e tudo que precisa estar fora do alcance dos funcionários. A coisa mais alcoólica que Fran leva para o apartamento é kombucha, e eu não estava conseguindo dormir.

Avisto uma garrafa de Pinot Noir inglês (aparentemente a última grande novidade no mundo dos vinhos, e Fran gosta de estar por dentro das tendências) e estendo o braço para pegá-la na prateleira.

— Boa noite.

— Meu Deus!

Quase derrubo a garrafa no chão.

É Michelle, a puxa-saco de Francesca, que acabou de aparecer do nada como a merda de um ninja. Não sei como ela conseguiu ser tão silenciosa com aqueles sapatos, já que geralmente fazem um barulho alto e irritante, anunciando sua presença da forma mais ruidosa possível. *Por que* ela usa esses saltinhos enquanto o restante da equipe usa tênis?

— Ah, é o senhor, Sr. Dacre — diz ela.

— Owen — replico —, por favor.

Não quero que ela se sinta íntima de mim, mas há algo estranho na maneira como ela pronuncia meu sobrenome. Talvez seja por causa da mistura de vogais de seu sotaque: uma mistura de inglês da rainha com o linguajar de Dorset. Como Michelle é um membro-chave da equipe que lida com o público, Fran disse a ela que fizesse aulas de dicção, pois sentia que o sotaque local "não era exatamente o ideal para a atmosfera do lugar". No caso de Michelle, só deu meio certo, e o resultado (uma mistureba de pronúncias) quase ficou pior.

— Owen — diz Michelle. — Perdão. — Ela está muito perto, não gosto disso. Dá para sentir que está me estudando, seus olhos percorrendo meu rosto. Ainda bem que a luz aqui é fraca. — Sabe — diz ela —, acho que essa é a primeira vez que nos falamos, só nós dois.

Sem dúvida, é a primeira vez que nos encontramos em um local tão apertado. Consegui evitá-la, pelo menos até agora. Dou um passo para trás.

"Ela é tão eficiente", disse Fran. "Tem tanta garra. Ela realmente *quer* esse emprego, dá para perceber. E vai ficar muito grata por ele." Se eu não conhecesse minha parceira tão bem, diria que ela também queria alguém que pudesse controlar com facilidade. "Além do mais, meu bem", ela me disse, "é muito importante ter alguns moradores da região na equipe. A prefeitura vai adorar ver que contratamos gente daqui, e quero muitíssimo que eles olhem com carinho nossos planos futuros."

Michelle faz um gesto em direção à garrafa, que estou tentando esconder atrás de mim.

— Ah — diz ela —, fiquei me perguntando por que o inventário do estoque não estava fechando. Presumi que fosse algum funcionário. — Ela dá um tapinha na lateral do nariz e sorri. — Não se preocupe, seu segredo está a salvo comigo.

Franzo a testa. Pelo amor de Deus. Agora estou irritado por ter tentado esconder o vinho. Eu me sinto um aluno problemático que foi pego no flagra pelo inspetor fumando atrás do bicicletário. E, no entanto, estou numa posição superior à dela: sou seu patrão, para todos os efeitos. Se eu quiser tirar qualquer coisa do estoque, eu vou tirar, porra.

— Não tenho nada para esconder.

— Não. Claro que não. — Ela balança a cabeça, séria, o cabelo com luzes baratas caindo ao redor dos ombros. Francesca não consegue ver como ela é cafona? Então, Michelle sorri. — É daqui, correto?

— O quê? — disparo.

Ela aponta com a cabeça para a garrafa.

— O vinho é daqui, não é? Não acho que seja do mesmo nível dos franceses. Sempre tem um gostinho de peixe, se quer saber minha humilde opinião.

— Ah, é? Eu não acho. — As palavras saem ainda mais rudes do que eu havia imaginado. Michelle arregala os olhos. Percebo que estou segurando a garrafa com muita força, meus ombros elevados como os de um boxeador se preparando para uma luta. Eu me forço a relaxar. — Desculpe — digo.

Que burrice reagir assim.

— Sem problemas — diz ela, mas ainda parece um pouco abalada. —Você se importa se...?

Eu me dou conta de que estou na frente da porta, bloqueando a passagem. Chego para o lado.

Nós nos entreolhamos quando ela passa. Sua expressão é um misto de cautela e curiosidade. Abaixo meu olhar primeiro, e ela sai andando porta fora.

É só quando a garrafa escorrega da minha mão e se espatifa no chão, o vinho manchando o piso, que percebo o quanto fiquei perturbado.

O dia anterior ao solstício
EDDIE

— Já deu comida para as galinhas, Eddie?
— Já.
— Bom menino.

Minha mãe me serve uma xícara de chá enquanto como cereal. Vou para o trabalho daqui a pouco — hoje meu expediente será dividido. Meu pai está sentado entre nós, calado, como um urso com dor de cabeça. Deveria ter começado a ordenha umas duas horas atrás, mas acabou de se levantar. Ele cheira a álcool. Também está usando seu casaco de trabalho, o que me dá alergia. Estou me segurando tão firme para não espirrar que, quando finalmente o espirro vem, é ainda mais explosivo e me faz cuspir cereal no outro lado da mesa.

Meu pai me olha de cara feia. Abaixo o olhar para a minha tigela, as bochechas ardendo. Por que tenho que ser alérgico logo a vacas? Ninguém é alérgico a vacas.

"Você não precisa de um diploma para dirigir um trator", dissera meu pai quando me matriculei na faculdade. Nem tinha sido uma piada. Meu irmão é quem devia ter assumido a fazenda. Ele teria feito um ótimo trabalho. "Com doze anos ele dirigia um trator como se tivesse feito isso a vida toda", dissera meu pai uma vez. Ele nunca fala do meu irmão. Acho que foi por isso que essa frase me marcou. E também porque fazia eu me sentir um fracasso.

"Sim", eu queria gritar, "mas ele não está mais aqui. Só sobrou eu, sinto muito. O burro e alérgico Eddie, que não consegue nem chegar perto do rebanho."

Alguém bate na porta. Quando meu pai abre, vejo Kris, um dos dois empregados da fazenda. Meu pai teve que demitir os outros cinco por causa do Brexit e dos encargos trabalhistas — Kris é polonês e conseguiu a cidadania.

— Bom dia, todo mundo — diz ele, educado. E se vira para meu pai. — Harold, o Ivor sumiu. Ele não está no pasto nem no curral. O portão do curral está aberto. Está sabendo de algo?

Meu pai balança a cabeça.

— Então acho que roubaram ele — diz Kris, franzindo a testa.

Ivor é o velho touro da fazenda. Ele provavelmente cruzou com cerca de mil vacas, e antigamente eu costumava pensar que isso é novecentos e noventa e nove mais fêmeas do que eu tenho na minha lista — óbvio que estou falando de sexo com pessoas, e não vacas, não importa o que digam de Dorset.

— Por que alguém ia roubar o Ivor? — pergunto.

— Eles podem não saber do problema dele — diz minha mãe. Ivor tem uma doença congênita que lhe causa muita dor, e por isso meu pai vai ter que levá-lo ao abatedouro logo, logo. — E ele ainda é um animal valioso e de linhagem rara. Mas, se alguém houvesse roubado o Ivor, nós teríamos ouvido um motor, visto luzes, ou qualquer outra coisa. Ele pesa mais de meia tonelada, não dá para levar um animal desses na mão. — Ela se vira para meu pai. — Você escutou alguma coisa, Harold? Enquanto estava na rua?

— Nada.

Meus pais se entreolham por um instante, mas logo ele desvia o olhar.

Minha mãe solta um suspiro.

— Bem, acho que é melhor eu informar à polícia. Deixe comigo. Se eles vão tomar alguma providência, aí já é outra história.

É só dez minutos mais tarde, quando estou no andar de cima escovando os dentes, que começo a pensar: por que meu pai não pareceu indignado com o desaparecimento do Ivor? Ele pode não ser mais o mesmo, mas eu imaginava que ele ficaria puto da vida. Talvez encontrasse um modo de colocar a culpa no Solar. Uma vez ele culpou Francesca Meadows porque o leite azedou: "Te digo uma coisa: isso é praga de alguém", disse ele.

"Ah, pelo amor de Deus, Harold", minha mãe lhe dissera na época. "Por favor, bem-vindo ao século XXI. Acho que tem muito mais a ver com seu sistema de refrigeração caindo aos pedaços do que com bruxaria."

Tanto minha mãe quanto meu pai não estavam mais lá quando desci. Eles mal conversam quando estão sozinhos. O silêncio é pior do que qualquer discussão. Às vezes, até me pergunto se gostam um do outro. Eu me lembro vagamente de quando eles riam juntos, se abraçavam e coisas do tipo. Mas isso faz muito, muito tempo. Antes de nossa família desmoronar. Antes de meu pai se trancar no galpão com o motor do trator ligado e Graham Tate (na época em que ele ainda administrava o camping de trailers e não era um bêbado perdidão) ter que arrombar a porta com um machado.

Ainda são apenas sete da manhã, mas já está quente, e sinto minha camiseta ficando molhada debaixo dos braços enquanto faço o pequeno percurso de bicicleta até o Solar. Ouvi no rádio que esse fim de semana vai fazer um "calorão". Enquanto pedalo, passo por várias mulheres com roupa de ioga se dirigindo para o gramado. Algumas delas me olham de cima a baixo, se demorando em alguns lugares: no meu rosto, depois nos ombros, e algumas delas no meu, hum... membro. Faz uns dois anos que isso começou a acontecer. Ainda não me acostumei.

Pedalo até os fundos do Solar para deixar minha bicicleta perto da entrada dos funcionários da cozinha, e então a vejo vindo na mesma direção: a mulher da noite passada, carregando uma das sacolas verde-escuras do hotel. À luz do dia e sem o batom vermelho, ela está diferente, um pouco mais velha, mas ainda bem sensual, com aquele ar de mulher rica. Quando acordei hoje de manhã, fiquei meio sem acreditar que tinha ido até o quarto dela e... Bem, todo o resto. Eu tinha esperança de não esbarrar com ela de novo.

Ela está se aproximando. Imagino que esteja perdida. Não há nada para os hóspedes por aqui, apenas uma placa de madeira dizendo ENTRADA EXCLUSIVA PARA FUNCIONÁRIOS, que suponho que ela não tenha visto, mesmo estando logo ali em letras garrafais.

Eu deveria oferecer ajuda, né? Ser simpático, agir de forma profissional, só me aproximar e indicar para ela a direção correta. Mas não consigo. Não sei o que diria. Posso sentir minhas bochechas ficarem vermelhas só de pensar. Então, antes que ela me aviste, largo a bicicleta e pulo para trás de uma das grandes latas de lixo azuis da cozinha. Com certeza vou chegar atrasado hoje.

Ouço o barulho de pedras sendo pisadas à medida que a mulher se aproxima. Agora ela já deve ter percebido que está no lugar errado: só há latas de lixo, geradores e, mais ao longe, o arco de pedra que contorna o lugar e leva até o pátio embaixo da área privada de Francesca e Owen. Os passos param. Arrisco uma espiadinha: ela está olhando para a minha bicicleta. A roda traseira ainda está girando. Ela olha ao redor, como se estivesse procurando quem deixou a bicicleta ali.

Ela avança, entrando no pátio apesar da enorme placa de madeira com a palavra PARTICULAR. Saio de trás da lata de lixo e vou na ponta dos pés até chegar ao arco de pedra e conseguir espiar lá dentro.

Ela está na base da escada que dá acesso ao apartamento particular, de costas para mim. Ela olha em volta, para todos os lados, como um animal farejando o ar, verificando se há predadores.

Eu devia fazer alguma coisa. Dizer para a mulher que ela não devia estar aqui. Mas aí eu me lembro do que aconteceu na noite passada. Sim, ela flertou comigo, mas é sempre o funcionário quem leva a culpa. Eu seria demitido na hora se ela dissesse algo.

A mulher começa a subir os degraus até os aposentos de Francesca Meadows. Será que vai bater na porta? Ela olha para trás, como se quisesse se certificar de que não está sendo observada. Parece estar pegando algo dentro da bolsa, mas não consigo enxergar direito.

Ela desce a escada. Dou um pulo para trás das latas, e um minuto depois ela passa por mim às pressas, murmurando:

— Merda, merda, merda.

O que ela acabou de fazer?

Olho a hora. Droga. Estou quinze minutos atrasado. Vou ter que correr. Estou tão concentrado em não ser avistado por Bella que realmente não olho por onde ando e quase esbarro em uma faxineira saindo da entrada de funcionários, o boné puxado bem baixo e empurrando um daqueles carrinhos grandes que elas usam para o serviço de quarto.

— Oi — digo. — Bom dia!

Já reparei que alguns funcionários tratam as faxineiras muito mal, como se achassem que estão acima delas, ou para deixar claro que há uma diferença enorme entre seus trabalhos. Mas eu fui muito bem-criado.

— Eddie?

A voz que acabei de ouvir não faz sentindo algum. A última pessoa que eu esperava ver aqui está olhando para mim. Ou talvez a penúltima. É...

— *Mãe?* — digo, sem acreditar.

Ela está tão surpresa e chocada em me ver quanto eu estou em vê-la.

— O que é isso, mãe? — pergunto. — O que *a senhora* está fazendo aqui?

Quase sinto raiva. Esse é o meu território. Então, olho para o uniforme de faxineira, para o carrinho...

— A senhora está *trabalhando* aqui? — digo, ao mesmo tempo que minha mãe diz:

— Eu achei que *você* estava saindo com a Lila nessas últimas duas semanas.

Nós dois nos interrompemos e nos encaramos, sem palavras.

— Não conte nada para seu pai — diz minha mãe, rápido. — Ele ia... ficar arrasado. Você sabe o que ele acha desse lugar.

— Eu sei! — replico. — Eu sabia que meu pai ia ficar puto. Mas *a senhora* também odeia esse lugar!

Minha mãe fica vermelha.

— Bem... as coisas estão muito difíceis, Eds. Seu pai bem que podia procurar ajuda, mas ele é orgulhoso demais. Além disso, não quero ficar sentada sem fazer nada, e seu pai não me deixa ajudar na fazenda.

Alguns anos atrás, minha mãe teve metade dos ossos do pé esmagados por um boi desgarrado. Desde então, meu pai decidiu que trabalhar na fazenda é perigoso demais para ela. Muitas vezes, eu me perguntava se minha mãe se sentia tão inútil quanto eu em relação à fazenda.

— Falei para ele que consegui um emprego na loja de conveniência. Ele nunca vai lá, e a Mags me dá cobertura — continua ela.

Mags é uma amiga antiga da minha mãe que trabalha no caixa.

— Mas então por que a senhora não trabalha na loja? — questiono.

Acho que seria muito melhor. Não gosto de ver minha mãe com uniforme de faxineira. Sei que soa meio esnobe. Talvez eu não seja melhor que os outros funcionários, no fim das contas.

— Eles não estão precisando de ninguém agora. Não com os caixas automáticos. Olhe — diz ela, impetuosa —, não quer dizer que eu goste daqui. Longe disso. Mas precisamos do dinheiro. E não podemos escolher. — Ela está genuinamente enojada. — Então, aqui estou eu, lavando a roupa dos outros.

Dou uma olhada no carrinho de limpeza. Há uma pilha de lençóis sujos em cima.

— Isso é... sangue? — pergunto, apontando para uma mancha pequena.

Minha mãe franze os lábios.

— Francamente, Eddie. Você *nem* imagina. Não importa quanto dinheiro esse povo tem. Sendo bem sincera, eles fazem os animais da fazenda parecerem modelos de limpeza. — Então, de repente, ela começa a rir. — Olhe só para nós dois. Acho que esse é um daqueles momentos em que ou a gente ri, ou a gente chora. Vem aqui, meu amor. — Ela abre os braços. Olho para trás antes de me aproximar para um abraço rápido. E então ela recua, as mãos pousadas em meus ombros. — Mas você ainda não disse: o que *você* está fazendo aqui?

Estou prestes a dizer que sou barman, mas não consigo mentir para minha mãe e provavelmente ela vai descobrir de qualquer jeito.

— Lavo pratos — respondo. — E outros bicos. Mas estou tentando virar barman.

Minha mãe despenteia o meu cabelo.

— Estou orgulhosa de você, querido. — E continua, com delicadeza: — E sei que seu pai também está. Mesmo que ele nem sempre demonstre.

Morro de vergonha ao sentir meus olhos arderem. Começo a tossir e piscar com força.

— Obrigado, mãe.

— E esse... — Ela faz um gesto entre nós. — É o nosso segredo. Um acordo entre a gente, está bem? Porque seu pai pode ter um troço se descobrir isso... — Ela interrompe o raciocínio, percebendo que alguns hóspedes estão vindo em nossa direção. — Enfim — diz ela, rápido. — O que quero dizer é que às vezes é melhor esconder algumas coisas do que magoar quem a gente ama contando a verdade. Não é?

— É.

Penso em meu pai chegando em casa tão tarde na noite passada. Muito depois de o único pub das redondezas ter fechado. Parece que nós não somos os únicos guardando segredos.

BELLA

Saio às pressas do pátio particular e dou a volta pelos fundos do Solar, o coração disparado. Atravesso um pequeno estacionamento, que deve ser para os funcionários. Até eu sei que o conversível prata e brilhante é um Aston Martin. A placa é: D4CRE.

Corto caminho pela horta murada — uma perfeita colcha de retalhos de legumes e verduras: o verde vivo e vermelho-sangue de pés de alface, explosões frondosas das ramas de cenouras balançando delicadamente na brisa. Aparentemente, tudo no restaurante é "orgânico e cultivado ou adquirido na região". Em uma das extremidades, avisto um Alojamento do Jardineiro, que (por milhares de libras a noite) você pode alugar para você e seus amigos se divertirem.

Saio pelo portão do jardim e entro no caminho principal, que serpenteia pelo gramado verde-esmeralda brilhando com as gotinhas de orvalho. Algumas pessoas estão sentadas na grama, de cabeça baixa. Deve ser a tal da "meditação matinal" que estão anunciando na recepção. Mais ao longe, estão o mar e os penhascos. Sei disso sem a ajuda do mapa pintado à mão que recebi no check-in.

No outro lado da entrada do hotel, atrás da cerca-viva, consigo discernir o topo da rede da quadra de tênis e ouvir o barulho de uma bola de tênis sendo rebatida, mesmo a essa hora da manhã. Dá para imaginar as lindas pessoas que estão jogando atrás dessa cerca-viva, todas com pernas e braços bronzeados e cabelos brilhosos, gritando, rindo e comemorando com um *high five*. Eu me sinto como uma aluna bolsista em um internato superchique do interior.

Espero que os imponentes portões de ferro forjado se abram e me liberem dos terrenos do Solar. Cada coluna dos portões traz em cima a estátua em pedra de uma raposa sentada, manchada de líquen. Embaixo, escavado na pedra, estão as palavras SOLAR DE TOME.

Na minha frente, a estrada faz uma curva se afastando do mar, seguindo terra adentro. Encontro a placa para a trilha que leva para o sentido oposto, em direção ao penhasco. TOME, diz a placa: 2,8 km. Ando por um corredor de cercas vivas tão cheias que não consigo ver nada através delas: apenas folhas e o céu, da cor de uma chama azul. Por um instante, fico imóvel e farejo o ar como um animal. Esse cheiro. Tão característico, tão familiar. O cheiro inebriante de cicuta-dos-prados misturado com o fedor quente de esterco de vaca.

De repente, estou perto do penhasco. Na luz clara e límpida, o mar tem um brilho mediterrânico. O vento que bate em mim é quente. Parece que alguém se levantou ainda mais cedo do que eu e já está fazendo kitesurfe.

A estrada se junta ao penhasco novamente por um lugar chamado Fazenda Vistamar. Parece semiabandonada: telhas de ferro ondulado curvadas, arqueadas, cercas quebradas, uma bagunça enferrujada de maquinário de fazenda. Lonas pretas sibilam ao vento, e galinhas pulguentas ciscam no terreno. Tenho a sensação de estar sendo observada. Talvez seja todo o rebanho do curral mais próximo, me seguindo com os olhos escuros.

Eu me apresso, não quero demorar muito ali. O ar em volta desse lugar tem um quê de tristeza. Ou talvez seja só eu projetando a minha.

Faço a curva seguinte e me aproximo de um estacionamento de trailers: cerca de cem trailers posicionados longe do mar, atrás de uma cerca de estacas. A pintura da cerca está descascando, os veículos, manchados e vazios, têm ervas daninhas se enroscando em seus pés. Do outro lado, na parede creme e suja, alguém escreveu em tinta vermelho-sangue: VOCÊS VÃO PAGAR POR ISSO, SEUS RIQUINHOS FILHOS DA PUTA.

Não... não, isso não está certo. Deveria haver cestas penduradas e roupas de neoprene secando ao vento, gritos e barulhos de crianças jogando futebol, aroma de salsicha grelhada no ar, conversas, tinidos de talheres e vida.

— Meu Deus!

Levo um susto. Acabei de avistar uma figura sentada na velha espreguiçadeira. Uma figura tão curvada e amassada que, à primeira vista, parece um espantalho bizarro. Até a cabeça se virar para mim e eu avistar o rosto vermelho de bebida embaixo do lenço amarrado na cabeça. Não consigo parar de encarar. Não pode ser...

— O que está olhando, garota? — diz ele, com a voz arrastada, o uísque derramando da garrafa aberta em sua mão. — Veio admirar o coitado do Graham? Não fode.

Sigo rápido, em choque. Não acredito no que aconteceu com ele...

Agora estou no ponto certo. Respiro fundo e saio da trilha. Se alguém estiver me vendo agora, vai achar que estou prestes a pular da beirada do penhasco. No entanto, há um caminho para baixo, se souber o que está procurando: coberto de arbustos espinhosos, serpenteando pelo calcário do penhasco.

Quando chego à enseada escondida, tiro os sapatos e as meias para sentir a areia molhada entre os dedos. A maré está baixa e deixou para trás pequenas piscinas de água salgada entre as pedras achatadas, sobre as quais alguém largou uma mochila e uma pequena pilha de roupas. Escalo para a piscina seguinte, a aspereza das cracas e as algas marinhas escorregadias sob a sola dos pés, e olho para a superfície vítrea. Um universo inteiro contido lá dentro. Procuro uma centelha de vida entre as algas: um caranguejo, ou um peixinho. Uma pequena distração enquanto crio coragem para fazer o que preciso fazer.

E lá está ela, atrás de mim: a caverna. Exatamente onde eu me lembrava, localizada nas rochas mais íngremes na outra extremidade. Ao entrar nela, a friagem úmida contrasta com o calor da manhã. O interior escuro parece cheio de fantasmas.

Não quero avançar, mas é por isso que estou aqui. Vou direto até o fundo da caverna, onde é ainda mais escuro. A lanterna do celular me dá luz suficiente apenas para ver a abertura no fundo da parede, na altura do meu peito. Eu me apoio na pedra para me alavancar para cima. Não sei se vai funcionar. Sou magra, mas a garota que escalou aqui antes era bem magricela. Consigo dar um impulso para cima e para dentro da boca do túnel. Depois, rastejo como um lagarto, com a barriga colada no chão, tentando não pensar na rocha sólida ao meu redor. Apalpo na frente com uma das mãos. Parece loucura que ele ainda possa estar aqui. Ao mesmo tempo, se não estiver, o que aconteceu? O que isso significaria?

Finalmente, meus dedos roçam alguma coisa. Uma coisa pequena, enrolada em plástico. Meu coração bate tão rápido que acho que consigo ouvir o eco contra a pedra. Puxo o embrulho e volto me arrastando de novo, trazendo-o comigo.

De volta ao ar livre, piscando com a luz do sol, olho para o pacote em minhas mãos. Apesar de enrolado em diversos sacos plásticos, o embrulho parece antigo, como algo que acabou de ser escavado. Removo o primeiro saco plástico — rasgado, sem cor —, depois o segundo, que sobreviveu melhor, e o terceiro, que está um pouco úmido, mas ainda parece novo. E lá está. A capa de papelão, um pouco manchada e úmida, as páginas deformadas pela água. Mas não tão deteriorado quanto eu esperava. Quase intacto depois de todo esse tempo.

Estou prestes a abri-lo quando avisto um flash de cor. Olho para cima e vejo uma pipa de kitesurfe verde-clara. Observo o surfista atingir uma onda e a prancha voar. Eu me dou conta de que prendi a respiração. Cair na água naquela velocidade é como cair no concreto, mas ele aterrissa perfeitamente, esculpindo uma faixa branca nas ondas.

Ele se vira para a praia e se aproxima, saltando na água com graciosidade e puxando a tralha toda para a areia. Ele não me viu, e me sinto como uma *voyeuse* quando ele estica o braço para abrir o zíper da roupa de surfista, tirando a parte de cima. Vejo suas largas costas bronzeadas e a grande sombra preta de uma tatuagem, que se revela uma ave de rapina, as asas esticadas, as pontas tocando os ombros, preenchendo com perfeição a pele do surfista.

Ele puxa o traje para baixo agora e noto duas coisas: primeiro, o seu corpo bronzeado uniforme; segundo, que ele não está usando nada por baixo da roupa. Deve achar mesmo que está sozinho. Ele se vira, e vejo o perfil orgulhoso, o nariz aquilino. É Owen Dacre. O jovem e genial arquiteto, o "maior talento da geração", de acordo com a mídia. Provavelmente o dono daquele conversível Aston Martin. O homem que projetou todas as extensões modernas do Solar. O parceiro de Francesca Meadows em ambos os sentidos. Os dois passavam uma imagem de um casal impressionante nas fotos do casamento. Ele parecia um Jim Morrison vestido com roupas de luxo. Seu visual libertino contrastando com a aparência saudável e radiante de Francesca. E o jeito como ele olhava para ela naquelas fotos. Como se estivesse totalmente enfeitiçado.

Ele se vira de corpo todo agora — Jesus Cristo — e anda pela praia, traseiro nu, em direção às pedras e, ao que acabo de me dar conta, o que deve ser a mochila dele. Eu me agacho e fico imóvel, sabendo que deveria desviar o olhar, mas não consigo. Observo enquanto ele se enxuga com a toalha, veste suas roupas e guarda o equipamento de kitesurfe na mochila. Enfim, ele vem andando na minha direção. Agora ele vai me ver. Ele se assusta, depois resmunga algo baixinho.

Levanto a mão, cumprimentando.

— Oi — digo.

Ele está parado, completamente imóvel, com uma energia contida, como uma raposa perturbada durante a caça.

— O que você está fazendo aqui? — pergunta ele bruscamente.

— Estou hospedada no Solar — respondo.

Ele franze a testa.

— Não é seguro nadar aqui... tem pedras escondidas perto da praia. E a descida até...

— Está tudo bem — digo, irritada com seu tom pedante. — Já vim aqui uma vez.

Eu me contenho. Será que foi burrice da minha parte? Só saiu da minha boca. Mas provavelmente estou sendo paranoica. É uma parte da costa bem conhecida.

Eu o acompanho com o olhar conforme ele sai da praia e segue em direção à trilha do penhasco, até eu ter certeza de que estou sozinha. Respiro fundo. Então, pego o caderno de novo e o viro, desejando que meus dedos trêmulos funcionem direito. Lá está. Um mapa rabiscado, desenhado com caneta esferográfica. A casa, os penhascos, a floresta.

Um X marca o local.

É hora de revirar o passado.

Abro a primeira página. Leio a primeira linha. Sinto meus olhos arderem com as lágrimas.

Que ingênua...

DIÁRIO DE VERÃO

O trailer — Camping de férias do Tate

23 de julho de 2010

Conheci uma garota na praia hoje. Nunca conheci ninguém como ela.
    Viemos para Dorset no verão porque meus pais estão de férias da escola onde dão aula. Minha mãe e eu queríamos ir para o Algarve, mas era caro demais. Pelo menos o tempo não está tão ruim quanto eu achei que estaria. Comprei este diário brega em uma loja de conveniência no caminho para cá, já que sempre preciso escrever o que estou pensando em algum lugar. Faz parte do pacote de ser filha única.
    Encontrei um fóssil. Mas sinto como se ele é que tivesse me encontrado.
    Enquanto minha mãe e meu pai desfaziam as malas, vim até a praia e dei uma olhadinha nas piscinas naturais. Sei que já tenho dezesseis anos e piscina natural é coisa de criança, mas a praia estava cheia de garotos bronzeados com pranchas de *bodyboard*, todos se conheciam e eu não queria ficar sentada ali sozinha feito uma otária. Ou como o único outro menino sozinho na praia — ele deve ter uns doze ou treze anos, magro, cabelo escuro cortado pela mãe.
    Eu estava observando o tal garoto quando senti alguma coisa no meu pé. Olhei para baixo, e tinha um troço olhando diretamente para mim. Um olho preso dentro de um pedaço de pedra e o que parecia ser um bico, ou uma mandíbula. Cheio de dentes pequenininhos e tortos. <u>Superesquisito</u>. Talvez eu tenha gritado ou algo assim... Porque de repente tinha

uma voz perto de mim dizendo "puta merda, nunca vi um igual a esse", e era um dos caras que estavam ali de bobeira com as pranchas. Não consegui olhar para ele porque sempre fico agindo que nem uma idiota perto de meninos (culpa do colégio só para meninas), ainda mais meninos sarados. Ele tinha cabelo cor de caramelo e cheirava a sal e suor (um cheiro bom no menino certo).

Aí os amigos dele também foram ver, e quase todos estavam olhando o fóssil, até que um deles gritou para o menino baixo de cabelo escuro: "Tudo bem, Camarão, fala pra sua mãe que não vou poder meter nela hoje porque estou ocupado. Sei que ela tá doida por isso." Alguns meninos riram baixinho, mas o garoto com cabelo cor de mel disse: "Deixa de ser babaca, Tate." Gostei que ele fez isso. O menino não respondeu. Só se encolheu um pouco.

Então todo mundo ficou em silêncio e começou a se afastar para três pessoas passarem. Uma menina e dois meninos gêmeos mais velhos. Como se eles tivessem vindo de outro planeta. E, da mesma forma que dava para ver que o Camarão era pobre, dava para ver que eles eram ricos. O cabelo, os dentes, até a maneira como eles ficavam parados. A menina se aproximou e disse com uma voz grave, toda chique: "Porra, que maneiro." Aí ela esticou o braço e eu dei o fóssil para ela sem nem pensar. Ela tinha óculos escuros enormes da Prada e um piercing no umbigo. Eu tive que <u>implorar</u> para a minha mãe só para furar as orelhas.

Ela me perguntou se podia levar o fóssil. E antes de eu responder, ela disse assim: "Você pode vir até o Solar amanhã se quiser. Minha avó e meu avô têm uma piscina. É <u>muito</u> melhor que a praia. Não tem nenhum morador daqui."

Aí ela tocou no meu braço e falou que seria divertido se eu fosse. Ela sorriu para mim, apesar de eu não conseguir ver os olhos dela atrás daqueles óculos enormes.

Eu disse que iria. Não faço ideia do por quê, mas, de todas as pessoas na praia, ela me escolheu.

24 de julho de 2010

Sabe naquele livro de Nárnia, quando eles saem pelos fundos do guarda-roupa? Hoje foi assim. Começou em um trailer e acabou em um palácio. Quer dizer, está mais para uma mansão... mas mesmo assim.

Meu pai me levou no Corsa dele. Não é legal dizer isso, mas eu gostaria que o carro não fosse tão velho e pequeno. Ele parou perto dos portões fechados: dois grandes pilares com raposas de pedra em cima e as palavras SOLAR DE TOME em um deles. Não dava para ver a casa, só o acesso de veículos. Meu pai até perguntou: "Ela te disse que era uma mansão? Não quero levar um tiro de um ricaço da região."

Então os portões se abriram rangendo, a gente seguiu devagar pelo caminho e finalmente começou a dar para ver uma casa <u>imensa</u>, o mar de um lado e uma floresta escura, meio sinistra, do outro. E talvez seja meio bobo dizer isso, mas fiquei imaginando que o fóssil era um amuleto mágico que me deu acesso a outro mundo, como num conto de fadas.

Meu pai desligou o carro na metade do caminho e disse algo, tipo: "Olhe, querida. As pessoas que moram em lugares como esse não são como a gente..."

Ele não entende. É exatamente essa a questão. Quando é que eu poderia frequentar um lugar como esse em Streatham?

Eu disse que só ia na piscina. Então ele voltou a dirigir até vermos a menina esperando por nós na frente da casa, com um biquíni rosa-choque e um short jeans curto e rasgado, apoiando o peso numa perna só. Acenei, mas ela não acenou de volta, estava usando a mão para proteger os olhos contra o sol, então talvez não tivesse me visto.

Bem, aí meu pai disse: "Vai lá, querida. Você que sabe."

27 de julho de 2010

Tenho ido ao Solar todo dia, e tem sido <u>literalmente incrível</u>. A piscina é muito legal. Frankie (é o nome dela) é muito gentil... Ela me deu um biquíni para pegar sol (ainda tinha a etiqueta... 40 libras!!!!!!) e falou: "É muito pequeno para os meus peitos, mas você tem peito pequeno, então é perfeito. E qualquer coisa é melhor do que aquele maiô, Pardal" (ela tem me chamado assim nos últimos dias por causa das minhas pernas magras.) Ela diz que eu tenho que resolver a "situação dos meus pentelhos" também. E me deu cera para depilar, mas fiquei com medo de usar.

Frankie está sempre dizendo como aqui é chato, como não tem nada para fazer. Mas é INCRÍVEL. Não consigo nem contar quantos cômodos essa casa tem. Tem uma biblioteca. Uma adega. Uns vinte quartos. E ainda tem essa floresta cheia de árvores e antiga pra caramba.

Uma vez, quando a gente viu *A Bruxa de Blair* juntas (o filme preferido dela), a Frankie me disse que era pra ter cuidado na floresta. Principalmente depois que escurece. Porque senão eles vêm te pegar. Eles não gostam de gente de fora.

Eu perguntei de quem ela estava falando.

Ela caiu na gargalhada e disse: "Olha a sua cara! Eu só estava brincando. Não é verdade. Minha avó diz que é só boato dos caipiras daqui."

A avó dela é chique, magra e assustadora, e passa o tempo todo cuidando do jardim. Conheci o avô hoje quando a gente estava deitada à beira da piscina lendo revistas. Uma sombra pairou sobre nós, então vi um homem parado lá: alto, com cabelo branco e liso penteado para trás, e lábios finos. Ele é velho, mas passa uma vibe de homem poderoso. Como o quadro de um imperador romano que vi no museu, com uma calça vermelha de veludo cotelê. Ele tem um labrador chamado Kipling e disse algo do tipo "então você é a nova amiga da Francesca" e me perguntou se eu estou passando o verão aqui também.

Eu respondi meio que "humm, sim, nós estamos no camping de trailers".

Ah, e ele falou que o Graham Tate é um dos inquilinos deles. Aí ele ficou me olhando atentamente (queria estar vestindo mais roupa além do meu maiô) e continuou: "Então acho que estamos recebendo você duas vezes."

Eu só dei um sorriso meio sem graça. O que eu ia dizer?

Quando ele foi embora, Frankie revirou os olhos para mim e disse pra eu ignorar ele. "Agora é que a reputação dele voltou a ficar boa. Teve um caso com a secretária." Devo ter feito uma cara de nojo ao pensar num homem tão velho trepando, porque Frankie falou: "Aham, nojento, né? Mas enfim, agora ele sossegou. Ainda bem, porque minha vó já estava falando em vender a casa e se mudar para um apartamento em Marylebone. Esse lugar é chato pra cacete, mas nem sei o que eu faria se não pudesse vir pra cá passar o verão, ainda mais com a vaca da mamãe ocupada se bronzeando no Mediterrâneo e sem se importar com a gente. Aqui é o meu lar, sabe?"

28 de julho de 2010

Hoje, Graham Tate, o dono do camping de trailers, apareceu e ficou batendo papo com meus pais. Ele é um cara enorme, bronzeado, usa um lenço amarrado na cabeça igual a um desenho animado e fica o dia inteiro perambulando e conversando com as pessoas. Ele gosta de provocar meu pai porque o Palace (o time do meu pai) está uma porcaria.

Meu pai apontou para mim quando saí do trailer e falou assim: "Essa aí anda frequentando o Solar" (num tom bem pomposo). Aí o Graham disse: "Solar de Tome, é? Preste atenção, menina. Não posso dizer mais nada porque sou inquilino. Mas eu não confiaria neles. Não se importam com gente da nossa laia, nunca se importaram. Antigamente o dono tinha uns cavalos brancos puro-sangue. Não treinou os cavalos como deveria, e eles eram meio selvagens. Um dia ele saiu para caçar e fez um desvio em uma trilha na floresta e uma menina das redondezas estava lá colhendo flores. O cavalo empinou e acertou a moça. Matou a pobre coitada. E uns dias depois ainda ouviram o homem reclamar com os amigos ricos que a garota tinha atrapalhado a caça dele. Não deu nem um dinheiro para a família, nada."

Então minha mãe falou: "Que coisa horrível! Horrível mesmo, mas o que essa história antiga tem a ver com o lugar agora, ou com a menina e os irmãos dela? Mesmo que seja verdade, não foi centenas de anos atrás?"

Nessa hora, o Graham começou a falar com uma voz sinistra: "Não foi só isso. Uma noite, quando a neblina vinha espessa do mar, abriram os estábulos e os cavalos saíram. No dia seguinte, de manhã, viram que eles tinham caído do penhasco. Todos deles."

"Quer dizer que alguém fez isso?", minha mãe perguntou. "Alguém levou os cavalos até lá?"

"Não alguém", disse o Graham, com a voz macabra. "Alguma coisa. Os Pássaros."

"<u>Pássaros</u>?", meu pai perguntou.

"Não é um pássaro qualquer", Graham disse, coçando o nariz. "Não posso falar mais do que isso."

29 de julho de 2010

Falei com os irmãos da Frankie hoje, os gêmeos. Hugo tem uma mecha branca no cabelo e é mais barulhento que o Oscar, mas os dois são bem barulhentos. Eles usam roupas esportivas de mauricinhos: moletom com

RUGBY 1ST XV escrito na lateral. Eles são altos e muscolosos, e na praia pareciam modelos da Abercrombie, mas de perto não são tão bonitos assim. E riem que nem as hienas de *O Rei Leão*. Hoje eles vieram até a cozinha enquanto eu estava esperando Frankie encontrar um esmalte (para resolver o caso das unhas "nojentas" dos meus pés). O desodorante Lynx deles estava com um cheiro de vencido. Tomaram leite no gargalo da garrafa, um de cada vez. A cozinha parece até que ficou menor com eles ali dentro. Hugo esticou o braço bem na frente da minha barriga para pegar uma faca na gaveta.

"Gostei do biquíni", ele comentou.

Uma parte de mim queria sumir. Outra parte, não. Sabe?

"Quer dizer que você é a última", ele disse.

E eu falei: "A última?"

E ele: "A última da coleção!"

Dei uma risadinha nervosa e idiota e falei: "Hum... não entendi..."

Aí ele: "Sabe como as pessoas gostam de colecionar coisas? Como figurinhas de futebol? Pássaros que colecionam peças brilhantes para os ninhos? Nossa maninha gosta de colecionar pessoas." Ele fez uma cara triste de mentirinha. "Mamãe nunca a amou o suficiente."

Os dois estavam com um sorriso de orelha a orelha. Sorri para mostrar que eu tinha entendido a piada, mas não tinha a menor graça. Na verdade, me fez sentir como se eu fosse a piada?

"Você é tipo o sabor do mês", Oscar disse.

"É isso, até o próximo aparecer", Hugo falou.

Fiquei aliviada quando a Frankie chegou. Ela balançou o frasco roxo escuro para mim e disse: "Aqui, Pardal. Lagoa da meia-noite. Isso me deu uma ideia. A gente podia fazer uma festinha qualquer dia desses. Só a gente, sem nenhum adulto. Podemos nos encontrar à meia-noite! O que acham?

"É, parece legal", eu disse (embora dar uma festinha escondida soe estranhamente infantil para Frankie). Os gêmeos se entreolharam, e aí o Hugo disse: "Ok, a gente topa." Depois deu aquela risada de hiena e continuou: "Eu tô muito a fim de uma festa."

OWEN

Voltando da praia, corto caminho pelo jardim em direção ao pátio privado que dá no nosso apartamento. Tem um cara com roupa de academia dando uma corridinha ao longo do caminho. Idiota. Ele tem a propriedade inteira para usar como pista de corrida, o que está fazendo aqui? Tomara que tropece, bata a cabeça em um canteiro e se afogue no lago de carpas.

Ontem, quando os primeiros carros começaram a passar pelo acesso de veículos, senti como se o Solar estivesse sendo invadido. Não construí nada disso para eles — foi tudo para ela. Acho que consegui me convencer de que eles nunca viriam. No entanto, aqui estão. Menos de vinte e quatro horas, e parece que já estão sujando tudo. Deixando impressões digitais gordurosas no vidro do Concha do Mar, arranhando os acabamentos, jogando as toalhas em pilhas molhadas que crescem como cogumelos em volta da piscina, corpos desengonçados se debatendo na água, borrando as linhas limpas do design. Parece um insulto pessoal. Sei que são um mal necessário. Entendo que são o objetivo do Solar. Porém, se me perguntarem, era muitíssimo melhor antes de eles chegarem. Quando estava tudo intocado e perfeito, tudo que havíamos imaginado e realizado. Criei algo transformador aqui. Não apenas para essa construção antiga, não apenas para Fran, mas para mim também. Algo que começou a me curar.

Os hóspedes são como uma praga. São insaciáveis. E por que parecem tão miseráveis? Todos têm cara de bunda amassada, como meu pai diria. Cara de quem fica esperando o ônibus debaixo de uma puta chuva. Eles estão hospedados no "mais novo e descolado refúgio no campo". Pagaram centenas — alguns, milhares — para ter esse privilégio. Eles têm tudo de que precisam.

Jesus Cristo... e logo haverá mais deles. É por isso que estamos construindo as Casas nas Árvores na floresta, que já estão todas reservadas para o outono, apesar de as obras estarem muito atrasadas. Minha culpa... o projeto deu errado várias vezes. Toda vez que ia até as árvores para visualizá-las, eu ficava confuso. Um negócio estranho. Por isso acabei não percebendo que Fran já tinha aberto as reservas. Temos que começar a obra agora, e nem um minuto mais tarde. Sei que ela não está nada feliz que isso vá acontecer durante o fim de semana de inauguração, mas tentei convencê-la de que nos favoreceria. As festas vão distrair os hóspedes enquanto fazemos o trabalho mais barulhento: escavar as raízes profundas das árvores caídas para dar lugar a novas construções. Assim não precisaremos cancelar nenhuma reserva. Fran pode ser um espírito livre, mas ela é uma mulher de negócios extremamente sagaz.

Minha caminhada de volta da praia me levou ao triste cenário do camping de trailers de Tate: um borrão no meio da paisagem. Não vejo a hora de expandir os negócios para cá — um camping exclusivo, com trailers luxuosos e chuveiros com efeito de chuva ao ar livre. Mas estamos cobrando mais pelas Casas nas Árvores, então elas têm prioridade.

O cara da corrida agora está se alongando nos bancos de ferro forjado entre os canteiros. O short dele é muito curto. Tenho certeza de que estou prestes a ser atacado pela visão de um membro suado e balançante.

Pelo visto, nem a enseada escondida é respeitada pelos hóspedes. Acabo de ver uma mulher nas pedras. Caramba, como ela conseguiu encontrar o caminho para chegar até lá? Metade dos moradores nem sabe da existência daquele lugar, ou, se sabe, desiste de ir por causa do acesso difícil. De manhã, tenho a enseada só para mim, e gosto disso. É o único lugar fora da propriedade aonde gosto de ir.

Quando descobri que o Solar estava procurando um arquiteto, logo pensei que eu não tinha chance. Quase não tinha feito trabalhos no Reino Unido. Meus projetos mais recentes incluíam a casa de férias de um ator islandês nos Fiordes Ocidentais e um hotel na Costa Rica. Mas não conseguia parar de pensar nele.

"Você não acha", disse minha terapeuta, "que vale a pena explorar por que você 'não consegue' parar de pensar nesse projeto? Às vezes, fazer as coisas que nos amedrontam é uma forma de superar esses medos."

"Vou mandar uma proposta", respondi. "É o máximo que vou fazer."

Fui para aquela primeira reunião preparado para enfrentar meus demônios. Mas, em vez disso, conheci meu anjo: banhada por um raio de sol vindo da janela, cabelo dourado e ondulado nos ombros.

Algumas sessões depois, contei à terapeuta.

"O modo como fala dela... você acha que está procurando uma figura materna?", perguntou ela.

"Ela não é *nem um pouco* parecida com a minha mãe", disparei. "Fran é perfeita."

"E alguém é perfeito?", refletiu a terapeuta. "É um rótulo difícil para qualquer ser humano carregar."

Porcaria de pseudopsicologia de botequim. Cancelei minhas sessões seguintes. Não precisava mais de terapia. Eu tinha a Fran.

Porém, por mais estranho que pareça, quando parei para pensar com calma, percebi que *havia* coisas nela que me lembravam das melhores características da minha mãe. A beleza. Os grandes sonhos. Mas, diferentemente da minha mãe, minha esposa é muito otimista. Tem *propósito*. Quando olho para trás, não tenho certeza de pelo que eu me apaixonei primeiro: pelo projeto ou por Fran. Sem dúvida, nunca estive tão conectado ao meu trabalho.

Paro atrás de uma das pereiras, olho ao meu redor para ter certeza de que não estou sendo observado, depois tiro um tijolo solto do muro. Enfiado na reentrância está meu estoque de tabaco de emergência. Enrolo um cigarro de qualquer jeito — ainda compro a mesma marca, Benson & Hedges, nenhuma outra tem o gosto certo. Fran acha que parei de fumar há séculos. Duvido que ela tenha tentado fumar um cigarro na vida, de tão pura que é. Bem. Exceto na cama.

Ando até o pátio particular, até que paro e franzo a testa. Há algo pendurado na porta que leva ao nosso apartamento. Uma coisa branca e irregular, com pequenos pedaços se desgarrando e esvoaçando no vento quente.

O sabor do fumo fica rançoso na minha boca.

Dou um passo à frente. Fico todo arrepiado, embora não tenha certeza do que estou vendo.

Mais um passo. Consigo sentir o cheiro agora. Eu o reconheço. Qualquer um reconheceria. É o cheiro de uma criatura morta.

Meu Deus. Quando me dou conta do que é, quase solto um grito. É um pássaro. Alguém pregou um pássaro morto em nossa porta. Não é um pássaro qualquer — é o galo branco com que Francesca foi fotografada para a *Harper's Bazaar*.

Não fico enjoado com facilidade, mas dou um passo para trás quando noto um verme se rastejando para fora de uma das órbitas oculares vazias. Nossa. Meu primeiro pensamento é: *preciso me livrar disso antes que Francesca veja. Ela já está com a cabeça cheia.*

Tento soltar a criatura morta do prego, a bile subindo pela minha garganta por causa do fedor. O calor não ajudou. Olho para baixo para respirar e vejo um pequeno envelope branco enfiado na soleira da porta. Eu me agacho, coloco o envelope no bolso e volto minha atenção para o galo. As coisas que faço pela Fran... Eu faço tudo por essa mulher, ela é tudo para mim. Sem ela, não sou nada.

— Oi, Owen.

Eu me viro.

Ah, pelo amor de Deus. De novo não. Michele me examina de cima a baixo.

— Que calor, né? — diz ela. De repente, me sinto num filme pornô de quinta categoria. — Aposto que ainda queria estar dentro da água.

A princípio, não há nada de estranho na fala dela. Não é nenhum segredo que saio com minha prancha bem cedo quase todo dia de manhã. No entanto, alguma coisa me irrita.

— Ai, meu Deus. — Ela está olhando para a coisa na porta atrás de mim.

— Pois é — digo. — Alguém claramente tem uma ideia bem distorcida de pegadinha. — Apesar de nada tirar da minha cabeça que não se trata de jeito nenhum de uma pegadinha.

—Vou chamar a Francesca — diz ela. — Ela precisa ver isso.

— Não vai, não — digo, quase gritando.

Essa é a última coisa de que Francesca precisa. Será que essa mulher imbecil não consegue perceber isso?

Tiro minha camisa rapidamente. Linho italiano, tenho um guarda-roupa inteiro delas agora. Então, recolho o galo sinistro e o levo até um dos lixos grandes ao lado da entrada de funcionários. Quando o jogo lá dentro, o sangue já está escorrendo pelo tecido da camisa.

Eu me viro e tento resistir a um calafrio. Michelle está me observando com uma expressão ligeiramente séria.

—Você está com uma coisa — diz ela. — Bem aqui.

Ela estica o braço antes que eu possa me afastar e desliza o dedo pela minha clavícula. Sinto sua unha raspar minha pele de leve. Ela ergue o dedo e me mostra uma mancha vermelha.

FRANCESCA

Uma leve picada. Empurro a agulha na veia. Fecho os olhos. E então, sinto a onda vir. Minha cabeça cai nos travesseiros.
Sim.
Já tenho experiência suficiente para administrar em mim mesma o soro e, além do mais, não confio em mais ninguém para fazer isso da maneira correta.

Fico até mais animada ao pensar no coquetel de vitaminas avançando em minha corrente sanguínea. Preciso estar na minha melhor forma neste fim de semana e, principalmente, no banquete de inauguração amanhã.

Está uma manhã absolutamente perfeita. A onda de calor prometida logo estará sobre nós. Dois dias atrás fizemos uma encomenda meio urgente de leques de penas brancas para manter nossos hóspedes refrescados e elegantes amanhã à noite. As coroas foram entregues nos quartos. As esculturas de vime, feitas por um artista visionário em Hackney, serão entregues mais tarde. Procurei muito por artistas locais, mas nenhum chega aos pés dele. Ele fez uma instalação para a The Vampire's Wife recentemente. Ele. É. Incrível. E, mesmo estando no interior, os nossos hóspedes esperam qualidade no nível de Londres, se é que me entendem. O mesmo tipo de estética espiritual elevada que as nossas bolsas de cristais. Vai ser *deslumbrante* — e simplesmente maravilhoso para as redes sociais. Uma fonte de conquistas que nunca seca.

Tiro a agulha com cuidado. A bolsa de soro está quase vazia. Já consigo sentir o conteúdo me nutrindo, me deixando novinha em folha.

Mas isto — ligo meu notebook — talvez seja o que mais me nutra. Clico no pequeno ícone de uma lente. Quem não sabe o que é poderia achar que o globo preto brilhante é uma bola de cristal. O que não deixa de ser, de certa maneira!

Gosto disso: atribui um ar místico, mágico, para a coisa. Sei que a tecnologia é a raiz de todo o mal e que a luz azul é obra do diabo... mas isso é diferente.

Insiro a primeira senha, depois a segunda. É um sistema totalmente seguro. Então eles se materializam diante de mim: centenas de ícones pequenininhos, cada um relacionado a um ambiente diferente. As câmeras instaladas por todo o hotel são minúsculas — praticamente imperceptíveis a olho nu. De todo modo, nunca conseguiriam localizá-las, pois estão bem escondidas. Tudo foi feito por um homem que costumava trabalhar para... Bem, digamos que são pessoas que entendem bem desse tipo de coisa.

Ninguém mais no Solar sabe que há câmeras por aqui, nem Owen. Programei a instalação para quando ele estava fora, em outro projeto, e antes que os decoradores viessem. Outra curiosidade sobre o homem que instalou o sistema: ele não é do tipo falante.

Começo a clicar nos ícones. O primeiro me dá acesso a imagens de todos os espaços públicos — para capturar todos os ângulos —, o segundo, a imagens de cada quarto.

Sei que talvez não seja *legalmente* permitido instalar câmeras no quarto das pessoas. Mas, sendo bem sincera, é para o bem de todos. Era uma das regras do meu avô (que veio de sua experiência no governo, sem dúvida): prepare-se para o pior, e ele nunca acontecerá! Quero manter o ambiente alegre e seguro no Solar. Quero que nossos hóspedes sintam que confiamos neles. Não há nada pior que um lugar como este tratando seus clientes como se fossem crianças, adotando cabides à prova de furto e avisos horríveis sobre não afanar o sabonete líquido. Por isso os óleos de banho de tamanho normal em frascos de vidro, os fósforos deixados nas penteadeiras. Ao mesmo tempo, é necessário ter um plano de contingência. E, no fim das contas, este lugar é muito mais do que um hotel. É um *lar*. Todo mundo tem o direito de proteger seu lar, não tem?

Observo meus hóspedes ocupados com suas vidas. Um mundo inteiro de atividade humana! Uns se arrumam, outros fazem amor (um casal em uma posição bem surpreendente, nem sabia que as pernas de uma pessoa podiam se dobrar naquele ângulo!). Em um quarto, um casal está claramente no meio de uma briga. Franzo a testa. Não queremos esse tipo de energia aqui de jeito nenhum! Ai, meu Deus — lá está meu irmão Hugo com aquela mulher *horrível* que ele trouxe. Tenho certeza de que ela é uma acompanhante, ou algo assim. Espero que ele não me constranja neste fim de semana. Oscar é um pouco mais educado. Ambos estão comigo nesse projeto também, estritamente na parte do dinheiro. Achei que seria prudente tornar o empreendimento um negócio de família e dar a eles a chance de se beneficiarem deste lugar, já que minha avó os excluiu do testamento e deixou a propriedade só para mim. Além disso, eles são bem relacionados nesse aspecto — trouxeram alguns amigos investidores para passarem o fim de semana. Enfim. Clico rápido para prosseguir, não quero ver nada desagradável.

Há apenas um quarto com uma única hóspede, uma mulher. Observo-a entrar em seu chalé, carregando uma de nossas lindas sacolas verde-escuras no ombro, tirando de dentro uma toalha e um livro. Engraçado. Quase todos os outros hóspedes estão em dupla — e até mesmo em trio. Fico pensando no que ela está fazendo aqui sozinha. Quer dizer, bom para ela, claro! Mas é o fim de semana da inauguração... é o momento para comemorar e socializar. Alguma coisa nela não faz sentido. Procuro o nome nas reservas. Bella Springfield. Bonita, mesmo sendo uma beleza um pouco comum. Mas se é uma pessoa ligada à mídia, como sugere sua bio, *eu* nunca ouvi falar dela. Estranho.

Enfim. Aqui estão eles, finalmente. Meus hóspedes. Aqui, neste reino mágico que criei para eles. Se eu fosse motivada pelo ego, diria que me dá uma sensação de poder. Mas não sou. Trabalhei isso em mim ao longo dos anos. Então, digamos que eu me sinto como uma mãe cuidando dos filhos. É o que sempre digo: somos uma grande família feliz aqui!

Dou uma olhada nos ambientes ao ar livre em seguida. A piscina, o jardim... faço uma pausa. Clico de novo no quadro do pátio. O que Owen está fazendo conversando com Michelle? Ele odeia aquela mulher! E está sem camisa? Dou um zoom. Há algo estranho e intenso na linguagem corporal dos dois.

Fecho os olhos. Respiro dois, três, quatro, expiro dois, três, quatro, cinco, seis, sete, oito. Ah. Pronto. Bem melhor agora. É *bom* que Owen e Michelle estejam se dando bem. É importante para mim que todos estejam em harmonia. Como sempre digo, precisamos ser uma família feliz.

Abro os olhos ao ouvir o som de passos na escada, olho a tela outra vez e vejo que Owen sumiu de vista. Quase não consigo fechar o notebook antes de ele abrir a porta.

— Oi, amor — digo. — Como estava a água?

— Ótima — responde ele.

No entanto, ele não parece um homem que acabou de voltar renovado de seu exercício matinal. Ele está nervoso. E fedendo a cigarro. Ele acha que não sei do estoque secreto, mas há pouquíssimas coisas que acontecem aqui que eu não sei. O que *ele* não sabe é que troquei aquela porcaria barata e nojenta que ele tinha na bolsa por uma variedade orgânica, com baixo teor de alcatrão. É melhor que o outro, certo?

Enquanto Owen toma banho, começo a aplicar, com cuidado, uma camada bem leve de maquiagem. As pessoas precisam acreditar que não uso nada além da luz do sol, oito horas de sono e antioxidantes para ter esse rosto. Faz parte do pacote. Tento ser autêntica o tempo todo, sabe? Mas, às vezes, você tem que dar às pessoas o que elas querem. Elas *não* querem saber de tratamentos de olheiras, lasers e picadinhas de botox de vez em quando. Não sou naturalmente bonita, sabe? Pronto, falei. Consigo dizer isso agora sem rancor. Acho que a maioria das pessoas fica chocada quando olha com mais atenção e percebe que tenho razão. Meus olhos são um pouquinho juntos, meu maxilar é meio largo. Isso me aborrecia. Mas aprendi que, com tratamentos minimamente invasivos, bem sutis, e a maquiagem correta, você consegue corrigir qualquer coisa. É óbvio que o que vem de dentro é o mais importante, mas preenchimentos também ajudam.

Owen sai do chuveiro, secando o cabelo molhado com a toalha. Observo os músculos em suas costas se moverem embaixo da pele, fazendo a enorme águia tatuada em suas omoplatas parecer viva, pronta para levantar voo.

Meu amor não anda até o closet para pegar suas roupas — ele *desfila*. A camisa de linho que escolhe (ele é muito criterioso com roupas, seu gosto é impecável) o suaviza um pouco. Ou cobre a tatuagem, no caso — parece que tem um animal por baixo do tecido, um lobo em pele de cordeiro. Eu o observo bater a porta do closet. Parece estar pensando em algo.

— Espero que não se importe com o que vou dizer, querido, mas você não parece estar nada bem. Tem algo te incomodando?

Owen dá de ombros. Uma leve hesitação.

— Não. Acho que só estou cansado por causa do surfe.

— Bem, os próximos dias vão ser agitados. Fico tão feliz que você tenha esse tempo só para você.

— Não exatamente. Deveríamos avisar aos hóspedes para não irem até a praia escondida.

Franzo a testa.

— Como assim?

— Uma mulher foi lá hoje de manhã.

— Tem certeza de que não era alguém daqui?

— Era uma hóspede, com certeza. Ela estava com uma sacola nossa.

Não consigo deixar de imaginar a cena. Os dois naquela praia isolada. Eu me pego me perguntando se ele a achou atraente. Uma imagem se forma diante de meus olhos: os dois na praia, juntos, se abraçando... e, com isso, uma sensação de perda me invade e vira rapidamente algo mais obscuro, mais raivoso...

Pisco, e a imagem se esvai, como água do mar afundando na areia.

Meu Deus. O que está acontecendo comigo? Respiro fundo outra vez. Não. Eu evoluí, não deixo mais esse ciúme bobo me controlar. É tão libertador. Somos todos criaturas de Gaia, e a atração por outras criaturas bonitas está em nossa constituição orgânica. Além disso, é de Owen que estamos falando. *Owen*. Ele me venera. Ele é, na falta de uma palavra melhor, totalmente obcecado por mim. Mas não de uma maneira tóxica. Apenas no sentido de que sua alma está ligada à minha de um jeito surreal.

Vou em direção ao espelho e digo, num tom tranquilo e animado:

— Fico me perguntando como ela sabe descer até lá. Eu vinha passar o verão aqui todo ano e só descobri quando era adolescente — digo, ajustando o curvex na minha pálpebra com delicadeza.

— Bem, ela disse que já veio pra cá, e por isso sabia o caminho.

— Ai, merda!

Eu me contraio de dor — prendi a pele da pálpebra com a pequena prensa de metal. Enquanto pisco para afastar as lágrimas, noto o olhar de surpresa de Owen. Francesca Meadows *nunca* solta um palavrão.

— Ops.

Sorrio para tranquilizá-lo.

Penso na mulher que acabei de ver entrando no chalé com a sacola verde. A hóspede que está sozinha. Era ela na praia, tenho certeza. Pensando melhor agora, o nome me incomoda, não sei por quê.

Enquanto Owen dá de ombros e veste sua calça jeans, faço uma anotação mental para investigar Bella Springfield. Só para satisfazer a minha curiosidade. Nada mais que isso.

O dia depois do solstício
INVESTIGADOR DE POLÍCIA WALKER

O investigador de polícia Walker estaciona o Audi no topo do penhasco ao lado do antigo camping de trailers. Ele se olha no retrovisor e passa a mão no cabelo recém-cortado. Trinta e poucos anos e já com alguns fios grisalhos. Quando isso aconteceu?

Ele pega a garrafa térmica de café e serve o expresso na caneca. Sua mão treme só um pouco por conta da adrenalina. Uma batida na janela, e o líquido escaldante derrama em seu polegar. Merda. A investigadora Heyer espia pelo vidro. A essa altura eles já se encontraram algumas vezes. Ela nasceu no início dos anos 2000 e faz Walker se sentir um ancião.

Ele coloca os óculos escuros e sai do carro.

— Oi, chefe. — Ela está ofegante. — Gostei dos óculos.

— Obrigado.

Ela franze a testa.

—Você mora em New Forest, né? Deve ter levado, tipo, uma hora para chegar aqui. Não tinha ninguém mais perto?

Walker dá de ombros.

— Eu acordo cedo. Acho que vi primeiro. Está tudo bem?

Heyer também está com a adrenalina lá em cima. O brilho nos olhos dela, a maneira como ela se balança para cima e para baixo.

— Sim... Quer dizer. Acho que isso é mais trabalho da polícia militar. Não temos muito esse tipo de coisa por aqui.

— O que, morte?

— Não desse jeito. É sempre um acidente com alguma máquina de fazenda, aposentados caindo de escadas. Uma das minhas primeiras foi um senhor que teve um ataque cardíaco no escritório. Esse tipo de coisa. Nada como isso.

— Bem. Ainda não sabemos realmente o que é "isso", né? Mas me diga o que aconteceu até agora.

— Então, uns pescadores encontraram o corpo — diz Heyer. — Eles estão esperando lá embaixo. Os peritos estão prontos para começar o trabalho na cena do crime. Mas os penhascos aqui são muito íngremes. Vamos ter que andar até a próxima praia para eles nos buscarem de barco. Aí...

— Você nunca vai pegar eles — dispara uma voz, bem próxima.

Heyer pula de susto, xingando baixinho. Walker se vira e vê uma figura apoiada na cerca descascada do camping de trailers, semicerrando os olhos na direção deles. Uma garrafa de uísque Bell's em uma das mãos carnudas. O rosto corado de quem já bebeu todas. Um colete manchado, um lenço amarrado de qualquer jeito na cabeça. Walker consegue sentir de longe o cheiro de álcool. Meu Deus.

— O que é isso? — pergunta o velho num tom alto, apontando para os óculos escuros de Walker. — É a porra do *Miami Vice*? — Ele solta uma gargalhada, que se transforma em uma tosse catarrenta.

Walker ignora.

— Você disse alguma coisa ainda agora — diz ele —, o que...

— Que sotaque é esse? De onde você é?

O homem se inclina para a frente, examinando-o. Se não fosse a cerca apoiando seus antebraços pesados, provavelmente ele não conseguiria ficar em pé direito.

— De um lugar aí — responde Walker, evasivo. Melhor permanecer o mais impessoal possível. — Olhe... você viu alguma coisa? Ontem à noite?

— Vi — diz o velho, com a fala arrastada. — Vi tudo. Estava sentado ali o tempo todo. — Ele se vira e, balançando o braço com força, aponta para a espreguiçadeira desbotada a alguns metros de distância, os trailers abandonados atrás. Ele dá uma gargalhada. — Bem-vindo ao meu reino, filho. Eles querem destruir tudo. Eles querem tomar tudo de mim. Só por cima do meu cadáver. Está me escutando? Por cima do meu... — Ele para de falar quando é acometido por outro acesso de tosse.

— Quando foi que você viu tudo? — indaga Walker.

O homem se vira para Walker, devagar agora, e o encara. Seus olhos mudaram. Estão quase pretos: só pupilas, como se ele tivesse acabado de sair de um lugar escuro. Sua voz, quando fala, é áspera e baixa.

— É — diz ele. — Eu vi *eles*. Um deles, pelo menos.

— Eles? — pergunta Walker, desconfiado.

Ele assente em silêncio.

— Um dos Pássaros.

Walker franze a testa, irritado com algo na expressão do homem.

— Quando você diz pássaros...

— Alto — diz o velho, gesticulando com as duas mãos. — Mais ou menos da sua altura, talvez. Todo de preto. — Ele passa a mão por suas feições destruídas. — Sem rosto. Um bico enorme, assim, enorme pra porra. Afiado como uma lâmina. Asas assim. — Ele abre bem os braços, o máximo que consegue. — Vi tão nítido quanto estou vendo você agora. Foram eles os responsáveis. Claro que foram.

— Posso perguntar o que quer dizer com isso?

— Eles já mataram antes. O velho Lorde Meadows. Claro que eles são os culpados. E eles vão matar de novo.

Mesmo não querendo, Walker sente um arrepio.

— E o que você viu esse... hum, *pássaro* fazer?

— Perseguir eles até o penhasco — responde ele, como se fosse óbvio. — Depois — continua, de maneira sombria —, foi embora voando.

Walker escuta Heyer dar um pequeno suspiro.

— Ele... foi embora voando? — indaga ele.

O velho assente, bem sério.

— Para aquela direção. — Ele aponta ao longo do caminho do penhasco, em direção ao lugar onde a fumaça ainda penetra no céu. — Eles conseguem voar e tudo — diz ele. — Claro que conseguem. São pássaros.

— Ele administrava o camping de trailers — conta Heyer, depois que eles pegam os dados de Graham Tate e o deixam com seu uísque. — O filho, Nathan, é um encrenqueiro da região: uma posse de drogas aqui, um furto ali, esse tipo de coisa. Por um minuto, achei que ele ia dizer algo de útil. Mas o pessoal por aqui acredita em coisas estranhas. Além disso, ele está bêbado que nem um gambá.

— Bom, vai saber — diz Walker. — Ainda pode ser útil. Talvez alguma parte dessa história seja verdade.

— Ou talvez... — Heyer franze a testa.

— O quê?

— Só pensei aqui... Será que ele sabe mais do que contou? Tipo, será que ele tem um álibi? Talvez ele ache uma boa ideia pôr a culpa em uma lenda da região.

— Bem pensado — diz Walker. Heyer ajeita a postura, satisfeita. — Vamos interrogá-lo quando ele estiver sóbrio.

Heyer contém uma risada.

— Acho que vai demorar.

— Agora vamos focar na nossa vítima. — Walker anda na direção do penhasco, então para. — Olhe aqui. Está vendo aqueles arbustos espinhentos, ao longo do penhasco, como eles estão quebrados e pisoteados? Precisamos trazer o perito criminal até aqui em cima para isolar essa área.

— Sim.

— Estão bem destruídos. Sem nenhum cuidado. Não te deixa com a pulga atrás da orelha? Olhe o tamanho daqueles espinhos. Você teria que estar muito desesperado. Teria que querer muito se jogar do penhasco. Ou foi como Graham Tate disse. Alguém estava perseguindo a vítima.

— Merda! — exclama Heyer. — Não existe uma maneira boa de morrer. Mas ser perseguido até um penhasco... — Ela estremece. — Deve estar entre as piores. Ah... — Ela fita os arbustos, semicerrando os olhos. — Tem alguma coisa presa neles, lá, olhe.

Walker olha e vê um pedacinho de tecido preto.

— Precisamos trazer o perito aqui em cima também — diz.

Ele dá um passo para mais perto da beira do penhasco e olha de lá. Sente aquela vontade de pular que as pessoas muitas vezes sentem em lugares altos. Ele consegue ver um bando de policiais reunidos na praia lá embaixo e um par de barcos de casco rígido ancorados na areia. Há plantas saindo do calcário perto da metade do caminho, e, descendo, uma mancha cor de ferrugem no branco. O corpo deve ter batido naquilo a caminho do chão. Talvez tenha contribuído para um fim mais rápido. E então ele vê. Um braço: a única parte do corpo visível lá de cima. A palma da mão virada para cima, os dedos estendidos para o mar, como se estivessem implorando misericórdia.

Ele se contém. *Controle-se, Walker.*

Ele se inclina ainda mais para a frente. Mais um passo, e talvez...

— Meu Deus, chefe! — exclama Heyer quando ele quase perde o equilíbrio e cambaleia para trás, mandando algumas pedras soltas para o vazio.

Dois policiais na praia olham para cima. Isso vai ter que esperar. Ele se move pelo penhasco, encontra um lugar onde a vegetação foi arrancada e se vira para Heyer.

— Aqui, olhe. Onde o tojo está pisoteado. É uma trilha.

Heyer engole em seco.

— Parece bem perigoso. Todos os outros chegaram aqui de barco.

Walker está começando a ficar impaciente.

— Pode esperar aqui se quiser. Mas é assim que vou descer.

Quando eles finalmente alcançam a areia, Heyer se vira para ele.

— Só para você saber, chefe, aquilo não era uma trilha, está bem? Aquilo era uma descida para a morte. — Ela se inclina para a frente, as mãos nos joelhos. — Cara. É muito cedo para essas coisas. Achei que eu fosse deixar meu café da manhã no meio do caminho.

— Foi mal. Era mais íngreme do que parecia.

Os dois começam a curta caminhada pela areia até onde os peritos criminais se aglomeram em volta do corpo. Walker está ansioso para ver agora. Os policiais com roupa de proteção obstruem sua visão enquanto andam de um lado para o outro: ele capta apenas vislumbres dos membros espalhados, da explosão brilhante de sangue.

E, então, Heyer grita e aponta para algo a poucos metros de distância deles, próximo ao corpo, enterrado na areia pela metade: uma garrafa quebrada de uísque Bell's.

O dia anterior ao solstício
BELLA

A camareira já passou no meu quarto e recolheu as bebidas da noite passada. Está tudo um brinco. E ainda deixaram um arranjo retorcido de galhos com folhas verdes na penteadeira, formando um círculo. Aquilo me dá um leve susto, pois parece meio vivo. Pego o arranjo e leio o bilhete preso a ele:

Junte-se a nós amanhã para nossa festa na floresta. Dress code: roupa branca e coroa de folhas.

Por um momento, fico encarando o bilhete sem me mexer. Festa na floresta? Ela realmente vai fazer isso? *Como ela tem coragem?* De todas as coisas doentias, malignas, distorcidas...

Um segundo depois, olho para baixo e percebo que rasguei o bilhete e a "coroa de folhas" em pedacinhos. Folhas e pedaços de papel estão espalhados no chão. Jogo tudo na lata de lixo. Vou deixar o pessoal da limpeza fazer o que quiser com aquilo.

Vinte minutos depois, sentada à mesa do café da manhã, tento parecer o mais casual possível enquanto observo o restaurante Concha do Mar. Como se estivesse apenas apreciando o ambiente, somente mais uma hóspede tomando café em um dia de sol no interior. É difícil, entretanto, quando cada nervo seu está à flor da pele, prestes a colapsar a qualquer momento, e você está só esperando que alguém note. Também não ajuda em nada eu me sentir tão em evidência, cercada por tantos casais de mãos dadas, como se não aguentassem ficar sem se tocar enquanto comem seu *bircher muesli*.

Contrastando um pouco com o interior zen do restaurante, há pessoas conversando em voz alta, quase como se quisessem ser ouvidas pelas mesas em volta.

—Vamos ter esse, tipo, grande evento no metaverso. Vai ser incrível. Somos como... memes da internet, mas com o estilo do Banksy. Elon é um dos nossos maiores colecionadores. Quem disse que gatinhos explosivos não podem ser arte?

Ou:

— Sabe, passei quase toda a quarentena em Tulum. Foi muito doido! Tinha *tanta gente lá*. Foi incrível. Fui para passar uma semana a acabei ficando meses! Só tinha que tomar cuidado com os cenotes porque eles eram infestados de corona.

Ou:

— Microdosagem é o que há, cara. Mas não ácido, e esqueça esse papinho farmacêutico: o negócio agora é cogumelo, tudo natural. Eu tomo o cogumelo juba de leão batido na minha vitamina de manhã e depois, se eu precisar de um reforço, tomo uma pitadinha da velha e boa psilocibina. Isso. Mudou. A. Minha. Vida. — O homem realmente fala assim, como se pusesse um ponto final entre cada palavra.

Vou até a mesa de café da manhã me servir de novo só para não escutar mais nada daquilo. É uma coisa melhor do que a outra. Uma imensa pirâmide de frutas, algumas das quais nem consigo nomear, e, acho, produtos que vêm dos jardins do hotel. Itens de padaria dourados e lustrosos que ninguém come. Pego um croissant.

Há comida suficiente para alimentar todo mundo aqui mais de uma vez, ainda mais levando em conta o IMC médio. Eles vão acabar jogando comida fora. Mesmo assim, todos parecem preocupados, como se o banquete estivesse prestes a acabar. Essas pessoas não conseguem relaxar — nem aqui em Dorset. Talvez o problema seja *justamente* esse, já que eles estão no "novo lugar da moda". Elas são a camada da sociedade que fura fila, a nata, a elite. Conheço bem o tipo por causa do meu trabalho. Eles fazem parte daquele seleto grupo que foi até a agência para comprar uma segunda casa quando a pandemia começou, que foi encaminhado para a sala de reuniões privada para "conversar sobre suas condições financeiras" (leia-se: qual número vai na frente desse orçamento de sete dígitos?).

Na minha mesa, meu telefone vibra. É a minha mãe. Merda, me esqueci totalmente de ligar. Atendo.

— Como ela está? — pergunto, culpada.

— Mamando que é uma beleza. E dormiu até as sete.

Solto o ar.

— Maravilha. Ufa.

— Isso é... Peraí, é uma gaivota que estou ouvindo ao fundo? — pergunta minha mãe.

Xingo as janelas abertas. Minha mãe sempre teve uma ótima audição.

— É — digo, cautelosa. — Não comentei com você? O negócio do meu trabalho é na praia.

— Não — diz ela. — Você não me contou quase nada, na verdade. Onde na praia?

— É perto de... — penso, desesperada. — Southampton! Plausível, não? Uma cidade grande, perto de Londres.

— Certo — diz ela. — Southampton.

Será que ela não acredita em mim? Não é como se eu pudesse contar a verdade para ela. O que ela diria se soubesse que voltei para cá?

Além disso, não é *diferente* de uma viagem de trabalho. Afinal, tem sido como um segundo trabalho ao longo dos anos. Sempre de olho. Principalmente desde que Francesca Meadows herdou esse lugar. Meu trabalho como recepcionista não é tão cansativo para alguém que já conseguiu uma vaga em uma boa universidade (mas nunca a preencheu). Isso me deu tempo para cuidar de outras coisas, para pesquisar.

— Preciso desligar, querida — diz minha mãe. — Ela só está...

Quase pergunto à minha mãe se Grace sente minha falta. É como querer cutucar uma ferida. A culpa já é real o suficiente.

Desligo e dou um gole no café com leite (tive que implorar pelo leite, era como se eu estivesse pedindo uma substância ilegal) enquanto olho em volta do salão.

E então eu a avisto. Sentada no meio do burburinho. A imagem da calma, tudo girando em torno de seu centro tranquilo. Ela está com uma aura de luz, quase machuca o olho de tanta claridade, como um anjo em uma pintura medieval. Então, percebo que ela está posicionada bem embaixo de uma das clarabóias, o sol da manhã irradiando pelo vidro. Coincidência ou intencional? Está com um sorrisinho sereno estampado no rosto enquanto leva um copo de alguma coisa aos lábios: uma bebida com o mesmo tom de amarelo solar do vestido de linho ombro a ombro que está usando.

Li sobre a peregrinação a que ela foi: como ela "se encontrou" e "se curou" enquanto meditava em um *ashram* aos pés do Himalaia, e quanto "foi importante para seu crescimento pessoal". Como, mais do que uma visita sagrada, ela encontrou a resposta de que precisava para o que deveria fazer com sua vida: começar a administrar retiros de bem-estar de alto nível para mulheres com excesso de cortisol e dinheiro. Então, óbvio, ela abriu esse lugar.

Eu a observo, fascinada. Não sou a única. Muitos dos que não estão concentrados em vigiar os pães e doces que não vão comer estão de olho nela. Há três ou quatro rostos famosos aqui: uma dupla de atrizes, acho, e um adulto criança que talvez seja um cantor. Mas, de alguma maneira, nesse momento, eles somem perto da radiante Francesca Meadows.

Então, ela se vira e, por alguns segundos, encontra meu olhar. O ar entre nós parece estremecer. Ela não tira o sorriso do rosto e continua avaliando o salão. Enterro meu rosto embaixo do cabelo. Mas ela me viu, tenho certeza. Um arrepio percorre meu corpo — aquilo que dizem que sentimos quando um espírito passa do nosso lado.

DIÁRIO DE VERÃO

O trailer — Camping de férias do Tate

31 de julho de 2010

Está superquente hoje. Ficamos deitadas do lado da piscina e ouvimos The Cure no iPod rosa de Frankie que conectamos nas caixinhas de som. Frankie ficou de bruços para bronzear as costas e disse: "A festa é amanhã, Pardal! Está animada?"
"Hum, estou", respondi, embora não fosse a uma festa desde que eu tinha uns dez anos.
Frankie voltou a ler seu *Lendas de Tome* que ela comprou na livraria do bairro. Eu estou lendo um da Jilly Cooper, *Bella*, que achei na prateleira de empréstimos do camping de trailers.
"Essa capa é tão merda", Frankie disse. (É uma mulher com um penteado volumoso horrendo dos anos 1970 e uma sombra azul-turquesa.) "Mas Bella é um nome bem legal", ela disse, dando um tapinha na capa do meu livro. "Esse podia ser o seu nome."
"O que tem de errado com Alison?", perguntei
Ela respondeu: "É só um pouco... De onde você é mesmo?"
Eu disse Streatham, e ela deu de ombros. "Só estou dizendo que Bella é um nome legal, só isso."
No segundo seguinte, ela se levantou num pulo e apontou para o mar.
"Está vendo aquele barco? Um dos pescadores está olhando bem na nossa direção, pervertido — está vendo o reflexo no binóculo?" Ela correu para dentro de casa e pegou o telescópio do avô, olhou lá dentro

e falou "Ah, é só um garoto qualquer", e o passou para mim. Era aquele garoto de cabelo escuro da praia, o Camarão. Ela sorriu e disse: "Vou dar alguma coisa para ele olhar." Aí tirou a parte de cima do biquíni e se mostrou para ele. Simples assim.

É por isso que gosto da Frankie. Você nunca sabe o que ela vai fazer. A adrenalina. Só tenho medo de ela descobrir que não sou tão descolada assim e cansar de mim. Queria ser mais como a menina que encontramos no banheiro aqui no camping de trailers se maquiando. Mais velha do que eu... com certeza mais legal. Uns vinte e tantos anos, talvez, umas ruguinhas em volta dos olhos. Cabelo escuro preso no alto igual ao da Amy Winehouse, um monte de tatuagens delicadas nas mãos e nos braços, várias pulseiras. Ela deve ter percebido que eu a estava encarando porque sorriu, aí eu vi que um de seus dentes estava quebrado ao meio, o que na maioria das pessoas ficaria horrível, mas nela ficava bem legal, porque ela era muito bonita.

Ela disse: "Ei! Eu sou a Cora. Você está ficando aqui?"

Eu disse: "Aham." Ela fez um delineado nos olhos que a deixou parecendo uma gatinha.

"Não consigo fazer isso sem borrar tudo", falei para ela.

"Quer que eu faça em você?", ela perguntou. Eu respondi que sim e, enquanto ela fazia meus olhos lacrimejarem, eu sentia o toque frio do anel de nó celta dela em minha bochecha. O hálito dela tinha cheiro de cigarro e chiclete de menta, então ela falou: "Ficou bom em você." E eu me olhei no espelho e me senti uma pessoa diferente.

"Qual é o seu nome?", ela perguntou.

"Bella", eu respondi.

1º de agosto de 2010

Coloquei o despertador para tocar às 23h30 e saí de fininho do trailer levando biscoitos e chocolate (do estoque de lanches de praia da minha mãe). Deu medo andar pelo penhasco sozinha à noite, com aquele precipício bem ali. Quando olhei para o mar escuro, pensei na história de Graham Tate sobre aqueles cavalos sendo guiados pelo penhasco uma noite.

Levei um puta susto quando olhei para trás e vi três rapazes altos vindo na outra direção. Mas aí um deles falou "Ah, oi, é você", e percebi que era o menino da praia, o que tinha o cabelo cor de mel. Ele perguntou se eu estava bem ou perdida, e eu disse que estava indo encontrar minha amiga.

"Do Solar?" Ele fez uma careta.

"Aqueles imbecis metidos", disse um dos meninos com ele. Aí ele falou: "Cale a boca, Nate." E então disse para mim: "Bem, se em algum momento você se cansar daquele lugar, é só descer até a praia, tá? A gente pode conversar e ficar de boa." Ainda bem que estava tão escuro que ele não conseguiu ver meu rosto. Mas fui pensando nisso até o Solar e rindo sozinha que nem uma idiota.

Frankie me encontrou nos portões. Os gêmeos também estavam lá, junto com uma menina usando um look esportivo da Kappa, com botões nas laterais. Quando perguntei a Frankie o nome dela, ela falou: "Ah, é só uma piriguete daqui. Os gêmeos estavam fazendo palhaçada, se exibindo e tentando fazê-la rir."

"Vamos para a floresta", Frankie disse. "Venha."

Ela estava com uma bolsinha de contas pendurada no braço e carregava o fóssil que eu tinha encontrado na piscina de rochas. Mostrei a comida que eu tinha roubado do trailer, e ela falou: "Aimeudeus, Pardal, você me mata de rir! Não é esse tipo de festa, mas acho que um lanchinho vai cair bem."

Entramos na floresta. Eu nunca tinha ido a um lugar tão silencioso. As árvores tampavam o luar conforme ficavam mais próximas umas das outras, mas Frankie tinha uma lanterna. Eu estava tentando não pensar em *A Bruxa de Blair*. Primeiro passamos por uma árvore branca morta com dois galhos bifurcados.

"Esse é o Osso da Sorte. Por aqui", Frankie disse. Os gêmeos nos seguiram — se exibindo, uivando que nem lobos e tal. Mas é estranho porque, mesmo eles sendo mais velhos, Frankie é definitivamente a líder. Eu podia ouvir a tal menina dando risadinhas. Ela não parava de perguntar: "O que estamos fazendo?" Mas ninguém respondia.

Frankie nos guiou entre as árvores até uma clareira onde havia um monte de pedras arrumadas em círculo em volta de uma árvore. Isso me lembrou de quando fui a Stonehenge com minha mãe e meu pai.

"A gente não deveria estar aqui", disse a menina. "É para cá que eles vêm."

Frankie perguntou: "Quem?" E a menina respondeu: "Os pássaros", mas, da maneira como ela falou, soou como: <u>Os Pássaros</u>. Eu me lembrei da história de Graham Tate. Comecei a ficar um pouco assustada. Meio risonha e animada também. Mas principalmente assustada.

Frankie só riu e levantou a lanterna para iluminar a árvore no meio das pedras. Tinha várias formas esquisitas no tronco, centenas delas. Eu estava tentando pensar no que elas me lembravam quando a menina de look esportivo falou: "Essa é a árvore dos cem olhos." E, sim, parecia mesmo com o nome, com todos aqueles olhos, todos de diferentes tipos e tamanhos, encarando todas as direções.

Frankie esticou o braço e disse: "Olha só isso", apontando para uma fenda comprida e estreita na árvore. Aquilo me lembrava uma caixa de correios ou uma boca. Ela se virou para mim e falou: "Duvido você colocar a mão ali."

Eu ri. Disse que não queria.

"Vai", Frankie disse. "Coloca."

Então eu finalmente coloquei, e sei que parece idiota, mas tive a sensação de que nunca mais fosse conseguir tirar a mão dali. E então a menina falou: "Você não deve tocar na árvore a não ser que vá usá-la."

Frankie se virou para ela. "Usar?"

A menina estava um pouco envergonhada, e então respondeu: "É, você pode, tipo, deixar mensagens para eles na árvore."

"Mensagens?"

"Se quiser que eles façam alguma coisa para você. Tipo, por vingança."

Frankie iluminou o rosto da menina com a lanterna. "Que fofo! Você realmente acredita nesse negócio, né?" E ela riu.

A menina riu também, mas acho que ela não achou tão engraçado.

Depois disso, fomos andando até a velha casa da árvore. Dava para ver uma escada bamba encostada no tronco e uma silhueta escura meio atarracada nos galhos. Estava <u>muito</u> escuro lá em cima, tinha cheiro de madeira podre e o chão estava úmido. Nós cinco mal cabíamos lá dentro. Então, Frankie abriu a bolsinha e a iluminou com a lanterna.

"Bom trabalho, mana", Hugo disse. Oscar riu. "Porra, você a deixou sem nada mesmo." Frankie sacudiu a bolsa para mim. "<u>Essa</u> é a nossa festa", ela disse. "Minha mãe pode ser uma vaca, mas ela serve para alguma coisa. Imagine a cara dela quando chegar a Saint-Tropez com seu garotão e perceber que não está com seu estoque de comprimidos para relaxar. Bem feito por largar a gente aqui todo verão."

Eu meio que fiquei apavorada. Nunca tinha usado drogas... e mal bebia também, só tinha ficado bêbada uma vez. Peguei um e coloquei na boca, mas quando Frankie não estava olhando cuspi, então só engoli a mancha que carimbou minha língua.

Os gêmeos tomaram o deles. A menina também. Depois Hugo se inclinou para a frente e disse alguma coisa para Frankie, aí ela agarrou meu braço e falou: "Vem, vamos deixar eles aí."

Voltamos andando para a clareira. Frankie tirou um monte de velinhas dos bolsos, colocou tudo no chão, no espaço entre as pedras, e acendeu. Ela colocou o fóssil no meio. "Essa pode ser nossa ferramenta de invocação", ela disse.

Perguntei o que a gente estava invocando. Minha voz saiu trêmula. Eu ouvia um barulho nos arbustos ali perto. Disse a mim mesma que era só um coelho.

Frankie falou: "Os Pássaros, boba. A verdade é que o que a gente realmente precisa é de um sacrifício humano."

Congelei.

Ela riu de mim. "Estou brincando! Aimeudeus, você acredita em tudo, Pardal."

Ela me fez deitar nas folhas velhas e mortas no chão com ela. Estava úmido e frio, mas ela pegou a minha mão, e eu senti a dela, quente e seca.

Talvez eu tenha engolido uma parte do comprimido, porque não conseguia sentir o chão nas minhas costas, era como se eu estivesse flutuando, e meu coração disparado, não conseguia respirar direito.

Então, ouvimos um som, como um grito. E aí Frankie falou: "Ai, porra, Pardal, a minha mão!" Eu não tinha percebido quão forte estava segurando.

"O que foi aquilo?", perguntei. "Você ouviu?" Então Frankie falou: "Ah, sei lá. Talvez tenha funcionado. Talvez tenham sido os Pássaros." Aí ela riu e falou: "Deve ser uma raposa. O som delas fazendo sexo é horroroso." Mas eu estava com uma sensação ruim. Olhei para a casa da árvore.

Os gêmeos se juntaram a nós depois. A menina tinha ido para casa, eles disseram. Então, um pouco antes de eu ir embora, Frankie me deu um abraço apertado e falou: "Foi divertido, não foi?" E eu respondi que sim, porque tinha sido meio divertido, sim. De uma maneira sinistra. Aí ela disse: "Mas na próxima vez engula o comprimido, Pardal. Não tem graça se você não engolir. Foi meio decepcionante. Odeio quando as pessoas me decepcionam."

FRANCESCA

Pensei que seria uma boa ideia socializar com os hóspedes hoje de manhã. Mostrar que eu era um deles.

Foi um pouco estranho todo mundo se virando para me encarar quando entrei no restaurante; acho que todos sabiam quem eu era. Para muitas pessoas, eu sou "o rosto do Solar" (na verdade, acho que isso é uma citação da matéria da *Harper's Bazaar* sobre mim).

Dou um gole na minha bebida — um shake vegano de açafrão, prensamos nosso próprio leite de amêndoas aqui. Eca, está horrível. Levanto o dedo e chamo Georgina, a gerente do Concha do Mar.

— Georgina, querida, isso está muito aguado. Não podemos dar aos nossos hóspedes algo que eles poderiam encontrar em qualquer lugar! Não é?

Georgina assente, humilde.

— Ótimo, você é *incrível*! Vá lá e resolva isso, obrigada, minha querida. Agradeço muito.

Ela se afasta.

Porém, o problema não é o leite de amêndoas. Alguma outra coisa está errada. É como se eu estivesse no mar, nadando em uma parte inexplicavelmente mais fria que o restante. Sim, é isso: uma corrente fria de energia ruim nesse dia gloriosamente quente. Eu sou *muito* sensitiva.

Olho em volta do salão do café da manhã para me estabilizar, me lembrar de que esse é meu espaço. Nada pode me afetar aqui...

Paro de repente. Em algum lugar na multidão, avisto um rosto. Um rosto que... não deveria estar aqui. Tento encontrá-lo de novo no meio do alvoroço do salão. É como quando uma palavra na página quase pula em sua cara antes de você ler, mas você não consegue lembrar exatamente onde a viu.

Não, lembro a mim mesma. Não é possível. Pedimos aos hóspedes que enviassem pequenas biografias "para acomodá-los melhor e adaptar sua experiência de acordo com seu gosto". Quero saber quem está se hospedando conosco. Só para termos um senso de comunidade, não é nada de mais. Li todas as bios, assim como planejo continuar fazendo com a dos futuros hóspedes. Por isso, eu saberia se alguma coisa estivesse errada. Então por que me sinto tão mal, como se eu tivesse sido envenenada...? Só consigo imaginar o fluxo de cortisol passando pelas minhas veias.

Dou outro gole na bebida e quase a cuspo. Está horrível. Um sabor metálico horroroso na boca. Eu me levanto, e minha cadeira arrasta para trás, fazendo um barulho. Os hóspedes na mesa ao lado levantam o olhar. Vejo um homem estremecer ao olhar para a minha boca. Por instinto, coloco os dedos nos lábios. Eu não tinha percebido, mas devo ter me mordido, porque a ponta dos meus dedos está coberta de sangue.

OWEN

Calço minhas botas de trabalho e ando em direção à floresta. Mal posso esperar para não pensar em mais nada e só focar no trabalho de hoje: preparar o terreno para o projeto Casa na Árvore. As Casas na Árvore vão ter caminhos de corda, pontes de árvores, escadas de madeira e chuveiros ao ar livre dispostos a vários metros de altura. Também vão ter camas com dossel, sistemas de som de última geração e painéis retráteis no telhado para que os hóspedes possam olhar os galhos e ter uma experiência completa de "imersão na floresta".

Consigo ver o arborista esperando no fim da floresta com seu macacão de proteção e as ferramentas no chão ao seu lado.

— Oi. — Ele estende o braço quando me aproximo. — Sou o Jim, eu...

— Marquei as árvores que vão ser derrubadas com um X branco — interrompo-o, indo direto ao ponto. — Está vendo? Pode começar por esse grupo aqui.

— Sim, hum...

Alguma coisa em seu tom me faz virar e olhar mais de perto. Ele está parado com os braços cruzados, a postura defensiva.

— Não quero derrubar essas árvores, cara.

— O quê?

Não devo ter entendido direito.

— Eu disse que não quero derrubar essas árvores.

Pelo menos ele tem a decência de parecer um pouco envergonhado. Não tenho tempo para isso.

— Por que não? Esse é literalmente o seu trabalho.

Ela faz um movimento brusco com a cabeça.

— Aquelas árvores ali na frente. São sabugueiros.

— Sim, eu sei, obrigado.

Os galhos pesam com as flores brancas dos sabugueiros.

— Sabe o que dizem sobre derrubar um sabugueiro?

Eu me lembro vagamente de uma superstição ligada às árvores. Minha mãe acreditava nessas coisas. Mas não vou poupá-lo de nenhum constrangimento. Vou fazê-lo falar tudo.

— Não. O quê?

Ele coça atrás da orelha.

— Bem, dá azar. Você só pode cortar alguns galhos e, mesmo assim, tem que... — Ele tosse, envergonhado, como um homem adulto ficaria ao falar uma merda dessas. — Pedir permissão antes.

— *Pedir permissão?*

Ele fica ainda mais envergonhado.

— Para a... Hum... a Sabugueiro Mãe. Para o espírito dentro da árvore. Mas se você derrubar tudo... Bem, com certeza dá azar, é isso.

— Peraí. Deixe eu ver se entendi direito. Você foi contratado para derrubar essas árvores e agora está me dizendo que se recusa a fazer isso?

— Está lá no meu site, cara. "Exceto sabugueiros". É uma das minhas exigências.

Qual é o problema das pessoas nesse lugar? Eles insistem nessa história de bruxaria. Tudo bem que Francesca acredita em todas essas coisas espirituais. Mas há um bom senso reconfortante na maneira como ela aborda isso. Seletiva, digamos assim. Útil de uma maneira que pode beneficiá-la. Alguns podem chamá-la de cínica; eu enxergo como pragmática.

Percebo que Jim está me observando, talvez esperando minha reação.

— Tudo bem, eu mesmo derrubo os sabugueiros. Os carvalhos, então. Você pode derrubar os carvalhos. Marquei os que precisam ser derrubados. Os Xs brancos.

Jim franze a testa.

— Você não foi o único que os marcou, cara.

— Como assim?

— Olhe só.

Ele aponta uma marca na árvore mais perto. Não está marcada como os meus Xs, é um entalhe na casca. Está com cortes recentes, a madeira exposta aparecendo crua e molhada. Deve ter sido feito há pouquíssimo tempo. Dou um passo para trás e observo a marca. Parece um desenho simples de um pássaro voando.

Não consigo evitar o mau pressentimento que me vem como um gosto ruim na boca.

— Beleza — digo, tanto para mim mesmo quanto para Jim. — Então alguns vândalos se divertiram. Me diga o que isso significa além de nada.

Jim franze a testa.

— Cara, acho que quer dizer: "Não derrube a árvore." Acho que quer dizer: "Alguma coisa ruim pode acontecer se você fizer isso."

— Pelo amor de Deus. Eles tentaram convencer o conselho local a nos parar, agora estão tentando nos amedrontar com isso. É patético.

Fizemos alguns inimigos por aqui. Esse é o problema dessa região: muitos têm ódio pelo progresso, pela mudança. Recebemos umas correspondências bem sinistras desde que a permissão para as Casas na Árvore foi concedida — ameaças e insultos.

— E — continuo — eles invadiram uma propriedade privada para fazer isso. Vou derrubar essas árvores com o maior prazer. Vamos.

— É. — Agora Jim está realmente desconfortável. — Olhe, foi mal mesmo, mas eu não posso, cara. Estou todo arrepiado.

— Mas você foi pago...

Ele levanta as mãos, se rendendo.

—Vou devolver seu dinheiro. Não vale a pena. Tome é um lugar estranho, sabe. Há coisas aqui com as quais você não quer se meter. — Ele dá um olhar nervoso para as árvores. — Tomei café da manhã no pub vindo para cá. As pessoas não estão felizes com esse lugar. — Ele balança a cabeça. — Não estão nem um pouco felizes.

Fico me perguntando o que ele ouviu exatamente, mas não o pressiono. É melhor não saber.

— Olhe — digo. — Pode ficar com o dinheiro, é o mínimo que posso fazer, mas vou usar sua motosserra. Beleza? Os espíritos não vão te pegar se eu tomar o seu lugar, né? Quero arriscar.

Gesticulo para a máquina. Se espíritos do mal existem, eles já chegaram em mim.

Após um instante de hesitação, ele me entrega a motosserra. Ela ronca quando eu a ligo. Eu a posiciono na casca do carvalho mais perto, sentindo a explosão das lascas e tentando ignorar a pontada de inquietação. De repente, ouço a melodia tilintante de uma cantiga infantil, com sua promessa ameaçadora e curiosa de um encontro secreto na floresta.

Cerro os dentes e abafo a música com o ronco da máquina. Quando olho para Jim, ele está virado de costas, como se não aguentasse nem olhar.

Mais tarde, eu me sento em um dos troncos derrubados para fumar um cigarro, a floresta atrás de mim. É estranho. Tenho a sensação de estar sendo observado, sinto um arrepio na nuca. Olho para trás algumas vezes, mas não há ninguém. Talvez seja só o suor escorrendo pelos olhos, dando a sensação estranha de movimento entre as árvores. Mas não consigo afastar a inquietação. A lembrança da ave morta na porta paira diante de mim de forma desconcertante.

Enquanto estou sentado fumando, sinto algo espetar a parte traseira da minha coxa. Enfio a mão no bolso do short e saco o pequeno envelope creme. Depois de lidar com aquela criatura morta e ser interrompido por Michelle, eu me esqueci completamente dele.

Leio o nome escrito na frente: FRANKIE.

Quem é Frankie?

Tenho um sobressalto quando me dou conta. Deve ter sido endereçado a Francesca, embora eu nunca tenha ouvido ninguém a chamar assim. E, talvez *justamente* por isso, não consigo resistir à tentação de virar o envelope e romper o lacre. O pequeno pedaço de papel timbrado que desliza para fora é familiar — *Solar* está impresso em verde-escuro no topo, o endereço vem embaixo e há um desenho em miniatura da silhueta do edifício.

> Me encontre na floresta à meia-noite. Como nos velhos tempos. Embaixo da árvore dos cem olhos. Faz tanto tempo. Temos muito o que conversar.

Não gosto disso. É a primeira coisa que penso. O apelido. A familiaridade. O encontro à meia-noite na floresta. Será que foi deixado pela mesma pessoa que pregou o galo na porta? Se sim, essa situação é bem mais sinistra do que imaginei. Ainda mais porque quem quer que tenha escrito o bilhete teve acesso a itens de papelaria do hotel, ou seja, provavelmente não é uma pegadinha de um morador qualquer da região. E tanto faz se a pessoa que deixou o bilhete não for a mesma pessoa que deixou a criatura morta, continuo não gostando dessa situação. Porque sugere intimidade. Uma história compartilhada. Ao reler, fixo o olhar em certas partes:

Faz tanto tempo.

... muito o que conversar.

Isso alimenta uma das minhas inseguranças sobre nosso relacionamento. O pouco tempo que eu e Francesca estamos juntos, como na verdade não sabemos muito um sobre o outro. Sei que não me abri tanto com ela. Mas Francesca, com sua integridade, sua "honestidade radical", sempre foi um livro aberto. Agora me ocorre que pode haver outro eu mais profundo, uma história que não conheço.

Frankie.

Dobro o bilhete e o enfio no bolso. Mas consigo senti-lo lá no fundo, a ponta afiada do envelope espetando minha perna. Não gosto disso, do possível segredo. *Odeio* quem guarda segredos, principalmente pessoas próximas.

O dia depois do solstício
INVESTIGADOR DE POLÍCIA WALKER

Walker entra com um traje de proteção para combinar com as outras figuras vestidas de branco na praia. O grupo de pescadores que encontraram o corpo e avisaram à polícia continua por ali, formando um público atento e inquieto.

Ele sente uma onda de adrenalina renovada quando se aproxima da vítima. A visão é completa agora. Com a proximidade da maré, não há tempo para erguer uma tenda por cima. O tecido ensopado de sangue se movendo ao vento. Os ângulos obscenos dos membros e do pescoço. O estrago do rosto. Feições totalmente desfiguradas pelo impacto.

Não que tivesse ajudado muito cair na areia, e não nas pedras. Mas o estrago seria menor.

Ele só percebe que disse isso em voz alta quando olha para cima e nota a expressão de Heyer. Ela está chocada. E ele está chocado consigo mesmo, na verdade, com a própria insensibilidade. Costuma ser tão respeitoso com as vítimas e sua dignidade na morte.

— Chefe?

Walker se vira. É o perito criminal, que está franzindo a testa para ele. O sujeito está usando luvas e balança um saquinho de plástico transparente.

— Encontramos isso — informa ele. — A vítima estava segurando.

Há uma comoção atrás dele. Walker se volta para os vários pescadores encarando o saco de evidência. Quem os deixou chegarem tão perto? Eles não deveriam estar tão perto assim, mas não há nada que possa fazer agora. Ele observa um deles erguer a mão e fazer um rápido sinal da cruz.

— Isso é...? — Heyer se aproximou para olhar também. — Isso é uma...?

— Parece pertencer a algum tipo de corvídeo — diz o perito criminal. — Um corvo ou uma gralha. Enfim, um pássaro dessa espécie. Vamos saber exatamente qual mais tarde.

Walker examina o item através do plástico transparente. O brilho oleoso, o pequeno tufo escuro na base, acima da ponta afiada.

Uma pequena pena preta.

O dia anterior ao solstício
BELLA

Ainda não é nem meio-dia, mas já estou tomando uma Margarita Solar, sentada na espreguiçadeira listrada verde e branca do lado da piscina, planejando meu próximo passo.

Daqui consigo ver a baía e a praia logo abaixo. Na intensa luz de pleno verão, o mar se tornou verde-água, progredindo para azul-marinho quando encontra o horizonte e o azul sem nuvens do céu. Os degraus que levam à praia dez metros abaixo são sinalizados com uma pequena placa pintada e um corrimão de corda. Funcionários estão a postos ali, prontos para descer com guarda-sóis com listras verdes e toalhas felpudas combinando para os hóspedes, ou coolers cheios de bebidas e petiscos gourmet.

A piscina de borda infinita é uma obra da magia arquitetônica de Owen Dacre, dando a ilusão de uma queda íngreme dos penhascos para o mar aberto. Os azulejos têm um suave tom de verde acinzentado. Eu me lembro, muitos verões atrás, das antigas lajotas mofadas, estátuas de ninfas aquáticas cobertas de líquen e uma casa da piscina cheia de bugigangas aleatórias. O passado brilha como uma miragem na água.

Eu me lembro de catar moedas. Do grito que ela deu lá da espreguiçadeira: "Se achar, pode ficar!" E, então, de me deitar para secar nas pedras quentes e ásperas que repuxavam a parte de baixo do biquíni, sentindo o calor do carinho do sol, que depois começava a incomodar. O cheiro de cloro ardendo nas narinas.

Minha espreguiçadeira fica perto da ponta "infinita" da piscina, mais perto do mar. Tem gente em quase todas as espreguiçadeiras. As que não estão ocupadas por corpos perfeitos de Instagram (majoritariamente mulheres) e barrigas salientes de executivos (majoritariamente homens) foram marcadas com toalhas: por mais rico que você seja, ninguém está mais preocupado em demarcar território que turistas com pacotes de viagens.

Eu me levanto e vou até a piscina. Não vou mergulhar a cabeça. O cabeleireiro me avisou que o cloro faz o loiro ficar verde. Não ia combinar com a imagem que estou tentando passar aqui. Desço os degraus e entro na água. Parece *realmente* cara; a textura é como seda. Meus pés tocam no fundo. Nada de pele escorregadia sob os pés nessa piscina.

Volto para a lona quente da espreguiçadeira. Um house europeu sensual começa a tocar nas caixas de som. Consigo ouvir trechos de uma conversa vindos da espreguiçadeira perto de mim.

— Nossa, os peitões daquela ali.

— Curto mais pernas, para ser sincero. Mas aquela recepcionista gata... aí, sim.

—Você investiu nesse lugar também?

— Investi. Coloquei um dinheiro aqui quando vendi a empresa. Pensei que ajudaria minha irmã. Passamos verões inteiros nessa piscina. É estranho voltar à cena do crime. Claro, antigamente era uma monstruosidade horrenda, tinha o formato de um feijão, nada como isso aqui. Mas achávamos o máximo na época.

De repente, todos os meus sentidos ficam em alerta.

—Tem que dar o crédito a Fran, ela deu um trato nesse lugar.

Não ouso virar a cabeça, mas, por trás dos óculos escuros, olho para a direita. É o suficiente para avistar um short de banho rosa e uma infeliz queimadura de sol se formando. Uma barriguinha sobressalente sobre a faixa da cintura. Subo o olhar até o corte de cabelo caro, um pouco ralo na frente — mas não o suficiente para disfarçar aquela mecha inconfundível de cabelo branco no topo.

Hugo.

— Merda!

A margarita respinga em meu peito. Enxugo, dando tapinhas com o canto da toalha. Os dois homens se viram para me observar, depois se entreolham, julgando a louca solitária tomando drinques a essa hora.

Quero muito me levantar e ir embora. Mas, de repente, sinto um mal-estar e fico tão tonta que não tenho certeza se consigo andar. Em vez disso, inclino a cabeça, deixando o cabelo cair por cima do rosto, e me sento com o coração retumbando nos ouvidos. Então, coloco a mão dentro da bolsa, meio desajeitada, e tiro minha leitura de beira de piscina. O caderno velho e decrépito se destaca ao lado dos livros de finanças e vencedores do Booker Prize que todos os outros estão "lendo" (não estão, os livros estão apenas espalhados como enfeites nas espreguiçadeiras).

Dou um longo gole na bebida. Viro as páginas até encontrar o que estou procurando.

— Sim, Francesca fez um ótimo trabalho. — Ouço a pessoa que está com Hugo Meadows falar.

Estão conversando de novo, graças a Deus. Já estão focados em outro assunto.

— É — diz Hugo. — Mas tive que rir daquelas trilhas todas ajeitadinhas indo para a floresta. Quando penso em como corríamos por ali feito uns depravados!

— Parece fantástico.

— Sim. A gente se divertia à beça naquela floresta.

Essa última fala me atinge como um soco na boca do estômago.

DIÁRIO DE VERÃO

O trailer — Camping de férias do Tate

2 de agosto de 2010

Hoje de manhã, Frankie e eu estávamos na beira da piscina com nossos livros, e ela perguntou: "Foi divertido, não foi? Na floresta?"
"Foi", eu disse. Embora eu tenha tido pesadelos na noite passada.
Aí ela se inclinou para a frente, deu um tapinha no meu livro e falou: "Está lendo Jilly Cooper por causa do sexo, né? É por isso que eu leio *Polo*."
Eu respondi tipo: "Humm... talvez." Então, ela se virou para mim, seu rosto estava tão perto do meu que eu conseguia sentir o cheiro do gloss dela, e perguntou: "Você já transou, né? Aimeudeus (como se ela pudesse ler na minha cara que eu só tinha beijado um menino), você não transou! Meu amor! A gente precisa dar um jeito nisso. Mas por aqui não tem muita coisa boa."
Quase contei para ela do menino com cabelo cor de mel do dia que encontrei o fóssil. Eu o vejo às vezes quando ando pela trilha do penhasco. Ele tem uma prancha de *stand up paddle* laranja, mas já vi ele sem ela. O corpo dele é maravilhoso, do tipo capa de revista. Ele e os amigos nadam até a Mão do Gigante e saltam de lá às vezes. Ele age como se não sentisse medo daquilo. Mas não de uma maneira exibida, é bem natural. Uma vez ele olhou para cima, me viu e acenou, e na noite passada, sozinha no quarto, pensei na linha da cintura dele, acima do elástico da sunga verde, aí eu ———————
Mãe, se você estiver lendo isso, LARGUE.

Não contei a Frankie sobre ele. Ela às vezes faz pouco-caso de quem mora por aqui. E talvez eu queira que seja algo só meu...

3 de agosto de 2010

Vi o tal Camarão de novo hoje à noite. O menino estava sentado nos degraus de um trailer que fica um pouco distante dos outros. Ele é mais sujo e mais velho, e parece que alguém realmente mora lá — há um varal, vasos velhos de plantas e tal.

Estava brincando com uma caixa de fósforos, acendendo um depois do outro, observando a chama descer até queimar os dedos. Sabe aquele menino na escola que é zoado por ser esquisito/pobre/usar roupas usadas? Dá para ver que ele é esse menino. Eu me senti mal por ele.

Então eu disse oi, e ele murmurou alguma coisa. E aí eu falei: "É Camarão, né?" E ele só balbuciou: "E você com isso?" Tipo assim, tanto faz. Eu só estava tentando ser legal.

Ouvi o fósforo primeiro, um som de arranhado que me fez pular. Olhei mais de perto e vi a chama e o rosto dele iluminado por ela. Muito sinistro.

4 de agosto de 2010

Duas coisas aconteceram hoje. Duas coisas ruins.

Caiu o maior temporal na noite passada. Uma tempestade com trovoadas e raios no mar. Mas estava quente de novo hoje de manhã, então eu e Frankie fomos à piscina. A capa da piscina estava cheia de folhas e coisas em cima. Havia um volume embaixo também... achei que uma das boias tivesse ficado presa lá. Frankie começou a abrir a capa e, quando chegou na metade do caminho, vi algo espetado por baixo do plástico, tipo um montinho de galhos. Aí eu vi que era a unha de um pássaro. Frankie continuou abrindo até aparecer tudo, quebrado e emaranhado. Estava tão nojento. Parecia imenso. Eu não tinha reparado que eles eram tão grandes. Pareciam muito menores no céu.

"Deve ter sido atingido na tempestade", falei.

"É", disse Frankie. Ela me encarou. "Mas então como ele ficou preso <u>embaixo</u> da capa?"

Perguntei o que ela queria dizer com aquilo.

"Acho que são eles", ela disse. "Os Pássaros. Acho que a gente invocou eles. Vá pegar a rede, Pardal. Na casa da piscina."

A casa da piscina me dá arrepios. É mofada, escura e provavelmente cheia de aranhas. Estava muito escuro lá, porque estava muito claro do lado de fora. O interruptor não funciona, e eu não encontrava a rede em lugar nenhum. Só coisas aleatórias: jarras quebradas, vasos de planta vazios, corda de sisal, livros velhos e empoeirados.

Então, vi a rede num canto e fui pegar. Foi quando senti mãos na minha cintura. Fiz um barulho, como nosso gato Widget faz quando pisam no rabo dele. Por um segundo, não sabia se eu estava animada ou assustada. Então, ele riu e me empurrou de volta para o canto. Aí fiquei assustada. Ele era muito mais forte e me girou para encará-lo. Cruzei os braços por cima da minha barriga, mas não consegui me cobrir inteira e ele estava se pressionando contra mim. Ele bloqueava a luz, e tudo que eu conseguia ver era aquela mecha branca de cabelo, e tudo que eu conseguia sentir era o cheiro de desodorante e suor. Ele enfiou a língua na minha boca, e eu me engasguei com o sabor de Doritos e maconha. Aí ele colocou os dedos dentro da calcinha do meu biquíni. Eu me afastei e consegui dizer: "Me deixa sair."

Ele falou: "Não vem com essa. Eu vejo o jeito que você me olha. Desfilando por aí de biquíni. Me provocando, sua safada. Estava fazendo um favor para você. Não vai conquistar muitos caras com esses peitinhos tão pequenos."

Quando saí, parecia que eu tinha ficado cega, porque estava muito claro. Na piscina, Frankie abaixou os óculos escuros pelo nariz como uma estrela de cinema e me olhou por cima deles. "Ah, aí está você", ela disse. "Encontrou o que estava procurando?"

5 de agosto de 2010

Não quero dar muita importância ao negócio da casa da piscina. Não quero pensar muito nisso. Não quero estragar o Solar para mim. Voltei hoje porque quero fingir que está tudo normal. Mas continuo repassando o que aconteceu na cabeça. Continuo me lembrando da língua do Hugo dentro da minha boca. Acordei hoje de manhã com dificuldade de respirar.

Talvez não seja nada de mais... Será que eu dei a entender alguma coisa? Talvez se eu só ficar longe dele vá ficar tudo bem.

Só queria conseguir parar de pensar nisso. As coisas que ele disse sobre meu corpo. A palavra que ele usou. Safada.

Por sorte, ele me ignorou totalmente hoje. Ele teve uma briga feia com Oscar, alguma coisa sobre uma roupa de academia. Hugo ficava falando que Oscar tinha roubado a dele, mas Oscar dizia: "Tem a porra da etiqueta com meu nome, seu imbecil. Olha!"

"Ai, eles estão me irritando tanto", Frankie disse. "Eles roubaram metade do meu estoque de comprimidos, não sobrou quase nada para o resto do verão."

Não contei para Frankie. Tipo, e se eu contar e ela ficar estranha? Me olhar diferente, achar que eu queria? Pior... e se eu olhar para Frankie e ela já souber?

6 de agosto de 2010

Frankie me convidou para ir ao Ninho do Corvo hoje de noite. É um pub antigo em Tome com teto rebaixado e vigas de madeira. Achei que seria só eu e ela, mas os gêmeos também estavam lá. Eles foram no Golf GTI verde-limão de Oscar. Congelei quando vi Hugo na mesa. Mas ele só falou "Oi!", com um sorriso amigável, como se nada tivesse acontecido, como se ele não tivesse feito nem falado aquelas coisas horríveis, ou não tivesse sido tão ruim quanto eu me lembrava (mas se não foi, por que eu ainda estou tendo pesadelos?). Ele até me perguntou se eu queria um drinque, mas nenhum de nós tinha identidade, então a dona do lugar não nos vendeu bebida nenhuma (embora os gêmeos fossem maiores de idade). Senti como se todo mundo lá estivesse olhando para nós.

A gente estava quase indo embora quando alguém disse: "Ah, ei! É você!" Era Cora, a menina do banheiro do camping de trailers, com seu penteado igual ao da Amy Winehouse, calça de couro e colete branco. Os gêmeos estavam babando nela, e Frankie não conseguia parar de olhar. Eu me senti meio orgulhosa por ela se lembrar de mim. Cora falou: "Eu trabalho aqui, eu estava pintando a placa lá fora, olha!" Ela levantou as mãos, e as palmas estavam cobertas de tinta dourada. "Mas preciso muito de uma bebida." Quando ela sorriu, vi o dente quebrado e as olheiras que combinavam com ela.

Frankie disse: "Eles não querem vender bebida para a gente." Aí ela respondeu "Vou resolver isso" e perguntou o que cada um queria. Hugo deu uma nota de vinte. Ela voltou com as bebidas e disse: "É, peguei um gim-tônica duplo para mim, tudo bem?" Hugo só assentiu como um menininho tímido. Ela se sentou com a gente e pegou três rodadas para nós, até uma mulher passar e falar: "Cora. Posso ter uma palavrinha com você?" Quando ela voltou, disse: "Que maravilha. Álcool para menores, aparentemente. Ela só estava esperando ter uma desculpa para me demitir, juro. Bem, lá se vai outro emprego. Mas eles não podem me impedir de tomar meu drinque." Ela estava um pouco bêbada, então continuou falando sobre ter ido para o Glasto "na minha vida antiga", todos prestando atenção em cada palavra. Eu me levantei para ir ao banheiro. Perguntei se Frankie também queria ir. Ela nem me olhou quando respondeu que não.

Quando saí do banheiro, cruzei com alguém alto e por um instante entrei em pânico. Tinha certeza de que era Hugo, vindo me mostrar que aquela pose de menino bonzinho na mesa era encenação. Aí eu vi a corrente prateada no pescoço. O menino da praia. "Ei", ele disse, "Eu estava indo comer peixe com batata frita ali do lado. Quer ir? Meu nome é Jake, aliás."

Era melhor do que voltar e me sentar de frente para o Hugo, então eu disse que sim e saímos pelos fundos.

Eu estava decidindo entre hadoque ou bacalhau quando percebi quem estava atrás do balcão e meio que fiquei paralisada. Era a menina que foi para a floresta com a gente no dia da festa.

Quando ela foi levantar o cesto de batatas fritas, vi sua mão tremer. O óleo escorreu pelo seu braço e ela soltou um ganido. Perguntei se ela estava bem.

Ela respondeu: "Como se você se importasse."

Mas agora acho que sei o que aconteceu com ela na casa da árvore. Eu estava prestes a fazer ou dizer alguma coisa para mostrar que eu tinha entendido, mas Frankie e os gêmeos chegaram. Frankie falou: "Que isso, Pardal? Se quiser uma carona, estamos indo agora." Quando olhei de volta para o balcão, a porta atrás estava balançando. A menina tinha sumido. Olhei para Jake, prestes a dar uma desculpa esfarrapada, mas ele só sorriu, deu de os ombros e disse: "A gente se vê outro dia?"

No carro, Frankie perguntou: "Quem era aquele garoto?" Eu respondi, como quem não quer nada: "Ah, o Jake? Só esbarrei com ele por aí algumas vezes." Mas acho que minha voz saiu um pouco engraçada. Ela franziu o nariz e disse: "Mas você não GOSTA dele, né?"

Perguntei por quê, e ela deu de ombros. "Se é seu tipo... Mas a corrente que ele usa no pescoço é tão brega! E aquele sotaque caipira! Imagina ele gozando? Ooh, arr!" Depois ela olhou para mim e disse: "Querida, eu só estou cuidando de você, tá? Enfim. Que tal outra festa amanhã?"

Como eu não respondi imediatamente, ela falou: "Se você não puder, acho que vou chamar a Cora. Ela é legal, né?"

Eu disse que iria.

Quando voltei para o camping de trailers, o Camarão estava sentado lá perto da entrada brincando com a caixinha de fósforos. Ele não me viu, e quando a chama iluminou seu rosto eu o vi encarando os portões no caminho. Seus olhos eram tão grandes e escuros. E, sim, ele foi meio escroto comigo quando tentei falar com ele daquela vez e foi um pouco bizarro ele nos observando daquele barco de pesca com um binóculo. Mas eu senti pena dele, porque naquele momento ele parecia um menininho perdido.

7 de agosto de 2010

Ontem à noite foi...
Eu só vou escrever aqui.
Frankie disse: "Fiz brownies! Bem coisa de festinha de criança." Comemos no caminho para a floresta. "Come mais um, Pardal", Frankie disse, balançando a caixa para mim. "Senão vou comer tudo sozinha."

Estava tão quente que estávamos só de camiseta e short, e as estrelas estavam muito lindas e brilhantes. Frankie enroscou o braço no meu, e os gêmeos andavam mais à frente. Eu me sentia melhor em relação a tudo. Era uma noite tão mágica que eu podia fingir que o que rolou na casa da piscina nunca tinha acontecido.

Quando chegamos na casa da árvore, comecei a me sentir um pouco estranha, como se meus pés não estivessem tocando no chão. Então a Frankie disse: "Rá, Pardal! Você comeu DOIS brownies com haxixe, o que achou que fosse acontecer?"

Então, ela tomou um susto e agarrou meu braço. "Ai, meu Deus! Olha!" Ela iluminou a casa da árvore com a lanterna. Eu parei de respirar de verdade. Tinha vários símbolos pintados nela. Centenas. A cor, um vermelho-escuro... parecia sangue. Vou tentar desenhar um aqui:

$$\frown\!\frown$$

Hugo disse: "Puta merda."

E a Frankie: "Ai, meu Deus, eu sei o que é isso. Vi no livro *Lendas de Tome*. É a marca deles. Estão vendo como parece um pássaro?" Ela estava segurando meu braço com tanta força que doía. "Pardal! Merda... você acha mesmo que a gente invocou eles? Não achei que funcionasse de verdade..."

Dava para ver que os gêmeos estavam tão assustados quanto nós: Hugo estava quieto, e ele nunca fica quieto, e Oscar estava balbuciando alguma coisa sobre irmos embora.

Então, Frankie gritou: "Olhem na árvore!" Ela apontou a lanterna para cima, para os galhos que seguravam a casa da árvore. Vi uns "ninhos" lá, uns dez. Mas eles não pareciam com qualquer ninho de pássaro que eu já tinha visto na vida. Eram grandes e todos irregulares, e pareciam ter sido amarrados com corda preta. A gente não teria visto se já estivessem lá na outra noite?

"Vamos olhar dentro da casa da árvore", Frankie disse.

"De jeito nenhum", Hugo respondeu.

Aí ela o chamou de covarde.

Ele mandou Frankie se foder, e acho que para provar que eles não eram covardes, ele e Oscar subiram primeiro. Frankie e eu fomos atrás. Eu não queria subir, mas também não queria <u>mesmo</u> ficar sozinha lá embaixo.

Antes mesmo de ver o que tinha lá dentro, ouvi Hugo sussurrar: "Que porra é essa?" Ele soou bem assustado. E então eu vi.

Tinha um corpo lá, deitado, uma grande silhueta escura caída contra a parede dos fundos. Quase saí correndo naquele momento, mas Frankie iluminou tudo com a lanterna. O corpo parecia o de um espantalho, um amontoado de roupas com enchimento de palha.

"É a merda da minha roupa de academia", Hugo disse, com a voz esganiçada.

"Olha para o rosto", Oscar disse.

Frankie iluminou o rosto com a lanterna e gritou.

Era a cabeça de um pássaro. Um bico imenso, penas de verdade, e grandes buracos no lugar dos olhos.

Hugo se virou para Oscar e falou: "Seu palhaço do cacete, eu sabia que você tinha roubado a minha roupa", e dava para ver que ele estava tentando, tipo, cair na porrada com o irmão, e aí ele empurrou Oscar, que disse: "Não fui eu, juro que não fui eu." Puta que pariu. Ele estava assustado. E então disse: "Acha que foi por causa...? Você acha que ela...?"

Hugo gritou: "Cala a boca. Cala a boca. Não é nada. É só uma máscara idiota de loja de festas, olhem." Ele pegou o corpo e jogou para fora da casa da árvore, aí a coisa aterrissou no chão lá fora com um BUM horrível. Foi difícil lembrar que não era um corpo de verdade.

E então Frankie gritou: "Peraí, tem alguma coisa ali... olhem." Ela foi pegar. Era um bilhete. Uma letra irregular e bizarra dizia: OS PÁSSAROS ESTÃO DE OLHO.

BELLA

—Tem alguma coisa queimando — diz a mulher na espreguiçadeira do meu lado.

Sou teletransportada de volta para o presente, do escuro frio da floresta para o calor e a luz do sol. Ela está sentada toda ereta, o nariz em pé. Seu parceiro espia de maneira preguiçosa.

— Deve ser o forno de pizza — comenta ele. — O bar aqui de fora tem um.

— Não — diz ela —, está vindo da praia.

E talvez o vento tenha mudado de direção, pois de repente somos cercados por uma nuvem azul e pungente de fumaça, tão espessa que quase não dá para ver o outro lado da piscina.

— Meu Deus! — diz o homem, se sentando ereto. — Quem fez uma fogueira nesse calor?

— Olhe! — exclama a mulher, estridente, apontando.

O vento muda de direção outra vez, a fumaça diminui um pouco, e consigo ver silhuetas lá embaixo na areia, um grupo de jovens de vinte e poucos anos ao lado de um pequeno bote inflável. A fumaça sobe de uma fogueira que eles acenderam no meio da praia.

Ouço o barulho de um motor, e outro barco pequeno chega com um grupo de homens usando bermudas de tactel. Eles pulam na água e arrastam o barco para a margem. Eu os observo pelas lentes dos óculos escuros: os corpos magros e queimados de sol. Será que sabem como são bonitos? Penso em Eddie na noite passada, em suas bochechas coradas. Provavelmente não. É preciso ser bem cínico para reconhecer o próprio poder nessa idade. Os hóspedes homens do Solar devem passar o dia inteiro na academia e gastam centenas de libras com bermudas de marca, mas são pálidos e não têm o corpo definido como o deles. Não estão à altura do glamour rústico desses rapazes com corpo bronzeado e musculoso e short surrado. Talvez o único homem do Solar que consiga competir com eles seja o que conheci na praia hoje de manhã: Owen Dacre.

Um terceiro barco aparece, dessa vez rugindo em uma velocidade fenomenal, desacelerando um pouco antes de chegar à praia. Todos em volta da piscina olham para aquela direção. Então, uma mulher com o cabelo vermelho-escuro sai das ondas usando apenas a parte de baixo do biquíni preto. Ela parece uma sereia punk, ou uma versão Gen Z da *Vênus* de Botticelli, o cabelo molhado escorrido nas costas e a pele branca como a espuma do mar, as tatuagens em azul e preto. Eu mesma nunca tive seios muito grandes e fico admirada com os dela: imensos, desafiando a gravidade em seu corpo magro. A mulher torce o cabelo, apoiando o peso numa perna só, totalmente despretensiosa. Ela deve saber que todos estão assistindo.

— Puta merda — sussurra o homem ao lado de Hugo Meadows, cobrindo o colo com sua revista *GQ*.

Sinto inveja da moça. Mas sinto inveja principalmente da ousadia, da autoconfiança, da audácia, como quiser chamar.

Agora os jovens na praia — um grupo de mais ou menos vinte pessoas — estão se organizando, formando uma fila ao longo da areia. O líder deles parece ser mais velho do que o resto, quase de meia-idade. Está usando uma camiseta de banda e segurando algo — um megafone. De repente, todos levantam a cabeça na nossa direção. Um homem faz um gesto muito determinado.

A conversa aqui em cima cessou completamente. Está tão silencioso que dá para ouvir os sons do sistema de filtragem da piscina, o canto dos pássaros.

— Eles não podem subir até aqui, né? — murmura a mulher à minha esquerda.

— Não, querida — responde seu parceiro —, tem um portão trancado.

Mas de repente não parece ser suficiente.

A primeira pedra cai na piscina. De repente, tudo pareceu estar em câmera lenta: a superfície da água se dobrando, a quebra da superfície lisa, as ondas de choque se espalhando.

— Que mer... — Alguém começa a dizer antes de a próxima pedra cair, e a próxima, e a próxima, até que começa a chover pedra ao nosso redor, aterrissando na piscina, nas espreguiçadeiras, atingindo as peles expostas.

Há um breve silêncio de total choque e indignação, e então os hóspedes começam a xingar, gritar, virar as espreguiçadeiras na pressa de sair de lá. Copos e xícaras de café quebram, lugares para pegar sol e celulares são deixados para trás, um par de óculos escuros da Oliver Peoples é pisoteado.

— Chamem a polícia! — exclama um homem.

Mas a tempestade passa. Uma última pedrinha cai na piscina como um ponto-final, e então o ronco de diversos motores de popa dispara abaixo. Um pouco antes de irem embora, uma voz vocifera pelo megafone:

—Tem mais de onde veio isso aí, seus metidos filhos da puta! Aproveitem a estadia!

FRANCESCA

Michelle acabou de me ligar para dizer que houve uma confusão na praia. Moradores, de novo. Ela me assegurou de que está tudo sob controle, nada com que eu precise me preocupar agora. Ainda assim... Toco em meu anel de opalina preta. Eu costumo me acalmar na hora com suas energias, mas neste instante, ele parece só uma pedra fria e morta. Normalmente eu faria uma limpeza energética e me sentiria melhor, mas agora não vai funcionar. Sei do que preciso. Preciso de Julie.

Passo por alguns hóspedes a caminho do jardim de inverno. Dou a eles meu sorriso mais sereno.

— Estão tendo uma estadia *nutritiva* com a gente? — pergunto.

Minha voz está um pouco mais aguda do que o normal? Um pouco estridente?

Eles estão indo almoçar. Acho que foi isso que disseram. É como se eu os estivesse escutando através de um zumbido de estática.

— Fico tão feliz — digo. *Sorrio* para eles. — Espero ver todos vocês nas celebrações do solstício amanhã à noite!

O espaço de bem-estar fica a oeste da casa principal. Sempre achei que a palavra "spa" remetia a algo barato, uma coisa meio cupom de desconto e mercado em promoção, sabe? O local foi construído onde antes costumava ser o jardim de inverno dos meus avós, e Owen conseguiu aproveitar de forma inteligente o espaço e a luz ambiente.

Estou tão orgulhosa de ter uma infraestrutura de bem-estar de última geração aqui. Tudo que você espera encontrar em Londres — ou Los Angeles — reunido nesse pitoresco cantinho do interior da Inglaterra. Nós também temos nossa linha de skincare, formulada a partir de musgos da região e um pequeno toque de produtos químicos, vendida exclusivamente aqui, embora (é segredo ainda) em breve vá estar disponível nas lojas, então todo mundo vai poder aproveitar um pouco dessa magia. Bem democrático se você ignorar o preço! Não seria bom para os negócios admitir que faço procedimentos no rosto a cada quatro semanas — nenhum sérum deixaria minha pele tão brilhante. Mas se eu uso os produtos? É lógico que uso! De vez em quando — minha esteticista é bem criteriosa.

Assim que ponho os pés no espaço de bem-estar e sou tomada pelo aroma das ervas locais, me sinto melhor. Vou direto para o balcão da recepção, onde estão todas sorridentes, prontas para me atender.

— Oi, meus amores — digo. — Suze, como vai a família?

Suze sorri.

— Bem, obrigada, Francesca. Sol fez três anos ontem, então fizemos uma festa...

— Ah, que maravilha! Tenho certeza de que foi um dia muito especial. — É muito importante tratar bem seus funcionários. Li um livro fascinante sobre isso. Por exemplo, sabia que as pessoas aceitam um pagamento inferior se acharem que são valorizadas no local de trabalho? — Ok, minhas queridas — digo. — Preciso ver a Julie.

— Hum. — Suze franze a testa enquanto consulta os agendamentos. — Ela tem uma pessoa agendada para às treze horas.

— Tudo bem! — digo, feliz da vida. — Sei que vocês duas vão conseguir operar um milagre. Vocês conseguem encaixar a outra pessoa em outro horário, não é?

— Sim... — Suze examina a tela. Ela vai dar um jeito. Quer dizer, nós nunca vamos reconhecer isso, nenhuma de nós, mas ela não tem muita escolha. — Acho que sim. — Não é uma resposta boa o suficiente, e ela sabe. Ela se recompõe. — Claro que sim. Deixe comigo, Francesca. Vou resolver isso agora.

— Que ótimo! Posso ir até ela então, né?

Quando eu me afasto delas, sinto meu sorriso murchar e esmorecer como uma vela de barco perdendo o vento. Mas Julie vai me ajudar. Ela é a melhor que existe, sério. Fiz reiki com ela quando estava aqui supervisionando as reformas e precisava de um *boost* rápido de autocuidado. A "clínica" de Julie ficava do lado de fora da casa dela, um chalé úmido na periferia de Tome — era minha única opção naquele momento. Mas pense em uma joia escondida. Percebi na mesma hora que ela tinha um dom — sou muito boa nisso, em "descobrir" pessoas, tirar o melhor delas. Curadoria, digamos assim. Julie é mais velha que a maioria dos nossos funcionários aqui — está na casa dos sessenta —, mas isso até que pode ser bom para esse tipo de função, sabe? Transmite experiência. As pessoas veem rugas e pensam em sabedoria. E ela está muito mais elegante hoje em dia, com as roupas de linho bege que eu pedi a ela que usasse com a maior educação. Os casaquinhos e as calças jeans skinny de loja de departamento não comunicavam "curandeira espiritual".

— Oi, Francesca — diz ela ao me ver.

Julie tem um olhar muito incisivo.

— Estou me sentindo um pouco... agitada — digo. — É como se... — Procuro um jeito de expressar meus sentimentos. — Como se eu tivesse acabado de tomar quatro xícaras de café, mas eu passo longe de cafeína, só tomo matcha.

Ela assente.

— Há quanto tempo tem se sentido assim?

— Faz pouquíssimo tempo — digo a ela. Não consigo contar a ela sobre a pessoa que pensei ter visto no café da manhã. — Talvez seja porque tem muita coisa acontecendo por causa da inauguração, sabe? Acho que é normal.

Ela me faz deitar na mesa de massagem. Fecho os olhos enquanto ela pousa as mãos em minha cabeça por um instante e me pede para respirar fundo três vezes. Acho surpreendentemente difícil — sinto como se eu tivesse acabado de subir correndo vários lances de escada. As mãos de Julie pairam sobre mim, e sinto seu calor, como se, de alguma forma, ela estivesse aquecendo o ar entre as mãos e a minha pele. Enquanto ela as move devagar, descendo pelo meu corpo, eu a ouço prender a respiração. Eu me sento, mesmo sabendo que não era para interromper.

— O que foi? — pergunto. — O que você sentiu?

— Escutei alguma coisa — diz ela, séria. — Uma voz.

Agarro os dois lados da cama.

— O que... O que ela disse?

— Disse... — As próximas palavras de Julie saem em um tom agudo e horrível: — "Está escuro e frio aqui embaixo. Está escuro e frio." Só isso, várias vezes.

— Não tenho ideia do que isso poderia significar. Talvez as energias estejam confusas — digo.

Ela não responde, só gesticula para que eu me deite outra vez. Ouço sua respiração profunda, como se ela estivesse se acalmando. Suas mãos pairam sobre mim mais uma vez. Mas ela logo para de novo. Há uma longa pausa, e o medo cresce dentro de mim.

— Você não está segura — diz ela, enfim. — Existe alguém por perto que quer fazer mal a você. — Ela fecha os olhos. Quando fala de novo, sua voz está com um tom mais grave, como alguém falando dormindo. — Um inimigo está por perto.

Apesar do dia quente, sinto um calafrio.

— Quem? Quem é?

Ela balança a cabeça, como se estivesse desanuviando os pensamentos. Com a voz normal de volta, diz:

— Não consigo responder isso. É mais como uma sensação. Só sei o que eu contei. Não posso dar um rosto ou um nome.

— Mas... deve ter alguma coisa que possa fazer.

Ela franze a testa.

— Não é assim — explica ela. — Mas existe uma coisa. Não tenho muita experiência. É um tipo antigo de... — Ela hesita. — De prática. — Por um momento, eu me pergunto se ela está prestes a falar "magia". — Minha avó me ensinou.

— Podemos tentar? — pergunto, com um pouco de desespero.

— Sim. Preciso de uma bacia de água. E um ovo.

— Um ovo?

Ela assente. Não como ovos há anos, mas a essa altura não vou argumentar. Ligo para Suze do telefone que tem aqui e peço a ela que veja com os funcionários da cozinha se eles podem trazer tudo o mais rápido possível. Enquanto esperamos, Julie acende várias velas e o aroma de vetiver penetra aos poucos no espaço. Ela enche um grande pote de cerâmica de água. Uns dois minutos depois, ouvimos uma batida na porta.

Um rapaz jovem e bonito está parado do outro lado. Não consigo me lembrar do nome dele, o que me irrita porque me esforço muito para me dirigir à equipe pelo primeiro nome, falo com todos eles como "a família do Solar". Ele entrega a Julie uma cestinha de palha cheia de ovos frescos das galinhas do hotel. Ele ruboriza, uma mancha se espalhando do pescoço até as bochechas; me ver enrolada em uma toalha talvez o intimide, ou o clima à luz de velas na sala.

— Obrigada — digo, e sorrio para ele. Ele fica ainda mais corado. Fofo. — Obrigada... — Eu me lembro bem a tempo: — *Eddie*.

Ele faz uma reverência breve e engraçada e fecha a porta.

Julie apaga todas as luzes do teto para que a única iluminação seja das chamas bruxuleantes das velas. De repente, fica uma atmosfera muito específica aqui. Observo quando ela quebra o ovo do lado do pote com um movimento brusco do punho para que somente a clara escorra. Vejo um indício de tatuagem na parte de dentro do braço dela antes que puxe a manga para baixo. Um símbolo, um ideograma chinês, talvez. Meu Deus, nunca achei que ela fosse do tipo que faz tatuagem. Não combina com a imagem de avó. Uma loucura da juventude? Dá para entender.

Ela joga a gema pelo ralo da pia, depois se vira para mim, segurando a bacia.

— Sente-se — ordena ela. Eu me abaixo na mesa de massagem. Ela pega uma vela e a coloca perto de mim. Então, estende a bacia na minha frente. — Olhe.

Com a luz da vela, consigo enxergar o contorno com consistência gelatinosa da clara do ovo, o fino menisco separando-a da água.

— O que está vendo? — pergunta Julie.

Consigo ouvir a respiração dela mudando; está baixa, e ela parece estar com dificuldade, como se estivesse fazendo algo que precisasse de muito esforço.

Continuo olhando.

— Não consigo ver nada.

— Mais perto — ordena ela. — Precisa chegar mais perto.

Abaixo o rosto até meu nariz estar quase tocando na água.

— Não consigo ver nada.

— Pare de tentar. Você precisa olhar, mas não com os olhos. Precisa olhar com seu saber interior.

Ela começa a murmurar, as palavras baixas demais para entender; deve estar falando em outra língua. Eu me sinto um pouco dispersa, como se estivesse prestes a adormecer. Estranho, tenho certeza de que consigo sentir um calor vindo da superfície da água — embora eu a tenha visto encher a bacia com água fria da pia.

Ainda não consigo ver nada além da clara de ovo boiando, ondulando, mudando de forma... se metamorfoseando em...

— Estou *vendo* — digo. — Tem alguma coisa ali.

Uma imagem. Um rosto começa a se revelar. Há olhos. Dois olhos pequenos, sem nenhum limite entre o branco e a íris, mais animalescos que humanos. E então... nenhum nariz, nenhuma boca, mas algo se projeta sob os olhos. Parece... um bico. Sim, consigo ver nitidamente agora: o rosto de um pássaro, com um bico curvo e cruel, e olhos pequenos e redondos.

Um *pássaro*?

Começo a perder o foco. A imagem oscila, depois desaparece.

— Sumiu — digo, olhando para Julie.

— Mas você viu alguma coisa.

— Sim... mas... parecia um pássaro! — digo e solto uma risadinha, que soa mais nervosa do que eu pretendia. — É ridículo, né?

Julie não sorri. Seus olhos estão sombrios sob a luz fraca, a boca contraída. Ela está me assustando.

— A bacia nunca mente — sibila ela. — Mas, o que quer que tenha visto, de alguma maneira representa seu inimigo. Significa que precisa tomar cuidado.

OWEN

Volto da floresta cheio de pedacinhos de casca de árvore e serragem grudados na roupa e suando como um porco. Fora da sombra das árvores, sinto o calor tomar conta. Hóspedes estão desfalecidos nos bancos, se abanando. Os londrinos não aguentam. Esse pessoal deve fazer muitas viagens para o exterior por ano, mas pelo visto não têm tolerância ao calor de mais de trinta graus do interior britânico. E claramente os homens acham que usar protetor solar no Reino Unido é para os fracos, a maioria já está rosa como presuntos de Natal. E vai esquentar mais amanhã, só Deus sabe como vão aguentar.

Não consigo parar de pensar no bilhete convidando Francesca para a floresta. Tenho certeza de que não é nada; quando eu lhe perguntar, ela vai ter uma explicação razoável. Ainda assim, não gosto.

Um grito agudo me tira dos meus pensamentos. Olho para baixo. No caminho bem na minha frente, há dois corvos imensos, disputando as entranhas de uma criatura pequena, dançando e bicando enquanto rasgam a carne. Aquilo me faz lembrar do presente macabro que deixaram em nossa porta. Dou um passo para a frente e espero eles voarem, mas estão concentrados demais no banquete. Miro um chute no mais perto. Ele nem se abala. Em vez disso, inclina a cabeça para o lado e olha irritado para mim, com pura malevolência. Com raiva, chego para o lado.

— Xô! Sai daí! — digo.

Olho para cima e avisto Michelle vindo em minha direção. Não vai dar tempo de desviar dela. Nossa Senhora, será que essa mulher está me perseguindo? Ela bate as mãos de uma maneira rápida e autoritária, e os dois pássaros levantam voo na hora, um deles carregando a coisa morta nas garras. Uma mancha ensanguentada é deixada no cascalho.

— Oi, Michelle — digo, frio, mas cordial. Não vou deixá-la me irritar.

Ela me olha de cima a baixo, e sinto que está julgando minha roupa cheia de serragem, o suor debaixo dos braços.

— Então elas foram derrubadas? — pergunta ela. — As árvores?

— Sim — respondo.

— E as Casas nas Árvores são inspiradas em uma que Francesca teve quando era criança? — pergunta ela.

— Isso mesmo.

Eu me lembro de Fran me explicando: "Eu me divertia *tanto* na floresta, brincando lá. Eu me sentia num livro de aventuras. Ah, quantas lembranças felizes!"

Michelle fica em silêncio enquanto olha para a floresta. Depois se vira para mim.

— Nunca esqueço um rosto — diz ela. — É isso que me faz ser tão boa no meu trabalho. — Ela inclina a cabeça em direção a um casal de hóspedes passeando pelo gramado. — Os Hodgson, Chalé Quatorze Vistamar — afirma ela, como uma criança falando a tabuada.

— Muito impressionante — digo. — Mas não entendo...

— É você — diz ela. — Não é?

Engulo em seco, minha garganta fica seca.

— Não sei o que está querendo dizer.

— Você fica muito diferente com suas roupas do dia a dia. Mas agora... — Ela gesticula para meu short e minha camiseta suada e imunda. — Eu me lembro de vocês dois, vindo me entregar o que capturaram. Você e seu pai. Você era tão quieto. Quase não olhava para mim. Acho que era porque todos riam de você. Mas olhe só você agora, Camarão.

Sinto uma vertigem. Tanto esforço para ficar longe de Tome, dos moradores, com medo de ser reconhecido. E fui descoberto dentro dos portões.

Ela está franzindo a testa.

— Você voltou. Assim como eu. É o que dizem sobre Tome. No fim, todo mundo volta...

Ela para no meio, envergonhada, e cobre a boca com a mão. Talvez se lembrando de que nem *todo mundo* retorna.

Por um instante, fico em silêncio. Então, digo:

— E você é a Shelly, não é? A menina do bar que vendia peixe com batata frita.

Não tinha me dado conta antes, mas é por isso que eu ficava tão desconfiado com ela, por que meu instinto era manter distância. É por isso que fiz tudo que eu podia para convencer Francesca a não contratá-la. Michelle, a assistente supereficiente de Francesca, é ninguém menos do que aquela menina do bar que vendia peixe com batata frita onde meu pai e eu costumávamos deixar a pesca da manhã.

— Mas *por que* você voltou? — Ela parece apreensiva de alguma maneira.

— Bem, se quer saber — digo, me endireitando —, foi a própria Francesca que entrou em contato comigo. Ela que me contratou.

Tento não pensar naquela estranha ligação do "escritório" de Francesca. A confusão da primeira reunião. Mas é óbvio que não vou compartilhar minhas incertezas com Michelle.

— Não é possível que seja coincidência — diz ela. — Você estar de volta aqui...

— O que quer dizer? — pergunto de uma maneira mais ríspida do que pretendia.

— Eu... Nada. — Ela fica desconfiada de repente. — Eu não deveria ter dito nada. — Então, como quem encerra o assunto: — Olhe só para nós agora. Nós dois nos reinventamos, não foi? Estamos bem longe das traineiras e das batatas fritas, né?

Não, não é nada disso. Sinto uma pontada de indignação com a fala dela, como se nós estivéssemos na mesma posição. Não, Michelle, sua puxa-saco ambiciosa. Eu não sou igual a você. Não sou um *funcionário*. Eu não *me desloco* para ir ao trabalho. E não é "um retorno" se eu não coloco meus pés em Tome. Eu moro no hotel. Durmo em lençol belga. Eu sou o lorde do Solar, porra.

Uma lembrança me vem de repente: a primeira vez que vi esse lugar direito, através da luz azul da alvorada, com uma névoa de nicotina e fumaça do motor de popa. A casa parecia pairar acima dos penhascos, um cinza-claro brilhante na luz da manhã. Inteira, perfeita e intocável. Outro universo comparado a um trailer quebrado e mofado. E então me lembro — vividamente — de voltar na Mão do Gigante, à tarde, em uma traineira, e ver, pelo binóculo do meu pai, uma deusa loira de biquíni rosa-choque. Eu tinha treze anos, e ela devia ter uns anos a mais do que eu... Foi como se ela tivesse saído das minhas fantasias. Uma versão dos anos 2000 de um conto de fadas. A princesa em seu castelo avistada pelo filho pobre do pescador. E então a coisa mais louca e espetacular aconteceu: ela tirou a parte de cima do biquíni — e eu me esqueci de respirar.

— Sei que não é a coisa mais fácil do mundo — diz Michelle, me trazendo bruscamente de volta ao presente — superar a maneira como as pessoas te veem. Os rótulos que pegam...

— Pare — digo, ríspido. — Não preciso ouvir isso.

Não vou voltar para essa época. Ser o menino esquisito, o coitadinho. De quem todos zombavam. E pior: de quem todos tinham pena quando a mãe partiu sem nem dizer adeus.

Sinto como se uma camada de pele tivesse sido removida, meu verdadeiro eu exposto embaixo das roupas caras, da fachada de Owen Dacre, o arquiteto bem-sucedido.

— E eu fiquei com tanta pena de você...

—Vá embora daqui.

Eu a vejo dar um passo para trás, magoada. Ótimo.

— Não preciso que tenha pena de mim, muito obrigado. Acho que você me confundiu com um funcionário igual a você. Eu sou seu chefe.

Ela franze a testa.

— Na verdade, Francesca é minha chefe.

Eu dou um passo para a frente.

—Vou recomendar fortemente que sua *chefe* demita você. Vou dizer a ela que a menina das batatas fritas não está preparada para um cargo de gerência aqui. É por isso que é tão pouco profissional...

— Acho que você não vai querer fazer isso, Camarão — diz ela, rápida. O antigo apelido é como um tapa. — Tenho muito menos a perder aqui do que você. Esse lugar é tudo para você, né? — De repente, seu celular toca, e ela olha para a tela. — Ah — diz ela. — Está vendo? — Ela vira o celular para que eu leia o nome de quem está ligando. *Francesca*. Ela pronuncia as próximas palavras de forma sibilante: — Ela também não é o que você acha que ela é. Quem quer que tenha envolvido você nisso... Tenho certeza de que não era para você ter se apaixonado por ela. Ela não é uma boa pessoa.

— O que você está...?

Ela levanta a mão.

— É melhor eu atender. — Observo quando ela atende o celular e muda para o modo funcionária perfeita tão rápido que é perturbador. — Oi, Francesca. Olha que engraçado. Estou aqui com Owen. — É impressão minha ou ela deu uma ênfase estranha na maneira como disse meu nome? Ou só lembrei que ela descobriu quem eu sou? — Sim, sim, ele avançou nas Casas da Árvore! Muito legal, né? — Ela caminha em direção ao jardim, falando várias coisas ao telefone.

Porém, pouco antes de desaparecer de vista, ela se vira e olha para mim. No meio desse dia sufocante de verão, sinto um súbito calafrio.

O dia depois do solstício
INVESTIGADOR DE POLÍCIA WALKER

É uma curta viagem de carro da enseada até o Solar, a estrada cheia de curvas adentra a ilha por um quilômetro e meio antes de se juntar novamente à costa. Os peritos criminais estão focados em mover o corpo antes que a maré suba, e Walker recebeu uma ligação do investigador Fielding, um dos membros da equipe que já está no Solar, avisando que conseguiram controlar o incêndio. Mas a fumaça ainda preenche o céu. O sol é um disco fino e pálido, a luz opaca. Nada como o calor sufocante de ontem.

— Chocolate? — pergunta Heyer do banco do carona, tirando a barra do bolso e a estendendo para ele.

— Não, obrigado. Detesto.

— Isso *não* é normal, chefe.

— Nunca disse que eu era normal.

Ela dá de ombros e joga um pedaço na boca.

— Hipoglicemia. Mas, por um instante, achei que nunca mais fosse conseguir comer. Depois daquilo... Do rosto. Foi... — Ela para de falar, lhe faltam palavras. Walker sabe o que ela quer dizer. — Já viu muito esse tipo de coisa, chefe? Quando estava na polícia metropolitana?

— Muitas mortes. Nenhuma... como essa.

— É... Ouvi dizer que você pegava mais casos antigos.

Ele dá de ombros.

— Trabalhei em alguns.

— Como era?

Ele reflete.

— Frustrante. Lento. Trabalhoso. Muitas vezes, ingrato, remexendo o passado.

— Parece um trabalho difícil.

— É, é, sim. Tem que revisar todas as evidências. Às vezes você tem que ser bem criativo, já que tem pouquíssimo com o que trabalhar. Mas, quando desvenda o caso, não tem preço. Corrigir um erro do passado. Levar justiça para a vítima e para a família depois de tanto tempo.

Walker sempre presta atenção aos detalhes. Faz tudo que estiver ao seu alcance, executa o trabalho de campo, vai além — todos esses clichês.

— Por que pediu transferência para cá? — pergunta Heyer, direta, com a boca cheia de chocolate. — Para desacelerar um pouco?

Ele dá de ombros.

— Senti que foi como um chamado, digamos assim. E abriu uma vaga.

—Você mora com alguém, ou... — Heyer para de falar.

Esse é o tipo de pergunta que não se faz, não é? Você é normal, é casado, ou é solitário e esquisito?

— Não. Sou só eu.

Não há como dizer essa frase de uma maneira que soe menos triste. Menos como um clichê de um investigador de polícia.

Walker não quer se aprofundar nessa conversa e também tem certeza de que Heyer está arrependida de ter perguntado isso, então ele se sente aliviado quando avista uma figura na estrada, bem adiante. Na luz toda enfumaçada, a menina parece um fantasma. Talvez seja o vestido prata, rasgado e sujo na bainha. Ela está descalça, segurando os sapatos. Cabelo comprido, um vermelho-escuro que só pode ter saído de um pote de tinta. Ela está com a cabeça baixa, mas a levanta rápido quando ouve o motor, e Walker vê o momento em que ela os avista: ela pronuncia um "MERDA" sem emitir som. Ele a vê mudar o peso do corpo, se perguntando se podia correr na direção oposta, e então se dando conta de que não tem nenhuma chance.

Ele estaciona, sai do carro e mostra sua carteira de identificação.

— Não sou obrigada a falar com vocês — diz ela, levantando o queixo. — Não estou sendo presa, né?

A atitude grosseira não combina com os olhos borrados de maquiagem, o rosto sujo por causa das lágrimas.

— Não — responde Walker, gentil. — Nós só paramos para ver se você está bem. E perguntar se viu alguma coisa na noite passada que possa nos ajudar a entender o que aconteceu.

— Mas é exatamente isso que vocês fazem, né? Dão um jeito de fazer as pessoas falarem coisas sem a presença de um advogado.

Ah, alguém está vendo muita TV, Walker pensa.

— Não é nada disso — diz ele. — Não estamos tentando te enganar. Só estamos a caminho do hotel e aconteceu de a gente se esbarrar. Você estava lá ontem à noite?

— Por que você acha isso?

— Bem — diz ele, de uma maneira lógica —, a estrada termina no Solar. Não tem mais nada lá. E você está arrumada. Ouvi dizer que teve uma festa lá ontem à noite.

Uma pausa curta. Ela dá de ombros.

— Sim. Eu estava lá. E daí?

—Você está hospedada no hotel? — pergunta Heyer.

A menina passa a mão pelo rosto sujo. Enfim, ela balança a cabeça. Engole em seco.

—Você está bem? — pergunta Walker.

— Eu estava... a gente estava... — A voz dela falha. Então, ela começa de novo: — Ele disse... Ele disse que não seria nada de mais. Era para ser divertido...

— O que era para ser divertido? — pergunta Walker.

— Nada — responde ela abruptamente, como se de repente se lembrasse de onde estava e com quem estava falando. — Eu só... tive uma briga boba com meu namorado. Por que está me perguntando tudo isso?

— Houve uma morte — responde Walker. — Ontem à noite. Alguém caiu do penhasco, não muito longe daqui.

Ele vê os olhos dela dilatarem e nota sua dificuldade de respirar.

— Estamos tentando descobrir o que pode ter acontecido. — Ele suaviza o tom. — Talvez você possa nos ajudar. A gente só gostaria de saber se viu alguma coisa. Qualquer coisa pode ajudar.

A menina desvia o olhar de Heyer para Walker, e então volta para Heyer.

— Não. — Ela balança a cabeça. — Eu não vi ninguém.

Heyer e Walker se entreolham. Ele assente.

— Não viu *ninguém*? — insiste Heyer, uma ênfase sutil na última palavra.

A menina arregala os olhos.

— Eu não vi *nada* — corrige ela. — É só modo de dizer.

De repente, toda a força que ela estava demonstrando se esvai. Seus ombros murcham, e, de alguma forma, a mudança em sua postura faz com que ela pareça muito mais nova. Ela começa a chorar, então mais lágrimas escorrem em seu rosto sujo.

— Eu só quero ir para casa — diz ela, as palavras engasgadas no choro.

— Quer uma carona? — oferece Walker. — Estamos indo para o Solar. Ou podemos mandar um colega...

Ela arregala os olhos.

— Não. Eu não vou entrar no banco traseiro de um carro de polícia. *Eu não fiz nada de errado.* Eu só quero ir para casa. Estou muito cansada. — Ela relaxa os ombros. — A noite de ontem... Não era para ser assim. Era... — Ela deixa a frase incompleta, depois começa a chorar de novo. — Era para ser... Tipo, especial.

— Bem — diz Heyer quando eles entram no carro, depois de conseguirem (com um pouco de dificuldade) arrancar informações básicas de Delilah Rayne. —Viu a cara dela? Ela está escondendo alguma coisa, com certeza. O que foi aquilo de "era para ser especial"?

Walker assente.

— É. Com certeza tem alguma coisa estranha. Vamos pedir um depoimento formal dela assim que der.

Eles passam por um portão de cinco barras. Uma placa descascada. Um celeiro caído que abriga um rebanho de vacas atentas.

— Fazenda Vistamar — diz Heyer, lendo a placa. — Acha que devíamos perguntar se eles viram alguma coisa?

— Agora não — responde ele. — Vai demorar.

— Olhe o estado desse lugar. Que espelunca... Quem mora num lugar tão lindo como esse deveria cuidar um pouco melhor do seu cantinho. E ainda fede.

Talvez pela maneira como ela franze o nariz, Walker diz:

—Você é melhor do que isso, Heyer.

Ela se endireita no banco como se ele tivesse acabado de dar um tapa nela. Será que ultrapassou o limite?

— Desculpe — diz ele. — Mas a compaixão é subestimada nessa profissão. Você nunca sabe da vida das pessoas, o que elas podem estar passando.

Heyer não responde, só dá outra mordida no chocolate, mal-humorada. De repente, ela arregala os olhos e grita:

— Chefe, olhe!

Quando eles viram a esquina, ele vê nitidamente: um Aston Martin prata conversível muito lindo e muito caro destruído por uma batida. Alguém jogou o carro em um emaranhado de plantas, no acostamento de uma curva da estrada, uma das rodas da frente empinada na ribanceira. Cacos de vidro espalhados pelo asfalto. O capô se transformou em um metal ondulado, todo destruído.

Walker se aproxima. Lê a placa do carro. Uma placa personalizada, elegante: D4CRE.

A porta do motorista está escancarada, o banco da frente, vazio. Não há ninguém à vista. E, quando olha pelo para-brisa estilhaçado, vê uma mancha de sangue no couro claro do volante.

O dia anterior ao solstício
BELLA

Minha blusa está molhada de suor quando chego a Tome, a brisa levantando o cabelo suado da minha nuca. Estou indo até o pub da cidade, já que não consigo pagar as refeições no restaurante do hotel (só tem o café da manhã incluso). Também é o próximo local na minha caça ao tesouro do passado.

Tome está assustadoramente silenciosa. Casas com telhado de sapê feitas de pedras locais cinza-claro se agrupam ao longo das ruas, algumas envolvidas por trepadeiras de rosas ou madressilvas. Não há ninguém à vista. Talvez todos estejam dentro de casa, fugindo do calor. Mas não consigo deixar de sentir que esse vazio é na verdade um sinal de alerta. Em alguns momentos, fico com a impressão de ter visto uma movimentação atrás das janelas que brilham embaixo das franjas de sapê, como olhos pequenos e escuros.

Mais à frente, avisto a cruz da cidade, uma antiga escultura de pedra, e me abrigo em sua sombra para me orientar sem o sol fritando meu cérebro. Eu me sento em um banco de pedra, que esfria minhas coxas suadas, enxugo o suor dos olhos e me pego olhando para o painel de pedra de frente para mim. A imagem de doze figuras de capuz reunidas em um círculo, as cabeças abaixadas de forma que não é possível identificar seus rostos. Árvores as cercam, como se estivessem no meio de uma floresta. Meu coração bate um pouco mais rápido. Uma das figuras segura uma faca comprida e afiada.

Olho para o próximo painel. Esse mostra um homem com roupas medievais: uma túnica, cinto e botas pontudas, uma expressão de terror no rosto, segurando alguma coisa. Eu me aproximo para enxergar melhor.

— É uma pena de pássaro — diz uma voz suave atrás, perto de mim.

Quase morro de susto. Achei que estivesse sozinha. Eu me viro e vejo uma mulher com cabelo grisalho e um corte chanel, vestida toda de preto apesar do calor do verão.

— Lindos, né? São muito antigos. Século XV, se não me engano. — Ela sorri para mim, com curiosidade. — Eles mexeram com você, dá para ver.

—Ah — digo —, acho que são... bem realistas.

— Eram uma maneira de lembrar aos moradores que se comportassem. Séculos atrás, aqui era uma área selvagem, isolada: não tinha polícia para preservar a paz. Então outro tipo de autoridade se popularizou para proteger a comunidade, resolver queixas. Para fazer justiça.

— As mensagens na árvore. Sempre a respeitaram?

Ela franze a testa e inclina a cabeça.

— Eu não disse nada sobre mensagens em árvores. Você conhece a lenda?

—Ah — digo, do jeito mais blasé que consigo. — Acho que ouvi falar em algum lugar...

— Bem — diz ela —, depende. Primeiro, o mensageiro, aquele que coloca o bilhete na árvore, precisa ter uma queixa de verdade. Os Pássaros tinham meios de saber a verdade. Depende também da magnitude do crime e se o culpado demonstrou remorso, tentou compensar seus atos. E se não... — Ela a encara desconfiada. —Vamos apenas dizer que era uma época diferente. Mais sombria, mais sangrenta...

Eu a observo, esperando que diga mais, mas ela fica em silêncio. Percebo que o que presumi ser uma bata preta ligeiramente excêntrica tem um colarinho clerical branco.

—Você é vigária?

— Sou — responde ela, sorrindo com timidez para mim. — É estranho eu me interessar por essas histórias? Por aqui, os pagãos e a igreja sempre tiveram uma forte ligação.

Eu me volto para os painéis para dar mais uma olhada.

— Mas eles são históricos — digo. — Não são? Quer dizer, esse grupo... Os Pássaros, o que quer que sejam, não deixaram de existir há muito tempo?

Novamente, espero uma resposta, mas ela não diz nada. Eu me viro e descubro que a mulher sumiu.

Fico inquieta, assustada com aquele encontro, com as memórias que estão ameaçando surgir. Talvez comer alguma coisa ajude.

A caminho do pub, passo por várias lojas que poderiam ser encontradas em qualquer cidadezinha: uma loja de conveniência, um correio, uma livraria. Paro para olhar a vitrine. Perto dos best-sellers de sempre há a seguinte seleção: *Sudoeste sobrenatural*, *Grã-Bretanha oculta*, *Runas: o guia definitivo*. E lá está: *Lendas de Tome*. Desvio o olhar e aperto o passo.

Finalmente chego ao pub. Não é como eu me lembrava. Apenas parte da antiga construção de arquitetura Tudor continua igual: um pedaço da antiga fachada de pedra, a porta baixa e as persianas. Mas o telhado de sapê agora é de telha, e janelas de caixilho modernas substituíram as de vidro gradeado — as novidades foram acrescentadas às partes antigas como um enxerto de pele malfeito. A placa, no entanto, é a mesma, balançando para a frente e para trás no vento quente. E o que quer que esteja preso na parte de baixo da placa, está fazendo um som tilintante, como um sino dos ventos. Quando olho mais de perto, vejo que é feito de vários ossinhos.

Ao entrar, um silêncio se instaura. Quase não dá para enxergar; está escuro demais em comparação com o brilho branco do meio-dia. Está fresco também, provavelmente devido às pequenas janelas e grossas paredes de pedra; o ar é um misto de madeira, vinagre e cerveja. Quando minha vista se acostuma, é como se todas as pessoas que deviam estar nas ruas de Tome estivessem aqui dentro. Muitos deles me observam das mesas nos cantos. Eu me sento em uma banqueta no bar.

Um casal sentado ali perto atrai minha atenção; são mais jovens que a maioria dos outros clientes — pelo menos a menina bonita com o cabelo vermelho-escuro é. Quando me viro para eles, vejo que o cara está vestido como um adolescente, com calça jeans desbotada e uma camiseta surrada com os dizeres "Só é crime se você for pego". Mas ele está começando a ficar calvo no topo da cabeça e parece ser alguns anos mais velho que eu.

De repente, me dou conta de que os conheço: eram os líderes do grupo que fez aquela baderna na praia e que jogou pedras no hotel. Estão de cabeça baixa e sussurrando, mas consigo ouvir algumas frases:

—Vai ser uma noite memorável, com certeza. Falei com o Gaz. Ele vai trazer todos os equipamentos. Vai ser incrível — diz ele.

— Sim... só não sei se é uma boa ideia, Nate — responde ela.

— Não, vai ser ótimo. Tá? Vamos, Lyles. Vai ser divertido.

—Tomara... — A menina se vira para mim e percebe que estou observando antes que eu consiga desviar o olhar. —Vamos falar sobre isso mais tarde, amor. Tem gente ouvindo a conversa dos outros. Falta de educação.

Ouço um baque no balcão, então me viro e vejo a dona do pub encarando minha sacola com a marca do hotel.

—Você está hospedada no Solar?

Ela tem uns sessenta anos, cabelo loiro descolorido, raspado baixinho, um rosto amigável e queimado de sol, as linhas brancas das rugas em volta dos olhos.

Mas ela não está sorrindo para mim. Quando estica o braço para servir uma cerveja, vejo o formato escuro de uma pequena tatuagem na parte inferior do bíceps, o que enfatiza o visual punk.

— Ah — digo —, sim. Só pensei em vir explorar Tome.

Sinto a menina de cabelo vermelho e o homem me observando. Na verdade, de repente sinto como se todos no pub estivessem me olhando, como se eu tivesse a palavra "turista" tatuada na testa.

— Algumas pessoas aqui diriam que eu não deveria servir você — diz a dona do pub, apontando para outros clientes com a cabeça. — O pessoal por aqui não curte muito aquele lugar. Está arruinando os negócios das pessoas. Nos impedindo de passar pelo terreno. Mas estou me sentindo gentil hoje. Talvez porque você pronunciou Tome corretamente. Quem não é daqui sempre pronuncia errado. Você disse "tomb", como nós falamos. O que vai querer?

Peço um prato de pão, queijos e picles.

— O que aconteceu com o pub? — pergunto, quando ela traz a comida. — Com a arquitetura antiga?

Ela franze a testa.

— Nossa, isso faz no mínimo uns quinze anos. Alguém tentou incendiar o pub.

— Ah... — Estou chocada de verdade. Penso no pub, lotado todas as noites naquela época, como agora. — Isso é... horrível.

— Ninguém se machucou nem morreu, então poderia ter sido muito pior. Nunca pegaram o culpado. Mas pelo menos consegui o dinheiro do seguro. — Ela me examina. — Eu *conheço* você? Sou boa com rostos. Podem se passar anos, e eu ainda vou reconhecer as pessoas.

Minha boca fica um pouco seca.

— Acho que não — digo. — Obrigada pela comida. Pode me dizer onde fica o banheiro?

— Por ali — diz ela, apontando para a direita, mas ainda me examinando. — Só seguir o corredor.

Na verdade, eu lembro exatamente onde eles ficam. Lá fora, indo para o jardim do pub.

Entre o banheiro masculino e o feminino há uma terceira porta, ligeiramente entreaberta: "Salão de eventos", avisto, em letras de latão. "Salão de evetos", na verdade, já que o "n" caiu. Então, vejo uma estrutura lá dentro, atrás da abertura na porta. Centenas — talvez até milhares — de galhos entrelaçados e retorcidos. Se eu chegar só um pouquinho mais perto, vou conseguir ver tudo...

— Não pode entrar lá, meu amor. — Uma voz diz. — É privado.

Tomo um susto e vejo a dona do pub parada atrás de mim. Seu tom foi calmo, mas seu olhar é hostil e aquele "meu amor" não foi nada caloroso.

— Ah, sim. Foi mal. Só estava procurando o banheiro.

— Não está vendo o desenho de uma mulher de vestido naquela porta ali? Não está dizendo "Salão de eventos". É bem óbvio.

— Claro, que burrice minha!

Sinto-a me observando o caminho todo de volta pelo corredor.

DIÁRIO DE VERÃO

O trailer — Camping de férias do Tate

9 de agosto de 2010

Tenho ficado com minha mãe e meu pai nos últimos dias. Queria dar um tempo do Solar. Tive pesadelos com aquela coisa que encontramos na casa na árvore. E ainda tem Hugo — mesmo que ele tenha agido diferente no pub, ainda fico enjoada e abalada quando o vejo. Mas é meio entediante ficar deitada na canga, na praia, minha mãe lendo Maeve Binchy, meu pai desmaiado com um livro de Lee Child no rosto. Nunca fico entediada quando estou com Frankie.

Então, fui nadar — e aí vi Jake. Sozinho, carregando sua prancha de *bodyboard*. Ele acenou e veio até mim. Eu estava com vergonha, pois continuava pensando no que Frankie tinha dito sobre transar com ele. E ainda me sinto suja depois do que Hugo disse. *Me provocando, sua safada.* Mas Jake tem um sorriso tão bonito. Gentil. E sei o que Frankie disse, mas eu gosto do sotaque dele.

Ele perguntou se eu queria usar a prancha de *bodyboard*, e quando me deitei nela ele disse: "Posso?" Aí ele se esticou para me ajeitar na prancha. A princípio só fiquei paralisada, por causa do que aconteceu com Hugo. Mas dessa vez foi diferente. Ele foi tão gentil. E pediu permissão. Ainda consigo sentir a pele formigar nos lugares onde ele tocou.

Depois, quando saímos, o Camarão estava sentado nas pedras, mexendo nas piscinas naturais. Perguntei pro Jake se ele morava no camping de trailers. "Mora", ele disse. "Eles são bem pobres. Ele é meio estranho, mas não é culpa dele. Ele tem uns pais meio merdas."

Quando voltei para a canga, minha mãe disse: "Ele é bonitinho!" (QUE VERGONHA). "Quem sabe agora você não passa mais tempo aqui embaixo em vez de na casa grande?"

Eu fiquei tipo: "O que isso quer dizer?"

"Não sei. Aquela garota é de um mundo tão diferente. Eu me pergunto o que ela vê..." E então ela ficou quieta, toda envergonhada.

O que ela vê em mim? Valeu, mãe.

Acho que fiquei magoada porque eu já me perguntei a mesma coisa.

10 de agosto de 2010

Voltei para o Solar hoje porque, apesar de tudo, estava com saudades. Parecia que, de alguma maneira, eu estava perdendo alguma coisa. Nenhum sinal de Frankie quando cheguei lá. Mandei mensagem: "Onde vc tá?"

Ela respondeu: "Quadra de tênis." Achei estranho, já que ela tem zero interesse em esportes.

Fui até a quadra, e lá estava Cora, do pub, fumando na espreguiçadeira, fazendo *topless*, usando só a parte de baixo do biquíni e pulseiras no braço. Parecia que ela estava num clipe da MTV, com aquele corpo. Então Frankie apareceu com dois cafés gelados (ela nem gosta de café!), delineador nos olhos e o cabelo preso todo para cima.

"Ah", ela disse, como se minha presença ali fosse uma surpresa (mesmo a gente tendo acabado de trocar mensagens). "Só tem duas espreguiçadeiras. Não sabia se você ia vir mais aqui." Ela jogou duas almofadonas no chão.

Quando Cora foi ao banheiro, perguntei por que ela estava lá.

Frankie sorriu: "Tá com ciúmes, Pardal? Ela está fazendo faxina aqui de manhã. Precisava de um emprego depois de ser demitida do pub. Mas ela é legal. Então temos saído juntas." Como se tivessem passado três semanas, não ALGUNS DIAS.

"Eu sou artista, na verdade, então esse negócio de fazer faxina é temporário. Mas é difícil morar aqui no meio do nada", Cora disse quando voltou.

"Meu avô pode te ajudar", Frankie disse. "Ele conhece muita gente rica e velha, com dinheiro para gastar com pinturas."

"Ah, é?" Cora se sentou. Mas Frankie já tinha pegado sua revista *Heat* e disse tipo: "Meu Deus, olhe como ela está. Deve ser a quarta vez que ela coloca silicone."

13 de agosto de 2010

Sinto falta de ser só eu e Frankie. Cora está lá TODO dia, de tarde. Os gêmeos ficam inventando desculpas para ir até lá e ficar olhando para ela. Frankie e ela falam sobre sexo — pelo menos Frankie fala, e sobre as raves a que vai em Londres e as diversas drogas que já usou. Mas Cora tem toda essa vibe de quem já experimentou coisas que a gente nunca nem sonhou. Eu só fico lá, me sentindo uma virgem idiota. Tipo, o que eu poderia falar? Que um dos irmãos de Frankie tentou me tocar na casa da piscina? Além disso: Cora com certeza tem amigos da idade dela, né? A gente deve parecer umas crianças bobas para ela.

É tão quente na quadra. O ar fica preso pelas sebes. Mas quando sugeri ir para a piscina, Frankie disse: "Cora prefere a quadra, né, Cor? Fica friozinho com a brisa do mar." Como assim, porra? Estamos literalmente no meio de uma onda de calor.

Depois, Frankie disse: "E a gente não sabe o que meus avós iam achar, sabe? Ficar andando com a funcionária? Estamos seguras aqui. Minha avó não joga tênis desde que colocou o quadril novo. E meu avô trabalha no escritório dele na floresta e liga para os amigos importantes e para as amantes de tarde."

"Será que você pode falar com ele?" Cora perguntou de novo. "Sobre a minha arte?"

Frankie franziu o nariz. "Sim. Claro. Talvez. Posso pegar outro cigarro?"

Boa sorte, Cora.

14 de agosto de 2010

Hoje Frankie despejou metade de uma garrafa de Malibu numa garrafa de Nesquik de banana. Os outros estavam falando sobre sexo de novo, então fiquei quieta. Mandei uma mensagem para Jake. Eu provavelmente não teria tido coragem se não tivesse tomado dois copos do drinque de Frankie.

"Oi. O que está fazendo?"

Ele respondeu na mesma hora. "Tô trabalhando agora. Mas seria legal te ver depois. Que tal a gente se encontrar na praia?"

"Com quem está falando?" Antes de eu responder, Frankie pegou o celular e leu as mensagens. "É aquele cara, né? Peixe com batata frita?"

"Ah", Cora disse, "Que legal!" Ela falou num tom meio maternal, como uma adulta fingindo estar interessada em assuntos de criança.

Mas Frankie estava bem irritada. Ainda segurava meu celular, como se não confiasse em mim com ele. "Eu te _disse_, Pardal... Você consegue alguém muito melhor." Ela o descreveu para Cora e perguntou: "Ele é daqui. Você conhece?"

Cora ficou meio desconfortável e respondeu: "Não conheço muito os meninos daqui."

Viu?! Toda adulta! Os "meninos". Aff.

Queria nunca ter apresentado Cora para Frankie. Queria que ela metesse o pé.

15 de agosto de 2010

Encontrei Hugo hoje quando eu estava indo embora do Solar. É a primeira vez que fico sozinha com ele desde a casa da piscina. Ele sorriu para mim. "Não é mais a queridinha do mês? Frankie já cancelou seu cartão de sócia? Ah, tadinha, ninguém quer brincar com você. Acho que é porque você é uma vaca chata e sem graça."

Ele me olhou de cima a baixo como se eu estivesse nua. "Aliás, mulheres gostosas como a amiga nova da Frankie que deviam usar biquíni. Continua usando seu maiô de menininha."

EDDIE

Passei horas na cozinha, lá embaixo, lavando os pratos do jantar. Olho para as pequenas janelas altas e vejo que está ficando tarde: as primeiras estrelas surgem no horizonte. Subo e passo pela recepção para pegar um pouco de ar puro.

— Eds — sibila Ruby da mesa da recepção. — Dê um pulinho aqui um segundo.

Vou até ela. Alguns minutos depois, duas mulheres passam, ambas usando as bolsinhas de veludo com os cristais disponibilizados nos quartos. Uma delas não para de tocar na sua bolsa.

Ruby olha de soslaio para elas até irem embora.

— Eu vi um meme — diz ela — que era assim: "Como é que podem existir tantos problemas no mundo se tem tantas mulheres ricas com cristais?" — Então, ela continua: — Ah, você ficou sabendo? Vão nos mandar usar *fantasias* amanhã. Para a festa. Os hóspedes têm que usar branco e, tipo, coroas com folhas de salgueiro, ou alguma merda assim. Querem aquela mesma estética de *Midsommar*, mas não viram o filme para saber como ele termina.

Ela para de falar e começa a agir profissionalmente quando um homem mais velho entra na recepção.

— Oi, querida. — O homem vai até o balcão, depois se inclina por cima dele, e seu rosto fica a apenas trinta centímetros de distância do de Ruby. Fico realmente impressionado que ela consiga não se afastar... ou dar uma cabeçada nele. — Hugo Meadows. Sabe quem eu sou?

— Claro. — Ruby abre um sorriso. — Como posso ajudá-lo, sr. Meadows?

— Então. Tem um homem que vai chegar hoje. Ele é muito importante. Investidor. Preciso que faça tudo que ele pedir. Tratamento especial para ele, tá?

Fico me perguntando se ele pediu uma coisa querendo dizer outra, como homens que pedem uma "massagem especial".

— Pode deixar — responde Ruby.

— Obrigado, linda.

Ele se inclina para a frente e dá um tapinha embaixo do queixo dela.

Ruby o observa ir embora. Então, respira fundo e solta:

— *Babaca de merda.*

Estou prestes a, sei lá, me desculpar em nome de todos os homens quando ouvimos um barulho estranho vindo lá de fora, como um uivo. Nós dois olhamos para fora pelas portas da frente.

Ruby aponta.

— Ei. Eles parecem de boa para você?

Sigo o olhar dela e avisto o casal andando no crepúsculo, empurrando as bicicletas pelo caminho. Eles estão curvados... E, então, no meio do caminho, a mulher deixa a bicicleta tombar, fazendo um estrondo, e cai de joelhos no chão, colocando o rosto nas mãos. Dá para ver os ombros dela tremendo daqui. O homem deita a bicicleta dele e se agacha ao lado dela. Será que estão brigando? Ele a está consolando? Observo enquanto ele meio que a puxa para ficar de pé. Ela se dobra de novo e — ai, meu Deus — vomita na grama, de quatro. Alguns hóspedes se viram para assistir ao espetáculo.

— Merda — diz Ruby. — Acho que eu deveria ir ver o que está acontecendo.

O Solar é muito rigoroso com "energia negativa". Dan, da equipe de jardinagem, me contou que um casal foi discretamente convidado a se retirar mais cedo porque teve uma briga feia no café da manhã. Primeiro dia aqui e já tiveram que ir embora!

Sigo Ruby até lá fora enquanto ela anda até o casal.

— Olá! — Eu a ouço dizer com seu tom mais alegre. — Posso ajudar vocês com alguma coisa?

A mulher balança a cabeça, tremendo enquanto se levanta. Mas o homem dá um passo para a frente e murmura algo no ouvido de Ruby. Vejo Ruby dar um passo para trás. Ela coloca a mão no ombro do homem em forma de consolo e diz algo a ele. Depois gesticula em direção ao restaurante. O que está acontecendo?

Ruby se vira e vem até mim.

— Acabei de dizer a eles que pedissem o menu degustação explorador, por nossa conta — diz Ruby. — Uma garrafa de vinho, o que quiserem... e toda a estadia deles será cortesia... mas é meio louco.

— O que aconteceu?

— Acho que vamos ter que falar com a Michelle. Eles encontraram... sangue na floresta.

Engulo em seco. O quê?

— Sangue?

— Sim. E não foi só umas gotinhas. O homem disse que foi "como num filme de terror".

FRANCESCA

Vim até o jardim para me acalmar com a natureza. Os hóspedes amam hortas, e amam mais ainda saber que o jantar veio do solo da propriedade. Mas nem tudo sai daqui, na verdade — na maioria das manhãs, recebemos um serviço de entrega de legumes e frutas frescas de um fornecedor em Londres —, mas o que vale é a intenção.

Esse banco no canto, ao lado da treliça de feijão-da-espanha, é um bom lugar para sentar — daqui consigo ver quem entra e quem sai pelo arco. Tive a sensação de estar sendo observada o dia inteiro.

Fecho os olhos. Respiro, expiro. Ah, assim é me...

Abro os olhos. Isso foi... um uivo? Parece ter vindo de perto da cozinha. Eu me levanto e vou às pressas naquela direção. Na verdade, é até um alívio ter algo em que me concentrar.

Avisto nossa recepcionista, Ruby, e o rapaz, Eddie, com um casal de hóspedes. Ruby vem até mim e murmura algo, baixinho.

— Eles encontraram o que na floresta? — pergunto, certa de que ouvi errado.

Ela repete.

Não ouvi errado. Sangue. Eles encontraram sangue na floresta. Por um instante, o chão parece sumir. No passado, explorei a meditação transcendental, mas acho que essa é a primeira experiência fora do corpo que eu tenho.

Ruby morde o lábio.

— Devo chamar a polícia?

A pergunta me traz de volta à realidade.

— Ai, meu Deus, não — respondo. — Não podemos chamar a polícia aqui *de jeito nenhum*.

Não no fim de semana da inauguração, não com os críticos de hotéis do Mr. and Mrs. Smith e da revista *Condé Nast Traveler* hospedados aqui. A festa na floresta vai nos colocar na lista dos melhores hotéis! Então, ofereço a Ruby meu sorriso mais tranquilizador.

—Tenho certeza de que não é nada. Minha avó costumava criar galinhas. Raposas podem fazer um estrago. Terrível mesmo.

Sem dúvida eu me portei como a Francesca Meadows confiante e controlada que todos estão acostumados a ver. Mas penso naquele rosto no café da manhã. A imagem na bacia de pedra. A sensação que tive o dia todo, de estar sendo observada. Não. Eu venci todas as adversidades que enfrentei. Eu sou assim. Abençoada. Coisas ruins não acontecem com Francesca Meadows.

— O que não queremos fazer — digo, com uma calma absoluta — é incomodar os hóspedes. Então, Ruby, minha querida, eu ficaria muito grata se você pudesse *cuidar dessa* para mim. Sabe?

Espero, sorrindo para ela, até ela perceber que não tem escolha.

— Hum, sim. Claro. Tudo bem.

— Ah, ótimo. *Obrigada*. Sabia que podia contar com você! Pode explicar aos hóspedes que tropeçaram na cena infeliz que estamos investigando, mas que tudo isso faz parte da vida no campo e que *não precisam se preocupar com absolutamente nada*? — digo, acreditando nas palavras.

Ela assente.

—Você é uma estrela, Ruby! Você é a *minha* estrela.

Chamo o rapaz.

— É Eddie, não é? Você levou os ovos para mim no jardim de inverno!

Ele tosse.

— Levei. — Ele fica corado de novo, o rubor subindo pelo pescoço.

— Então, Eddie — digo. — Gostaria que você fosse até a floresta. Leve um pouco de água, talvez. Só faça o que tiver que fazer para limpar tudo lá. A natureza pode ser cruel e impiedosa, mas nossos hóspedes preferem uma versão tranquila e limpa. Tudo bem?

— Hum...

— E vá quando estiver um pouco mais escuro, para não cruzar com outros hóspedes.

— Isso é... — Ele hesita. — Hum. Isso é, tipo, legal? E se...?

— É claro que é! — respondo, sorrindo de uma forma confiante. — Aqui é uma propriedade privada.

— Ok — diz ele, submisso.

Obrigada, querido Eddie, pela bênção de ser tão burro e obediente.

Avisto outro membro da equipe empurrando um carrinho de mão na direção oposta.

— Dan, não é? — digo. Ele para na mesma hora, surpreso por eu saber seu nome. — Você vai com o Eddie, está bem?

Ele assente sem nem saber o que estão lhe pedindo. Ter esse poder sobre as pessoas pode subir um pouco à cabeça — mas nunca deixo esse tipo de coisa me afetar.

— E olhem — continuo. — Isso fica só entre nós, está bem, rapazes? O que acham de quinhentas libras para cada um para expressar minha gratidão?

Eles arregalam os olhos. É óbvio que é uma grande quantia para eles. Fiz um bom trabalho em fazer parecer um presente, um benefício pelos serviços prestados. E não como se eu estivesse oferecendo um suborno, de jeito nenhum.

Subo para meu apartamento logo depois. Estou na cozinha tentando abrir a lata de chá ayurvédico que guardo para emergências quando percebo que não estou sozinha. Owen aparece vindo da sala de estar.

— Oi — diz ele. — Estava querendo te entregar isso. — Ele mexe no bolso. — Alguém colocou debaixo da nossa porta hoje de manhã e só lembrei agora.

Ele o estende para mim. É um bilhete, escrito no papel do hotel.

> *Me encontre na floresta à meia-noite. Como nos velhos tempos. Embaixo da árvore dos cem olhos. Faz tanto tempo. Temos muito o que conversar.*

— De quem é? — pergunta Owen, como quem não quer nada, mas consigo sentir que ele está me avaliando.

— Meu amor! — digo, animada. — Não faço a menor ideia. Deve ser de algum doido daqui da região. Talvez seja para você, que está trabalhando no projeto da floresta...

— Mas não está endereçado a mim. Olhe.

E agora (só agora!) ele mostra o envelope com um nome escrito nele: Frankie. *Não. Frankie não existe mais.*

— A pessoa que mandou isso deve conhecer você muito bem — diz Owen. — Não é como as outras reclamações que recebemos. O que "como nos velhos tempos" quer dizer?

— Ah, pelo *amor* de Deus — sibilo. — Não é nada. Só... só deixe isso para lá!
Ele arregala os olhos e dá um passo para trás.
— Meu bem — digo. — Eu assustei você. Eu fiquei assustada também. Nossa! — A voz nem parecia a minha. O que está acontecendo comigo? Dou um sorriso. — Ah, é a pressão desse fim de semana. Está me fazendo mal. Olhe, não faço ideia de quem escreveu esse bilhete. Pode ser um dos meus irmãos querendo fazer uma pegadinha comigo. Você sabe como eles são!

Assim que ele se vira, deixo o sorriso desaparecer. Acabei não pegando o bilhete porque achei que minhas mãos fossem tremer se eu fizesse isso.

Penso na imagem que vi na bacia de pedra mais cedo. Um pássaro.

E eu a chamava de Pardal, tantos anos atrás...

Quer dizer que o rosto que pensei ter visto no café da manhã não foi uma miragem. Depois de todos esses anos, ela voltou. E sei exatamente aonde ela quer que eu vá. Para dentro da floresta — um lugar onde não piso há anos.

DIÁRIO DE VERÃO

O trailer — Camping de férias do Tate

17 de agosto de 2010

"A floresta", Frankie disse. "Hoje à noite. A primeira vez da Cora. Topa?"
"Não sei", respondi, porque continuo tendo pesadelos com a floresta. Não entendo como Frankie não está mais com medo.
"Então tá", Frankie falou. "Ok, Cora, vamos ser só eu e você." E aí eu disse que iria. Sei que é infantil, mas não queria que elas fossem sem mim.
"Os meninos daqui catam cogumelos na floresta de Tome", disse Cora. Então, ela contou a história de como uma vez eles levaram tudo para um festival. PREGUIÇA.
Frankie ficou toda animada. "Vamos catar também! Assim, não fico tão chateada pelos gêmeos terem acabado com meu estoque."
Cora disse: "Não sei se você vai encontrar nessa época do ano." Frankie ficou irritada, deu para ver. Ela fica assim quando quer alguma coisa. "Nós vamos encontrar, sim", disse ela.
Estava escurecendo quando entramos na floresta, mas eu levei o chaveiro de lanterna da minha mãe dessa vez. Passamos pelo escritório do avô dela, que estava lá ao telefone, parecendo sério.
Enquanto a gente adentrava o aglomerado de árvores, Frankie nos mostrou uma foto no celular dela (o iPhone novo... tão legal!!) para que a gente soubesse o que estava procurando. Parece bobagem, mas eu queria muito encontrar cogumelos, como se isso fosse provar alguma coisa. Cora avisou que ia fazer xixi. Eu estava superconcentrada, cutu-

cando as coisas com o graveto. Então, quando levantei a cabeça, Frankie tinha sumido também. Gritei, mas ninguém respondeu. A única coisa que eu ouvia eram corujas chirriando nos galhos lá no alto.

Para ser sincera, chorei um pouco. Sabia que elas tinham feito de propósito. Que deviam estar se escondendo em algum lugar, rindo de mim. Eu estava com medo. E perdida. Sempre que eu achava que tinha encontrado o caminho certo, acabava num lugar sem saída: arbustos, um riacho que nunca tinha visto. Finalmente, encontrei um caminho diferente, o segui até chegar a uma clareira e percebi que era a que tinha as pedras e aquela árvore, com todos os "olhos". E então avistei os cogumelos. Iguaizinhos aos da foto que Frankie me mostrou, debaixo de um monte de folhas secas velhas. Perto do solo escuro, eles eram claros e, com o luar atravessando as árvores, pareciam brilhar. Foi como encontrar aquele fóssil na praia no início do verão. Como se, de alguma maneira, eles tivessem me encontrado... Aqueles chapeuzinhos pontudos amarronzados eram quase fofos. Como um desenho de criança, não como algo que fosse dar uma onda louca.

Então, tive uma sensação muito forte de estar sendo observada. Como é que dá para simplesmente <u>sentir</u> os olhos de alguém em você? Virei a lanterna para todos os lados. Pensei ter visto algo se mover nas sombras. Alguém? Uma silhueta escura, agachada, meio escondida atrás do tronco. Algo brilhando, como olhos de farol. Talvez um animal... um texugo, ou algo assim? Mas parecia maior que um texugo.

Fiquei muito assustada. Só queria sair dali. Comecei a correr.

Foi quando ouvi uma música. Uma melodia toda chiada, como se estivesse tocando em um gramofone. Uma voz masculina aguda e arrepiante cantando a letra. Então, me dei conta de que era uma cantiga infantil bem velha. Ninguém imagina que uma cantiga infantil possa ser tão sinistra. Mas ali, na floresta escura, era. Era como se viesse de todas as direções, me seguindo entre as árvores.

OWEN

—Tenho que ir ver umas coisas agora, meu bem — diz Francesca. — Estou tão ocupada... com as celebrações amanhã, sabe? Preciso ir agora.

Ela beija os próprios dedos, os pressiona em minha bochecha.

Por que ela não está me olhando nos olhos? Ela costuma fazer o contato visual mais intenso que já vi. Brinco que ela praticamente me hipnotizou para que eu fizesse o projeto do Solar.

Por que aquele bilhete a abalou tanto?

Foi um teste, mostrar para ela de repente, sem avisar antes. Funcionou. Mas não tenho certeza do que isso quer dizer, além de confirmar que ela está escondendo algo.

A porta se fecha quando ela sai.

Talvez eu esteja exagerando depois de todo o transtorno de mais cedo. O que foi que Michelle disse? "Ela não é uma boa pessoa." Mas Francesca irradia positividade. Não há um pingo de maldade nela...

E, ainda assim, consigo sentir a dor dos arranhões na minha omoplata, roçando na camisa. Penso naquele lado oculto dela, o demônio que é liberado no quarto. Mas isso é diferente, certo?

Tenho certeza de que não é nada. Talvez seja porque tenho um medo específico de bilhetes misteriosos deixados em soleiras de portas. Foi assim que minha mãe nos informou de que iria nos abandonar tantos anos atrás:

Me perdoem. Não consigo imaginar o que estão achando de mim agora, mas espero que entendam.

Um pedaço de papel na caixa de correio, duas semanas depois de ela ter partido. Como se isso fosse tudo que merecíamos. Um envelope grosso com dinheiro chegou logo depois. Vinte mil.

— Bem — disse meu pai. — Agora você está vendo quem ela realmente era. Só Deus sabe onde ela arranjou isso, mas nem a pau ela ganhou esse dinheiro de forma honesta.

Fomos embora de Dorset logo depois.

— Não mesmo que eu vou ficar aqui para virar assunto de fofoca e sentirem pena de mim — disse ele. — E não quero o dinheiro sujo dela. Fique para você como herança, filho.

Tiro meu celular do bolso, é um hábito. Gosto de dar uma olhada várias vezes ao dia. A precisão é assustadoramente boa e funciona até onde não há sinal. Francesca está passando pela recepção, provavelmente indo conversar com Michelle. Continuo observando enquanto ela passa pela porta da frente, pelos gramados. Fico mais calmo. Isso para mim tem, sei lá, o mesmo efeito do que a meditação para Francesca. Essa foi minha desculpa para baixar um aplicativo de localização no celular dela. Ela teve que viajar bastante para Londres antes da abertura do hotel para dar entrevistas e afins. Fez viagens de pesquisa para se hospedar na concorrência. E sempre, sempre estava onde dizia que estaria. Claro que estava. Isso me dava tanta paz de espírito.

Eu não disse a Francesca que baixei o aplicativo, então ela não sabe que está lá. Não faz mal algum. É reconfortante. Sabe? Apenas uma precaução. E, mesmo que agora ela passe a maior parte do tempo aqui, ainda assim dou uma olhada, só por costume, três ou quatro vezes por dia.

Senti um pouco de culpa. Claro que senti. Mas agora sinto que não preciso dar justificativas. Porque parece que há segredos dos dois lados neste casamento.

O dia depois do solstício
INVESTIGADOR DE POLÍCIA WALKER

— Chefe! Olhe!

Walker pisa fundo no freio. Alguns metros adiante, há pernas esparramadas no asfalto. Tudo da cintura para cima está escondido sob a sebe. Seu primeiro pensamento é *outro corpo*. Então ele vê a coisa — *ele* — se mexer. A metade de cima do corpo do homem surge da sebe, como em O *Exorcista*, a cabeça virando devagar para eles.

Ele ergue a mão. Cambaleia para se levantar, vacila duas vezes, quase cai, e então consegue se endireitar. Está usando uma camisa de linho branco e calças combinando, sujas de lama, grama e sabe-se lá Deus o que mais. Uma coroa de folhas retorcidas ainda está presa em sua cabeça. Tudo isso é bem contrastante com os tênis de grife e o anel de sinete de ouro.

— Ah — diz ele, com a voz arrastada, quando Walker se aproxima e abaixa a janela. — Merda. Achei que fosse meu motorista.

— Desculpe decepcionar o senhor — diz Walker.

— Sem problemas — responde o homem. — Fazer o quê?

Heyer lança um olhar para Walker como quem diz: "Fala sério."

— Na verdade — diz Walker, querendo chocá-lo —, estamos investigando uma morte.

O homem parece não ter ouvido. Está ocupado olhando seu Apple Watch.

— *Finalmente* consegui sinal de internet. Primeira vez que consigo sincronizar minha caixa de entrada. Agora preciso voltar para Londres.

— Acho que isso não vai ser possível por um tempo — diz Walker.

— Está de brincadeira comigo.

— Não estou. Quer uma carona para o hotel?

O homem franze a testa.

— Tudo bem.

Ele meio que cai enquanto entra no carro, e afunda a cabeça no encosto com um gemido.

— Noite ruim? — pergunta Walker, observando-o pelo retrovisor enquanto dá partida no carro.

— Horrível pra cacete. Na verdade, não estou hospedado no hotel. Sou parceiro de negócios deles. Investidor. Hugo e Oscar Meadows me convidaram — diz o sujeito, como se qualquer pessoa no círculo certo de pessoas devesse saber quem são eles. — Enfim. Eu devia ir para o Glasto esta semana, tenho ações de um coletivo de acampamento de luxo chamado Acampamento Hedonista. Não são yurts quaisquer, é o pacote completo: zona de coworking conectada à Starlink, centro de bem-estar, serviço de quarto de primeira categoria para sua tenda.

— Parece... autêntico — diz Walker.

— Sim, sim, é sensacional. Enfim, depois disso aqui preciso de mais ou menos um mês de terapia. Foi um show de horrores. Os irmãos Meadows sumiram no meio da noite. Disseram que iam procurar uma bebida melhor e nunca mais apareceram. Não consegui encontrar os dois em lugar nenhum. Falta de profissionalismo total. E o arquiteto, Dacre, um desastre.

— Como assim?

— Na festa de ontem à noite. Vi ele perto dos portões. Com certeza tinha usado alguma coisa.

Walker está supondo que esse homem ainda não se olhou no espelho: as pupilas dele estão do tamanho de uma moeda.

— Parecia que ele estava dormindo na rua há um mês. Constrangedor, na verdade.

Walker vê Heyer conter um sorriso. Ela provavelmente pensou o mesmo que ele. Precisa ser muito arrogante para julgar o outro enquanto você mesmo se encontra num estado tão deplorável.

— Da última vez que o vi, ele estava correndo como se a vida dele dependesse disso, saindo da floresta. Sinceramente, parecia que o cara estava possuído. Ele tinha uma... expressão demoníaca nos olhos. Foi... — Walker o vê estremecer ao se lembrar. — Bem sinistro mesmo.

O dia anterior ao solstício
BELLA

A alvorada azul cai enquanto o que resta do sol se derrete dentro do mar, mas as pessoas ainda estão na quadra de tênis de grama quando eu passo. O Solar oferece quadras de padel também — lógico —, mas a de grama faz mais sucesso à noite. Ouço bolas sendo batidas, risadas, um grito:

— Seu babaca!

Eu me viro para aquela direção e espio por entre a sebe. A quadra está em condições excelentes agora, um verde-esmeralda glorioso e profundo (pelo visto, no Solar não é proibido usar mangueira). Antigamente, era como uma savana ressecada e amarelada, a grama comprida e com tufos perto da rede nos locais onde o jardineiro idoso não a tinha aparado. Completamente banhada pelo sol. Nossa, como eu odiava ficar lá.

Uma partida de duplas mistas com jogadores meio bêbados está chegando ao fim: muitos saltinhos, bebidas, raquetes balançando e mulheres sendo apalpadas. É como assistir a um grupo de cavalos de corrida excitados se divertindo no pasto. As mulheres estão usando praticamente a mesma roupa (vestidos brancos muito curtos) e parecem estar com um filtro de Instagram no rosto. Só dá para diferenciá-las porque uma é loira e a outra morena. Olhando rápido, noto que os dois homens também se parecem: altos, ricos, um pouco acabados. Ah, não. Agora eu os reconheço. Uma pequena e desagradável descarga de adrenalina me invade. Quais são as chances, entre centenas de hóspedes ou mais, de cruzar com Hugo Meadows duas vezes no mesmo dia?

Eles estão saindo da quadra. Eu me pressiono de novo contra a sebe para sair do caminho deles: os quatro estão andando lado a lado, com a falta de consideração típica de pessoas bêbadas. E, quando passam por mim, os dois homens me olham e me avaliam da mesma forma que faziam antigamente. De cima a baixo.

Demorando-se nos seios e nas pernas. Os olhares têm a mesma pressão que as pontas fortes dos dedos. Quase não consigo conter um calafrio. A vergonha, o medo: sinto como se tudo tivesse acontecido ontem.

Hugo Meadows desvia o olhar — a julgar pela garota agarrando seu braço, já passei da validade faz tempo. Tenho a impressão de ver Oscar Meadows hesitar por um segundo. Fico imóvel, mas logo eles somem. Ainda consigo sentir meu pulso acelerado. Graças a Deus mudei muito e não sou mais a menina tímida e magricela com cabelo escuro de quinze anos atrás. Até que ponto eles sabem? Nunca consegui descobrir a resposta para essa pergunta. Eles estavam lá naquela noite, afinal.

Saio das quadras e pego o caminho entre os chalés da floresta. As sombras estão se alongando, a lua subindo. É quase hora de entrar na floresta. Meu corpo inteiro está zumbindo de adrenalina, e sinto uma pontada de medo entre as costelas. Quase não consigo acreditar que estou fazendo isso. Não consigo acreditar que posso estar prestes a ficar cara a cara com ela depois de tanto tempo.

Quando adentro um pouco a floresta, noto um buraco, ou uma cicatriz, no chão onde as fundações de tijolo de um edifício estão visíveis. Demoro um pouco para entender o que é. Claro. O escritório do avô dela. Para onde ele ia "fazer ligações importantes": ligações para as amantes dele, no caso. Li o obituário no jornal. Lorde Meadows morreu aqui *ainda trabalhando arduamente em sua mesa no dia em que seu coração desistiu*. Não me surpreende ela querer botar abaixo o lugar.

A luz aqui causa a sensação de se estar atravessando um vidro verde. O ar não é apenas mais frio, é como se eu tivesse entrado em outro clima. No início, sigo a trilha de cascalho bem cuidada, feita para os hóspedes, com plaquinhas pitorescas indicando o caminho. Em uma linda caligrafia pintada, lê-se: "Os segredos da floresta estão por aqui…"

Está de brincadeira comigo?

Outro resquício do passado que ela reaproveitou em sua marca especial, chique e rústica. Aposto que sou a única pessoa que acha aquela plaquinha inocente tão sinistra. Mas não sou a única pessoa que sabe o que aconteceu na floresta naquele dia…

EDDIE

Está escurecendo quando Dan e eu entramos pedalando na floresta com duas bicicletas do Solar. O hóspede salvou em um aplicativo a localização de onde encontraram o sangue, então vamos partir disso. No início até que é meio divertido, pedalar o mais rápido que conseguimos no percurso sinuoso, desviando de arbustos e troncos. É melhor do que ficar parado na pia o dia todo.

Mas, então, adentramos mais na penumbra, as árvores estão mais próximas umas das outras e os sons do mundo exterior começam a desaparecer. Delilah gostava de vir para a floresta transar. Ela dizia que minha cama de solteiro com os adesivos de futebol velhos e o fato de conseguirmos ouvir minha mãe escutando *The Archers* na cozinha não a ajudavam. Mesmo que eu tentasse não demonstrar, sempre ficava nervoso aqui. Principalmente porque Delilah às vezes cantava uma cantiga infantil que a maioria de nós, moradores, aprendemos quando criança sobre um encontro na floresta — mas a nossa versão é um pouco diferente:

> Pois cada penudo que já existiu
> Vai se juntar aqui hoje à noite porque
> Hoje é a noite
> Que os Pássaros da Noite vão aprontar.

Nunca soube se era para ser "penudo" ou "peludo". Baseado nas lendas, imagino que podia ser qualquer um dos dois.

Enquanto Lila e eu andávamos pela floresta, eu me lembrava dos avisos da minha mãe sobre nunca ficar lá até tarde da noite. Ficava pensando que estava vendo coisas — sombras, silhuetas — se movendo entre as árvores. Não conseguia afastar a ideia de que não estávamos sozinhos. Há todos os tipos de barulho em florestas antigas quando você se permite escutar: farfalhar e rangidos que podem ser um animal pequeno, ou o vento, ou qualquer coisa, mas também pode ser o som de alguém à espreita. E, enquanto estávamos transando, muitas vezes era uma luta para continuar (o que normalmente não era um problema para mim). Ainda mais porque Lila gostava de sussurrar coisas no meu ouvido, como: "Imagina só, *eles* poderiam estar nos observando. É meio sinistro, mas meio excitante também, né?" Hum, não. Nunca disse isso, mas eu preferia muito mais quando estávamos na casa dela e ela acendia uma vela perfumada e colocava Lana Del Rey para tocar. Mas agora estou pensando na última vez que entramos na floresta juntos e encontramos o velho Lorde Meadows morto em sua mesa. A expressão no rosto dele. Estou começando a desejar poder devolver aqueles quinhentos paus.

Chamo Dan para que ele pare e eu possa verificar nossas coordenadas. Parece que os hóspedes saíram do caminho por aqui, seguindo as trilhas de animais que levam mais para dentro da floresta.

Dan para a bicicleta com um guincho dos freios e se vira para mim, falando muito rápido:

— A gente pode dizer que não encontrou nada. Ou, tipo, dizer que não tinha nada lá. Que eles estavam inventando. Não é como se eles fossem voltar e checar.

— Acho que não podemos fazer isso — digo. — Se Francesca Meadows descobrir que não fizemos nosso trabalho direito, ou se Michelle ficar sabendo... — Melhor nem pensar nisso.

— Mas, tipo, isso vai além das nossas obrigações. Você não acha? — Dan lança olhares nervosos para as árvores. Ele está assustado. E, sim, eu também estou assustado.

Seguimos pedalando, mas então ouço o guincho dos freios de Dan pela segunda vez. Ele está apontando para a frente.

— Eds — diz ele, com a voz trêmula. — O que é aquilo... ali?

Também freio bruscamente e sigo seu olhar. Uma silhueta escura está agachada no chão alguns metros à frente, com o rosto escondido por um capuz preto. Não consigo respirar. É como se eu tivesse acabado de levar um golpe na barriga. E então a figura se levanta e fica completamente em pé, e vejo que é Nathan Tate. Ele está com uma calça jeans suja que pende de seus ossos magros do quadril e um casaco de moletom preto com os dizeres: EU PREFERIA ESTAR ME MASTURBANDO. Por um instante, ele fica imóvel como um cervo que acabou de ser arrebatado, depois relaxa.

—Veja se não é meu velho amigo Eddie — resmunga ele.

Acho que está bêbado. Dan me lança um olhar, tipo: "*Err... como você conhece esse cara?*"

— O que está fazendo aqui? — pergunto a Tate.

— Eu poderia fazer a mesma pergunta para você, rapaz.

— Aqui é terreno do hotel — diz Dan, encontrando uma explosão de confiança de algum lugar. — Então, tipo, é particular.

— Ah, é? Porque para mim parece uma floresta que está aqui há anos, provavelmente desde antes de o ser humano existir. E agora *eu* só estou existindo. Só tomando um pouco de *banho de floresta*. Por acaso é crime?

— Ai, meu Deus. De novo, não, merda. — Delilah aparece entre as árvores, com a mão na cintura.

Ela está usando uma hotpants preta e uma blusa frente única de vinil roxo. O piercing no umbigo aparece entre as duas peças de roupa. Vejo a boca de Dan se abrir.

— Tipo, como é que você surge em todos os lugares? Devia mudar seu nome para "Eddie Stalker".

— Vamos continuar — murmuro para Dan. — Eles são inofensivos.

Talvez a audição de Tate seja melhor do que eu pensava (ou talvez ele esteja menos bêbado do que eu pensava), pois, enquanto nos afastamos, ele grita atrás de mim:

— Isso é o que você pensa, menino Eddie! É o que você pensa!

A última coisa que ouço é a risada de Delilah, ecoando entre as árvores.

— Vamos — digo a Dan, com mais coragem do que sinto —, vamos acabar logo com isso.

Dou uma olhada na localização do app em meu celular. Estou totalmente sem sinal, mas ainda dá para usá-lo como mapa e, de acordo com ele, estamos bem perto. Deixamos as bicicletas, pois a vegetação ali é densa, mas, enquanto abrimos caminho, encontramos uma trilha que foi pisoteada, como se algo maior do que um ser humano tivesse passado por ali. Em um pedaço de chão de terra, vejo uma pegada. Um veado? Mas teria que ser um veado enorme.

Então, entramos em uma clareira, e, no feixe da lanterna, eu vejo. Meu Deus.

O sangue cobre o chão, brilhando, úmido e vermelho, quase preto à luz da lanterna. Eu a levanto e vejo que há respingos na parte inferior de um tronco próximo e até nas folhas dos galhos mais baixos.

— Puta merda — diz Dan, rouco. Olho para ele. Ele está agachado, como se tentasse sumir, os olhos se movendo rapidamente, para lá e para cá. — Puta merda, cara. Isso é *muito* sangue.

Eu nem consigo encontrar palavras para responder.

FRANCESCA

O sangue na floresta. A imagem na bacia de pedra. O bilhete que Owen encontrou. Estou tentando manter o controle. Pensar com calma. Não deixar nada me distrair de toda a positividade que tenho sentido sobre esse fim de semana. Mas estou *começando* a ficar incomodada.

Entro na biblioteca (um dos poucos espaços privados no prédio principal) e encontro o livro de contabilidade do meu avô, o que ele guardava no escritório da floresta. Abro nas últimas páginas. As letras estão fracas e trêmulas, nada parecidas com a caligrafia impecável dele:

Os Pássaros...
Preciso avisar a Francesca...
Preciso dizer a ela onde...

Eu me lembro de sua mão agarrando meu pulso com força, as unhas cravando na pele.

Fecho o livro rapidamente. Não. O coitado do velho definitivamente não estava bem — ele já estava perdendo a noção do que era real. Porque os Pássaros *não* são reais. Tenho certeza disso. Eu me recuso a ser assombrada por uma lenda urbana.

Mas acredito que alguém está tentando se meter no meu caminho.

Ela sempre foi do tipo pegajosa. Uma parasita. Desfrutando da glória dos outros. Estava sempre à espreita, observando... Um ser insignificante. Então é bem a cara dela aparecer aqui com um nome falso. Acho que eu deveria sentir pena dela. Que vida triste...

Quando penso no passado, parece que tudo aquilo aconteceu com outra pessoa. É como se eu não estivesse realmente lá, sabe? Talvez não seja surpresa: todos nós somos complexos. E não dá para ficar remoendo o passado o tempo todo, ficar obcecada com coisas que aconteceram anos atrás. Seria totalmente autodestrutivo, não é? O amor-próprio é o primeiro passo para amar os outros. Eu acredito muito no que eu prego.

De volta ao apartamento, me sento com meu notebook. Encontro o histórico de gravações das últimas vinte e quatro horas do chalé número 11.

As imagens estão maravilhosamente claras. Mas a mulher na sala parece uma estranha: o cabelo loiro cortado reto e curto, a franja, as roupas. Ela não se parece em nada com a menina magricela de que me lembro, com pontas duplas e roupas de lojas baratas. Eu quase, *quase* começo a duvidar de mim mesma. Então, acho que um barulho atrai sua atenção, porque ela olha diretamente para cima, um enquadramento perfeito. Vejo o rosto em formato de coração, a curva das sobrancelhas sob a franja. E então tenho certeza. Eu me lembro de pensar que nada naquele rosto devia ser especial. Os traços pequenos, nada marcantes. E ainda assim ela era bem bonita, de uma maneira tímida, infelizmente desperdiçada.

Sabe, agora que penso nisso, faz sentido que ela esteja hospedada aqui sozinha — principalmente se ela esteve guardando energias negativas todos esses anos. Esse tipo de coisa não te ajuda a encontrar a felicidade com outra pessoa. Ela sempre esteve destinada a ser uma alma perdida e solitária.

Voltando a gravação, encontro umas imagens de meia hora atrás. E lá está ela: no caminho que leva à floresta. Pardal bobinha. Sempre um passo atrás. Não vou deixar você estragar isso.

BELLA

Aos poucos, o caminho vai estreitando e vira uma faixa fina, depois fica um pouco maior que uma trilha. As placas pintadas desaparecem. Estou no lugar certo. Rumo ao coração da floresta.

Estremeço. É a primeira vez no dia que sinto vontade de usar um casaco. Não consigo ouvir o som do mar daqui, nem nenhum barulho do hotel. Nada além do murmúrio das folhas no vento, e do barulho das patas de um animal pequeno correndo sorrateiramente para se esconder. O restante do mundo está bem longe daqui. Mas, por outro lado, sabia que seria assim.

O diário na minha bolsa bate na minha perna. Passo por troncos enormes, manchados de líquen, erguidos sobre raízes antigas e cobertas de musgo. Passo por teixos retorcidos, escuros e misteriosos, com cheiro de cemitério. Faias sussurrantes. Um par de araucárias plantadas por um ancestral excêntrico, com seus galhos esquisitos e oscilantes. Ao meu redor, consigo ouvir um som chacoalhante e chilreante, como se a floresta estivesse contente — empolgada, até — de ter um ser humano adentrando tanto seu centro. Os aromas são de pinheiro e meses de folhas em decomposição, e de vez em quando bate o fedor rançoso de algum animal que pereceu na vegetação rasteira. Inconfundível, queima as narinas. Por instinto, todos nós sabemos como é o cheiro da morte.

Finalmente, eu o avisto: o Osso da Sorte, como ela chamou. A árvore morta esbranquiçada está à minha frente. Dois ramos bifurcados, brancos como osso, sem folhas.

O medo se intensifica.

Sombras nadam e tremem em minha visão periférica. O caminho ficou ainda mais coberto de vegetação; não tenho certeza se ainda o estou seguindo. As árvores estão cada vez mais juntas. O ar, ainda mais frio, mais denso. Acho que ouço o estalo de um galho em algum lugar adiante e, de repente, estou em alerta máximo. Paro e escuto, mas só consigo ouvir minha respiração.

Quando começo a achar que estou realmente perdida, eu a vejo: uma árvore velha e retorcida, a casca áspera coberta de estranhos nós e redemoinhos. Paro e ilumino a árvore com lanterna. Os redemoinhos têm forma de amêndoa, os nós dentro deles são redondos e preenchidos. Parecem olhos; de longe, é difícil acreditar que não foram entalhados na casca, até você se aproximar e ver que é obra da natureza. Centenas deles, olhando em diversas direções.

A árvore dos cem olhos.

É muito assustadora, exatamente como me lembro. E ali está: o estranho buraco escuro no tronco. Eu me inclino para a frente para olhar, então paro. Tenho certeza de que acabei de ouvir algo se movendo atrás de mim. Um animal? Não, foi um som mais pesado, menos ágil que isso. Prendo a respiração, sinto minha pulsação na garganta.

Estou prestes a ficar cara a cara com ela depois de tantos anos? Meu corpo está tremendo por causa da adrenalina. E do medo. Claro, o medo. Afinal, sei do que ela é capaz.

DIÁRIO DE VERÃO

O trailer — Camping de férias do Tate

18 de agosto de 2010

Cora não estava no Solar hoje.
    Só Frankie e eu. Como nos velhos tempos. Só que não. Acho que estraguei tudo.
    Aconteceu uma coisa na floresta. Não escrevi ontem. Não consegui organizar meus pensamentos. Estou me sentindo esquisita por causa do que aconteceu. Não sei se fiz a coisa certa.
    Nunca corri tão rápido na vida quanto na hora em que ouvi aquela melodia assustadora tocando. Parecia que estava me seguindo.
    Só queria sair de lá. Quando vi luzes entre as árvores, fiquei muito aliviada. O escritório do avô. Sim, é um velho ricaço e assustador, mas ele saberia o caminho de volta para o Solar. Eu estava bem perto quando ouvi vozes. Achei que ele estivesse no celular, mas quando me aproximei vi duas silhuetas. Um homem e uma mulher, a porta entreaberta, a luz atrás deles os deixando na sombra.
    O avô. E... Cora. Só consegui pensar: o que ela estava fazendo no chalé do avô da Frankie? A mão dele estava no braço dela. Ele estava se inclinando... Para dizer alguma coisa? Para beijá-la???? Mas, bem nesse momento, um galho quebrou embaixo do meu pé e Cora se virou para olhar. Recuei, não sei se ela me viu. Eu já tinha andado um bom pedaço quando apareceu uma silhueta na minha frente e me agarrou, segurando

meus braços com força. Gritei muito e tentei me desvencilhar, mas a pessoa me segurava muito forte.

Aí ouvi uma voz dizer: "Pardal, sou eu, sua idiota. Frankie."

"Onde você foi?", gritei, ainda surtando totalmente.

"Você escutou a música?", ela perguntou. Eu conseguia ver os olhos dela brilhando ao luar. "Eu me perdi de vocês e... Ai, meu Deus, Pardal... você também escutou a música?"

"Sim", respondi. "Escutei."

Ela baixou a voz e sussurrou: "Acho que eu vi <u>eles</u>, Pardal."

"Seu avô e Cora?", perguntei, meio que aliviada por ela já saber.

E ela respondeu: "Não. Umas figuras altas, vestidas de preto..."

Então, ela parou. "Peraí. O que quer dizer com meu avô e Cora?"

Tive que contar para ela, né?

"Eu vi os dois juntos no chalé do seu avô." Foi tudo que eu disse. Mas talvez, se eu tivesse <u>dito mais</u>, não teria sido tão ruim. Entende? Aí ela não teria imaginado outras coisas. Acho que eu sabia disso, na verdade.

Nunca tinha visto Frankie ficar tão brava.

"Que porra é essa? Eu chamei ela para cá. Se minha avó descobrir... Todo mundo, desde a porra da minha mãe, me decepciona." Aí ela olhou para mim. "É melhor você não me decepcionar, Pardal."

O dia depois do solstício
INVESTIGADOR DE POLÍCIA WALKER

Walker e Heyer estão quase no Solar agora. No que restou do hotel, pelo menos. Eles fazem a última curva. De longe, os dois enormes pilares do portão — ambos com uma raposa de pedra em cima — parecem zombar do estado do edifício adiante.

— Nossa... — diz Heyer. — Que caos.

Eles encaram o cenário por um instante, o único som é o ronco alto vindo do homem no banco traseiro, que agora se deita até onde o cinto permite, com baba escorrendo pelo queixo e os mocassins sujos apoiados na porta.

Ainda dá para ver uma coluna de fumaça saindo do prédio. Os andares de cima estão totalmente abertos para a natureza. Vigas de suporte irregulares parecem mais blocos de carvão quebrados. É difícil acreditar que esse espectro macabro já esteve intacto. Tem uma aparência antiga e maligna, como se estivesse ali desse jeito há mil anos.

— Ei — disse Heyer, apontando. — Tem alguma coisa aqui. Perto do acostamento.

Walker para o carro. Eles vão lá dar uma olhada.

— Parece um caderno antigo — diz Heyer quando eles olham.

Está com a capa virada para cima. A frente está manchada, amassada e coberta de poeira da estrada, mas ainda dá para ler as palavras DIÁRIO DE VERÃO gravadas na frente. Ao olhar para o diário, Walker sente uma pontada de algo que pode ser tanto empolgação quanto mau pressentimento.

Heyer se ajoelha.

— Não toque — diz Walker, rápido. — Sei que não parece promissor, mas qualquer coisa nessa parte da estrada, do Solar até os penhascos, pode ser uma evidência. Pode até ser da nossa vítima.

Heyer franze a testa. Em seguida, ela se agacha.
— Mas olhe, chefe. Dá para ver daqui.
— O quê?
— Todas as páginas foram arrancadas.

O dia anterior ao solstício
EDDIE

— Não estou gostando nada disso. — A voz de Dan vacila quando vemos aquele sangue todo. — Não. Isso não é normal.

Ele dá meia-volta e corre em direção às árvores antes que eu consiga detê-lo. Fico na clareira sozinho. Eu também poderia fugir. Porém, mesmo querendo ir embora, é como se eu não conseguisse me mexer, e só fico lá parado, olhando. Então, vejo algo que parece um cinto de couro preto, com fivelas brilhantes. Mas, quando me aproximo para olhar melhor, me dou conta de que não é um cinto. É o cabresto do touro Ivor, o que ele usa quando precisa ser levado para algum lugar. E ali, a alguns metros de distância, está o grande anel de metal que ele usa no nariz. No outro lado da clareira, percebo agora que alguém fez uma fogueira e há ossos carbonizados nas cinzas, grandes demais para serem de um ser humano.

Paro de respirar. Houve um assassinato, mas não de uma pessoa. Alguém matou Ivor.

Está começando a escurecer completamente quando tento voltar, abrindo caminho pela vegetação. Não consigo encontrar as bicicletas que pegamos emprestadas do Solar em lugar algum — imagino que Dan tenha levado a dele. Minha mão treme tanto que o facho de luz da lanterna fica para lá e para cá. Sorte a minha que é quase lua cheia: sendo bem sincero, acho que isso ajuda mais que a lanterna. Estou praticamente correndo agora — ando tão rápido quanto as árvores permitem, pelo menos —, empurrando os galhos para longe do rosto. Acho que não estou me concentrando direito, porque só consigo pensar naquela lambança horrorosa lá na clareira, em quem pode ter feito isso com Ivor.

De repente, bato em alguma coisa — em alguém. Escuto um grito horrível. Na verdade, pensando bem, pode ter saído de mim. A lanterna cai no chão, quicando.

—Você!

Ouço alguém sussurrar com a voz rouca. Quando me agacho e pego a lanterna, tremendo, a aponto para cima e vejo que é Bella, a hóspede do chalé 11. Ela me olha e liga a lanterna do celular. Fico tão aliviado que quase a abraço. Ela franze a testa.

— Achei que você era... O que está fazendo aqui? Está bem longe da trilha.

— Estou... Bem, foi o hotel que me mandou.

— Me encontrar?

— Humm, não. Por quê? — Foi uma suposição bem aleatória.

— Ah, por nada... Só fiquei curiosa.

Quero perguntar por que *ela* está no meio da floresta à noite, mas ela é uma hóspede, e hóspedes podem fazer o que quiserem.

— Achei que eu sabia o caminho de volta, mas tudo fica diferente demais no escuro — diz ela. — Está voltando para o Solar, né? Posso ir com você?

— Pode, sem problemas — respondo, tentando não soar tão aliviado quanto estou.

Caminhamos por um tempo em silêncio, apenas nos concentrando em não tropeçar na vegetação rasteira.

— Não consigo saber se estamos nos aproximando da trilha ou nos afastando — comenta ela.

— É, nem eu.

— Merda. Achei que você fosse dizer que sabia onde a gente estava.

— Foi mal.

—Tudo bem. Mesmo assim, fico feliz por ter companhia.

—Verdade. —Também fico, mas não quero parecer um covarde.

— Eddie — sussurra ela, de repente, e agarra meu braço. — Pare.

Meu coração começa a disparar de novo.

— O que foi?

— Está vendo aquilo? — murmura ela. — Lá na frente... tem alguma coisa... — Ela puxa minha manga. — Aqui, venha. Atrás da árvore. E desligue isso. Sua lanterna! Desligue.

Consigo ouvir algo se movendo por perto, mas não consigo distinguir nada a princípio. Sinto que estou quase desmaiando de tanta adrenalina. Tento dizer a mim mesmo que talvez seja só Dan perambulando por ali, tão perdido quanto nós. Mas, então, vejo o que ela viu e paro de respirar.

FRANCESCA

Meu couro cabeludo e a ponta dos meus dedos formigam de euforia. Pardalzinha ingênua e boba. É óbvio que não vou me encontrar com ela na floresta! Para início de conversa, ir até lá seria viajar para o passado, e eu prezo viver o presente. Além do mais, não sou louca! Como se eu fosse seguir as instruções dela. Quero me preparar direito para quando nosso reencontro enfim acontecer. Meio que sinto que devo isso a ela. Ela se esforçou, então devo me esforçar também. E já faz tanto tempo. Preciso garantir que esse encontro vai superar as expectativas.

Eu me visto com calma, em silêncio. Esfrego óleos aromáticos em meus pontos de pulsação.

E, então, só por precaução, sabe como é, tiro uma faca de cerâmica japonesa — na capa de silicone — da gaveta da cozinha.

Sempre amei sair de fininho à meia-noite quando era jovem. A vida é diferente a essa hora da noite: é mágica. Como se qualquer coisa pudesse acontecer.

OWEN

Escuto a porta do apartamento fechar. Abro os olhos, dou uma olhada no despertador para ver que horas são. Um pouquinho mais de meia-noite.

Pego meu celular e abro o aplicativo de localização. Francesca ainda está no hotel, não na floresta. Na verdade, ela está indo para um dos chalés, o Chalé da Floresta número 11. O que ela está fazendo no quarto de um hóspede a essa hora da noite? Não temos nenhum quarto vago neste fim de semana. Será que ela vai se encontrar com alguém lá? Não estou gostando nada disso.

Eu me visto e logo depois atravesso o quintal para ir até o saguão do prédio, então ando rapidamente até a recepção — diferentemente de muitos hotéis do país, aqui há uma pessoa vinte e quatro horas por dia, pronta para atender aos caprichos noturnos dos hóspedes.

— Cadê a Michelle? — pergunto. — Ela ainda está por aqui?

A moça dá um passo para trás, e fico me perguntando o que ela vê em meu rosto.

— Acho que ela está na adega.

Vou até a adega e abro a porta. A luz do corredor ilumina uma silhueta de cócoras, então avisto a cabeça loira abaixada.

— Preciso falar com você — digo.

— Ah!

Michelle leva um susto com o som da minha voz. Ela se levanta e vira, tirando a poeira da saia. É gratificante pegá-la de surpresa, para variar.

Entro e fecho a porta. Ela fita o trinco quando ele se encaixa com um clique.

— Estava checando os suprimentos para a celebração de amanhã — explica-se ela, sem necessidade, fazendo um gesto para as caixas de bebidas no chão ao seu lado. — O que *você* está fazendo aqui?

Como se eu não tivesse o direito de estar aqui. Como se eu não tivesse nenhuma autoridade sobre ela. Odeio que ela saiba quem eu sou de verdade. Odeio que ela me olhe e veja aquele menino solitário, sujo e desprezado do passado. Mas, por enquanto, vou engolir meu orgulho.

— O que você quis dizer mais cedo? — começo. — Quando disse que ela não é uma boa pessoa?

— Ah — diz ela, pouco à vontade. — Eu... Eu só não gostei de ver você com vergonha de onde veio. Não quero que a coloque em um pedestal.

Há algo evasivo na forma como ela se expressa, na maneira como desvia o olhar. Ela parece culpada. Penso no susto que levou quando entrei.

— O que estava fazendo agora pouco, quando entrei aqui?

— Nada — responde ela, rápido demais. — Só checando os suprimentos, como eu disse...

— Não acredito em você — replico. — Me diga agora, ou... Ou vou direto falar com a Francesca.

Dou um passo em sua direção. Ela semicerra os olhos e ergue um pouco o queixo.

— Não vai, não. Acho que você trabalhou muito para se transformar em Owen Dacre. Duvido que queira revelar que, na verdade, é filho de um pescador, que era tão pobre na infância que não tinha nem sequer uma casa de verdade. Não só nasceu aqui, como veio de uma família que até os próprios vizinhos menosprezavam.

Parece que ela acabou de me dar um soco. Sinto a vergonha entranhada há tanto tempo. Mas tento blefar e sair por cima.

— Pois é — digo —, bem, talvez eu não me importe. Crescer em uma família pobre não é crime.

— Não. *Isso* não é um crime.

Vejo um lampejo daquela frieza que notei nela mais cedo. Ela faz um gesto em minha direção, para minhas roupas.

Sinto uma súbita apreensão.

— O que você quer dizer...?

Ela suspira.

— Não sei se você se lembra, mas a lanchonete era bem do lado do Ninho do Corvo. Ficávamos abertos até tarde da noite limpando as chopeiras depois dos últimos pedidos. Por isso, muitas vezes eu ficava lá até de madrugada, bem depois de todo mundo já ter ido para casa, limpando, tirando o lixo, trancando tudo. Eu vi você. Você... e aquela caixa de fósforos. E o que mais mesmo? Uma lata de combustível do barco do seu pai?

Ah, não.
— Cala a boca.
Só quero que ela pare de falar.
— Olhe — diz ela, comedida. — Eu entendo. Sério. As pessoas eram horríveis com você, e deve ter sido uma boa sensação se vingar. — Em seguida, ela diz, quase pedindo desculpas: — Mas, se você tentar me fazer ser demitida desse emprego, vou contar para *todo mundo* o que vi na noite em que você e seu pai foram embora de Tome. Acho que não ia combinar muito com seu perfil, né? Famoso arquiteto se revela um piromaníaco na infância. Não acho que Francesca ia gostar nada disso. Para ela, a imagem é tu...

As últimas palavras terminam em um engasgo, pois minhas mãos estão no pescoço dela. Sinto a tentação de apertar, de estancar o pavoroso fluxo de palavras e apagar seu olhar de compaixão e desdém.

Ninguém mais me reconheceu... A informação morreria com ela...

Então, recupero o juízo. Baixo as mãos. O que acabou de acontecer comigo?

— Ai, meu Deus — digo, e algo parecido com um choro escapa de mim. — Ai, porra, me desculpe. Não sei o que...

— Tudo bem — diz ela, em um sussurro. — Tudo bem.

Eu a encaro. Ela me olha também, fixamente.

Em seguida, uma coisa muito louca acontece. Eu a beijo. Ou ela me beija. A gente se separa em algum momento, um tão chocado quanto o outro.

Mas aí estamos nos beijando de novo, e ela solta um som intenso, quase animalesco, do fundo da garganta, e isso é errado em tantos graus... E ainda assim, ao mesmo tempo, é inebriante alguém me desejar mesmo sabendo quem eu sou. Eis uma pessoa que me conheceu quando eu era o menino que foi criado no trailer, que fedia a peixe, cigarro e decepção. E que, mesmo assim, ainda me quer. Que sabe e aceita talvez o que há de pior em mim.

Estou todo atrapalhado com os botões de cima de sua camisa quando vejo a pequena tatuagem logo acima de seu seio esquerdo.

— O que é isso? — pergunto.

— Ah. — Ela sorri. — Um erro da juventude. — E me silencia com outro beijo.

E é bom. É muito, muito bom.

EDDIE

Consigo ouvir a respiração irregular de Bella enquanto ficamos agachados em meio à vegetação rasteira e escura. Consigo sentir sua mão em meu antebraço, seus dedos me apertando com força.

Há um farfalhar de folhas mortas, o barulho de galhos quebrando e estalando. E então, alguma coisa sai do meio das árvores e vai até a clareira, alguns metros à nossa frente. Uma silhueta escura de capuz... alta, tão alta quanto eu. Por um instante, penso que é Nathan Tate de novo. Depois, reparo em outras coisas. A silhueta está carregando uma vara, ou um taco comprido, e usando uma capa longa e esfarrapada. Partes dela se mexem estranhamente com uma ondulação, um tremor — até que percebo que a capa está coberta por milhares de penas pretas, indo até o chão da floresta, por onde a bainha passa serpenteando. E a pior parte: dentro do capuz, onde se espera ver um rosto... Sinto um arrepio. Onde deviam estar o nariz e a boca, há um bico preto adunco, e parece não haver olhos.

Sem dúvida, é uma máscara. Sem dúvida, é uma pessoa. Mas não há nada humano ali. Até o modo como a coisa se move, dentro da capa, como um deslizar.

Acho que até parei de respirar.

— Ai, meu Deus — cochicha Bella. — É um deles.

Ouvimos mais ruídos de farfalhar, e mais figuras aparecem: uma segunda, uma terceira, até uma quarta, todas usando as mesmas capas escuras, as mesmas máscaras com bicos aduncos, as mesmas varas. Conto oito, não, nove... depois dez, onze... doze, eu acho, embora esteja ficando difícil acompanhar a contagem. Eles se movem juntos, até que, de repente, ouve-se um baque, e aquilo que pensei ser uma vara se transforma em uma tocha flamejante. Cada pássaro passa a chama para o próximo, até que todas as tochas estejam acesas e erguidas acima de suas cabeças. A floresta está ainda mais escura agora. Tudo que se vê são as chamas e as horríveis figuras iluminadas embaixo delas.

Isso é pior que o sangue. Pior do que encontrar aquele velho morto no escritório. Penso no menino que já fui um dia, com medo da floresta, fechando as cortinas para que nenhuma brecha de luar entrasse. Era disso que eu tinha medo. Porém, apesar de todas as lendas, apesar do sangue que encontrei, apesar daquela pena na mesa do velho, acho que nunca acreditei *de verdade*. Não até agora.

Estou com medo de me mexer um centímetro que seja. Bella está ofegante ao meu lado, e sinto que a respiração dela está alta demais. Ela segura meu braço com tanta força que machuca.

Então, ouço um som, um grito agudo que parece me atravessar. O grito reverbera nas árvores ao redor por um bom tempo. O que quer que seja, não era humano. E, como se estivessem obedecendo a uma ordem, todas as figuras encapuzadas formam um círculo.

Uma série de batidas ritmadas começa, e vejo que todos estão batendo os cabos das tochas no chão, fazendo as chamas dançarem e as faíscas aumentarem. As batidas ficam cada vez mais rápidas, as tochas se tornam uma mancha de luz, e sinto dificuldade de me concentrar por causa do contraste do brilho com a escuridão profunda da floresta. Então, de repente, eles param, e o silêncio é tão intenso que prendo a respiração, pois tenho certeza que dessa vez eles vão escutar.

Um encapuzado vai até o centro do círculo. Ele faz um gesto e outros dois dão um passo à frente, puxando uma sacola que parece conter alguma coisa pesada. E, de repente, tenho absoluta certeza de que algo ruim vai sair daquela sacola. Não quero ver, mas olho mesmo assim. Quando eles se ajoelham, o líder enfia a mão lá dentro e começa a tirar uma coisa muito grande e escura. Os outros dois vão ajudar, e os três levantam a coisa juntos.

Escuto Bella sussurrar "meu Deus", e, à luz das tochas, consigo enxergar perfeitamente. A cabeça de um touro. A cabeça de Ivor. Os Pássaros iniciam um cântico, um murmúrio baixo e rápido. Eles erguem a cabeça cada vez mais alto, até ela ficar acima da clareira, como se os estivesse olhando de cima. Não parece mais com Ivor, que era um touro bem simpático. Na luz bruxuleante, ele parece velho, maligno e poderoso; a claridade das tochas refletindo em seus olhos mortos, fazendo parecer que estão iluminados por dentro, as narinas escuras e dilatadas, os lábios repuxados para trás, os dentes grandes e brancos, a língua preta pendurada para fora.

Ai, meu Deus.

Acontece antes que eu consiga me dar conta e reprimir o gesto: eu espirro. Ouço Bella prender a respiração. Por um instante, acho que ninguém ouviu. Então, o líder faz um gesto com o braço, e a cantoria vai diminuindo, até cessar.

Ele se vira para a nossa direção e aponta.

Estão todos se virando para nós agora. O círculo está se desfazendo, e os Pássaros mais perto de nós estão vindo em nossa direção, afastando a vegetação rasteira, se aproximando, se aproximando...

Por um momento, não consigo me mexer, e tudo que ouço são os batimentos em meus ouvidos. E então:

— Eddie. — Ouço Bella cochichar, apertando meu braço como uma ferroada. — Eddie, quando eu mandar, acho que a gente devia... — Ela dá um pulo e fica de pé enquanto sibila a última palavra: — *CORRER*.

FRANCESCA

Abro a porta do chalé com minha chave mestra. Acho que não tenho muito tempo; ela já deve ter percebido que não apareci. Mesmo assim, faço uma pausa no patamar enquanto experimento uma estranha onda de energia. Sou sensível a essas coisas (é um dom e uma maldição), e há uma essência poderosa dela aqui, embora ela só tenha chegado há vinte e quatro horas. Consigo senti-la no ar, em todos os pertences espalhados no quarto. Vou até a cama e pego um travesseiro. Inspiro. Fico um pouco surpresa por não sentir o cheiro doce e enjoativo do perfume Tommy Girl.

Dou uma olhada no restante do quarto. Está bem desarrumado. Uma falta de respeito com o projeto maravilhoso no qual tanto trabalhei. Porém, talvez eu não devesse ficar surpresa. Ela já esteve no meu lar — e demonstrou a mesma falta de gratidão naquela época.

Não sei exatamente o que estou procurando, mas tenho *certeza* de que saberei quando encontrar. Abro o armário e encontro uma fileira de capas transparentes de vestidos da empresa de aluguel de um estilista. É a cara da Pardal criar outra identidade. Ela já era assim naquela época. Um ser insignificante, sem cor, vivendo por meio da vida de outras pessoas. Um caranguejo-eremita pequeno e parasita, pegando emprestada a concha dos outros.

Foi um ato de caridade chamá-la para vir até aqui anos atrás. Compartilhar um pouco do que eu tinha com aquela criatura desengonçada que conheci na praia. Ver se eu conseguia fazer dela alguma coisa. Transformá-la. Mas, como minha avó costumava dizer, pau que nasce torto nunca se endireita.

Na cômoda (as roupas íntimas, como eu já esperava, baratas e velhas), encontro uma pilha pequena de recortes sobre mim, sobre o Solar. Também não me surpreende. Sempre soube que ela era obcecada por mim, pela minha vida. Invejosa. É lógico que é isso que acontece quando você irradia algo que os outros querem. É uma pena. Nossa amizade poderia ter sido algo tão bonito. Mas algumas pessoas conseguem ser muito ingratas. Sou muito generosa, então é muito fácil tirarem vantagem de mim...

Nossa. Como amo essas fotos de mim e Owen, no perfil da *ELLE Casamentos*... Formamos um casal tão perfeito. Ele também é obcecado por mim, claro — mas da melhor maneira possível.

Examino o frigobar. Espreito embaixo da cama. Vasculho seus produtos de banho (todos nocivos, cheios de substâncias químicas). E então, quando volto para o cômodo principal, reparo no pequeno cofre no nicho na parede. Acho que não tem nada valioso lá porque já encontrei a carteira dela e umas bijuterias (baratas).

Tento algumas senhas aleatórias — nenhuma delas funciona. Fecho os olhos e tento ter uma revelação do número, mas há muita interferência em minha mente e não consigo me conectar com o conhecimento profundo, como me ensinou o guru que eu costumava seguir.

Ando no quarto de um lado para outro por alguns minutos. Poderia levar o cofre — não é muito pesado. Acho que temos uma chave mestra em algum lugar, caso algum hóspede esqueça a senha que escolheu. Michelle vai saber.

E, então, algo me ocorre. Acho que minha manifestação deu certo no fim das contas. Uma data, quinze anos atrás. Digito os números, pressiono o ícone de chave e a luzinha verde se acende.

Tento abrir a porta de um jeito todo desajeitado, algo que não combina comigo.

Na luz fraca, o cofre parece estar vazio. Se houver algo ali, deve ser pequeno. Enfio o braço lá dentro. Meus dedos se fecham em volta de algo meio quadrado, metálico. Eu o puxo e o encaro por um instante. É um iPod rosa, com os fones conectados.

Coloco os fones de ouvido, aperto o play e a letra de "A Forest", do The Cure, invade meus ouvidos. Uma letra sobre ouvir vozes no escuro, se perder entre as árvores...

Pressiono com força o botão de pause. Não preciso ouvir mais nada. Eu me lembro de ficar deitada perto da piscina ouvindo The Cure com ela, cada uma com um fone. (Veja só como eu compartilhava tudo com ela!). No entanto, não acho que seja a lembrança agradável que ela está tentando evocar. Ela está me mandando uma mensagem. Sobre o que aconteceu.

Por um instante, o iPod dá uma tremida em minha mão. Então dou um jeito de fazê-lo parar. Eu estou no controle aqui. Como sempre estive. É preciso mais do que isso para me assustar.

Minha avó, uma jardineira zelosa, sempre me disse que, se você quiser se livrar de uma erva daninha, tem que puxá-la ou queimá-la pela raiz. Eliminá-la por completo. Toco a opala preta em meu anel. Dessa vez, consigo sentir seu poder emanando para dentro de mim, me fortalecendo.

Odeio confrontos, mas às vezes é preciso abrir exceções. Afinal de contas, autodefesa é uma manifestação de amor-próprio. E o amor-próprio é muito importante. Você tem que amar a si mesmo antes de amar os outros. Sei o que tenho que fazer.

Eu me sento à penteadeira. Olho meu reflexo no espelho. Sorrio.

Alguns minutos depois, entro em meu apartamento. Ter invadido o espaço dela me drenou, e estou doida para ver Owen. Preciso nutrir minha alma com o calor de outro corpo, juntar minha essência com a de outra pessoa, me perder no físico, no carnal. Preciso de uma válvula de escape.

No quarto escuro, eu me deito e deslizo a mão até o lado dele na cama.

— Oi, amor — sussurro.

Mas meus dedos encontram o espaço vazio, o lençol frio e amassado, a depressão no colchão onde seu corpo se deita.

Bem, isso é interessante. Não seria a primeira vez que ele sai para andar por aí tarde da noite. Sei (porque o observei pelas gravações) que, às vezes, ele sai e fica sentado no jardim fumando um cigarro de madrugada. De vez em quando, ele só anda pelo terreno por causa de sua alma inquieta. Mas agora, perturbada pelos últimos acontecimentos, tenho um desejo súbito de saber sua localização exata.

Abro o notebook e rolo rapidamente pelas câmeras. Lá está o quintal deserto, o jardim iluminado pelo luar, o bar de dentro, a adega, o...

Peraí.

O quê?

Volto para a câmera da adega. Parece...

Dou um zoom. Está meio fora de foco, pois ampliei. Mas não preciso de nitidez para reconhecer a postura das duas pessoas. Nem para saber quem é a segunda figura pelo borrão brilhante do cabelo dela. Até com essa qualidade de imagem, eu reconheceria aquela tintura de cabelo barata.

Uma fúria avassaladora cresce dentro de mim com tanta intensidade que é quase revigorante, purificadora — uma descarga fundamental, transcendental, como ayahuasca. Fico tremendo quando ela passa.

De repente, eu me lembro da faca que levei até o chalé da Pardal. Eu a tiro da capa de silicone e, voltando rápido para o quarto, a levanto bem acima da cabeça (por um instante, visualizo uma imagem bem agradável de mim mesma como uma antiga sacerdotisa desempenhando um importante papel cerimonial), então eu a afundo no travesseiro no lado de Owen na cama. Eu me deleito com o som de tecido sendo rasgado, com a sensação da lâmina atravessando o interior macio enquanto se cria uma explosão de plumas brancas, como nuvens. Não penso em mais nada. Estou eufórica, quase em êxtase. Respiro soltando grunhidos animalescos e intensos, estou suando, estou viva. Ah, como estou viva!

Sim. Sim. Isso. Era essa a válvula de escape de que eu precisava. Mais potente que qualquer orgasmo. Porque, quando você se comporta por tanto tempo, ser um pouco má provoca uma sensação maravilhosa.

O dia depois do solstício
INVESTIGADOR DE POLÍCIA WALKER

Walker estaciona o Audi a uns vinte metros do prédio destruído. Os dois investigadores continuam sentados por um instante e contemplam o espetáculo diante deles.

O homem para quem deram carona se mexe no banco traseiro, esfrega os olhos sonolentos, tão contrariado quanto um passageiro da primeira classe que acorda contra sua vontade para o café da manhã.

— Meu Deus — diz ele, irritado. — Não acredito que estou nesse lugar de novo e não a caminho de Londres. Que pesadelo... Parece uma cena do documentário do Fyre Festival.

Há gente espalhada por todo o gramado na frente do Solar, enrolada em cobertores de alumínio; muitas pessoas estão tremendo, apesar do calor da manhã. Algumas conversam baixinho em grupo, outras choram, umas poucas se encontram em posição fetal na grama. A maioria está num estado caótico parecido com o do passageiro deles. Walker vê uma porção de roupas brancas manchadas. Aderecos de cabeça verdes e tortos. Com o prédio incendiado atrás e em meio a flocos de fuligem que ainda caem em espiral, aquelas pessoas parecem meio sobrenaturais. Uma centena de espectros desamparados.

Três mesas compridas foram deixadas no gramado em frente ao penhasco, o vento levantando as toalhas brancas, que não saem voando devido ao que sobrou de um jantar. Cadeiras estão espalhadas aleatoriamente pelo lugar. Um arco de vime foi puxado para o lado, e estátuas estão dispersas na grama. Há vidro quebrado e comida esmagada por toda parte, até onde dá para enxergar. As ruínas de um palco.

Walker e Heyer descem do carro e entregam seu passageiro, gaguejando de indignação, aos cuidados dos bombeiros.

— Investigador de polícia Walker?

Walker se vira e vê o investigador Fielding se aproximar. Nas poucas ocasiões em que se encontraram, Fielding tinha o visual de um jogador de futebol de elite: cabelo raspado nas laterais e maior no topo, hidratado, sobrancelhas feitas como as de Cristiano Ronaldo. Mas agora ele está como qualquer outra pessoa: cheio de fuligem colada na camada de suor em seu rosto, e cabelo lambido depois de passar a mão muitas vezes naqueles fios com corte impecável.

— Chefe — diz ele —, ainda bem que o senhor está aqui. Finalmente conseguiram controlar o fogo. Por sorte, a maioria dos hóspedes estava do lado de fora, no gramado, em um evento chique. Estamos interrogando testemunhas. Foi... Bem, o senhor deveria tentar falar com algumas delas. Se eu fosse apostar, diria que a maior parte está... Acho que a única maneira de definir é "doidona".

— Sei. — Walker aponta com a cabeça para seu passageiro, nesse momento se debatendo contra os bombeiros. — Acho que esbarramos com um deles.

— Umas duas pessoas disseram ter visto uma galera bem esquisita ontem à noite. — Fielding está constrangido. — Parece meio fantasioso, mas mencionaram pessoas mascaradas. Capas escuras e...

Ele interrompe o raciocínio quando um silêncio repentino se instaura no gramado. Todos os rostos se viram para o prédio incendiado enquanto dois grupos de bombeiros saem dos destroços com duas macas. Em cada uma, jaz uma figura com máscara de oxigênio. Cada par de olhos segue o trajeto das macas até o interior da ambulância.

O chefe do corpo de bombeiros se aproxima.

— Investigador de polícia Walker?

— Sou eu.

— Encontramos esses dois presos lá dentro. Numa adega, aparentemente. Os bombeiros estão fazendo tudo que podem, mas a situação não é boa.

Seriam mais duas mortes. Jesus Cristo. *Sabia que chegaria a esse ponto*, pensa Walker, mais uma vez. Então se dá conta de que o chefe do corpo de bombeiros continua falando e é transportado de supetão para o presente.

— Eles estavam trancados lá dentro — dizia o homem. — Não teriam conseguido escapar nem se quisessem.

— Certo — diz Walker. — Sim, você comentou que eles ficaram presos.

— É mais que isso. A porta estava travada por fora. Alguém trancou os dois lá de propósito.

O dia anterior ao solstício
BELLA

Quando chego ao meu chalé, estou tremendo e enjoada depois da descarga de adrenalina. Enfio a chave na fechadura, entro cambaleando. Os Pássaros são reais. Eu os *vi* na floresta, há tantos anos. Eu sabia.

Duas perguntas martelam em minha cabeça: será que eles nos viram? Por que eles estão aqui?

Ando de um lado para outro, minha mente cheia de sombras intimidantes e tochas flamejantes, e levo alguns minutos para reparar nas mudanças em meu quarto. Os abajures em cada lado da cama com dossel estão acesos. Tenho quase certeza de que não os acendi. As cortinas estão fechadas, as roupas de cama, dobradas. Acho que alguém borrifou um perfume. Não estou acostumada a ficar em hotéis com esse tipo de serviço, mas talvez seja uma preparação para dormir. O que é um pouco exagerado por parte das camareiras a essa hora da noite. Ainda mais por ignorarem a plaquinha de "Não perturbe" na porta.

Noto que algo foi colocado em cima do meu travesseiro e tenho um mau pressentimento.

Ao me aproximar, vejo que é uma folha do papel timbrado do hotel. Há algo no topo do bilhete: um chocolate que parece caro. Foda-se. Eu o pego e jogo no lixo como se fosse radioativo. Depois, com o couro cabeludo pinicando e o coração acelerado, leio o bilhete, escrito com uma letra despretensiosa de menina rica exibida:

Oi, Pardal!

Olhe só para a gente, escrevendo uma para a outra como as amigas de correspondência que nunca fomos. Me desculpe por não ter ido encontrar você. Faz tanto tempo! E temos tanta

coisa para pôr em dia. Ainda mais levando em consideração o quão envolvida você estava em tudo aqui.
   Não se preocupe. Vou recompensar você amanhã.
Bjs

O medo e a raiva disputam quem vem primeiro. Todo o bilhete é uma ameaça velada com elegância. Mas é a parte do meio que mais mexe comigo: "quão <u>envolvida</u> você estava em tudo..." Ela está tentando me amedrontar e me calar. Bem, isso funcionou uma vez. Mas não vai funcionar agora.

Se ela tivesse algum remorso, nunca teria criado este lugar. Teria vendido a casa quando a herdou e tocado a vida.

Esse verão marca quinze anos. Um aniversário horrível. E é o ano em que me tornei mãe, o que forçou o acerto de contas. Sou tudo o que Grace tem. Preciso ser tudo para ela. Mas como serei tudo se não me sinto completa? Alguma coisa se quebrou dentro de mim em uma noite de verão quinze anos atrás. Talvez nunca mais volte a ser o que era. É o fardo que carregarei comigo pelo resto da vida. Mas quero conseguir olhar no fundo dos olhos da minha filha. Preciso — por mais clichê que essas palavras sejam — fechar esse ciclo.

Ainda há tanto que preciso entender sobre o que aconteceu. Tenho vivido com a culpa desde então. Foi aquilo que definiu minha vida. Minhas perspectivas de carreira. Meu relacionamento com o pai de Grace, pois havia essa coisa gigantesca que nunca pude compartilhar com ele. Todo relacionamento que tive, na verdade. Até minha relação com os meus pais — me distanciei deles desde então. Precisei fazer isso. Não é exagero dizer que o que aconteceu arruinou minha vida. E, ainda assim, acho que não chegou a ser nem uma pedra no sapato dela. Tive que reunir toda a coragem que existe dentro de mim para voltar até aqui. Mas *estou* de volta, como um fantasma passado. Não vou deixar que ela esqueça. E sei o que tenho que fazer.

Ouço um arranhar de galhos na janela. Vou até a porta na ponta dos pés e passo a chave duas vezes, depois a correia de segurança. Após pensar por um instante, arrasto a pesada poltrona de veludo até a porta. Eles estão lá, na floresta. E ela esteve aqui esta noite, no meu quarto. Pior ainda, ela quer que eu saiba.

DIÁRIO DE VERÃO

O trailer — Camping de férias do Tate

19 de agosto de 2010

Bem. Acho que minha amizade com a Frankie acabou. Não sei bem como me sinto.

Pensei que sem a Cora tudo poderia voltar ao que era antes. Só Frankie e eu pegando sol, lendo. Mas a Frankie queria ficar deitada no quarto dela, vendo reprises de *The Simple Life* no mudo. Eu trouxe os cogumelos mágicos que encontrei na floresta para ver se ela se animava, mas ela nem ligou para eles, só enfiou tudo na mesinha de cabeceira.

Estava quente demais no quarto dela, meio deprimente. Eu disse que a gente podia pegar sol perto da piscina como nos velhos tempos. Ela falou: "Ah, foi mal, não está gostando? Aqui não é a merda de um acampamento de férias. Volta para o camping de trailers, se é isso que você quer."

Fiquei magoada, mas vi que ela estava para baixo. Então, eu disse: "O que acha de música?" Achei que podia animar a Frankie, mudar um pouco o clima. Eu vi o iPod na prateleira, acoplado às caixas de som. Liguei, e o que tocou foi aquela versão antiga e sinistra de uma cantiga infantil sobre um passeio na floresta...

A mesma música que ouvi na floresta na outra noite.

A mesma música que não para de tocar na minha cabeça desde aquele dia.

Meu primeiro pensamento foi: que esquisito... Por que ela está escutando isso?

Mas aí Frankie deu um pulo, arrancou o iPod da minha mão e desligou. Olhei para a cara dela e entendi.

Eu disse: "A música na floresta... era você?"

Ela ficou calada por um instante, como se estivesse decidindo o que dizer. Aí, ela revirou os olhos. "Tudo aquilo era eu, Pardal."

Fiquei confusa. Tudo aquilo que vimos na floresta. Disse tipo: "Quê? Mas aquela coisa na casa na árvore não foi você, né? O pássaro morto? Os símbolos nas árvores?"

"Sim, sua idiota. Sou boa com essas coisas. Foi fácil. Minha avó pega sangue no açougueiro para o chouriço do meu avô. Roubei a roupa do Hugo e enchi com palha. Kipling matou aquele pássaro, achei que podia dar um toque. É claro que os Pássaros não são reais."

Fiquei enjoada. Depois com raiva. Muita raiva. Ainda estou mal. Quando penso no medo que senti... Será que ela estava rindo de mim o tempo todo?

"Por quê?", perguntei. "Por que você faria uma coisa dessas?"

Ela deu de ombros: "Aff, sei lá. Porque foi engraçado? Porque li *Lendas de Tome* e fiquei inspirada? Porque os gêmeos me irritaram roubando meu estoque e eu queria dar um susto neles com a ideia de que alguém tinha soltado os Pássaros contra eles? Porque eu estava entediada. Aimeudeus. Tãããããããão entediada."

Acho que ela viu minha cara nessa hora.

"É, foi mal. Mesmo com sua companhia emocionante, Pardal. Mas você foi uma baita otária. Estava se mijando toda!"

Eu finalmente entendi o que ela viu em mim. Por que ela me escolheu na praia aquele dia. Ela queria alguém para ser o bobo da corte dela.

O solstício
EDDIE

Consigo ouvir a rádio FM de Dorset vociferando lá embaixo.

— *Hoje vai fazer um calor de matar, gente! O solstício mais quente em cinquenta anos. Quais são os planos de vocês? Liguem para cá e me contem...*

Ontem à noite também fez muito calor. Passei horas deitado nos lençóis, suando, pensando em tudo que tinha acontecido na floresta.

Os Pássaros são reais. Eles mataram Ivor. E se eles nos pegassem? Penso em quando encontrei o velho no escritório dele. A expressão em seu rosto pálido e morto. Agora entendo por que minha mãe me disse para nunca ir à floresta à noite. E se eles vierem atrás de mim?

Estou tentando decidir se conto para meus pais sobre Ivor. Minha mãe vai ficar puta da vida. E isso não vai trazer o bicho de volta, né? E se meu pai fizesse uma burrice, tipo entrar na floresta e tentar tirar satisfação com eles por causa de Ivor?

Rolo a tela do celular para me distrair de todas as imagens que não saem da minha mente, como se passasse um filme em minha cabeça: as figuras mascaradas, a cabeça do touro.

Delilah postou um vídeo novo no TikTok, falando com a câmera e balançando seu novo cabelo vermelho.

— *Grande* noite hoje, gente — diz ela. — Não sei se posso contar ou não, mas eu. Estou. Animada! A festa vai pegar FOGO.

Ela dá uma piscadinha e manda um beijo cheio de floreios para a câmera. Então Nathan aparece atrás dela.

— Ééée! Vai pegar fogo!

Ele dá uma gargalhada longa e insana. Ele é um babaca. Porém, quando assisto pela segunda e terceira vez, acho que vejo algo em seus olhos. Algo perigoso. Fico me perguntando se devo contar para Michelle. Mas o que eu poderia dizer? Não faço ideia se é só um blefe, e também não quero meu nome envolvido com o de Tate.

Meu alarme toca pela terceira vez e me arrasto para fora da cama. Não tem ninguém lá embaixo, embora o rádio ainda esteja ligado. Como cereal na cozinha, depois vou até o armário embaixo da escada para procurar o estojo de costura da minha mãe. Hoje tenho dois expedientes de novo: de manhã na cozinha, lavando a louça do café da manhã, umas horas de intervalo no meio, e depois, mais tarde, vamos ter que trocar de roupa para a celebração do solstício. Minha roupa está pequena; por isso, no intervalo, vou soltar um pouco nos ombros. Levo jeito com isso, o que deixa minha mãe feliz. "Te ensinei direitinho! Sempre quis educar meninos que não esperassem uma mulher consertar suas roupas ou lavar sua louça." Talvez eu tenha levado isso ao pé da letra demais, considerando que virei lavador de pratos.

O armário está cheio de produtos de limpeza, duas garrafas de creosoto e sacos grandes e pesados de sal industrial para o inverno. Também tem coisas do meu irmão: uma bola de rúgbi que ele pediu para o time de Exeter autografar e dois casacos velhos.

O estojo de costura não está nas prateleiras — imagino que tenha caído atrás do aquecedor. Eu me estico e estendo o braço, sentindo as teias de aranha se enroscarem em meus dedos. Então toco em alguma coisa que definitivamente não é o estojo de costura de minha mãe. É uma coisa dura, com uma ponta não afiada. Puxo a mão de volta rápido. A forma e textura pareciam de osso.

A essa altura, sei que provavelmente é algo que eu não devia encontrar. É uma versão mais obscura daquele sentimento infantil de achar os presentes de aniversário escondidos no armário no andar de cima e *saber* que não devia estar vendo as caixas, mas não conseguir resistir à tentação. E sei que vou olhar agora.

Eu me debruço mais sobre o aquecedor, estico o braço para baixo e agarro o negócio, que parece estar enrolado em algo macio. Quando puxo, vejo que se trata de um tecido escuro e pesado. Apalpo o tecido meio de qualquer jeito, até que o que está dentro cai no chão, fazendo barulho. Por um instante, apenas fico parado olhando fixamente para a coisa. Acho que sei o que é. Mas não pode ser...

Respiro fundo e a seguro com as mãos trêmulas.

Uma máscara preta. Não do tipo que vende na Amazon, ou em uma lojas de festa. Há um bico nela, comprido, curvo, pontudo e bem realista, com narinas cuidadosamente moldadas. Parece velha, uma antiguidade, de um tempo em que tudo era feito à mão. Eu a viro. Ela tem duas fitas pretas e grossas para prender atrás da cabeça.

Conheço essa máscara. Só não consigo entender o que está fazendo aqui.

Olho para a grande massa de tecido preto no chão. Eu estava tão concentrado na máscara que não tinha percebido as penas costuradas nela. Centenas de penas. Cutuco o pano com o dedão do pé. Ele se abre, e vejo a longa capa preta, com capuz. Um par de luvas pretas de couro.

Tudo parece muito diferente aqui no armário, na luz direta da lâmpada, sem um corpo ou um rosto dentro da capa. No entanto, ainda tem um poder obscuro.

Minha mente está um turbilhão de pensamentos. Tudo faz sentido. Meu pai chegando em casa tarde na noite passada. O modo como ele estava agindo estranho e se sentindo culpado a respeito de Ivor. Eu não conseguia entender por quê. Agora entendo: ele sabia exatamente o que havia acontecido com o touro.

Os Pássaros não são só uma história que as crianças contam para assustar os amiguinhos. São reais. Têm um objetivo. E meu pai é um deles.

Penso por um instante. Aquilo na floresta ontem à noite foi muito perturbador. Não quero que meu pai tenha nada a ver com isso. Penso na noite da garagem trancada, o trator... Tenho que proteger meu pai, nem que seja dele mesmo.

Pego tudo, levo o embrulho até minha bicicleta e enfio bem no fundo do cesto na parte traseira. Se eu esconder aqui, ele não vai poder usar. Sim, acho que ele pode dar falta e se perguntar onde tudo foi parar. Mas, bem, problema dele.

OWEN

A manhã nasce, quente e luminosa. O dia da festa de Francesca. Estou deitado em nosso quarto, todo suado. É cedo, mas já sinto o calor aumentar, o ar tão pesado quanto um cobertor de lã. O peso da culpa está pior ainda.

O que foi que eu fiz?

Dou uma olhada em Fran, deitada ao meu lado. O cabelo espalhado sobre o travesseiro. Ela parece um anjo, dormindo o sono dos inocentes e abençoados. Há até duas plumas brancas e macias em seu cabelo, que não sei de onde vieram, como um toque final naquela cena.

E aqui estou eu: uma criatura sórdida, desprezível, não merecedora de me deitar ao seu lado.

Não tenho nenhuma desculpa para dar. Não importa o que ela estivesse aprontando na noite passada, minha atitude é imperdoável. Acabei colocando em risco a melhor coisa que já aconteceu comigo porque sou um inseguro de merda, porque não me senti à sua altura. Como eu sou previsível...

E Michelle? Como consegui? Ela é uma víbora em nosso ninho.

Preciso fumar e caminhar para espairecer, para pensar nos próximos passos.

São 7h10, o que significa que os caras logo devem estar chegando com a retroescavadeira para o próximo estágio do projeto da Casa na Árvore. Não vamos começar os trabalhos antes do início das celebrações do solstício de verão hoje à noite; mas nosso plano é deixá-la posicionada na floresta hoje de manhã cedo, assim evitamos que os hóspedes vejam uma retroescavadeira entrando pelo acesso de veículos — o que seria muito desagradável.

Saio devagar de baixo dos lençóis; acho que ainda não consigo olhar para Francesca. Mas, quando deslizo para fora da cama, minha esposa se vira para mim e abre os olhos. Ela se espreguiça com gosto, abre um sorriso radiante e estende o braço para segurar meu queixo. Faço meu máximo para não recuar; me sinto totalmente indigno de ser tocado por ela.

— Bom dia, meu amor — diz Francesca, olhando no fundo dos meus olhos. — Espero que tenha dormido bem.

BELLA

Quando acordo, está um calor sufocante. O travesseiro está molhado e amarrotado. Meu cabelo, um ninho de rato, como se eu tivesse me debatido muito enquanto dormia. Foram só umas duas horas, mas meus pesadelos foram loucos e sinistros. Sonhei com as árvores, com raízes saindo das tábuas do assoalho, se enroscando em mim e me puxando de volta para o solo. A terra enchendo minha boca...

Sinto que este lugar está realmente me deixando sem ar — drenando todas as minhas forças e coragem. Tenho que sair de sua órbita por uma horinha. Assim, pouco tempo depois, estou andando pela trilha do penhasco, o sol enorme e rosa-alaranjado pairando no horizonte, tingindo o calcário da Mão do Gigante. Consigo pensar com um pouco mais de clareza aqui, graças ao breve alívio que a brisa do mar traz. Dei a ela uma oportunidade de me encontrar, na floresta. Agora é hora de agir.

De repente, algo interrompe meus pensamentos, um grasnado, alto e violento. Levo uns segundos para me dar conta do que é: um bando de pássaros pretos — corvos, acho — voando em círculos. Centenas deles. Seus corpos escuros formam uma imagem estranha, de certa forma incongruente; eu esperaria ver gaivotas. Por um instante, eles se acomodam ao longo da beira do penhasco na minha frente. E então, como se um sinal tivesse sido dado, há uma explosão de movimento e som, e todos alçam voo, agindo como um só, crocitando e batendo as asas, lançando-se no ar, o bando preto desaparecendo ao redor do penhasco. Em direção a oeste, para o Solar.

Aperto o passo, sentindo lá no fundo um mau pressentimento.

Depois de descer até a praia, dou uma olhada nas ondas, me lembrando da vibrante vela de kitesurfe que apareceu ontem. Quero ter certeza de que estou sozinha. Depois, me forço a entrar na caverna de novo. Estou aqui para lembrar a mim mesma. Para criar a coragem de que preciso. O interior escuro está incrivelmente frio em comparação com o calor do dia, mas não acho que esse seja o motivo da minha tremedeira insistente.

Apoio a testa na parede úmida da caverna e repouso ali por um instante, deixando os fantasmas do passado me envolverem.

DIÁRIO DE VERÃO

O trailer — Camping de férias do Tate

20 de agosto de 2010

Hoje foi um bom dia.
    Recebi uma mensagem da Frankie de manhã. "Dsclp Pardal. Ñ queria ser 1 fdp. Estou mal d+ com isso td. Vem pra cá?"
    Mas me sinto muito esquisita com tudo que ela fez. Todo o trabalho que ela teve. Pássaros mortos e sangue. É zoado demais. E estava tão quente, e a água do mar refletia enquanto eu comia meu cereal na cadeira de praia ao lado do trailer. Era, tipo, liberdade! Eu podia fazer o que quisesse. Então peguei meu biquíni, meu livro e comecei a andar até a praia. No meio da trilha do penhasco, dei de cara com Jake. Ele falou, sorrindo: "Você nunca respondeu minha mensagem." Aí eu respondi: "Hum, você que nunca respondeu!" Aí ele pegou o celular dele e me mostrou. "Respondi, sim. Está vendo? Faz uma semana."
    "Livre amanhã. Praia 10h?"
    Digo que meu celular é uma bosta e está sempre sem bateria. Mas, pelo que me lembro, nunca teve problemas com mensagens de texto. Frankie pegou meu celular naquele dia, quando eu estava digitando. Antes eu diria que ela nunca faria uma coisa dessas. Agora eu já não sei.
    Ele deu de ombros e disse: "Tudo bem. Podemos ir agora?"
    Eu disse que sim.
    Eu o segui pela trilha até que ele desviou para um lado como se fosse pular do penhasco. Ele riu da minha cara. "A melhor praia das redondezas é por aqui. Tem uma trilha. Você só não consegue ver de lá."

Desci atrás do Jake. Para não olhar o precipício lá embaixo, fiquei encarando a mancha de suor na camiseta dele, entre as omoplatas, a corrente de prata roçando os pelos de sua nuca. Acabei tropeçando e agarrando um arbusto espinhento, então soltei um gritinho idiota. Ele deu meia-volta, pegou minha mão, colocou o meu polegar na boca e chupou os espinhos, seu cabelo roçando meu pulso. Foi a coisa mais sexy que já me aconteceu. Até irmos para o mar. Não me importei com meu peito pequeno nem com os meus joelhos manchados de bronzeador, porque ele olhava para o meu biquíni de um jeito... Ele ficava me agarrando, fingindo me afundar, e nossas pernas se enroscavam embaixo da água, a pele dele nos ombros era como seda, e ele me puxava contra ele, e eu conseguia sentir...

Aí, olhei para cima e deu para ver o Solar, imponente no alto do penhasco, um pouquinho distante, beirando a costa. Todas as janelas estavam cintilando. De repente, comecei a imaginar que ela conseguia nos ver lá de cima. Perguntei se a gente podia voltar para a areia.

Talvez ele tenha me visto olhando, porque na areia ele perguntou: "Então, como é lá, na mansão? Eles nunca se misturam com a gente, os caipiras." Ficamos lá com os dedos dos pés enfiados na parte rasa, mas deixando o sol secar o resto do nosso corpo, e contei para ele como era. Contei sobre a floresta. O que Frankie fez. E ele falou: "O quê? Porra, que maluquice." Foi meio que uma sensação boa ouvir outra pessoa concordar.

"Mas acho que vi um deles", eu disse. "Um dos Pássaros. Quando estávamos colhendo cogumelos."

Aí ele disse: "Vocês estavam colhendo cogumelo?"

"Sim. Uns dias atrás."

Ele se sentou ereto e falou: "É, não tem como ser cogumelo mágico."

Eu disse que eram exatamente iguais aos da foto que vi.

"De jeito nenhum. Eles só aparecem no outono. Confie em um menino do interior. O que vocês acharam... é outra coisa."

Perguntei o quê.

Ele respondeu: "Não sei, mas você devia tomar cuidado. Cogumelos podem te foder."

Pensei em Frankie enfiando os cogumelos na gaveta da cabeceira dela e me dei conta de que ela podia experimentar. E, mesmo que as coisas estejam esquisitas entre nós agora, mandei uma mensagem para ela imediatamente: "Jogue os cogumelos no lixo!!! NÃO COMA. Podem ser superperigosos."

"Mas ela está errada sobre os Pássaros", ele disse em seguida. "Eles são reais. E só aparecem quando acham que é necessário. Você não vê crimes sérios acontecendo por aqui com frequência. A última vez faz talvez uns cinco anos? Um homem daqui assediando as meninas de noite, se exibindo para elas. As pessoas sabiam quem era, mas a polícia nunca pegava o cara no ato. Não sei o que os Pássaros fizeram com ele, mas ele se fodeu direitinho, porque saiu da cidade uma manhã e nunca mais voltou. A casa dele ainda está vazia. Mas sua amiga não tinha como saber uma coisa dessas... ela não mora aqui. Tem coisas que você não consegue entender se não for daqui. Não é nenhum conto de fadas. É melhor não fazer nada para aborrecer os Pássaros."

21 de agosto de 2010

Estava ainda mais quente hoje. Em todos os sentidos da palavra. Ai, meu Deus, que brega. Mas foi mesmo.

Eu e Jake fomos lá na praia secreta de novo, aí ele disse: "Quer ver uma coisa legal?" Ele me levou de volta para o penhasco, mas no meio do caminho da praia parou, estreitando os olhos para cima. Perguntei o que foi e ele respondeu: "Não sei, achei que tinha visto alguém lá em cima." Ficamos observando por um tempo. Nada. Ele falou: "É, acho que não foi nada."

A coisa que ele queria me mostrar era uma caverna. Estava mais para um túnel, para falar a verdade, enfiado no penhasco. Estava bastante fresco lá dentro depois do mormaço do sol, havia água descendo pelas paredes, tinha cheiro de ovo e o lugar era um pouco sinistro, mas de um modo engraçado, com ele ali também. Ele falou: "Olha, é bem mais fundo. Quer ir lá?"

"Jura que não me trouxe aqui para me assassinar?", falei, só para descontrair.

Ele riu. "Gosto demais de você para fazer isso." Fiquei bem nervosa, mas da melhor maneira possível. Ele me levantou para eu poder ver o final do túnel, e eu conseguia sentir a respiração quente dele na minha nuca. Quem disse que não dá para ficar excitada em uma caverna fria e fedida? Aí ele desceu meu corpo, mas não se mexeu quando eu me virei para ele, então por um instante nós ficamos ali imprensados um contra o outro, os narizes roçando.

Não sei quem beijou quem. Mas fui eu que enfiei a língua. Ele soltou um gemido baixo e eu senti, sabe, pressionado contra mim. E as mãos dele estavam na parte de cima do meu biquíni, e por um segundo fiquei paralisada porque a única coisa em que eu conseguia pensar era em Hugo e no que ele falou sobre o meu peito. Aí o Jake falou: "Você é bonita pra cacete."

Tudo em que consegui pensar na hora foi: minha primeira vez vai ser em uma caverna e não estou nem aí. Aí ele parou de repente.

"Você escutou? Passos."

Ele estava meio rindo, meio irritado. Devia ser só o Nathan Tate. Ou pior, os gêmeos — será que eles sabem da existência deste lugar? Ou quem sabe o Camarão. Sei que ele vem aqui embaixo às vezes.

Ele se afastou e correu até a entrada da caverna gritando "Cadê você, babaca?"

Aí eu escutei os passos. Em algum lugar acima da gente, no teto da caverna.

Ele voltou dizendo: "Acho que a pessoa fugiu. Pervertida. Duvido que conseguiu ver a gente. E não é como se estivéssemos sem roupa. Ainda."

Mas meio que acabou com o clima.

Aí ele falou: "Ei, sei que é meio brega. Mas quer ir comer peixe com fritas amanhã à noite e ir até a Ponta do Marinheiro de lambreta comigo? Vai ter uma superlua. De lá dá para ver melhor."

Eu ri. "Está marcando um encontro comigo?"

E ele: "É, acho que estou."

Cheguei tarde no trailer, me sentindo salgada e queimada de sol, com um sorriso bobo no rosto. Aí parei de repente porque a Frankie estava lá, sentada nas cadeiras de praia com meus pais, segurando uma garrafa de Coca-Cola. Meus pais rindo de alguma coisa que ela estava dizendo.

Quase dei meia-volta e me afastei, mas ela me chamou: "Ei, Alison!" Não consigo pensar na última vez que ela me chamou pelo meu nome de verdade.

Minha mãe abriu um sorrisão para mim. "Não acredito que a gente não tinha conhecido a Frankie ainda! Ela disse que a gente precisa ir até a casa dela beber alguma coisa, conhecer os avós dela." Ela estava falando com uma voz engraçada, mais elegante que o normal, pronunciando todas as palavras com muito cuidado.

Frankie se levantou e se aproximou de mim. Ela cochichou: "Quero que fique tudo bem, Pardal, por favor. Desculpa. A gente se divertiu, né? A história na floresta... era para ser engraçado, sabe? Mas agora sei que foi errado. Fui longe demais. Faço isso às vezes. Mas fico com <u>saudade</u> de você. Olha, meus avós vão para um jantar geriátrico barra orgia em algum lugar na costa amanhã à noite. A casa vai ser só nossa." Ela estendeu a mão e tocou meu braço.

Então, um pouco mais alto, ela disse: "O que acham? Churrasco amanhã à noite?"

"Fabuloso!", exclamou minha mãe. Eu literalmente <u>nunca</u> ouvi ela falar fabuloso. "Tenho certeza de que a Alison vai adorar! Você pode levar umas salsichas, querida."

Eu não disse nada. Eu estava pensando no Jake, no peixe com fritas e na superlua.

E aí Frankie olhou bem para mim e sorriu. "Quanto mais gente melhor... traz seu namorado se você quiser. O namorado secreto."

BELLA

Eu podia jogar o diário no mar, deixar os segredos se dissolverem em nada. Podia subir novamente a trilha do penhasco e seguir na outra direção, até Tome. Podia entrar em um trem para Londres e nunca mais olhar para trás. Estou em uma encruzilhada, exatamente onde eu estava em uma noite de verão quinze anos atrás.

Como se quisesse me oferecer uma resposta, a brisa revira as páginas do diário no meu colo até abrir na última página. O mapa desenhado a caneta. Um X marca o local.

Não. Não posso mais deixar isso me corroer por dentro. É por isso que estou aqui. Por isso voltei.

Corro ao longo do pedaço da trilha que vai até a estrada, quase na Fazenda Vistamar, quando vejo alguém abrir o portão. Paro e não me mexo, sinto o coração palpitar, e dou um jeito de me esconder atrás da cerca viva. Não posso encarar ninguém vindo daquele lugar. É um rapaz, alto e de ombros largos, pernas compridas, pedalando uma bicicleta, e a princípio acho... Acho...

Minha mente está a mil. Faço um esforço para respirar, para entender o que está acontecendo. Ele é jovem demais. Parece ter a mesma idade que ele tinha naquela época — quinze anos atrás. Então, ele se vira em minha direção — merda, eu me encolho ainda mais atrás da cerca —, e me dou conta de que não é ele. É claro que não.

Mas eu conheço esse rapaz. E, de repente, tudo começa a fazer sentido. Por que me senti tão atraída por Eddie, o barman, naquela primeira noite. Sua estranha familiaridade. Por que abri mão de todo o meu bom senso e me vi tentando seduzi-lo.

É o irmão dele. É o irmão mais novo dele.

FRANCESCA

Hoje vai ser um sucesso.

É o dia da nossa festa do solstício de verão, a cereja do bolo no nosso fim de semana de inauguração. E vai ser perfeito.

Vou até as janelas e as escancaro, me inundando de calor e luz do sol. O ar quente entra carregado do aroma de maresia e flores. Sendo bem sincera, quem conseguisse engarrafar esse aroma estaria *rico*. Talvez eu devesse pesquisar — pode ser o novo produto da nossa linha de bem-estar.

No gramado lá embaixo, observo os funcionários correndo para lá e para cá, fincando estacas para os lampiões suspensos, montando o palco para as atrações musicais, armando a churrasqueira para arrumar os espetos, colocando três mesas compridas a alguns metros da beirada do penhasco. As mesas serão decoradas em breve. A designer que sugeriu o tema — "cornucópia do verão" — é uma gênia. Ela é muito profissional e não gosta de comentar sobre seus outros clientes, mas vamos só dizer que ela acidentalmente deixou escapar as palavras *Amal* e *Como* enquanto fazíamos um brainstorming do projeto.

Sinto uma pontada de ansiedade quando imagino a vista que meus hóspedes terão ao se divertirem: o sol mergulhando nas ondas e a espetacular formação de calcário da Mão do Gigante. Criei algo único aqui. Eu me livrei das sombras do passado, manifestei um novo futuro para mim mesma e para este lugar.

Ah! Os rapazes da equipe de jardinagem estão trazendo minhas esculturas com galhos de salgueiro. Posso dizer que são minha *pièce de résistance* e formarão um cenário silvestre encantado por onde meus hóspedes vão perambular enquanto dão uns goles na sidra deliciosa e escutam os primeiros acordes da música.

Tudo abaixo de mim está com um brilho dourado do sol da manhã — uma cena tão perfeita que nem parece real. O epítome do "pagão chique". Sempre fui boa em organizar experiências. Em dar festas também. Fizemos algumas aqui quando éramos adolescentes. Obviamente, era bem diferente na época. Um churrasco, caixas de som, a piscina. Coisa boba e infantil. Mas os princípios são os mesmos. Em vez de refrigerante com vodca, vamos ter sidra de qualidade, em vez de churrasco de linguiça, teremos um assado no espeto do mais alto nível (os porcos vêm de uma fazenda onde tocam Bach para os animais e os alimentam com comida selecionada), e em vez dos sons metálicos das minhas caixas de som portáteis, vamos ter shows ao vivo. Fomos muito sigilosos sobre quem vai se apresentar — para evitar que alguém vazasse para a imprensa e porque o Solar não se vangloria dessas coisas —, mas os talentos que vão se apresentar hoje poderiam muito bem estar em um dos palcos principais do Glastonbury. Todos *implorando* para serem incluídos!

Ah, e vamos sem sombra de dúvidas entrar na Lista dos Melhores Hotéis da Condé Nast. Não, melhor, vamos *arrasar*, esmagar e deixar nossos rivais no chinelo...

Estou tão animada!

E, por incrível que pareça, calma. Quer dizer, talvez não seja surpresa nenhuma, levando em consideração quanto eu evoluí em todos esses anos. Antigamente eu teria deixado o que testemunhei na adega na noite passada me dominar, tomar conta dos meus pensamentos. Agora sei que é muito melhor agir com sensatez.

A verdade é que justo agora preciso dos dois: Owen por conta do projeto da Casa na Árvore; e Michelle para os preparativos das comemorações de hoje. Preciso de sua dedicação, sua atenção aos detalhes. Ainda assim, é muito decepcionante. Eu *odeio* quando as pessoas me decepcionam.

Bem, não importa. Hoje nada nem ninguém vai deixar meu Mercúrio retrógrado.

Fecho os olhos para aproveitar melhor o calor do novo dia em meu rosto. Nossa, como está quente. Mas com sorte não vai ficar *muito* mais quente. Quase em resposta a esse pensamento, sinto o calor diminuir um pouco. O brilho rosado da luz atrás das minhas pálpebras diminui. Será que eu realmente fiz isso acontecer? Abro os olhos. Uma sombra passou na frente do sol. Alguns funcionários lá embaixo estão apontando para o céu.

Olho para cima. Enormes e escuras nuvens de tempestade apareceram lá no alto. É impossível. Hoje não era para ser um dia nublado. Em lugar nenhum — seja na previsão do tempo ou na minha intuição — dizia que ia ser assim. Encaro as nuvens, desejando que se dispersem.

No entanto, pela maneira como se movem, mudando de direção... não são nuvens normais. Semicerro os olhos para ver melhor, protegendo-os com a mão. E então vejo que são...

Pássaros.

Escurecendo o céu. Tapando a luz do sol. Enchendo o ar. Bandos agitados e pretos. Estão por toda parte: chegando em ondas, disparando juntos, a ponta das asas roçando enquanto circulam, pousando no gramado até quase não dar para ver o verde da grama por baixo de seus corpos pretos. Estão pousando nas mesas também, no encosto das cadeiras, nas esculturas de vime. Parecem um gigantesco vazamento de alcatrão. O barulho chega até mim agora, o crocitar e o gorjear se ampliando em um som estrondoso. De repente, não consigo ouvir nem meus pensamentos. Fecho a janela para abafar o barulho, e no instante em que faço isso um deles voa direto no vidro, bate com um barulho seco e ricocheteia para longe. Solto um gritinho.

Procuro meu celular, preciso de Michelle... preciso que ela resolva isso *agora*. Clico com força no nome dela em minha tela, ponho o celular no ouvido e aguardo. Ela não atende. *Por que ela não está me atendendo?*

É claro que prezo pela harmonia com o mundo natural, mas tudo tem limite. Isso não parece natural de jeito nenhum. Parece pessoal. Parece uma assombração.

BELLA

O *irmão* dele, o irmão de Jake. Ver Eddie daquele jeito me deu um susto. Um novo senso de urgência. Um lembrete do que estava perdido. Do que ela me tirou.

Enquanto ando rápido até os portões do Solar, ouço um ruído atrás de mim: o ronco baixo de maquinaria pesada. Eu me viro e vejo uma retroescavadeira amarela e uma caminhonete branca se arrastando pela estrada, vindo em minha direção. Devem estar aqui para as obras no limite da floresta — o motivo pelo qual ganhei desconto na hospedagem.

Ali parada, observando os veículos se aproximarem, acabo tendo uma ideia. É ao mesmo tempo extremamente ousada e tão simples que parece perfeita. Meu coração começa a acelerar.

Abro o diário. Com as mãos trêmulas, passo direto para o mapa desenhado a caneta. Então, me viro e volto em direção aos veículos, acenando com o braço erguido para que eles parem.

Um X marca o local.

EDDIE

— É meio sinistro — diz Ruby, enquanto observamos as centenas (milhares?) de pássaros se aglomerando no gramado. Não dá nem para ver a grama direito por causa deles. Ruby, eu e uns outros funcionários fomos chamados para dar um jeito neles. — Já viu pássaros fazerem isso?

Balanço a cabeça em negativa. Sei o que ela quer dizer, *é mesmo* sinistro. Eles parecem um daqueles exércitos de *Game of Thrones*, se reunindo antes de uma batalha.

—Você está bem, Eds? — Ruby me encara com uma expressão preocupada.

— Ah... estou.

Eu estava pensando na noite passada, na floresta. Na capa e na máscara que encontrei em casa. Em meu próprio pai: um deles. E nesses pássaros de verdade agindo de uma forma tão incomum...

Mas não posso comentar sobre nenhum desses pensamentos com Ruby, então, em vez disso, digo:

—Tem um filme que os pássaros começam, tipo, a atacar as pessoas, não tem? Um filme famoso. Velho, mas famoso. Não consigo lembrar o nome.

— Se chama *Os Pássaros*, Eddie — diz Ruby, revirando os olhos de leve. — E a história original é melhor ainda. — Assinto, como se eu soubesse do que ela está falando. Sempre me acho meio ignorante perto da Ruby. — Enfim — continua ela —, vamos trabalhar.

Juntos, andamos para lá e para cá no gramado. Tentamos gritar e bater palmas, mas os pássaros não parecem ter absolutamente nenhum medo de nós. Eles quase não se movem enquanto caminhamos entre eles. Há alguma coisa no modo como nos observam que eu não gosto nem um pouco. Eles têm garras e bicos muito afiados. Eu me pergunto como é o fim daquele filme.

Do nada, ouvimos um barulho alto, e nós dois levamos um susto. Francesca Meadows irrompe pela porta da frente do Solar. Seu cabelo está todo revolto e solto caindo pelas costas, e ela está usando um vestido longo de seda que me parece ser na verdade uma camisola chique, porque é de um tom de nude muito claro e meio transparente — estou tentando muito não olhar, não acho que seja profissional dar uma olhada nos mamilos de sua chefe. Ela está descalça.

Capto o olhar de Ruby. Ela articula "que porra é essa?" com os lábios. Uma parte de mim quer dar uma risadinha, mas a outra parte está irritada porque é esquisito demais. Os Pássaros da Noite não poderiam fazer *isso* acontecer... poderiam? Seria algum tipo de magia obscura, ou algo assim.

Observamos Francesca Meadows correr para o meio do bando e começar a balançar os braços para todo lado, tentando amedrontá-los, afugentá-los. Ela não parece notar nem se importar que a bainha de seu vestido esteja se arrastando no chão e ficando toda suja com as fezes esverdeadas dos pássaros, que também estão manchando seus pés descalços. À medida que ela se aproxima deles, as criaturas pretas emplumadas levantam voo, giram e se enroscam ao redor dela como tornados em miniatura, depois pousam no chão outra vez. Ela solta um grito de raiva, que se mistura aos guinchos dos pássaros, e tenta expulsá-los aos chutes, *depois* investe contra eles com as mãos, quase como se estivesse tentando agarrá-los e tirá-los dos ares. Tenho uma sensação horrível de que, se conseguisse pegar um deles, ela poderia de fato rasgá-lo em pedaços.

— Ai, meu Deus — murmura Ruby, meio em choque. — Ela perdeu totalmente o controle. Eu *sabia* que essa coisa de princesinha da ioga era encenação...

Ela para de falar quando Francesca Meadows se vira e nos encara. Pingos de saliva espumosa escorrem de sua boca até o queixo. Há uma mancha de sangue em cima de sua sobrancelha. Um dos pássaros deve tê-la arranhado. Manchas escuras de suor apareceram embaixo dos braços de sua camisola de seda. Ela está visivelmente ofegante.

Ruby e eu ficamos ali assistindo, a alguns metros de distância, meio que sem conseguir nos mexer. Então, ela se vira para a gente, e todos nós nos entreolhamos por um instante. Ruby me cutuca, e nós dois começamos a nos movimentar no meio dos pássaros de novo, tentando enxotá-los, enquanto Francesca Meadows realiza uma dança/luta louca com eles.

— Peraí — diz Ruby de repente. — Olhe. Eles estão comendo alguma coisa, não estão? — Ela dá um passo para a frente e se agacha para observar melhor. — Sim! Acho que é alpiste. — Ela se curva e pega um punhado para me mostrar.

— Alguém espalhou alpiste por todo lado. Por todo o gramado. Puta merda... É por isso que eles estão aqui. Não é uma aberração aleatória da natureza.

Penso de novo nas figuras com as capas na floresta.

A máscara de pássaro enfiada em um esconderijo na minha casa.

Alguém planejou essa história toda.

OWEN

Pego meu estoque de tabaco no muro. Risco um fósforo. Desfruto aquela sensação, exatamente como fazia muitos anos atrás, quando era moleque. A sensação de controle, de conjurar as chamas do ar. Da mesma maneira como fiz logo antes de meu pai e eu deixarmos Tome de vez, quando acendi um fósforo e o joguei em uma poça de gasolina desviada do motor de popa do barco pesqueiro com um sifão. Observei as chamas se acenderem rapidamente pela madeira antiga, depois pelo velho teto de sapê do Ninho do Corvo, que foi aos ares em uma enorme explosão de chamas, uma chuva de centelhas. O pub era o centro de tudo. O lugar onde todos se reuniam. As mesmas pessoas que tinham intimidado e julgado minha família, e depois se compadecido dela. Elas podiam todas queimar.

Enquanto eu observava, experimentei algo novo. Eu me senti poderoso pela primeira vez na vida.

Agora, enrolando meu tabaco, pego a trilha que leva à floresta. Subitamente, parece haver pássaros por toda parte. Eu os vejo levantando voo dos galhos mais altos das árvores, juntando-se aos outros no céu. É como se houvesse alguma coisa maligna em curso aqui. Então, me dou conta do que acabei de pensar. Pelo amor de Deus. Não sou um homem supersticioso. Meu pai era, e é exatamente por isso que não sou. Meu pai, que sua alma atormentada descanse em paz, não teria gostado nem um pouco disso. Ele teria chamado de mau presságio.

Eu me dou conta de um outro som, por baixo do burburinho dos pássaros. Paro de repente na trilha e fico imóvel, prestando atenção. Juro que estou escutando o som de maquinaria pesada vindo do fundo da floresta — o barulho de moer e rasgar que soa inconfundivelmente como trabalho de escavação. Mas é impossível. O combinado era começarem só à noite. Eles nem sabem onde é para escavar.

No entanto, o que escuto sugere o contrário. Começo a correr ao longo da trilha sinuosa que segue em ziguezague entre os Chalés da Floresta, sentindo uma necessidade urgente de saber o que está acontecendo.

Dito e feito: quando irrompo na clareira, vejo o braço articulado da retroescavadeira se erguendo, levando uma carga cheia de terra.

Que porra é essa?

Eles começaram *mesmo*. E não só fizeram isso sem minha permissão, como começaram a escavar no lugar errado, a trinta metros de onde deveriam ter cavado. Começo a correr de novo, acenando com os braços erguidos, berrando para tentar chamar a atenção deles, mas vejo que tanto o rapaz no chão quanto o que está dentro do veículo estão de costas para mim, concentrados no trabalho. Quando chego mais perto ainda, vejo que já há um buraco considerável na terra. As caçambas de metal se elevam da cavidade, despejando uma grande quantidade de terra e grama.

Gesticulando como um louco, tento alertar o homem no comando, mas ele *ainda* não me viu. Ele descarrega o fardo na pilha crescente ao seu lado, depois mexe nos controles para afundar a pá de volta na terra.

Finalmente, o outro sujeito deve ter ouvido meus gritos, porque se vira e me fita enquanto ando a passos largos na direção dos dois. Ele faz um sinal para o motorista da retroescavadeira. Enfim, ela para de se mover.

— O que vocês estão fazendo? — grito. — Não era para terem começado! E, meu Deus, não estão nem escavando no lugar certo! Que porra está acontecendo aqui?

— A chefe veio falar conosco — diz o sujeito, um pouco na defensiva.

— *Eu* sou o chefe! — grito.

— Ela disse que era a proprietária.

— *Francesca* disse para vocês começarem?

— Sim! — Ele insiste. — Francesca Meadows. Foi o que ela disse. A chefe.

Fico atordoado. Francesca ainda está na cama. Pelo menos, tenho quase certeza de que está... mas não seria a primeira vez que ela teria se esgueirado por aí sem dar satisfação.

— Ela nos pediu para começarmos a escavar aqui. Não foi? — Ele chama o homem na retroescavadeira, que se espicha para fora e confirma.

— Foi. Ela disse para começar logo. Indicou o local para nós.

Encaro o buraco na terra.

— Mas esse não é o local correto de jeito nenhum. Deveria ser ali... onde aquelas árvores foram derrubadas. Vocês têm certeza de que foi isso que ela disse?

— Absoluta. — O homem de pé cruza os braços. — Ela estava *muito* determinada. Tinha um mapa.

Isso tudo é realmente muito esquisito. Não faço a menor ideia do que está acontecendo, mas não estou gostando.

— Escutem — digo. — Tenho que ligar para a Francesca. — Aponto para a retroescavadeira. — Desligue isso aí. O trabalho todo fica parado até eu dizer que podem continuar, tá bem?

Eles se entreolham, dando de ombros e assentindo.

— O senhor que manda, chefe — diz o homem em pé.

Talvez não seja o fim do mundo. Eles fizeram uma baita confusão, só isso. Nada que não possa ser consertado. É só uma perda de tempo burra. Porém, não é isso que está me incomodando. Essa história toda está muito esquisita.

Tento ligar para Francesca, mas o sinal não pega bem aqui. Caminho em direção à casa principal, até duas barrinhas de sinal aparecerem, mas chama, chama, e ninguém atende. Aciono meu aplicativo de localização, espero o pontinho que pisca carregar. Lá está ela, no gramado em frente ao Solar.

Eu me viro de novo para os homens.

— Como ela era? — pergunto. — A mulher que falou com vocês.

— Hum... — Eles se entreolham; um sorriso malicioso é compartilhado. Eles a acharam atraente. O primeiro tosse. — Loira, trinta e poucos anos.

Volto andando para o apartamento e tento ligar para ela de novo. Sem resposta. Desligo. Simplesmente vou ter que ir até lá. Mas um dos homens está vindo em minha direção agora.

— Chefe — diz ele, quase se desculpando. — Tem uma coisa ali. No local que estamos escavando. É bom o senhor vir dar uma olhada.

Jesus Cristo, penso. O que é agora?

Eu o acompanho até as árvores. Dou uma olhada no buraco. A princípio, não vejo nada, apenas entulho, raízes quebradas, pedras e terra. Depois uma cor que não faz sentido: um grande retalho de azul vivo. Eu me agacho para ter uma visão melhor. Parece um pano de lona encerada, acho, mal dando para ver no meio da terra. Parece ter sido usado para embalar alguma coisa — um objeto grande, ainda escondido embaixo de tudo.

Eu me levanto, tentando racionalizar minha súbita sensação de desconforto. É só um pedaço de lona. Pode não ser absolutamente nada. E, ainda assim, não gosto nada disso. Minha cabeça começa a latejar. Um instinto animal. Porque de repente tenho certeza de que o que está lá dentro, seja o que for, está longe de não ser nada.

O dia depois do solstício
INVESTIGADOR DE POLÍCIA WALKER

O investigador Walker está conferindo com os bombeiros se não foram encontrados outros feridos dentro do Solar. Um policial se aproxima.

— Acabamos de encontrar mais uma coisa, na floresta, chefe. Acho que o senhor deve vir dar uma olhada.

Walker deixa Heyer responsável pela situação no gramado do hotel. Fielding e ele seguem o policial até a floresta por um caminho que serpenteia entre uma série de chalés de madeira.

— Eles botam os hóspedes aqui — diz Fielding, apontando para os chalés com o queixo. — Parece uma casinha de coelho pomposa, né? *Quinhentas libras* a noite. — Ele parece agoniado. — Minha mulher estava insistindo para fazer uma reserva aqui no nosso aniversário de dez anos de casamento. Prefiro mil vezes um hotel de luxo na cidade grande. E se eu quiser tomar banho ao ar livre posso instalar um chuveiro no meu quintal...

Walker mal está escutando. Ele observa as árvores. Volta a prestar atenção quando ouve Fielding dizer:

— Sabe de uma coisa...

— O quê?

— Ninguém vai se hospedar neles agora, né? Nunca mais. Deve ser algum tipo de recorde, não é? Um hotel que fica aberto só um fim de semana.

Eles estão quase na floresta. Fielding dá uma espiada em Walker e franze a testa.

— Está com frio? — Ele deve ter percebido o tremor involuntário de Walker.

— Estou bem — responde Walker. — Acho que é mais frio nessa parte da propriedade. Devem ser essas sombras todas.

— Só se for para você. Eu estou suando que nem o Boris Johnson em um teste de paternidade. Bem, pelo menos não está tão quente quanto ontem. Estava insuportável. Anormal. — Os galhos das árvores no início da floresta de repente se agitam, e cerca de cinquenta pássaros pretos explodem no ar com um grasnado forte. — Meu Deus!

Walker consegue conter seu tremor dessa vez.

— Há uma porção de lendas sobre este lugar — comenta Fielding quando eles entram na floresta. — Uma pessoa de Londres deve achar isso a maior besteira. Mas precisa admitir que aqui tem um clima sinistro.

— Verdade — diz Walker. — Tenho que concordar.

Logo os dois passam por uma clareira onde diversas árvores foram derrubadas recentemente, o núcleo dos tocos úmido e exposto. Cinquenta metros à frente, Walker avista um pequeno grupo de policiais e uma fita de cena de crime em cores vibrantes sendo desenrolada. Dentro da área isolada pela fita, ele só consegue discernir algo que parece uma sombra no chão. Ao se aproximarem, fica claro que é uma cavidade retangular e profunda.

Sua respiração fica um pouco pesada.

— Lá vamos nós — diz Fielding, apertando o passo.

Walker se aproxima mais um pouco e vê por inteiro o buraco escuro e irregular, escavado na terra pelas pás de uma máquina grande. Os homens fardados se afastam ligeiramente para dar passagem aos investigadores. E, mesmo que esteja preparado para o que vai ver lá dentro, ele respira fundo ao se aproximar.

E então, Walker é atingido pelo cheiro potente de terra recém-revirada. Uma história secreta que acaba de ser desenterrada.

O solstício
FRANCESCA

O modo como os pássaros me encaram com seus olhos pretos brilhantes. Com más intenções. Como se soubessem. Como se conseguissem ver dentro da minha alma. Penso naquela forma que vi na bacia de água, no que meu avô disse no fim da vida, coloco a mão em minha bochecha ardendo e vejo sangue na ponta dos dedos. Sinto o pavor tomar conta de mim.

Então, avisto Ruby, a recepcionista, pegando alguma coisa do chão e a deixando cair aos poucos entre os dedos. Olho para o gramado, com atenção dessa vez, no local onde antes eu só tinha conseguido ver os pássaros e a névoa do meu próprio medo, e noto o alpiste espalhado. Meu horror se converte instantaneamente em raiva.

Alguém está tentando sabotar a mim e tudo que criei. É a Pardal, tenho certeza.

— Michelle — digo para Ruby, ofegante. — Chame a Michelle. Agora.

Alguns minutos depois, ela aparece, irritantemente imaculada com sua camisa branca, nem um fio do cabelo mal pintado fora do lugar.

— Francesca — diz ela, solícita, me dando uma rápida olhada de cima a baixo. —Você está... se sentindo bem? — Ela aponta para minha sobrancelha. —Você está, ah, com uma coisinha bem aqui.

— Os pássaros — sibilo. — Preciso que eles desapareçam, *agora*.

— É claro — diz ela. — Como pode ver, a equipe está fazendo o melhor que pode...

Fito seu rosto sem graça e presunçoso. Como ele foi capaz? *Aff*. Outra onda de raiva me atinge.

— Pelo amor de Deus, sua puta idiota! — grito. — Não é suficiente. Preciso que *cada* membro da equipe venha até aqui. Preciso que *cada* porra de pássaro suma de vez. Será que não posso confiar em ninguém nesse lugar para fazer o serviço direito?

Um silêncio de perplexidade se instaura. Sinto os olhos de todos os funcionários em mim. Tenho a sensação esquisita de que estou me observando também, pairando acima de mim mesma. Pouco a pouco, a névoa começa a clarear. Esta não é a Francesca Meadows. Francesca Meadows nunca fala assim — nem dentro da própria cabeça. É como se Francesca tivesse perdido o controle e outra pessoa houvesse assumido o comando por um instante.

Respiro bem fundo. Expiro bem devagar.

— Meu Deus! — digo, animada. — Acho que preciso tirar uma folga. Rá, rá! Toda a pressão do dia está mexendo comigo. Não tem nada a ver com você, Michelle!

Não peço desculpas. Uma vez alguém me disse que fazer isso é uma admissão de culpa, e se colocar nessa posição é perigoso. Eu me sinto instável, esgotada.

— Deixe comigo, Francesca — diz Michelle, com toda a calma. — Será providenciado.

Meu Deus do céu, ela é tão eficiente... Quase queria continuar com ela.

OWEN

Escavamos em silêncio.

Conseguimos retirar mais terra de cima da lona encerada. Um dos rapazes desceu até lá embaixo e está usando uma pá, levantando grandes porções de terra. Cada vez mais a lona azul se revela embaixo do solo, a cor viva sob a sombra obscura das árvores.

O progresso é lento, mas vejo uma forma emergindo. Grande e comprida. Há um volume dentro dela. Imagino o que pode ser, mas tento repelir esse pensamento. Não é hora de fazer conclusões precipitadas...

Então, vislumbro um pequeno rasgo no tecido, expondo algo macio e pálido.

É nesse momento que a premonição que estava tomando forma em minha mente ganha força.

— Eu assumo daqui — digo.

Pago aos homens. Digo a eles que deixem a retroescavadeira ali, que voltem amanhã. Tento agir como se não fosse nada de mais. Eles já receberam, mas pago um valor a mais, em dinheiro. Um valor muito alto. Eles dão uma última espiada no buraco, mas no geral parecem bem felizes em partir.

Faço o restante do trabalho sozinho. Finalmente todo o solo foi retirado. Respiro fundo, e então, com os dedos desajeitados, me inclino para a frente e solto as cordas atadas na lona, que se abre com uma surpreendente facilidade, como se estivesse há muito tempo esperando para revelar seus segredos.

Minha nossa.

Não consigo desviar o olhar. É tão familiar — como uma fantasia de Dia das Bruxas e filmes de terror. No entanto, não tenho certeza se já vi um esqueleto humano assim, tão de perto. Pensar que isso é tudo que somos por baixo da nossa pele...

A noite da festa

BELLA

Ouço uma comoção animada no lado de fora; espreito pelas janelas e vejo os outros hóspedes, com trajes brancos, deixando os Chalés da Floresta para as celebrações da noite. Na luz forte e dourada, parecem fantasmas perambulando no meio das árvores. Trechos de música vêm do gramado da frente. Preciso sair daqui.

Passei as últimas horas escondida no meu chalé úmido, me sentindo enojada pelo que fiz. Esperando, trêmula de ansiedade, que algo acontecesse. Gritos, sirenes, luzes azuis subindo o acesso de veículos. Sentindo que eu tinha que estar por perto, mas sem conseguir me aproximar mais.

No entanto, até agora... nada. Será que era o local errado? Não, tenho certeza de que era o certo.

Enquanto visto um tubinho de linho da Toteme — também alugado, obviamente —, me lembro de quando me arrumei para uma outra festa. Por um instante, a menina que eu fui parece tão próxima que eu poderia me curvar no tempo e sussurrar em seu ouvido. Depois, coloco a coroa de folhas na cabeça. Imediatamente, uma sombra grotesca paira na parede à minha frente: uma silhueta escura com a cabeça semelhante à de Medusa. Eu me viro para me certificar de que é a minha sombra. Dou uma olhada no espelho. Por baixo do enfeite de folhas verdes, meus olhos estão escuros e sem pupilas — os olhos de um predador. Estou grotesca. Pareço fazer parte de uma seita pagã, uma fanática. Essa, definitivamente, não sou eu. Ótimo. Porque hoje à noite preciso ser outra pessoa. Preciso deixar para trás aquela menininha medrosa do passado. Tento sorrir. Há um contraste horrível com o meu olhar. Pareço um membro da Família Manson no tribunal. Mostro os dentes. Assim está melhor.

Saio do chalé e ando contra o fluxo de hóspedes que vão em direção ao gramado. Lampiões foram colocados ao longo do caminho, flores silvestres de várias cores espalhadas pelo cascalho. Sigo a trilha que serpenteia para a floresta até ver a retroescavadeira amarela vibrante, imóvel na pequena clareira, sua pá paralisada acima do chão. Não há ninguém à vista. Sinto um ar de abandono na cena.

Dou um passo à frente, meu coração totalmente acelerado. Eles com certeza estavam escavando — agora consigo ver o formato escuro do buraco no chão. Estou mais perto, e parece que vou me sufocar com minha própria respiração. Acho que vou vomitar de verdade. Mas me forço a avançar, me forço a me aproximar da beira do buraco, olhar e...

Nada. Está vazio. Encaro o espaço lá embaixo. Será que dei o local errado? Mas eu tinha tanta certeza. Claro, depois de todo esse tempo...

Não. Vejo algo ali. Algo foi deixado para trás no fundo do buraco: uma centelha prateada reluz contra a terra escura. Eu me agacho para examinar. Já faz tanto tempo, mas eu reconheceria esse acessório em qualquer lugar — está entranhado em minhas lembranças, assim como a pessoa que o portava. Eu me deito de bruços, estico o braço no buraco para puxá-lo e estremeço quando meus dedos envolvem o metal frio.

DIÁRIO DE VERÃO

O trailer — Camping de férias do Tate

22 de agosto de 2010, 19h.

O churrasco da Frankie é hoje. Contei ao Jake sobre o convite. Apesar de tudo, sinto que devo a ela essa última noite, depois de passar o verão inteiro na casa dela. Sei lá, acho que preciso pôr um ponto-final nessa história. Depois, nunca mais vou precisar ver a Frankie.

    Ele falou tipo: "Eu particularmente mandaria ela se catar. Não acho que você deve nada a ela." Depois, deu de ombros. "Mas ei, se é importante, podemos dar uma passadinha." Aí ele abriu um sorriso. "Eu sempre meio que quis ver o que tem atrás daqueles portões. Como essa galera cheia da grana vive."

    Tô um pouco preocupada de levar o Jake (mas definitivamente não quero ir sem ele). Não paro de pensar no que Frankie disse. Sobre o sotaque dele, a correntinha de prata "brega" que ele usa etc. Será que ela vai debochar dele? Será que vou ficar constrangida por ele? Será que vai me fazer gostar menos dele? Aff. Sei que isso soa superfútil. Mas é para isso que serve um diário, né?

    Ah, e agorinha, quando saí do chuveiro do camping, Cora estava lá. Levei um susto tão grande que deixei cair meu xampu. Ela foi meio grossa. Falou: "Oi. Estava procurando você. Podemos conversar?" Achei que ela ia me confrontar sobre o dia em que eu a vi no escritório do avô da Frankie. Mas ela só disse: "Gostei de verdade da companhia de vocês, sabia? Amei muito. Só ficar jogando conversa fora sobre coisas idiotas, nada com que se preocupar. Nunca faço essas coisas. Foi tão bom, não foi?"

Eu respondi que sim, mesmo que não fosse sempre tão bom para mim.

Ela continuou: "E preciso daquele emprego. Não tem tantas oportunidades por aqui para meninas como eu, normalmente ninguém nos dá uma colher de chá." Acho que ela se referia a mim, como se nós estivéssemos no mesmo barco. Aí ela disse: "Mandei uma mensagem dizendo tudo isso, mas não sei se a Frankie recebeu. Você podia falar com ela? Porque era você, né? Na floresta?" Merda. Então ela realmente me viu.

Ela disse: "Sabe que não foi nada, né? Eu <u>nunca</u> faria nada. Mas estou tentando chegar em algum lugar com a minha arte. Frankie disse que tinha falado com ele, mas aí..." Ela deu de ombros. "Então achei que eu mesma podia pedir. E acho que homens velhos gostam disso, sabe, tocar em você — no braço, nas costas, na bunda. Mas não passou disso. Eu <u>juro</u>. Você sabe disso, né?"

Assenti, mesmo em dúvida se eu sabia. Mas o mais louco é que, o que quer que tenha acontecido, eu não me importo. Mesmo que faça só mais ou menos uma semana desde aquele dia na floresta, me sinto uma pessoa diferente. Desde Jake, acho. Minha versão de antes parece uma menininha boba e ciumenta.

Me senti mal pela Cora. E culpada por ela ter perdido o emprego por minha causa. Contei a ela sobre os planos de hoje à noite. Disse que talvez ela pudesse ir um pouco mais tarde, quando Frankie estivesse mais relaxada. Ela ficou tão agradecida que fez com que eu me sentisse pior ainda. Acho que nada faria Frankie mudar de ideia agora. Mas ela estava diferente ontem, com meus pais. Então vai que...

De qualquer maneira, Jake vem me buscar às oito e estou fazendo um esforcinho. Vou usar meu vestido amarelo de seda da Miss Selfridge. Não dá para usar com sutiã, então vou com minha jaqueta jeans descolorida por cima para meu pai não surtar. Peguei a paleta de sombras da minha mãe emprestada e fiz um delineado de gatinho. Quero deixar Jake de queixo caído.

Talvez a gente só dê uma passadinha lá e saia juntos de fininho mais tarde. Quem sabe a gente vai até o penhasco admirar a superlua...

A última noite real do verão.

EDDIE

— Isso está a cara de *Midsommar* — diz Ruby, olhando para os hóspedes que já chegaram ao gramado com suas coroas de folhas e trajes brancos.

Ruby e eu servimos taças de champanhe com sidra enquanto eles passam por baixo de um arco de salgueiro e se juntam à multidão na grama.

Está tão quente que todo o gelo nos caixotes para resfriar as garrafas de sidra já derreteu. Fico sonhando em despejar a água gelada acumulada ali em minha cabeça.

— E dá para acreditar que estão nos obrigando a usar essa fantasia ridícula? — acrescenta Ruby, fazendo um gesto para sua roupa: os chifrinhos e a túnica verde esvoaçante.

Nela parece alta-costura. Estou mais preocupado com a possibilidade de verem minhas partes íntimas, porque o tecido é muito fino e a brisa faz com que ele grude em meu corpo. Isso me faz lembrar de quando interpretei um Menino Perdido na montagem de *Peter Pan* que fizemos na escola e tive que usar um collant muito pequeno. Meu pai achou a coisa mais engraçada que ele já tinha visto. Eu me lembro, porque meu pai nunca ri. Isso me faz pensar no que encontrei hoje de manhã. Meu pai: um dos Pássaros da Noite.

— Você está bem? — Ruby olha para mim. — Eds? Você meio que ficou fora do ar agora.

Antes que eu consiga responder — será que estou bem? —, um casal passa por nós. A mulher aponta para a bandeja de drinques que estou segurando.

— Isso tem sulfitos?

— Hum... é sidra — respondo.

Ruby revira os olhos para mim assim que o casal se afasta (cada um pegou uma taça).

— Não é assim que se responde, Eddie. Você diz: "Não, é claro que não permitimos nenhum sulfito horrível aqui." E sorri.

— Não posso! Vai que ela tem alergia.

— Garanto que uns anos atrás ela teria perguntado se era sem glúten, Eds. Sulfitos só estão mais na moda hoje em dia. Além do mais... seria *tão* trágico assim? Um a menos desse grupo? — Ela franze o nariz. — Sabe, às vezes acho ok esse emprego. O salário é bom. E aí outras vezes acho que eu realmente gostaria de dar uma cabeçada em alguém. Ou simplesmente, sei lá, tacar fogo nesse lugar. — Ela faz uma pausa. — Se bem que talvez não hoje. Você ouviu o boato de que vai ter show do Nick Cave? E Wolf Alice. Ei! Está me ouvindo?

De repente, tive a impressão de ver um rosto que não deveria estar aqui.

— Oi? Foi mal... Pensei que tinha visto alguém.

Vasculho os rostos na multidão. Agora não consigo ver nenhum sinal dele, apenas mais hóspedes chegando, se aglomerando no gramado com suas roupas brancas. Talvez tenha sido coisa da minha cabeça. Mas por que será que eu teria alucinações com *Nathan Tate* se esgueirando como um lobo subnutrido?

O dia depois do solstício
INVESTIGADOR DE POLÍCIA WALKER

Ele se prepara. Inclina-se para a frente para olhar dentro do buraco e...

Nada. Apenas a escuridão da terra.

— Não tem nada. — Ele se vira para o policial que os levou até ali. — Achei que tivesse dito que encontrou restos mortais de uma pessoa.

O policial assente.

— Sim. Mas os encontramos mais para dentro da floresta. Se os senhores puderem me acompanhar.

Walker e Fielding o seguem, adentrando ainda mais na floresta. Caminham por vários minutos, as árvores ficando cada vez mais grossas, escuras, espessas.

— Logo ali. — O policial aponta para um lugar. Outro local cercado por fita de isolamento. No centro, há um monte coberto de plástico azul. É possível ter um vislumbre de uma coisa pálida, esbranquiçada. — É como se tivesse sido arrastado, por um animal, ou talvez outra coisa? Mas não consigo pensar num animal grande o suficiente para fazer isso.

Por mais experiência que Walker tenha, por mais antigo que o caso seja, o incômodo nunca deixa de existir, esse confronto cruel com a morte. Nunca se está realmente preparado para ver os restos mortais de um ser humano.

E há algo muito deplorável sobre esses ossos amontoados e enrolados na mortalha de plástico azul. Isso era uma pessoa. Com uma vida. Entes queridos. Ninguém deveria terminar assim, abandonado, sozinho, em um trecho qualquer de floresta.

Isso. Essa é a razão pela qual se interessa tanto por casos antigos — pelos não vingados, os desaparecidos. Essa é a razão pela qual ele move montanhas. Porque todo mundo merece ser sepultado. Toda família tem direito ao luto. E todo mundo merece justiça.

O solstício
FRANCESCA

Consigo ouvir os barulhos vindo do gramado, o microfone sendo testado, o ruído das caixas de som. Estou quase pronta para fazer minha entrada. Esse é o meu momento. Eu sou o momento.

Estou me sentindo *muito* melhor agora. Estou *bem* mais calma a respeito de tudo, para ser sincera, agora que aqueles pássaros monstruosos sumiram. Eu... perdi o controle por um momento. Mas não vou me atormentar por isso.

Já fiz minhas afirmações. Já energizei minha aura com essência sagrada. Já esfreguei sálvia nos pontos de pulsação e coloquei quatro cristais separados na bolsinha de veludo presa ao meu colar: quartzo rosa, olho de tigre e selenita para atrair tranquilidade, e citrino para repelir energia negativa. Já fiz uma rápida massagem facial Qigong. Estou me sentindo *muito* mais equilibrada.

Também tomei cinco shots de vodca. É do estoque de emergência que deixo em uma garrafa que antes continha uma água micelar revigorante de pitaia rosa que encomendo da Erewhon, em Los Angeles. Vodca é uma bebida realmente limpa; por isso, se for para beber alguma coisa, é a melhor opção. Ah, e eu a usei para acompanhar dois comprimidinhos que guardo em minha antiga lata de chá ayurvédico. Às vezes, recuperar o equilíbrio é a coisa mais importante. Não interessa necessariamente como. Sim, tenho certas diretrizes de estilo de vida, mas nenhuma regra — regras são perigosas!

Estou praticamente pairando no ar ao descer a escada e ir até o gramado iluminado pelos lampiões. Os hóspedes perambulando por ali estão gloriosos, com as coroas de folhas e as roupas brancas. Como eu já esperava, as esculturas com galhos de salgueiro são incríveis. O melhor de tudo é o magnífico arco de vime por onde os hóspedes passam quando chegam, como se estivessem entrando em outro reino.

Talvez esteja um *tiquinho* mais quente que o ideal, mas isso só traz um ar mais místico e transcendental a tudo. Tenho certeza de que hoje será uma noite sobre a qual as pessoas vão comentar durante anos. Meu momento de maior triunfo. Criei algo muito bonito aqui, neste lugar que sempre foi meu santuário...

Há um único pensamento envenenado: ela está aqui, em algum lugar. A intrusa amargurada. Procuro com bastante cuidado entre os rostos na multidão. Onde está você, Pardal?

Nenhum sinal dela. Então, algo me ocorre. Chego a soltar um arquejo ao me dar conta, tão grande que um casal de hóspedes se vira para me olhar. *Estou procurando a pessoa errada.* Embora eu saiba como é sua aparência agora, pelo que vi no vídeo — o cabelo loiro, a franja reta —, tenho procurado uma menina de dezesseis anos com cabelo escuro e comprido e um vestido de seda amarelo. Exatamente como ela estava na última noite em que a vi.

BELLA

Passo pelo arco de vime e me vejo cercada por raposas e lebres dançando, veados saltando, até um javali velho esquisito, tudo feito de galhos de salgueiro retorcidos.

No entanto, ainda penso na floresta e naquele buraco escuro. Quer dizer que ela se livrou do corpo. É claro. Eu deveria ter imaginado. Não teria esperado menos. No entanto, é anormalmente desleixado da parte dela deixar algo para trás. Minha descoberta agora é um pequeno peso no fundo da minha bolsa.

Onde ela está? Olho ao redor, meio atordoada. Os funcionários andam para cá e para lá, usando túnicas verde-esmeralda com aplicações de folhas de tecido e pequenos chifres que parecem estranhamente realistas. Lampiões pendurados em estacas de metal balançam no crepúsculo nebuloso como uma porção de vaga-lumes, e mais adiante, na frente do penhasco, há três longas mesas, cada uma com mais ou menos sessenta lugares. As mesas estão postas com uma decoração repleta de galhos com folhas verdes, musgo, montes de frutos vermelhos, flores e longas velas afuniladas em potes de vidro. Olho para a direita e avisto um pequeno palco construído com madeira e vegetação.

Tudo de extremo bom gosto, muito bonito. Mas está quente demais. Aposto que isso não estava nos planos dela. Não é uma noite agradável no auge do verão inglês: esse calor está fora do normal, massacrante. Meu vestido está colando em minhas omoplatas. À minha volta, os hóspedes se abanam com os leques de penas brancas que estão sendo distribuídos, mas todos os rostos ainda mostram um brilho de suor. À medida que me aproximo das mesas, me pergunto se é minha imaginação ou se as decorações das mesas já estão murchando no calor: as folhas se dobrando, as pétalas ficando marrons, os frutos vermelhos se abrindo e o suco escorrendo.

Levo um susto com as caixas de som. Lá está ela, subindo no palco com sua longa túnica branca, o cabelo ondulado para trás, os pés descalços. Parece uma sacerdotisa pagã. Ela examina a multidão, o olhar vagueando rapidamente pelos rostos diante dela. Como se estivesse procurando algo, ou alguém...

De repente, me sinto exposta. Apanho um leque do cesto oferecido por um funcionário próximo e o seguro na minha frente como um escudo.

— Olhem só para todos vocês — diz ela, sorrindo. — Quero agradecer por nos escolherem. Obrigada por decidirem passar seu precioso tempo aqui. Porque eu entendo vocês. Sei muito bem como merecem fazer uma pausa, repor as energias. Imagino que tenham trabalhado com muito afinco. Como precisam desse descanso...

Como se todos ao meu redor trabalhassem para o Médicos Sem Fronteiras.

— E eu sinto um enorme senso de conexão, de *unidade*, com todos vocês agora mesmo. Estamos conectados hoje por algo muito significativo.

E isso seria... o quê? As centenas de libras que todo mundo aqui pagou para ter esse privilégio? Penso novamente no buraco escuro na beira da floresta. Sinto um embrulho no estômago. Ela e eu *estamos* conectadas por algo além.

— Estou tão orgulhosa deste lugar. Tão orgulhosa de compartilhá-lo com todos vocês. E estou tão, *tão* orgulhosa da visão criativa e transformadora do nosso arquiteto. Owen, meu bem, isso é para você...

Ela protege os olhos com a mão contra um feixe de luz da tarde, procurando o marido no meio da multidão. Continua sorrindo enquanto a pausa se prolonga até ficar um silêncio desconfortável. Esse é claramente o momento em que Owen Dacre deveria aparecer e agradecer, mas não há nenhum sinal dele.

Ela se recompõe com toda a graça.

— Com certeza ele ainda está trabalhando nas Casas na Árvore. Não vejo a hora de mostrá-las para vocês! Já estão todas reservadas para o outono deste ano. Meu Deus, vocês, pessoas maravilhosas, não conseguem ficar longe de nós por muito tempo! Mas acho que ainda há pouquíssimas vagas disponíveis para o próximo ano...

Vários hóspedes ao meu redor sacam seus celulares e começam a digitar com rapidez.

Ela abre um sorriso.

— Mas, por enquanto, vamos todos fazer uma pausa para agradecer e inspirar a purificadora brisa do mar.

Ela fecha os olhos e segura o microfone na direção das pessoas, como se para absorver uma respiração compartilhada. Então, volta a abrir os olhos.

— Não pude resistir a um toquezinho de nostalgia hoje. Uma alusão às festas da minha infância. Às horas gloriosas que passei neste lugar. Quando ouvirem o som do gongo, vamos todos nos sentar para comer. Enquanto isso, divirtam-se e aproveitem essa noite dourada.

Outro sorriso radiante. Sinto uma vontade súbita e urgente de correr e irromper no palco, arrancar o microfone de suas mãos, denunciá-la na frente de todos. Mas sei que não é o jeito certo. Há outra coisa que preciso fazer antes. Passo o olho na multidão. Lá está ele, atrás de um bar improvisado, decorado com folhagens, que range sob o peso de dezenas de copos. Eddie. Não acredito que não percebi isso antes. Jake não tinha o cabelo tão escuro e era menos musculoso, mas, ainda assim, são muito parecidos. Tento me lembrar. Ele de fato mencionou um irmão, devia ser só uma criança naquela época...

Começo a me movimentar na direção de Eddie, mas uma atendente ninfa do bosque me intercepta, oferecendo uma bandeja de bebidas.

— Gostaria de uma sidra espumante?

Sidra não é quase sempre espumante?

— Hum, sim... obrigada.

Dou um gole e me arrependo. Tem um gosto estranho — terroso, quase que podre. Mas talvez seja o calor ou a tendência dos ricos de aproveitar algo grátis, porque todas as outras pessoas estão entornando suas bebidas como se fosse água. Vejo um homem parar outro garçom com uma bandeja e virar três copos, um após o outro, o líquido escorrendo pelo queixo e ensopando a parte da frente da camisa.

Quando olho para o bar de novo, Eddie não está mais lá. Porém, no meio da multidão se deslocando, reconheço outro rosto. Hugo Meadows. Falando sem parar com o grupo que o cerca. A mão espalmada na bunda da mulher ao lado dele, que está usando a versão mais exagerada que vi do *dress code* da festa: um vestido justo até o pé, colado no corpo e com lantejoulas brancas, o brilho combinando com seu cabelo escuro incrivelmente cintilante. O mesmo Hugo Meadows que vi ontem recostado perto da piscina como um rei medieval, arrogante e presunçoso como sempre. Perto dele — como uma estranha ilusão de ótica — está seu irmão, Oscar Meadows. Como se sentisse o meu olhar, Oscar se vira em minha direção, franzindo a testa, mas sua atenção se volta para a mulher que se aproxima dele, a gerente do hotel — com sua camisa branca e saia preta, parecendo a única adulta no local. *Ela* também me parece familiar, pensando bem. Ou será que estou imaginando sombras do passado em todo lugar?

Chego um pouco mais perto e a ouço dizer:

— Sr. Meadows, Sr. Meadows. Soube que os senhores não são fãs de nossa sidra. Que pena!

— Não entendo por que estão servindo isso — diz Hugo Meadows com a fala arrastada. — Para mim, tem gosto de maçã podre e mijo. Deve ser a ideia da minha irmã de rústico chique. O que tem de errado com um bom Borgonha branco? Sendo bem sincero, é constrangedor: chamei um investidor em potencial para cá e ele também não é fã de sidra. — Ele seca a testa com um lenço que sacou do bolso superior. — E está quente pra cacete. Não consigo nem *pensar* com esse calor.

Como se fosse algo que a pobre mulher pudesse controlar...

— Bem, olhe — diz ela, sorrindo sem perder a pose, como se nada fosse um problema. — Por que os senhores não me acompanham até a adega e escolhem o que quiserem? Está fresco e agradável lá dentro caso precisem de uma trégua do calor. E temos algumas safras de vinhos ingleses fabulosos...

— Sim, eu *sei* — interrompe-a Hugo. — Talvez você não tenha conhecimento, querida, mas sou o responsável por metade do que está lá. Coloquei Francesca em contato com meus fornecedores na área. Vinho é meio que a minha praia, sabe? Acho que vamos, sim, obrigado. Venha, Osc.

Ele se vira para Oscar, que assente, sempre seguindo o irmão. Então, Hugo dá um tapinha na bunda de sua esposa/namorada/acompanhante, como quem encerra a conversa, e os dois irmãos seguem a mulher até o Solar.

Continuo andando, ainda procurando Eddie. Eu me encontro vagueando em direção à piscina, que está iluminada com centenas de luzes flutuantes.

De repente, como uma estranha ilusão de ótica, tudo que consigo ver é o que havia ali antes — quando a piscina tinha forma de feijão, cor azul-turquesa brilhante e uma estátua de bronze retratando uma ninfa na ponta. Em meio a um bafo de fumaça de churrasco, um grupo pequeno de adolescentes reunidos por ali, enquanto o crepúsculo começava a cair, sem nenhuma ideia de como a noite se desenrolaria.

DIÁRIO DE VERÃO

O trailer — Camping de férias do Tate

23 de agosto de 2010, 2h15 da madrugada.

Minha mão não consegue parar de tremer. Não consigo parar de chorar. Ai, meu Deus. Não parece verdade. Fico pensando, esperando, que talvez não seja... Tipo, será que eu imaginei tudo? Preciso anotar tudo, mas minha mão não para de tremer.

Eu me sinto tão distante da menina que eu era antes dessa noite. Aquela menina se preocupava se seria estranho levar o menino que ela gosta. Ou em como ele parecia ter se esforçado até demais com aquela sua camisa azul e a corrente de prata que o deixavam tão lindo mas também o faziam parecer um menino do interior que se vestiu para uma noite elegante.

Eu daria tudo para voltar a ser aquela menina. Mas ela se foi para sempre. Ela também morreu hoje à noite.

Tenho que voltar ao início. Não posso contar para ninguém. Só posso deixar registrado aqui.

Começou com Hugo nos encontrando em frente à garagem, o que deixou tudo desconfortável logo de cara. Ele deu uma examinada básica em Jake e falou tipo: "Companheiro, o coquetel é por aqui." Aff. Queria matar ele ali, pela maneira como olhou para a gente.

Imagine se Jake ficasse ofendido, desse um soco nele ou algo assim, e a gente tivesse que ir embora. Teria sido o fim. Mas ele ficou de boa. Só olhou para o moletom e o short largo de Hugo, deu um tapinha na própria cabeça e falou: "Foi mal, cara. Essa é a convenção dos gamers virgens?"

Então eu fiquei nervosa, sem saber como Hugo ia reagir, foi horrível. Até que ele finalmente: "Rá! Onde foi que você achou esse cara? Gostei dele." Aí me deu uma olhada de cima a baixo e continuou: "Bem, você está deliciosa. Perder a virgindade te fez bem. Dá para ver que você está mais soltinha."

Senti Jake ficar tenso e apertei a mão dele, tipo: <u>não fale nada</u>. De novo, a gente podia simplesmente ter ido embora naquela hora...

Mas a gente não foi. Seguimos Hugo até a piscina. Oscar estava lá com mais duas meninas da região. Frankie, esticada na espreguiçadeira. Sua roupa me fez sentir como uma menininha com um vestido de festa: biquíni verde-limão, chinelos rosa-choque, top de crochê vazado. Mas aí Jake apertou minha cintura. Vi os olhos da Frankie dispararem para a mão dele e voltar para cima. Ela sorriu. "Tão bom te conhecer", ela disse para Jake, se levantando e andando em volta da beirada da piscina como uma modelo na passarela. "Ah, adorei sua camisa. Combina com a correntinha no pescoço." Seus olhos dispararam para mim. "Pardal me falou <u>tanto</u> de você."

Naquela hora meu estômago se revirou. Eu não tinha contado a ela basicamente nada.

Aí ela se virou para o Jake e disse: "Vem me ajudar com o gelo. Quero trazer várias bebidas e você parece legal e forte."

Jake deu de ombros, me olhando, e a seguiu para dentro da casa. Peguei uma cerveja e fiquei parada perto da piscina sem reação enquanto Hugo e Oscar se mostravam para as meninas. Fiquei me perguntando se devia dar um jeito de alertar as duas sobre os gêmeos.

Finalmente, depois de terminar aquela primeira cerveja, e mais uma, Jake e Frankie reapareceram, ele carregando um cooler enorme de gelo.

Jake fez um gesto para a piscina, sorriu para os outros e disse: "Não acredito que ninguém entrou na água! Eu teria trazido sunga."

No segundo seguinte, ouviu-se um barulho alto de mergulho e Jake surgiu cuspindo água, sem entender nada. Levamos um instante para perceber o que tinha acontecido.

"Pronto, cara", Hugo disse, com um sorriso grande e malicioso no rosto. "Fica à vontade."

Foda-se, pensei. Acho que foram as duas cervejas no estômago vazio, porque normalmente nunca sou tão corajosa. Mas não pensei duas vezes. Só respirei fundo e mergulhei. Meu vestido boiou ao meu redor. Jake sorriu, me puxou para perto. O vapor da água foi iluminado pelas luzes da piscina como uma cortina de fumaça. Senti como se fosse só ele e eu naquele momento, então o beijei. Senti seus braços envolverem minhas costas. Quando, enfim, nos afastamos, ela estava encarando a gente. Nos observando.

Percebi naquele instante que ir até lá tinha sido um grande erro.

EDDIE

Já são quase oito horas, mas ainda está um calor de matar, talvez ainda mais quente que antes. Os hóspedes não se cansam de tomar sidra, há uma fila enorme no bar. Estão ficando mais bêbados. Muito mais bêbados. Todos falando alto. Está um clima bem descontraído. Como uma festa em casa, em que parece que qualquer coisa pode acontecer... só que com um monte de millennials ricos, bronzeados e bêbados de sidra cara em vez de adolescentes chapados de cerveja barata e ecstasy.

— Ei, olhe — diz Ruby. — Deve ser o primeiro show.

Ela aponta. Olho para o palco. Então olho de novo, surpreso. *O quê?*

Lá está ele: Nathan Tate, usando sua camiseta estampada com aquela frase idiota EU CURTO SER ASFIXIADO NO PRIMEIRO ENCONTRO (duvido que a tenha lavado), a guitarra pendurada no ombro. Um de seus amigos, Gareth Turner, senta-se atrás da bateria, dando um grande sorriso para a multidão e parecendo fora de si de tão drogado. Devem ter entrado de penetra, porque não tem como eles terem sido *convidados*.

Levo um minuto para me dar conta de quem é a outra pessoa, que acabou de caminhar até o meio do palco. Delilah está incrível. Ela está com um vestido longo e prateado que parece ser feito de uma cota de malha prateada bem fina, que ondula como a água quando ela se movimenta. Dá para ver que ela não está usando sutiã, ou talvez nada por baixo. Seu rosto, seus braços, e até seu cabelo, estão pintados de prata também. Ela está brilhando, como se de alguma forma emanasse energia elétrica... ou talvez porque ela está refletindo cada ponto de luz do lugar, as velas nas mesas de jantar e as flutuantes na piscina, os lampiões acesos.

Todas as conversas perto de mim cessaram. Todo mundo está olhando para ela.

— Caralho... — sussurra um sujeito, e não sei dizer se ele está reclamando ou desejando-a.

Ela anda até o microfone. Há um grito de resposta, e algumas pessoas na multidão se retraem e dão risadinhas. Apesar de tudo, eu penso: *vamos lá, Lila. Vai que é sua*. Ela olha para todo mundo com aquele olhar raivoso que eu conheço bem, como se fosse socar a próxima pessoa que risse. Então, abre a boca e começa a cantar.

Todos fazem silêncio. Tudo que consigo pensar é: como eu não sabia que ela cantava tão bem? Sempre soou ok quando cantava as músicas da Lizzo no carro, mas isso é diferente. Eu nunca a escutei cantar assim. Acho que nunca escutei *ninguém* cantar assim. Não parece uma voz, é como se ela fosse um instrumento, um som, algo que você sente no corpo todo, desde o couro cabeludo até a ponta dos dedos.

— Nossa, ela parece uma Kate Bush mais nova — diz um homem perto de mim para a parceira. — Mas uma Kate Bush sexy, e não, sabe... uma menina maluca de camisola.

— É mesmo — concorda ela. — O nome da banda é horroroso e aquele cara com a guitarra é uma vergonha, mas ela dá um show. O pacote completo. Será que ela já assinou com alguém? Eu deveria ligar para Otto.

E então, de repente, o microfone fica mudo com um estouro, e Delilah para de cantar, olhando ao redor, confusa. As luzes no palco diminuem e as caixas de som estalam e voltam à vida. "Firestarter", da banda The Prodigy, começa a tocar em um volume tão alto que sinto o baixo vibrando em minhas costelas, na parte de trás do meu crânio.

Os hóspedes ao meu redor começam a bradar e a dançar, como se estivessem em uma rave. Mas só consigo enxergar o brilho prateado de Delilah no palco escuro. Ela está de pé, totalmente imóvel, nos encarando. Quando a música termina e as luzes finalmente voltam, ela está ao mesmo tempo chocada e ainda mais furiosa do que quando terminei com ela.

Então, reparo mais uma coisa. Ela está sozinha no palco: Nathan Tate e o outro cara sumiram.

FRANCESCA

Eu me movimento no meio da multidão, sorrindo, sorrindo, sorrindo, como se tudo o que acabou de acontecer tivesse sido planejado. Os hóspedes perto de mim parecem achar que sim.

— Aquilo foi uma loucura! — Ouço alguém dizer. — A voz dela... etérea maravilhosa, e aí BUM! Parecia aquele festival, o Burning Man.

— Sim, sim, ou uma vibe louca no Ushuaïa. Ibiza esse ano foi surreal...

É como usar uma máscara, este sorriso, a memória muscular esculpida em todos os meus anos de treinamento. Porém minhas bochechas começam a doer.

E Owen ainda não apareceu. Preciso dele ao meu lado. E aquele momento no discurso foi mais do que constrangedor. Onde ele pode estar? Ligo, mas ele não atende o celular. Isso está me deixando um pouco nervosa...

E, aliás, onde é que está Michelle? Não a vejo em lugar nenhum. Ela deveria estar tomando conta de tudo. Penso na gravação na adega na noite passada. Uma onda de raiva me percorre.

Não. Não vou cair nessa.

Respire fundo e conte até quatro, solte e conte...

Não está funcionando. Pego uma taça de sidra de uma bandeja próxima. Vou tomar um golinho de nada. Hoje pelo visto vou ter que descer um pouquinho o nível. Além do mais, maçãs são cheias de polifenóis. E sidra é só um pouco mais alcoólica que suco...

Todos vão ocupar seus assentos para a festa em breve, já estão empratando a comida na cozinha. Mas algo aconteceu com os hóspedes...

Dou uma olhada ao redor. Uma mulher está sentada sozinha na grama a alguns metros de distância, encarando a palma das mãos. E, logo adiante, um homem puxou um dos meus lindos veados de vime e está... simulando movimentos sexuais nele, como uma cadela no cio.

Seu vândalo de merda.

Acho que acabei de sussurrar isso em voz alta. O que está acontecendo comigo? Levo a mão à boca. Calma, Francesca. Está tudo bem.

Respire fundo e conte até quatro, solte e conte...

Consigo sentir o suor brotando nas minhas costas, escorrendo pelo couro cabeludo. Espero que minha maquiagem não comece a derreter. Demorei tanto tempo e tive tanto cuidado para aperfeiçoar meu brilho celestial. Abano meu leque com vigor e penas brancas se soltam e flutuam, mas não consigo provocar nenhuma brisa.

Claro, energia ruim também tem muito poder. Talvez não seja o clima, afinal de contas, e sim a corrente de carma venenoso emanando da Pardal. Sou muito sensível a esse tipo de coisa. E ela está aqui, em algum lugar. Perto. Consigo senti-la. Quase consigo sentir seu *cheiro*. E, no entanto, por mais que eu tente, não consigo vê-la. Uma coisa esquisita acontece quando a procuro no meio da multidão. Tenho quase certeza de que é uma... ilusão de ótica, algo assim. Um efeito das sombras se intensificando. Porém, às vezes, quando olho entre os trajes brancos e as coroas verdes, parece que vislumbro uma figura toda de preto. Um rosto mascarado. Completamente imóvel no meio do movimento e do caos das festividades. Toda vez que isso acontece, sinto um leve e desconfortável susto. Porque está sempre voltada para mim. Olhando diretamente para mim. Espio ao redor e a vejo, ora próxima do penhasco, ora perto das mesas longas, ora ao lado do arco de salgueiro. Mas ninguém conseguiria se mover para tantos pontos diferentes em tão pouco tempo. Deve ser uma ilusão de ótica.

Ou então há mais de um.

Sinto alguém tocar meu cotovelo e tenho um sobressalto.

É só Michelle. *Até que enfim, merda.*

— Ah — digo, seca —, Michelle. — Respiro fundo. — Estava procurando você, minha querida. Onde você...?

— Está tudo sob controle — diz Michelle, de modo subserviente. — Aquele primeiro ato... Não sei como aconteceu, os três penetras entrando daquele jeito. Mas os hóspedes gostaram. Todo mundo está comentando que foi incrível. Eles devem achar que foi tudo planejado.

— Sim — digo —, mas essa não é a *questão*, né, Michelle? Imagine se eles *não* tivessem ido bem? Imagine se eles fossem péssimos? A questão é que organizei uma noite tim-tim por tim-tim, tudo pensado para os nossos hóspedes, com o que sabemos que eles vão gostar. Não podemos simplesmente deixar uns caipiras da região invadirem assim o palco e tocarem tambor. Isso não é nada bom. — Balanço a cabeça. — Não. É. Nada. Bom, Michelle.

Por um instante, acho que vislumbro algo em seu olhar: um rápido lampejo de revolta. Provocação? Ou até mesmo entusiasmo? Mas ele se esvai com a mesma velocidade, e Michelle fica toda obediente de novo. Talvez tenha sido coisa da minha cabeça.

— Sinto muito, Francesca — diz ela, séria. —Vamos encontrar aquelas pessoas e garantir que sejam expulsas daqui.

Ela é eficiente, preciso admitir. Foi por isso que a escolhi, para início de conversa. Essa aura de controle. É uma pena *mesmo*.

— Ótimo. Obrigada, Michelle.

Ela sai às pressas. Eu a observo se afastar. Enquanto isso, um casal de hóspedes passa por mim e ouço o homem dizer para a mulher:

— É, foi o que mais gostei, aquele negócio na praia. Tem um ar de rústico. Pagão. O resto foi meio qualquer coisa, não acha? Um pouco... Covent Garden Piazza.

— É — diz sua companheira. — Muito inovador. Foi legal eles se arriscarem. É bem sinistro. Mas você me conhece, adoro um clima de terror.

O quê?

A mulher me olha meio nervosa. Eu me dou conta de que estou franzindo a testa para eles. Com muito custo, trago meu sorriso de volta.

Não vou deixar o comentário sobre a Covent Garden Piazza me abalar. Algumas pessoas, infelizmente, têm dinheiro, mas não têm bom gosto; ele tem uns quarenta anos e está com um Yeezy no pé. Mas do que eles estariam falando? Não planejei nada na praia. Inspecionei todas as instalações hoje de manhã. Estão todos aqui em cima, no gramado.

Tento reprimir o medo crescendo dentro de mim enquanto ando até a beirada do penhasco. O que espera por mim na praia lá embaixo?

EDDIE

Uma fila está se formando atrás do bar de sidra — os hóspedes querendo o próximo gole depois do primeiro set de músicas. Não consigo distribuir as taças com a rapidez necessária.

— Eddie! — Ouço uma voz sussurrar. Deve ser minha imaginação, pois não há ninguém perto ou atrás de mim quando me viro. — Eddie! Aqui embaixo, seu babaca!

Olho para baixo e quase dou um pulo de susto. Um rosto prateado brilha na escuridão sob a toalha de mesa, depois um par de braços prateados se estende em minha direção.

— *Lila?* — Eu a encaro. — O que está fazendo aí?

— Eu... — Ela olha ao redor como se estivesse conferindo a presença de algo ou alguém, os olhos arregalados e inquietos. Então, gesticula. — Venha aqui.

Só tenho tempo de olhar em volta e checar se Ruby está muito ocupada com os pedidos de sidra, antes de ela esticar o braço e me puxar para baixo da mesa. Tinha esquecido como ela é forte; uma vez ela quase me derrotou em uma queda de braço. Aqui na escuridão quente, recebo uma lufada doce e pesada do perfume Chance, da Chanel (eu costumava dar de aniversário para ela), e de essência de morango de cigarro eletrônico.

— O que foi, Lila? — pergunto. — O que está acontecendo? A música, aliás, não sabia que você cantava assim. Foi incrível. Você é...

— Sim, sim, eu sei — diz ela, me interrompendo. — Mas podemos conversar sobre isso mais tarde, ok? Estou aqui embaixo da mesa porque estou me escondendo do Nate.

— Por quê?

— Eu... Eu estou preocupada, Eddie.

Esse comentário prende minha atenção. Delilah não se preocupa com muita coisa. Tenho um pensamento horrível.

— Ele... fez alguma coisa com você?

— Não, nada do tipo. Ele anda falando de um... plano. No início achei que era só a gente entrar aqui de penetra, sabe? Fazer aquela surpresa no palco. Mas acho que tem mais coisa. Ele... Ele está com muita raiva, Eds. Sério. Acho que tem a ver com o pai dele. E agora ele sumiu. Acho que está armando outra coisa para hoje, mas não quero fazer parte disso, Eds. Eu só não quero fazer parte de nada ilegal, sabe? Essa coisa de cantar, você mesmo disse. Sou incrível, não sou? Eu sou *incrível*. Eu poderia ser muito famosa. Poderia ser a próxima Dua Lipa.

Quase abro um sorriso com esse comentário; é a cara de Lila.

— Não estou falando da boca para fora, Eds: um cara me deu o cartão dele, me falou para ligar para ele segunda-feira. Pode ser agora. Meu momento. E não quero que nada atrapalhe. Soube da história com as pedras ontem, na piscina?

— Soube.

— Foi ideia dele. A gente só ia atirar umas algas. Meio nojento, mas inofensivo. Apenas um aviso para aquela bruxa. Mas foi ele quem pegou a primeira pedra. Ele sempre vai longe demais...

Escuto uma voz acima de nós.

— Eddie? Eddie? Pelo amor de Deus, cadê ele?

— Merda — digo —, é a Michelle, minha chefe. Tenho que ir, Lila.

Tento deslizar para trás, me afastando dela, mas ela agarra meu pulso.

— É sério, Eds — sussurra ela. — Fique de olho no Nate, tá bem?

— Humm... Ok.

Só tem um detalhe: não faço ideia de onde Nathan está. Mas me lembro dele na floresta. Na praia na outra noite. O brilho em seus olhos quando ele disse "Sabe o que eu acho? Está na hora de alguém mudar isso". Penso na raiva real que fica nítida por baixo de toda aquela presunção e camisetas idiotas dele, como um canivete escondido em um brinde de festa. Como ele sempre parece estar nervoso, prestes a passar do limite. E se dessa vez ele finalmente passar? Até onde ele iria?

O dia depois do solstício
INVESTIGADOR DE POLÍCIA WALKER

É um alívio estar longe da floresta de novo, de volta à luz do dia. O ar ainda está saturado de fumaça, mas Walker acha mais fácil respirar aqui, no gramado em frente ao Solar.

Heyer se aproxima.

— Tudo bem, chefe? — Ela examina Walker. — Está meio pálido.

— Sim. Aquilo no carro deve ter sido pressão baixa. Acho que foi isso.

— Se você diz... — Ela não parece convencida, e algo em sua postura sugere que tem informações novas. — Eles não resistiram — diz ela. — Os que ficaram presos dentro do prédio. Pararam com as manobras de reanimação alguns minutos atrás. Então são três corpos agora. Um no pé do precipício, dois trancados na adega.

— Quatro — corrige Walker, mas tão baixo que acha que ela não escutou.

— E encontraram várias latas de gasolina atrás da propriedade. Sinais claros de que o incêndio foi proposital.

— Certo — diz Walker —, quer dizer que nosso incendiário também tem sangue nas mãos. Vou lá dar uma olhada nas vítimas.

Walker a segue até a ambulância, onde estão as duas macas. As máscaras de oxigênio foram removidas, e os paramédicos estão preparando os sacos mortuários. Ele olha para um corpo, depois para o outro. E de novo. Várias vezes. Ele está certo.

Os corpos — os rostos — são idênticos. Com exceção de um detalhe, como se fosse um macabro jogo dos sete erros: o corpo mais perto dele tem uma inconfundível mecha de cabelo branco.

O solstício
EDDIE

— Eddie — diz Michelle, franzindo a testa. — O que estava fazendo embaixo da mesa?

— Ah — respondo. — Eu estava só... dando uma olhada no estoque. — Imploro mentalmente a Lila que fique imóvel embaixo da toalha de mesa. — Acho que a sidra está acabando — continuo. — Eu posso ir até a adega... — E aproveitar para procurar por Nathan...

— Deixa que eu faço isso — diz Michelle, seca. — Talvez você possa... — Ela olha ao redor. — Aquela hóspede ali. Parece estar precisando de atenção. Veja o que ela quer.

Eu me viro e vejo Bella me observando a alguns metros de distância, com uma cara estranha.

Agora ela está vindo até mim, e seus olhos não desviam dos meus.

— Oi — digo. — Posso ajudar com alguma coisa?

Parece um pouco formal, depois de tudo que aconteceu na floresta na noite passada, e tudo que aconteceu antes, mas não sei direito como agir com ela.

— Eddie — diz ela. — Posso falar com você?

— Hum, estou trabalhando — respondo. — Preciso...

Ela põe a mão no meu braço.

— Não acredito que não percebi antes. Você se parece tanto com seu irmão.

O quê? Meu coração começa a bater rápido demais. Por que essa estranha está falando do meu irmão? Ninguém fala dele. Nem minha família. Nem as pessoas daqui, pelo menos não na nossa frente. A não ser que queiram fazer minha mãe chorar.

Tento dar um passo para trás, mas ela ainda está segurando meu braço.

— Conheci seu irmão, Eddie — diz ela.

— Jake? — É o que acabo dizendo, minha voz rouca quando pronuncio o nome dele. Já faz tanto tempo desde a última vez que falei seu nome em voz alta.

— Sim. Eu tinha dezesseis anos. Acho que ele era uns dois ou três anos mais velho... uns dezenove.

Dezenove anos. Foi quando tudo aconteceu. O que é isso?

Ela aperta meu braço mais um pouco.

— Por favor, Eddie. Preciso falar com você, em um lugar privado.

Olho para trás, tentando pensar em alguma desculpa para sair daqui.

— Não sei, não vai fazer nenhuma diferença agora...

— É por isso que estou aqui — diz ela, com insistência. — O que aconteceu naquela época. Eu queria te contar... — Ela fecha os olhos. — Olha, pode parecer um exagero, mas sei do que ela é capaz. Francesca. Ela está fazendo de novo. Encobrindo os rastros dela. Quero que você saiba de tudo... caso algo aconteça comigo.

Visualizo o quarto vazio de Jake, que continua exatamente do mesmo jeito. As fotos nos álbuns que olhei tantas vezes. Tentando entender. Tentando lembrar quem era meu irmão, sem conseguir. Sem conseguir perguntar aos meus pais por causa da dor que isso causaria a eles.

Talvez eu precise mesmo ouvir isso. Talvez essa mulher esteja segurando a peça que falta no quebra-cabeça.

Penso em todo o trabalho que ainda tenho para fazer. Em Lila, implorando para eu vigiar Nathan Tate. Mas tudo isso pode esperar.

— Ok — digo.

— Precisamos ir para um lugar calmo. — Ela olha em volta, aponta para uma das cabanas privativas de jantar no topo do penhasco. — Tipo aquele.

Sigo Bella até a cabana. Nunca estive em uma delas. São circulares e com janelas panorâmicas. É possível ver a costa toda até Poole, as casas iluminadas como luzes de Natal, mas eu quase não registro. Parece que estamos pairando no ar, presos em algum lugar entre o mar e a terra. Uma vista esplêndida. Mas agora ela só me dá vertigem. Seguro o batente da porta para me estabilizar.

Bella se senta à grande mesa redonda; sento na cadeira na frente dela. Está bem escuro, mas ainda assim consigo ver que ela está pálida e com medo. Ela começa a falar assim que fecho a porta. Rápido, quase um murmúrio.

— Eu me dei conta quando vi você saindo da fazenda hoje de manhã — diz ela. — Jake me contou que ele deveria assumir a fazenda depois do pai dele, seu pai.

— É verdade. — Engulo em seco. — Era isso que deveria ter acontecido.

Os olhos de Bella encontram os meus, mas depois ela desvia o olhar. Ela parece... culpada.

Então, ela enfia a mão na bolsa e tira um caderno velho e esfarrapado. Reparo que suas mãos estão tremendo. Ela passa as páginas meio sem jeito e o segura por um segundo, encarando o que está escrito em sua frente, seja o que for, as juntas dos dedos tensas e brancas, como se ela não conseguisse soltar. Depois, ela respira fundo e, com as mãos trêmulas, coloca o caderno em cima da mesa e o desliza para mim.

— Aqui — diz ela, tocando a página. — Leia a partir daqui.

DIÁRIO DE VERÃO

O trailer — Camping de férias do Tate

23 de agosto de 2010, 3h da madrugada

Se eu tivesse ouvido Jake, nada disso teria acontecido. Para começo de conversa, nunca teríamos ido à festa. Não consigo parar de pensar nisso.

    Quando saímos da piscina, os gêmeos já tinham ido para algum lugar com as meninas. Eu esperava que elas estivessem bem. Frankie estava toda amigável e falante enquanto comíamos os cachorros-quentes queimados (comi metade do meu até ver que estava preto por fora e cru e rosado por dentro). Ela fez um monte de perguntas para o Jake sobre a fazenda do pai dele e falou coisas tipo "Ai, não acredito que nunca nos esbarramos, mesmo você morando tão perto", como se ela nunca tivesse dito que ele era um caipira cafona. Toda sorrisos, com aquele contato visual intenso.

    Jake captou meu olhar. Sorriu e deu de ombros, tipo: "Até que ela é de boa." Não consegui retribuir o sorriso. Era demais. Completamente diferente do que ela costumava ser. Será que ela estava dopada? Os olhos dela estavam esquisitos, as pupilas enormes.

    Tive uma sensação ruim, um embrulho no estômago. Mas acho que na hora podia ter sido só o cachorro-quente nojento.

    "Ah", disse ela, de repente, dando um salto. "Eu esqueci, fiz brownies! Uma festinha como nos velhos tempos, Pardal."

    Ela esticou o braço, pegou uma Tupperware e tirou a tampa. Peguei um brownie, mas sabia que não ia comer, em parte porque cometi o mesmo erro antes e queria ficar sóbria, e também porque fiquei bem enjoada com o cachorro-quente. Jake também pegou um. Tentei pensar em uma maneira de alertá-lo para que ele não comesse aquilo.

Aí a campainha dos portões tocou e Frankie falou: "Quem será? Não podem ser meus avós, eles têm controle remoto..."

Eu tinha esquecido totalmente. "Deve ser a Cora", eu disse. "Frankie... foi mal, esqueci de falar. Contei para ela de hoje. Ela quer conversar com você..."

Achei que ela fosse surtar depois naquele lance com o avô. Mas essa nova Frankie deu de ombros, tipo, tanto faz, e apertou o botão para abrir o portão. Estampou seu novo sorriso no rosto e disse: "Bem, quanto mais gente, melhor."

EDDIE

Levanto o olhar da página.

— Jake esteve aqui? — pergunto, confuso, tentando ganhar um pouco de tempo. — Nessa casa? Numa festa?

— Esteve. — Ela franze a testa. Ainda com aquela expressão dolorida, culpada. — Fui eu que convidei o Jake naquela noite. O que aconteceu com ele... foi culpa minha. — Ela cobre os olhos com a mão. — Por favor. Continue. Essas páginas podem explicar melhor do que eu.

Volto meu olhar para o diário, apavorado com o que vou encontrar agora. Meu irmão se foi para sempre, quinze anos atrás.

E acho que estou prestes a descobrir por quê.

DIÁRIO DE VERÃO

O trailer — Camping de férias do Tate

23 de agosto de 2010, 4h da madrugada

Cora veio se sentar com a gente. Ela estava usando mais delineador que o normal. Deu um sorriso nervoso para Frankie e sussurrou para mim: "Obrigada." Eu só conseguia ver seu dente da frente quebrado. Houve um momento esquisito quando ela olhou para Jake e ele olhou para ela e vi que ele ficou meio surpreso. "Oi", ele disse, um pouco confuso. "Oi", ela respondeu. Então eles se conheciam. Acho que fazia sentido, os dois moravam ali.

Cora disse tipo: "Frankie, posso falar com você? Queria explicar uma coisa." Mas Frankie estava com a cabeça inclinada e disse: "Não, melhor não. É... tanto faz. Vamos viver o agora." Aquele sorriso largo de novo. Ela abriu a Tupperware e falou: "Pega um, linda."

Frankie colocou uma música. Ouvimos por um tempinho e bebemos um pouco mais. Os outros voltaram de onde eles estavam e pularam na piscina, as meninas gritando. Jake desenhava círculos na minha perna por cima do vestido. Queria estar sozinha com ele. Queria estar longe daquele ambiente estranho. Então ergui o olhar e vi que Frankie estava observando o dedo dele na minha coxa. Pensei no meu gato, Widget, deixando a aranha correr na frente dele antes de dar o bote.

Aí Frankie deu um pulo e bateu palmas. "Estou entediada. Vamos para a floresta. E, tipo... tirar todas as nossas roupas e comungar com a natureza." Ela piscou para mim. "Prometo que não vai ter nenhuma surpresa dessa vez, Pardal."

Meu coração acelerou. Eu disse: "Não sei. Está ficando tarde..."

Ela falou: "Ai, vamos lá, Pardal. O verão está quase acabando. Só mais uma vez. Pelos velhos tempos?" Ela pegou uma das lanternas penduradas perto da piscina. "Vamos levar uma dessas para enxergar melhor."

E aí todo mundo simplesmente a seguiu como se ninguém tivesse escolha, atravessando o jardim até a floresta.

Mas, quando chegamos no fim do jardim, fiz Jake esperar e deixei Frankie e Cora irem na frente. "Eu não quero ir para lá", falei. "Não depois de tudo. Não sei o que ela está aprontando, mas estou com uma sensação esquisita."

"Tá bem", ele disse. "Não vamos. Vamos embora quando ela não estiver olhando, vamos nos divertir só nós dois." Os lábios dele estavam bem perto da minha orelha, o hálito quente. "Tem um monte de lugares para a gente ir." Ele sorriu. "Ela de fato falou em tirar as roupas."

Eu conseguia ver a lanterna de Frankie balançando em direção às árvores escuras, mas ainda estava bem claro por causa da superlua.

Aí nós viramos as costas e demos no pé, rindo como crianças. Poucos minutos depois, ouvi Frankie nos chamando. Nem me senti tão mal assim. Levei Jake até a quadra de tênis porque era perto e eu sabia que nós conseguiríamos nos esconder por causa da cerca viva.

E nós teríamos conseguido, se a outra coisa não tivesse acontecido.

Como nós nos deitamos na quadra de tênis. Como ele realmente tirou nossas roupas (ou parte dela, pelo menos) e riu do fato de que a grama pinicava. Como depois ficamos lá deitados, juntos, minha cabeça no ombro dele. Olhando a lua enorme lá em cima. Parece tão brega, mas foi tão bom. Preciso escrever isso. Tentar me lembrar disso. Pode ter sido o último momento feliz da minha vida.

Não sei quanto tempo ficamos deitados ali (talvez a gente tenha até dormido?) até a gritaria começar, vinda da floresta. Ainda consigo ouvir. Ali eu soube que tinha alguma coisa muito errada.

OWEN

Quando abro os olhos, está escuro. Sinto o frio da terra em minha bochecha, as pontadinhas dos gravetos caídos, das folhas mortas. As raízes cutucam minha caixa torácica e minhas coxas. Escuto o chilrear solitário de uma coruja, em algum lugar acima de mim, trechos de uma música distante e minha própria respiração, meio abafada pela terra. Por um instante, não faço ideia de onde estou. Há quanto tempo estou aqui. Como cheguei.

Acho que devo ter desmaiado com o choque.

Embaixo de minha mão, sinto um estalar de plástico. A luz vazando por entre as árvores é suficiente para eu perceber o azul vivo da lona encerada. O branco dos ossos lá dentro.

BELLA

—Ainda consigo ouvir. Os gritos — digo a Eddie, que está sentado na minha frente com o diário aberto.

Ainda consigo ver a cena também. Nós dois deitados lá seminus na escuridão calma e quente de nossa cama de grama como duas crianças inocentes. E, então, aqueles sons agonizantes, quebrando o silêncio. O pânico e o pavor me invadindo. Jake e eu nos levantando sem jeito. Jake dizendo: "Que porra é essa?"

Era um som que não parecia animalesco, mas humano. Um som que soava como um gemido de "Socorro".

DIÁRIO DE VERÃO

O trailer — Camping de férias do Tate

23 de agosto de 2010, 4h da madrugada

Vestimos nossas roupas. Corremos para a floresta, esbarrando nas folhas e nos galhos. A lanterna de Jake agitada, iluminando o chão. Os gritos ficando mais altos o tempo todo. Depois eles foram ficando mais baixos — o que é muito pior. Até que pararam.

    Parece que se passaram horas até nós as encontrarmos. Provavelmente foram apenas alguns minutos. Frankie, agachada no chão. Cora curvada de lado, os joelhos dobrados. A luz da lua em cima dela. Acho que eu não estava pensando direito — tudo que pensei no início foi como ela estava estranhamente bonita, como se tivesse nascido do solo da floresta. Como ela estava jovem e pequena, embora fosse mais velha. Aí Jake gritou: "O que aconteceu aqui, porra?" Ele estava tão sério, tão adulto, que me chocou naquele momento. Frankie ergueu a cabeça de repente e falou: "Eu não fiz nada, ela simplesmente..."

    Mas Jake já estava jogando a lanterna para iluminar Cora e a poça de vômito perto dela. Aí ele virou a lanterna para Frankie e falou, alto e frio, como num interrogatório: "O que ela tomou?" Frankie só ficou o encarando. Eu conseguia ver o formato de sua cabeça. Seus olhos brilhando.

    Fitei o vômito, Cora, o rosto de Frankie. Pensei em seu sorriso quando ela ofereceu os brownies.

    "O que foi que você fez com aqueles cogumelos?" Perguntei a ela. Uma longa pausa. E aí ela começou: "Eu só queria que a gente se divertisse." Como uma menininha cuja brincadeira tinha dado errado. Então, seu rosto ficou escuro, porque Jake tinha baixado a lanterna e estava agachado perto de Cora. Ele disse: "Vou tentar uma respiração boca a boca." Foi quando me dei conta de quão ruim era a situação. Que ela não estava respirando. Aí peguei a lanterna. Eu precisava ver o rosto da Frankie. "O que foi que você fez?", perguntei a ela. Ela não respondeu, mas não precisava. "Você colocou os cogumelos nos brownies, né?", eu disse. "Eu te falei para se livrar deles. Falei que não eram cogumelos mágicos."

Rápida como um raio, ela rebateu: "Não, você não falou." Rápida demais.

"Mandei uma mensagem para você."

"Daquele seu telefone de merda?"

Ela estava mentindo, eu sabia. Eu sei disso.

Mas aí Jake estava gritando: "Pelo amor de Deus, alguém pode chamar uma ambulância?" Percebi que eu tinha deixado meu celular perto da piscina. Mas Frankie já tinha pegado o dela e se afastado de nós, falando rápido no telefone. Por um instante, achei que talvez tudo acabasse bem.

Mas aí Jake disse: "Ah, merda. Não consigo sentir o pulso dela. Acho que ela morreu."

OWEN

Escuto um gemido baixo e percebo que veio dos meus pulmões. O terror toma conta de mim outra vez. Em flashes, eu me lembro:

A retroescavadeira. Os homens, me chamando.

Um buraco escuro — a silhueta coberta em lona encerada brilhante aparecendo. A lona se abrindo.

Eu dando um passo para longe do buraco, minha sombra deixando os ossos.

O crânio, com a boca aberta. Os dentes dentro da boca. Um dos dentes quebrado ao meio. Eu já vi um sorrisinho torto assim, há muito tempo atrás.

O dente esquerdo da frente lascado. Inconfundível. Faz quinze anos desde que eu o vi — quando ela sorria para mim, enquanto eu a esperava perto do portão do estacionamento de trailers. Ou chorando, desiludida por causa de sua sina: presa a uma vida limitada, seus grandes sonhos despedaçados.

Eu me lembro de como afastei o olhar de seu dente e fitei as bijuterias. Todas as peças pequenas e baratas que ela usava para se enfeitar. As pulseiras prateadas, os brinquinhos e piercings nas orelhas, tudo brilhando contra a terra escura.

Na última vez que a vi, ela segurou meu queixo entre as mãos, abriu aquele sorriso irregular e disse: "Sei que sou uma droga de mãe, Owen. Eu era tão novinha quando tive você, foi isso. Eu não tinha vivido. Sei que bebo demais, fico fora até tarde. Mas vou me esforçar mais, eu prometo. Você é tudo para mim. Sabe disso, não sabe? Eu nunca faria nada para te magoar."

Caí de quatro. Eu a levantei, enrolada em sua horrível mortalha azul. Eu a carreguei até mais para dentro da floresta. Só para ela ter um ar, uma luz. Eu não podia deixá-la mais nem um minuto naquele buraco de terra qualquer, escuro, frio, onde ela jazia por tanto tempo sozinha.

Ela não nos abandonou. Ela não me deixou. Fui eu que a abandonei. Não é nenhuma surpresa eu sentir que esse lugar me puxava de volta como um ímã. Ela estava aqui, esperando por mim, esse tempo todo.

BELLA

Eddie ergue os olhos da página. De repente, ele parece bem mais velho que os dezenove anos que tem, como alguém que envelheceu em um espaço muito curto de tempo.

— Acabou — diz ele. — Parece... parece que o diário termina aqui.

— Sim — digo. — Não consegui mais escrever.

— Então ela deu os brownies para todos vocês — conclui ele. — Para você, para Jake também. Ela podia ter matado todo mundo.

— Sim, mas eu não comi. Nem Jake comeu o dele, porque ele odiava...

— Chocolate. Sim. Meus pais me contaram isso. — Ele balança a cabeça. — Coitada daquela mulher. E Jake. Ai, meu Deus. Como deve ser a sensação de ver alguém morrer na sua frente assim?

— Eu posso dizer como é — digo. — Destrói você.

— E ele tinha a minha idade. Não consigo imaginar... A gente nunca soube...

— Ele era incrível — conto para Eddie. — Você precisa saber disso. Ele era o único sensato ali. Ele queria chamar uma ambulância.

— E chamou?

Hesito.

— Não.

Conto o restante para ele. Como Jake carregou Cora para fora da floresta e a colocou no gramado com delicadeza. Fiquei cega com a luz forte dos faróis que iluminavam além da escuridão da floresta. Então a ambulância tinha chegado... talvez a polícia também. Eu queria que alguém tomasse o controle, dissesse o que aconteceria a seguir... o que quer que isso significasse.

Mas, quando as luzes se apagaram, vi que não era uma ambulância. Era um Range Rover vinho. O mesmo que estava sempre na garagem do Solar de Tome.

Frankie correu até o lado do motorista, e vi uma figura alta e de cabelo branco sair. Os dois começaram a conversar em murmúrios urgentes.

Acho que foi aí que percebi que aquilo não ia ser como eu esperava.

Naquele momento, eu me lembro de me virar de forma abrupta ao ouvir uns barulhos repentinos vindo da floresta. Uma explosão de movimentos nos galhos mais altos das árvores mais próximas. Cem gritos grasnados, roucos e horríveis, então um bando de corvos levantou voo do topo das árvores. E embaixo deles permaneceu a floresta escura, silenciosa e atenta.

Eu me lembro de Frankie e o avô interrompendo a pequena reunião deles e vindo em nossa direção.

— A ambulância está vindo? — perguntou Jake.

— Pode ficar tranquilo, estou tomando todas as providências — disse o avô dela. — Mas o que definitivamente não precisamos é de intromissão. — Ele se virou para mim. — Espero que não esteja pensando em fazer nenhuma burrice.

— Contei tudo para meu avô — disse Frankie. — Como foi você que catou os cogumelos e me deu.

Jake deu um passo na direção dela.

— Foi você que fez uma porra de um brownie com eles e deu para ela comer.

— E eu te *avisei* que não podíamos comer — falei. — Eu te mandei uma mensagem.

Frankie revirou os olhos. O medo que eu tinha visto na floresta havia sumido.

— É, já falei que não recebi.

— Por que você não comeu um, então? — perguntou Jake. — Porque acho que você não comeu, né?

Frankie deu de ombros.

— É sempre bom ter alguém vigiando. Eu estava sendo responsável.

—Acho que está bem claro que nenhum de vocês também comeu — disse o avô. — Senão, estariam na mesma situação infeliz. Pensando assim, são tão culpados quanto.

— Eu estava enjoada — expliquei.

Jake disse:

— Eu odeio chocolate.

Ambas as respostas pareceram idiotas e nada convincentes. O avô também reparou.

—Tenho certeza de que a polícia vai adorar ouvir isso — disse ele, sucinto.

—Você *odiava* ela — disse Frankie, me atacando. — Eu via a maneira como olhava para ela. Tinha tanta inveja...

Engoli em seco. Eu não tinha percebido que havia deixado tão na cara.

— Eu nunca teria...

Todos levamos um susto com um grito vindo da direção da piscina: uma gargalhada.

— Frankie — disse o avô. — Vá dizer aos seus irmãos que a festa acabou. Eu vou dar um jeito nisso.

Acho que por "isso" ele quis dizer nós. Então, me lembrei da forma inanimada no gramado. Eu não conseguia pensar naquilo como "Cora".

Quando Frankie foi embora, seu avô se virou de novo para nós. Para mim.

— Acho que você não vai querer ficar contra nós, não é? Não depois de tudo que te demos. *Acho* que não seria tão ingrata assim. Você estava muito feliz nadando na nossa piscina, comendo a nossa comida, pegando sol no nosso jardim... É um upgrade enorme do camping de férias do Tate, não é mesmo? Você aproveitou muito. — Detestei como ele me fez parecer gananciosa e calculista. — E agora estamos te pedindo uma coisa. Não há nada que alguém possa fazer por essa mulher agora. Acho que todos nós já percebemos isso. O que aconteceu hoje à noite foi um infortúnio terrível. Acho que também podemos concordar com isso, certo?

Infortúnio. Aquela palavra. Como diminuía tudo.

— Se estiver pensando em fazer alguma loucura — continuou ele, devagar, para dar impacto a cada palavra —, já te digo que não seria muito inteligente. Pois já deixamos claro que pode ficar bem pior para você do que para Francesca se a polícia for envolvida. Nossa família tem certos... recursos. Não vamos hesitar em usá-los. Conheço pessoas do mais alto nível desse país.

Dava para ver por que ele tinha sido um político tão bem-sucedido; ele tinha me enrolado com as palavras como uma píton. Com certeza fizera a mesma coisa com membros rebeldes do parlamento, mantendo-os sob controle à base de ameaças e coerção. E nós éramos apenas crianças assustadas. Não éramos páreo para ele.

Então ele se virou para Jake.

— E eu por acaso sei que seu pai infringiu a lei de diversas formas com suas práticas agrícolas. Práticas que podem fazer com que ele seja expulso de sua terra se eu falar com as pessoas certas. — Ele deixa a frase no ar por um instante, depois continua: — O que eu proponho a vocês é o seguinte — disse ele, determinado e racional. — Ninguém vai chamar ninguém. E vocês dois vão ficar aqui essa noite. Está tarde. Vocês estão cansados. Precisam descansar.

Mesmo naquela época, eu percebi que ele estava usando o tempo contra nós. Cada minuto que não chamávamos a polícia tornava menos provável que nós de fato a chamássemos.

Fomos levados à biblioteca no andar de baixo. Ele nos deixou lá por alguns minutos, depois voltou e entregou um envelope grosso a cada um de nós.

— Deem uma olhada — disse ele. — Por favor.

Dentro, havia a maior quantia que eu já tinha visto na vida. Três mil libras. Muita coisa para alguém de dezesseis anos. Uma quantia séria, de adulto. Só o ato físico de receber os envelopes, aceitar algo da mão dele, tinha mudado alguma coisa. Mesmo se tivéssemos jogado o dinheiro aos pés dele, aquele simples ato, de uma fração de segundo, nos tornou cúmplices de alguma maneira.

— Descansem um pouco — disse o avô antes de fechar a porta.

O silêncio era a conclusão de sua fala: *e fiquem com a porra da boca fechada.*

Jake se virou para mim. Na luz fraca do abajur, ele estava abatido e pálido. Como se a noite tivesse levado embora todos os traços do menino queimado de sol e feliz que eu conhecia.

— Cora. Fiquei tão confuso quando ela apareceu aqui hoje.

— Por quê?

— Ela tem um filho — explicou ele. — Ela é mãe.

O quê? Meu primeiro pensamento foi que ele estava enganado. Cora não podia ser mãe. As tatuagens, os piercings, o delineador, o topless na praia... Óbvio que não.

— É. Você sabe quem é. O Camarão, lá dos trailers. Ela o teve com, tipo, dezesseis anos. Ai, meu Deus.

Então ele se curvou e o vi chorar. Mas depois de um tempo ele parou. E, quando olhou para cima de novo, seu rosto estava pálido, furioso.

— Não podemos deixar que eles se livrem dessa — disse ele. — Ela tem que pagar pelo que fez.

— Mas você ouviu o que o avô dela disse. Eles vão dizer que somos cúmplices de tudo isso. — O que eu queria dizer de verdade era: eles vão dizer que fui *eu*. Fui eu que catei os cogumelos, afinal. — E ele ameaçou sua família.

Vi a raiva se esvair dele nesse momento.

— Não consigo fazer isso. — Eu me lembro de ouvi-lo sussurrar na escuridão, várias e várias vezes. — Não consigo fazer isso.

★ ★ ★

Olho para Eddie.

— Acho que não dormi nada — digo. — Mas devo ter dormido pelo menos alguns minutos, porque, quando acordei, seu irmão tinha sumido. Foi a última vez que eu o vi.

Eddie engole em seco.

— Então foi isso que aconteceu — diz ele, com a voz rouca. — Eu sempre me perguntei. E os meus pais. Eles nunca souberam...

— Mandei mensagem para ele no dia seguinte — continuo. — Mas nunca tive resposta. Pensei que talvez fosse meu celular. Tentei ligar. E então, no dia em que fomos embora, fui conversar com ele. Eu tentava agir normal na frente dos meus pais, mas por dentro sentia que estava enlouquecendo. Queria dar uma olhada nas notícias, mas tinha medo. Quando cheguei na fazenda, vi o carro da polícia, as luzes azuis piscando. Uma mulher estava no portão, chorando, um homem a abraçava. Seus pais, deviam ser eles. Pensei: ele contou para os pais. Ele contou para a polícia. Voltei correndo para o estacionamento de trailers e esperei tudo acabar.

Mais tarde, quando meu pai voltou para o trailer, ele estava sério. Eu me escondi no meu pequeno espaço dentro do trailer, meu coração batendo tão forte que achei que meus pais fossem conseguir ouvir, e escutei através da porta fina como papel.

— Graham me contou uma coisa horrível. — Eu o ouvi dizer à minha mãe. — Quase me fez ficar feliz por estar indo embora. Que tragédia. Quer dizer... Nossa. É horrível... — E então consegui ouvir o restante, picotado. — O rapaz da fazenda... a moto caiu do penhasco ontem à noite... procurando pelo corpo agora...

Contei a última parte para Eddie sem olhar em seus olhos, pois não vou conseguir falar tudo se encará-lo.

— Então, como pode ver, foi culpa minha — continuo. — Eu trouxe Jake para o Solar. Eu o envolvi nesse lugar e no joguinho de merda da Frankie. — Enfim, ergui a cabeça e olhei para ele. — Então essa é a verdade. Se não fosse por mim, seu irmão não teria morrido.

FRANCESCA

Deslizo entre a multidão de pessoas e sigo em direção ao penhasco, sorrindo, radiante, mas estou um pouco nervosa, minha visão está um pouco... embaçada. Mas é quase prazeroso, na verdade. Meio que como se eu tivesse acabado de usar alguma droga, só que não tomei nada além dos poucos goles de sidra orgânica — ah, e aqueles comprimidinhos para dar energia no apartamento —, porque o corpo de Francesca é seu templo *blá-blá-blá*, foda-se. Ops, acho que estou falando na terceira pessoa de novo. Mas é isso mesmo, há multidões dentro de todos nós!

Meu celular toca. Olho a tela. Owen. *Até que enfim.*

Na verdade, não tenho tempo para isso agora. Preciso ver o que há lá embaixo, na praia. Além disso, ele estava muito feliz ignorando minhas ligações. Não vai ser ruim fazê-lo provar do próprio veneno.

Quando passo entre os hóspedes, percebo mais comportamentos estranhos: um homem deitado no chão, encarando o céu iluminado pelas estrelas, uma mulher arrancando as folhas de sua coroa e... Ela está *comendo* as folhas? Algo muito bizarro está acontecendo. Ah... Levo um baita susto. Outro rosto mascarado, me encarando. E, então, desaparecendo na confusão.

Sigo em frente. Deixo meus pés me guiarem. Respiro em meio à onda crescente de medo. Está tudo bem.

Lá!

No outro lado da multidão, entre duas mulheres dançando. Uma silhueta com uma capa preta, contrastando com os vestidos brancos. Depois, sumindo como fumaça nas sombras.

Fecho os olhos. Deve ser o estresse do momento. Eles não são reais, eles não são reais...

— Olhem só aquilo! — exclama um homem bem na minha frente.

Vários hóspedes estão ali com ele na beira do penhasco, olhando para a praia lá embaixo. Eu vou até eles. Consigo distinguir apenas uma coisa lá embaixo. Algo monstruosamente grande — o começo é quase da mesma altura do penhasco. Mas não consigo enxergar direito: está tão escuro lá embaixo. Uma nuvem entrou na frente da lua, e minha visão está um pouco embaçada. Talvez seja suor por causa desse calor anormal. Há uma conversa, um som crepitante em volta. De onde está vindo? É horrível. E está tão perto. Aperto meus ouvidos com as mãos, mas ainda consigo ouvir. Está dentro da minha cabeça?

Há um feixe de luz no horizonte, lá longe no mar. Um relâmpago, bem distante. Mas o ar está seco. Tão pesado, tão quente. Mas seco. Outro pequeno lampejo de luz ilumina um pouco mais da tal forma. Vejo uma cabeça. Um corpo. O que parecem ser braços bem abertos. Não... asas. O som de grasnado aumenta ainda mais. Sinto cada fio de cabelo se arrepiar por causa da eletricidade estática. Deve ser algum distúrbio elétrico, a mesma força que está causando os relâmpagos.

O som desagradável cresce até se tornar um clamor. É quase insuportável. Mas as outras pessoas à minha volta não se afetam com isso. Estão todas olhando para a coisa com admiração, apontando, fazendo sons animados e de assombro.

A lua sai de trás das nuvens, e de repente vejo a silhueta medonha inteira. Perco o ar. Ela tem três vezes a altura de um homem e foi construída em uma escala completamente diferente da das outras esculturas graciosas e delicadas que *eu* encomendei. Essa é um colosso monstruoso. A cabeça encapuzada com suas cavidades oculares escuras, o bico adunco ameaçador, as amplas asas negras abertas, cuja largura é quase igual à altura da coisa. Há um movimento grotesco nela — enquanto observo, a superfície parece tremer e convulsionar. Olho mais de perto e percebo que milhares de penas estão entrelaçadas na estrutura.

Consigo sentir o cheiro também: um fedor acre que pega bem no fundo da garganta.

— Tem alguém lá embaixo? — pergunta uma mulher perto de mim ao seu companheiro. — Olhe!

Acho que ela está certa. Vislumbro uma figura sombria perto da base, uma pequena faísca. Então, uma rajada de chama sobe com um suave *zum*. Os hóspedes ao meu redor têm um sobressalto. O negócio parece estar embebido de fluido de isqueiro.

O calor quase me derruba. Faíscas e destroços em chamas preenchem o ar, voando para todo lado, chegando até o topo do penhasco... caindo nos hóspedes. Agora, enquanto as chamas sobem com rapidez pela coisa, há um lampejo de malevolência em seus olhos. Parecem estar olhando diretamente para mim.

EDDIE

Continuo sentado, atordoado com tudo que escutei, tentando dar sentido ao que Bella acabou de me contar.

— Mas não foi isso que aconteceu — digo.

— O quê? — pergunta Bella, franzindo a testa.

— Meu irmão, Jake. Ele não morreu.

Ela fica totalmente abismada.

— Não estou entendendo. Eu soube...

— Talvez ele *quisesse* morrer — digo. — Quer dizer, eu era só uma criança, e meus pais *nunca* falam sobre isso. Mas sei que ele arrumou um monte de droga, não sei como, e tentou andar de moto no penhasco. Acho que ele mudou de ideia no último segundo, ou algo assim. A moto derrapou, caiu do penhasco e foi parar nas pedras lá embaixo. Ficou totalmente destruída. Primeiro acho que eles pensaram o pior, que o corpo dele tivesse sido levado pelo mar, ou alguma coisa assim, porque ele ficou desaparecido por vários dias. Quando ele finalmente apareceu... até eu consegui ver que tinha algo diferente. Como se aquele outro Jake tivesse ido embora. Como se houvesse... um demônio dentro dele, ou algo assim. E só foi piorando.

Conto a ela das drogas. Dos roubos.

— Ele vendeu o trator do meu pai. Simplesmente saiu dirigindo um dia e vendeu. Valia, tipo, milhares de libras, um dinheiro que meus pais não podiam perder. Eles nunca descobriram o que ele fez com o dinheiro. Mais drogas, provavelmente. Meus pais tiveram que fazer uma hipoteca nova da fazenda para comprar um trator novo. Eles quase perderam tudo.

Bella está me encarando, pálida de choque.

— Esse tempo todo... — diz ela. — Eu achei... — Ela para de falar. — Mas então... Onde ele está agora?

— Não sei.

— Como assim?

— Ele está... Hum, desaparecido. Pode estar em qualquer lugar. — Ele pode estar morto, na verdade, levando em consideração a vida que levava. Mas não acredito nisso. — Depois do trator... Minha mãe teve que convencer meu pai a não deixá-lo ir preso. Meu pai disse que nunca mais queria ver o rosto de Jake, e que, para ele, não tinha mais um filho mais velho. Meu pai tem o gênio forte, mas tenho certeza de que ele se arrependeu depois.

Sei que se arrependeu. A noite em que ele se trancou no celeiro com o trator novo, o motor ligado...

— Mas àquela altura Jake já tinha sumido — completei.

Então, de certa maneira, é como se ele tivesse morrido. Penso em todos os anos que perdemos como família. Todas as noites deitado acordado no quarto, escutando minha mãe chorar na cozinha lá embaixo. "Nem sei onde ele está, Harold. Meu menino. Ele pode estar caído, ai, meu Deus, ele pode estar caído morto em algum beco por aí."

Penso no meu pai, que costumava cantar e até, se tivesse bebido o suficiente, tocar seu velho violino, e em como quase não consigo mais lembrar dele fazendo nada disso. Penso em como nunca o ouço dar aquela gargalhada alta que dava antigamente. Penso em como meus pais quase não se falam mais.

Penso em todas as vezes que passei pela porta do antigo quarto do meu irmão, que continua exatamente do mesmo jeito, minha mãe passando o aspirador toda semana para tirar a poeira que se acumula nas superfícies, sem ninguém se movimentando por lá para tirá-la do lugar. Todas as vezes que olhei para sua prancha de bodyboard, ou sua bola de futebol, ou seus troféus de rúgbi, ou seus livros, ou as fotos dele quando era mais jovem, e em todas as coisas que ele poderia ter me ensinado: coisas que o irmão mais velho ensina ao mais novo. Tudo que poderíamos ter feito juntos, todas as aventuras que poderíamos ter compartilhado.

Penso na vez em que me escondi no quarto de Jake, peguei um suéter do armário dele que ainda tinha seu cheiro, o vesti e as mangas ficaram sobrando em minhas mãos. E então, anos depois, vestir o mesmo suéter e ele servir, mas o cheiro ter ido embora.

Penso em estar deitado na cama à noite quando era mais novo, tentando me lembrar dele, do som de sua voz. Tentando senti-lo por aí, em algum lugar, tentando imaginar onde ele poderia estar, que tipo de vida poderia estar levando. E então ficando com tanta raiva dele, porque, se estava em algum lugar por aí, por que simplesmente não voltava para casa?

Agora eu sei. Eu entendo. Porque uma mulher daqui morreu na floresta, ele estava lá, e não conseguiu salvá-la nem pôde contar a ninguém. E meu pai disse que nunca mais queria vê-lo. E nada disso foi culpa dele. Como Bella disse, aquela mulher saiu impune. Francesca Meadows. Ela saiu impune enquanto minha família foi destruída.

— Não teve nenhuma explicação — digo. — Talvez se a gente soubesse... se meus pais soubessem...

Quase não consigo pronunciar essas palavras. Sinto o gosto salgado nos lábios e percebo que estou chorando.

Bella estende o braço na mesa e coloca a mão na minha. Então, ela diz:

— É *por isso* que estou aqui, Eddie, por causa das vidas que ela destruiu naquela noite. Entende? Não dá para simplesmente virar as costas para uma coisa dessas, como se nunca tivesse acontecido. E, com certeza absoluta, não dá para voltar no tempo.

Não tenho certeza se ela se dá conta da força com que aperta minha mão, meus dedos chegam a doer. Sua expressão me assusta um pouco. Sei que não é comigo que ela está revoltada, mas é quase um alívio quando a porta da cabana de jantar se abre com um estrondo e Ruby entra.

— Hum. Oi.

Ela oferece um sorriso profissional e radiante para Bella. Seu olhar para na mão de Bella na minha, e então ela me lança um olhar, como quem diz: "Faça um sinal com os olhos se estiver sendo mantido refém por uma louca." Em seguida, ela franze a testa.

— Hum, Eds? Preciso da sua ajuda com uma coisa...

Sinto que ela está escolhendo as palavras com cuidado, mas há uma energia nervosa emanando dela.

— Ah — digo, minha voz distante. — Sim. Foi mal. Estou indo agora mesmo...

Eu me viro para Bella.

— Pode ir. Preciso fazer uma coisa — diz ela, com a voz firme e determinada, olhando a noite pelas janelas, como se já estivesse em outro lugar.

Enquanto nos afastamos da cabana de jantar, Ruby segura meu braço e murmura:

— *Quem* é essa?

— Ah — digo, ainda atordoado —, ninguém. É só uma... Uma hóspede.

Uma hóspede que acabou de pegar tudo que eu achava que sabia sobre meu irmão e explodir, formando uma imagem totalmente nova. Ele não teve escolha. Ele deve ter ficado tão assustado, deve ter se sentido tão sozinho...

— Ela parecia meio doida e intensa — comenta Ruby.

Dou de ombros.

— Deve ter bebido demais.

Felizmente, ela está muito distraída para fazer mais perguntas.

— Por aqui — diz ela, andando em direção ao Solar. — Tem uma... situação, e preciso da sua ajuda. — Ela faz um gesto para a multidão no gramado. — Ah, e está uma *loucura* aqui fora.

— Quê? — pergunto, sem conseguir me concentrar direito.

— É... todos estão agindo de um jeito, tipo, estranho pra cacete. Eles já deviam estar sentados agora. Mas olhe só para eles!

Aí eu entendo o que ela quer dizer. A comida foi servida: bandejas e mais bandejas de saladas arrumadas de forma elegante e peixes inteiros grelhados, legumes assados em arranjos sofisticados, fatias de porco assado no espeto, tudo decorado com flores comestíveis e de cores vibrantes... Mas a comida está toda lá, à luz das velas parcialmente queimadas. Nem um hóspede sequer se sentou à mesa, e várias cadeiras foram derrubadas. Antes de eu entrar na cabana, estava todo mundo mais descontraído, mas nada assim. Os hóspedes estão correndo, rastejando, balançando sem sair do lugar. Muitos estão reunidos perto da beira do penhasco, olhando para algo na praia.

Ruby aponta, a toalha de mesa mais próxima de nós sobe um pouco e avisto membros nus.

— Eles estão... — Semicerro os olhos para tentar entender, depois desvio o olhar rápido. — Ah. — Sim, acho que estão.

— Merda — diz Ruby de repente, apontando. — Estão na piscina também.

Vejo corpos se contorcendo iluminados pelas luzes da piscina, ouço berros e gritos estranhos. Mais hóspedes pulam na piscina enquanto observamos, sem se preocupar se vão cair em cima das pessoas que já estão lá.

— O que... aconteceu com todos eles? — pergunto. — Não estou entendendo.

— Parece que estão todos drogados — diz Ruby. — Mas isso não faz nenhum sentido. Quer dizer, sim, vi alguns deles cheirando pó nos banheiros. Mas não acho que *todos* eles usariam alguma coisa, será?

Estamos quase no prédio principal agora. Ruby está me conduzindo pelos fundos, perto da entrada de funcionários.

— Aonde estamos indo? — pergunto.

— Ele disse que é seu amigo. Disse que foi você que o convidou. Quer dizer, com certeza é mentira, mas, se ele for seu amigo, quero te dar a chance de falar com ele primeiro, antes de eu chamar a polícia.

Ah, droga. Estou com um mau pressentimento sobre isso. Como se eu precisasse de mais essa agora.

— Ali.

Ruby aponta, e eu os vejo agora: duas figuras sinistras nos canteiros de flores. Ouço risos sarcásticos e sussurros. Um "caralho, cara!" que me soa muito familiar.

— Nathan? — digo.

Os dois param e olham para cima, os olhos refletindo a luz das lanternas ao longo do caminho. É Tate e aquele outro cara, Gareth, o idiota da bateria, todo felizinho.

Ao olhar para eles, me lembro de Nathan na outra noite na praia: *Ouvi falar que eles vão fazer uma festa ridícula no solstício de verão. Um amigo meu trabalha numa fazenda de sidra orgânica e disse que eles fizeram a maior encomenda que já receberam.*

E penso que, se quiser arranjar droga por aqui, Nathan Tate é o cara que você deve procurar.

— Ruby — digo. — Acho que sei o que aconteceu com os hóspedes.

FRANCESCA

Enquanto encaro a coisa monstruosa lá embaixo na praia, uma pena em chamas vem pairando no ar até mim; sinto seu beijo vermelho e ardente queimar minha bochecha. *Ai.* Fico arrepiada. Minha vista embaça. Eles são reais. É isso que a coisa na praia significa. Aqueles rostos mascarados que vejo na multidão. O aviso de meu avô, da última vez que o vi. *Os Pássaros...*

Eles vieram pegá-lo. Agora estão aqui. Estão vindo me pegar...

Dou as costas para a coisa abominável, sem conseguir olhar para ela nem por mais um segundo. E é aí que eu a vejo. Não sei como não a vi antes. Ela está parada, enquanto o restante dos hóspedes se amontoa ao longo do penhasco. Ela não está olhando para baixo como os outros. Está olhando para mim. É quase um alívio. Aqui está um problema com o qual eu consigo lidar.

Pardalzinha burra. Não deveria ter voado tão longe sabendo o que sabe. Não deveria ter voado tão perto do Sol.

O dia depois do solstício
INVESTIGADOR DE POLÍCIA WALKER

O celular de Walker vibra no bolso. É a chefe da equipe de perícia criminal que está na praia.

— Só queria deixar você atualizado.

— Claro. Como estão as coisas aí?

— A maré está totalmente alta — diz ela. — Pegamos tudo que conseguimos no local antes de ela subir. O corpo está a caminho do necrotério agora. E passamos para o carro, o Aston Martin no topo do penhasco.

— Tá bem — diz Walker. — Alguma coisa interessante?

— Tem sangue no volante. E encontramos uma bolsa no chão com alguns objetos pessoais. Uma joia de prata, um anel. Uma chave também, parece chave de hotel chique. Está escrito... — Ela pigarreia. — Chalé da Floresta Onze.

O solstício
EDDIE

— Oi, Nathan — digo.

Ele me olha com raiva. Está usando um moletom preto, embora esteja fazendo uns trinta e oito graus, com o capuz para cima, como se fosse um gângster.

—Vou deixar vocês resolverem isso — diz Ruby, baixo. — Preciso levar as pessoas para as mesas. Mas me ligue se precisar de ajuda. Tá? — Ela me encara e sai andando em direção ao gramado.

— Ah — diz Tate, quando ela vai embora. — Meu grande amigo Eddie Eddie Eddie. O que você quer, meu grande amigo?

Mas os olhos dele não combinam com o tom de voz. Seus olhos são como os de um animal ferido, como o cervo que meu pai precisou sacrificar com um tiro depois que alguém o atropelou na estrada perto da fazenda. O isqueiro na mão, acendendo com um clique e apagando. Então, percebo que ele também está tentando esconder alguma coisa atrás de si, uma coisa volumosa. Sinto uma pontada de adrenalina.

— O que você tem aí, cara? — pergunto.

Ele se mexe para esconder o que quer que seja. Ilumino o ponto atrás dele com a lanterna: três galões de gasolina.

— O que vai fazer com isso, Nathan? — pergunto.

—Ah, peraí, Eddie, meu amigão. Não é possível que realmente se importe com esse lugar. Com essas pessoas. Você viu todas elas, né? Porra, estão fora de si, drogadas. É *hilário*.

— O que elas usaram, Nathan? — pergunto, tentando soar o mais firme possível. — Eu sei que foi você.

— Enfim. — Ele se vira para o outro rapaz, me ignorando. — Gaz e eu só queríamos curtir um pouco a festa, dar uma olhadinha, né, Gaz? Tudo muito inocente. Mas aí demos de cara com isso, que alguém deixou jogado por aí de uma maneira muito descuidada. Só queríamos ter certeza de que não fosse parar nas mãos erradas, sabe? Porque isso seria *muito* vacilo.

— Qual é, Nathan.

— Não, qual é, nada. Ela levou tudo. Você viu meu pai. Ele está acabado. Esse lugar praticamente o matou. — A voz dele agora está baixa e rouca. — Ele nunca vai voltar a ser o que era. — Então ele ajeita a postura e sibila: — Quero ver isso aqui queimar. Não vai me dizer que escolhe esses ricos babacas em vez de Tome... seu povo?

Não sinto nenhum amor por esse lugar. Principalmente agora. Mas pessoas inocentes podem se machucar.

— Deixe isso para lá, Nathan — digo. — Sinto muito pelo seu pai. Mas isso não vai melhorar as coisas. Só... Só vai para casa, tá?

Ele pega um galão de gasolina.

— Passe o isqueiro, Gaz.

— Não vou falar de novo — advirto, dando vários passos à frente. — E também sei que você batizou a sidra hoje.

— Não sei do que está falando.

Não acredito nele nem por um segundo. Contar para Bella sobre meu irmão trouxe outra coisa à tona, algo que eu sempre meio que soube, mas nunca disse em voz alta.

— E sei que você era o traficante do Jake, naquela época.

— Não vem com esse papo — diz ele, zombando —, ele já era bem crescidinho. Fez tudo aquilo sozinho. Fodeu a própria vida. Não que não tenha sido meio divertido de assistir. O menino de ouro, e tal.

Dou um soco nele. Eu não sabia que ia fazer isso antes de acontecer. Nunca tinha socado alguém, e dói, mas acho que dói mais em Tate. Ele cambaleia para trás com a mão no rosto. Meu corpo inteiro está tremendo, mas não vou mentir: depois de tudo que ouvi hoje, todos esses sentimentos à flor da pele, sinto que é uma boa forma de extravasar.

— Caralho! — sussurra Gaz, quase impressionado. — Maaaano!

— Seu merdinha! — geme Nathan entre os dedos.

Ele tira a mão, e agora vejo o sangue escorrendo de seu nariz. Estou tão chocado com o que fiz que saio correndo aos tropeços.

— É, é! — Ouço Nathan gritar atrás de mim. — Já saquei de que lado você está, seu x-9! Mas agora você não pode parar a gente. Vamos continuar tentando pegar ela, que nem a porra da maré!

BELLA

— Ai, meu Deus — diz Francesca, vindo em minha direção. — É você mesmo? Sabia que... Bem que eu *achei* ter visto você no café da manhã ontem! Mas aí pensei:"Não pode ser!" O cabelo, ele me confundiu. Combina com você! Como você está, meu amor? O que anda fazendo hoje em dia? Quanto tempo!

Por um instante, fico totalmente perdida. De todas as coisas que eu esperava acontecer, essa não era uma delas. É tão cínico... Mas ela sempre foi desse jeito. As pessoas não mudam tanto assim. Tudo isso, os cachos macios, as sessões de fotos de deusa rural com animais de fazenda, o linho esvoaçante: tudo esconde algo inflexível e inabalável. Por baixo de tudo isso, ela sempre foi dura como uma pedra.

Dou um passo em sua direção. Ela desvia o olhar, incapaz de sustentar o meu. É o único sinal.

— Preciso falar com você, Francesca.

Ela joga a cabeça para trás.

— Ah — diz ela, com delicadeza —, que engraçado, eu também estava querendo colocar o papo em dia com você!

Ela abre um sorriso largo sinistro, como o do gato de Cheshire. Engulo meu pavor e me aproximo dela, invadindo seu espaço pessoal. E funciona. Ela dá um passo para trás, e vejo um espasmo de alguma coisa no seu rosto. Medo.

Sinto uma onda de triunfo. Aparentemente, ela notou que não sou mais a menininha tímida de quem ela se lembrava, que ela não pode mais me manipular. Para deixar isso bem claro, me aproximo mais e seguro seu pulso, apertando os ossos frágeis com firmeza entre meus dedos. Estou vagamente ciente das pessoas se virando para nos olhar.

—Você vem comigo, agora — digo. — Ou vou fazer um escândalo. Maior do que esse. Muito maior.

Outra vez, aquele lampejo de alerta em sua expressão.

—Vamos para outro lugar — diz ela, em tom conciliador, desviando o olhar para os hóspedes que nos observam. — Um lugar mais tranquilo para conversar.

Eu a sigo até o prédio principal, passando pela entrada do bar onde vi Eddie pela primeira vez.

— Aqui — diz ela, abrindo a porta. — Acho que você vai se lembrar dessa sala. Ela não mudou quase nada. É tão acolhedora, não acha?

É a biblioteca. Livros antigos e objetos decorativos preenchem as estantes que tomam três paredes, além da grandiosa e antiga lareira. Não acho que ela tenha escolhido esse lugar por acaso. Da última vez em que estive nesse cômodo, eu estava com Jake. Havíamos acabado de receber três mil libras pelo nosso silêncio.

Ela fecha a porta, e então vejo que gira uma chave. Sinto uma pontada de pânico. Passo a mão em minha bolsa para tocar na forma reconfortante da meia garrafa de gim que trouxe do quarto. Mas faço isso com cuidado, pois logo antes de sair da cabana de jantar, quebrei o gargalo na mesa, deixando o topo perigosamente afiado. Uma pessoa pode sair do sul de Londres, mas...

Assim que a fechadura faz um clique, ela se vira para mim.

— O que *você* está fazendo aqui? — sussurra ela.

Francesca Meadows desapareceu em uma nuvem de fumaça com aroma de sálvia, e a Frankie que eu conhecia está diante de mim. De certa forma, é um alívio. Francesca Meadows parece ser uma personagem criada para exercer uma espécie de manipulação psicológica. Porque Frankie... Frankie era maldosa, descolada e divertida, Frankie fumava Marlboro Light nas quadras de tênis e tomava Nesquik de banana batizado com Malibu. Frankie, com sua voz de menina rica descolada — rouca, preguiçosa. Frankie, com suas histórias mirabolantes de sexo em raves nos armazéns de Londres. Frankie, que me fazia ansiar por uma existência maior e mais glamorosa, que me fazia sentir, às vezes, que eu quase podia experimentar isso.

Frankie, que arruinou a minha vida.

— O que você veio fazer aqui? — pergunta ela.

Eu hesito por um instante. Percebo que fiquei tão distraída com o choque da transformação que ela conseguiu me deixar na defensiva. Mas não por muito tempo. Seguro o gargalo da garrafa para criar coragem.

—Vim para lembrar a você o que fez. Parece que precisa refrescar um pouco sua memória.

Ela solta um leve suspiro. E, quando fala de novo, sua voz mudou, ela voltou a ser Francesca Meadows, a deusa do misticismo sofisticado, e Frankie foi relegada para as sombras:

— Ah, Pardal. Você não pode passar a vida inteira vivendo no passado. Não é bom para você. Você precisa viver o *agora*.

— Bem, eu discordo. Acho que você seguiu em frente com muita facilidade. O que aconteceu não mexeu nem um pouco com você, né? Nem na época. Nem agora. Nem um pingo de remorso. Você não deveria *suportar* estar aqui. Deveria deixar você enjoada. Como consegue falar com os jornalistas sobre seus verões perfeitos aqui... sobre se meter em "travessuras"? Como se aquilo fosse uma brincadeira? Um acidente de infância?

— Ah, Pardal. Já falamos sobre isso, né? Foi uma tragédia horrível. Ninguém teve culpa.

— Não. Você a matou. Talvez quisesse matar todos nós. E, sinceramente, de certa forma, não importa se você quis ou não. Porque o que você fez depois, como encobriu tudo, aquilo foi perverso. Ela não era importante o suficiente, né? Era uma moradora da região, pobre. Não era uma pessoa de verdade, não para alguém como você. O problema é que, durante todos esses anos, você me fez sentir como uma assassina. Você e seu *avô* abominável nos tornaram cúmplices, Jake e eu, nos subornando com dinheiro. Mas não éramos nós os culpados. Era você, Frankie.

— Não me chame assim — sibila ela. Outra mudança brusca da criatura leve e indiferente de antes. Então, ela fecha os olhos e respira fundo. — Pardal. Você deveria procurar ajuda. Passar uns meses num retiro. Meditar. De verdade. Mudou minha vida. Me deu um propósito.

— Eu já tenho um propósito — digo. — Foi por isso que vim aqui.

— Você veio me matar?

Ela faz a pergunta de forma leve, quase blasé, como se estivéssemos bebendo em uma festa e tendo uma conversa educada. Mais uma vez, fico desconcertada. Mas sigo em frente.

— Eu vim aqui por justiça. E não ligo que tenha tirado o corpo de lá.

Ela franze a testa.

— Do que você está falando?

Por um instante, ela parece genuinamente surpresa. Eu insisto.

— As evidências vão estar lá do mesmo jeito. Você não foi tão cuidadosa.

Penso no anel celta prata de Cora escondido em minha bolsa.

— Não *existe* nenhum corpo — diz ela, sua voz um pouco mais alta que o normal. Pela primeira vez, ela parece insegura. — Meu avô cuidou de tudo. Ele me disse. A... A tragédia, ele sumiu com ela.

Olho para ela. Parece realmente perturbada. Será que ela não sabe mesmo?

É possível. Afinal, ela foi embora na manhã seguinte.

— Eu voltei — digo. — Um dia antes de eu ir embora de Tome, naquele ano. — Precisei de toda a minha coragem. — Eu queria falar com você. Queria olhar nos seus olhos, só nós duas, e perguntar se você quis fazer aquilo. Mas você já tinha ido embora.

Digitei o código no portão. Fui recebida na porta pelo avô.

"Francesca e os gêmeos foram passar um tempo com a avó. Achei que já tinha resolvido as coisas com você. Já fez o suficiente, não acha? Não tem nada para você aqui. Nos deixe em paz." E ficou no ar a palavra que ele era rico demais para dizer em voz alta: *senão*.

Ele fechou a porta na minha cara. Eu me virei e desci os degraus. Eu teria ido embora e nunca mais voltado, só que, perto da garagem, alguma coisa na beira da floresta atraiu minha atenção. Um volume no chão. Um monte de terra. Sabia que ele podia estar me observando da casa, então continuei andando. Apertei o botão para abrir os portões. E então, bem no último segundo, em vez de passar por eles, me escondi nas sombras ao lado do muro. Caminhei ao longo do perímetro, permanecendo nas sombras, e então, quando cheguei à floresta, usei as árvores como cobertura, andando bem junto delas.

O lugar que eu tinha visto do acesso estava sem vegetação e parecia remexido. Era grande. Fiquei lá por um bom tempo, olhando para aquele local, tentando decidir o que fazer com aquela descoberta. Talvez se eu fosse mais velha, mais corajosa — talvez se Jake estivesse comigo... Mas eu estava sozinha e assustada, no terreno da mansão de uma família tradicional e sofisticada, cheia de dinheiro, poder e capaz de me ameaçar de diversas formas.

Eu sabia que não podia fazer nada a não ser guardar o lugar em minha memória: a localização exata, as árvores ao lado. Quando voltei para o trailer, desenhei um mapa no fim do meu diário. Parecia importante. Alguém deveria se lembrar. Mandei uma mensagem para Jake também: "Eu sei onde ela está."

— É possível que seu querido avô não tenha sido tão cuidadoso quanto você pensou? — pergunto a Francesca. — Afinal, ele não escondia bem seus casos, não é?

— Cala a boca — diz ela, pressionando a palma da mão na testa, como se estivesse falando tanto consigo mesma quanto comigo. — Só... Só CALA A BOCA.

Mas não posso parar agora. É uma sensação muito boa fazer com que ela sinta uma fração da dor que senti por quinze anos.

— Eu quero que você diga. Eu preciso que você reconheça o que fez com ela. Com a gente. Eu quero poder olhar minha filha nos olhos. Eu quero poder me olhar no espelho e saber que, apesar dos meus muitos defeitos, sou uma boa pessoa. Que sou alguém que faz a coisa certa. Porque isso — estou chorando agora — é o que você e seu *vovô* tiraram de mim naquela noite.

Começo a me aproximar dela, colocando a mão na garrafa dentro da bolsa. Percebo que ela reparou no meu movimento. Se eu tiver sorte, ela vai pensar que eu estou segurando uma faca.

— Eu os vi — sussurro. — Ontem à noite, eu vi os Pássaros.

Ela começa a rir, de um jeito meio maníaco.

— Os Pássaros? Eu disse para você que fui eu que fiz tudo, sua vaca burra! — Ela faz um gesto em direção à festa. — Sempre fui boa em criar um espetáculo, não acha?

— Mas é aí que você se engana, Frankie...

— Não me chame assim.

— Eu os vi naquela época...

Acho que vejo um pequeno espasmo de medo. Mas logo ela se recompõe e volta a colocar a máscara.

— O que, enquanto você estava doidona com os remédios que eu roubei do estoque da minha mãe? Sim, claro que você viu.

— E eu os vi ontem à noite. Na floresta...

Ela revira os olhos.

— Ah, pelo amor de Deus, Pardal. Já passei da fase de contos de fadas e brincadeiras de criança. Você está desperdiçando o meu tempo.

Mas, quando dou um passo em sua direção, ela recua para o canto, até ficar totalmente encostada nas prateleiras de livros. É então que vejo, em uma das prateleiras acima da cabeça dela: meu fóssil, aquele que encontrei na praia no primeiro dia, o responsável por desencadear toda essa cadeia de eventos. Aquela pequena relíquia assombrada de um passado distante que influenciou tanto o meu presente.

Os olhos dela estão loucos e vidrados.

— Você sempre foi uma sanguessuga — sibila ela. — Uma aproveitadora. E eu não vou deixar que você tire nada disso de mim.

A dor vem primeiro, antes que eu consiga distinguir o que aconteceu. A dor, a fúria do impacto. Então, sinto minhas pernas cederem, e caio no chão como uma marionete com as cordas cortadas. Levo um segundo, ou dois, deitada aqui no meio de centelhas vermelhas ofuscantes de dor, reduzida ao meu ser mais primitivo e enfraquecido, para perceber o que acabou de acontecer. Ela me golpeou com alguma coisa pesada e pontuda. Estou deitada no chão na frente dela, a cabeça latejando. Tudo desfocado, só consigo distinguir seus pés, a sandália a alguns centímetros da minha cabeça, as unhas de cor nude incrivelmente bem-feitas. E, apesar de tudo, não consigo evitar a observação absurda: é claro que ela está usando um anel cravejado de diamantes no dedo do pé.

De repente, eu me sinto extremamente cansada. Não vai fazer mal, não é? Descansar só um pouquinho. Só reunir minhas forças.

— Durma bem, Pardal — sussurra ela, tão perto que consigo sentir sua respiração adocicada. — Não vou deixar você arruinar esse lugar. Assim como não deixei antes. Eu criei uma coisa linda aqui. Uma coisa para o agora, para o futuro. Muito maior do que qualquer coisa que aconteceu no passado.

Eu a sinto tirar a bolsa do meu ombro. E, como se estivesse muito longe, ouço a porta abrindo, depois um clique. A chave virando.

Fecho os olhos.

FRANCESCA

Saio da casa e vou para o ar escaldante. Sinto cheiro de madeira queimada e penas chamuscadas. Em bandos, os hóspedes descem a escada para a praia, saltando em volta da fogueira monstruosa como demônios em um afresco medieval, berrando. Alguns estão rasgando as roupas e correndo para o mar, as ondas iluminadas pelas chamas, a água agitada em volta dos corpos nus. Outros estão rastejando, dançando, chorando e, tenho quase certeza, transando no gramado.

Mas, por enquanto, eu não me importo. Estou me sentindo quase triunfante. Alcanço uma taça de sidra em uma bandeja abandonada e bebo tudo num gole só. Lidei com a Pardal. Acabei com sua energia tóxica. Não acredito que foi tão fácil, mesmo com garrafa quebrada que encontrei na bolsa dela, que eu imagino que ela tenha trazido para usar de arma. Esse é o problema de algumas pessoas, sabe? Simplesmente não têm clareza mental, foco, autoconfiança para irem até o fim.

Agora me sinto capaz de quase qualquer coisa. Talvez haja penetras e sabotadores aqui hoje, mas me recuso a ser intimidada. Eles não têm ideia de com quem estão lidando. Não sou um idoso frágil de coração fraco. Desculpe, vô, mas é verdade. Eu tenho escuridão dentro de mim, uma escuridão violenta que guardei por muito tempo: um poço sem fim de escuridão preta feito petróleo bruto enterrado lá no fundo, bem abaixo do solo. Fecho os olhos, inspiro o cheiro de penas e madeira queimadas vindo da praia e dou um sorriso.

Owen está me ligando de novo. Desta vez, atendo.

— Meu bem? — digo. — Desculpe não ter atendido antes. Isso aqui está... uma loucura. Onde é que você está? Não paro de me perguntar isso...

— Fran. — A voz de Owen está estranha. — Eu encontrei... — A voz dele fica abafada na terceira palavra, quase como se ele estivesse com a mão na boca. Ou talvez a ligação esteja ruim.

— Não entendi, meu bem. O que você encontrou?

Ele repete.

Solto um risinho para mostrar como sei que minhas próximas palavras vão parecer idiotas.

— A ligação deve estar horrível mesmo, meu bem, porque pareceu muito que você acabou de dizer "um corpo".

Sua voz, mais uma vez, soa estranhamente abafada, incoerente. Mas, dessa vez, tenho certeza de que ouvi a palavra *ossos*. E então uma série de ruídos estranhos que, de novo, se não fosse Owen, eu diria que eram de alguém chorando.

Sinto uma pequena pontada de inquietação. A Pardal falou de um corpo. Mas não. Meu avô nunca teria sido tão imprudente. Ele prometeu cuidar de tudo, fazer tudo aquilo desaparecer. "Está feito", ele disse. "Cuidei de tudo."

E ainda assim... penso em uma vez que ouvi minha avó no telefone com uma amiga falando sobre um dos casos dele. "Claro que ele sempre achou que cobria os rastros. Isso era o que mais me ofendia. Quase me divorciei dele só por isso. Os homens são tão descuidados com essas coisas, não são? Eles são preguiçosos, esse é o problema. Como um cachorro que sempre enterra seu osso preferido no mesmo maldito canteiro de flores."

Sinto uma onda eletrizante de pânico. Tento fazer meus exercícios de respiração. Não está funcionando. Só me fazem sentir como se eu estivesse sufocando.

— Tenho certeza de que, o que quer que tenha encontrado, é muito velho, meu bem — digo. — Sabe, tem muita coisa antiga por aqui.

Eu quase me convenço. Sou tão boa nisso. Ninguém nunca diria que não estou conseguindo nem respirar direito.

— Não — diz ele. Sua respiração é profunda e trêmula. — Não... porra. Fran, não é velho. Estava embrulhado em lona. E... ah. Nossa. Eu acho... Não, eu sei. Lá no chão esse tempo todo... É a minha mãe, Fran.

— Sua mãe era Cora, a *faxineira*?

As palavras saem sem que eu nem me dê conta. Nem percebo que emiti essas palavras em voz alta. Eu estava tão desconcertada. Porque isso significava que tudo que eu pensava que sabia sobre Owen era completamente falso. O glamour enigmático, a sofisticação urbana — tudo que me atraiu nele. E, no fim das contas, ele é... *daqui*? O filho de Cora Deeker, a vagabunda do pub?

Só agora, no silêncio que se instaura, é que entendo o significado do que revelei. Um arrepio corre do meu couro cabeludo até a ponta dos meus dedos.

Ainda há um silêncio do outro lado da linha. Talvez ele tenha desligado. Espero com todas as forças que a ligação tenha caído antes de eu falar aquilo. Que talvez ele simplesmente não tenha ouvido. Seis palavrinhas. Elas poderiam ter sido apagadas por uma queda de sinal, não poderiam?

Mas não, agora consigo ouvir sua respiração.

— Onde você está, Francesca? — pergunta ele, e sua voz está diferente. Dura e fria. Ele nunca me chama de Francesca.

Ele ouviu tudo.

OWEN

Sua mãe era Cora, a faxineira?
  Encaro a tela do meu celular.
  Minha mãe. Morta. E Francesca... sabia.
  É a noite mais quente do ano, mas meus dentes estão batendo.
  Abro o aplicativo de localização no meu celular.

FRANCESCA

Olho fixamente para a multidão, o medo subindo pela minha garganta. A voz de Owen no fim da ligação — a frieza nela. Nunca o ouvi falar assim.

— Onde você está? — perguntou ele.

Ele está me procurando nesse exato momento? Me caçando? Se sim, de repente me sinto muito exposta aqui, parada bem no meio do gramado.

Preciso lhe dar espaço, até ele ter tempo de se acalmar. Hesito em usar a palavra "esconder", mas é isso que preciso fazer.

Então tá. Talvez eu consiga pensar em uma maneira de convencê-lo da minha inocência. É lógico que não é incontornável. Nada é. Aprendi isso há muito tempo. Vai ficar tudo bem. Sempre fica. Sinto a opressão do medo se afrouxando, minha respiração fluindo mais fácil.

Michelle passa na minha frente segurando um walkie-talkie, indo até a confusão. Em um flash, eu a vejo com Owen na adega na noite passada, todas as coisas perversas que ela fez com meu marido. Um caleidoscópio de pura imundície.

O medo se transforma em raiva na mesma hora. Sim... com a raiva eu consigo lidar! O escape de que preciso para toda essa energia ruim.

— Ah. Oi, Francesca — diz ela, olhando em minha direção, como se tudo não estivesse um caos completo.

Ela está supertranquila. Seu coque prático e horrível não tem um fio fora do lugar, e seu rosto deve ser o único que não está brilhando de suor. Será que essa mulher não está sentindo o calor? Como ela *ousa* não estar suando quando tudo no gramado virou um pandemônio?

Quero dar um soco nela.

— Michelle, minha querida — digo. — Acho que precisamos ter uma conversinha. — Lanço um olhar em direção à multidão no gramado. — Aqui não. Em um lugar privado. — É melhor não sermos observadas. Faço um sinal.

Sendo a coisinha obediente que é, ela me segue. Sim. Sinto um alívio energético entrando. Uma limpeza de emoções tóxicas.

Eu a guio para longe da agitação, em direção ao jardim. Está agradável e silencioso aqui. E é crucial que eu consiga ver ambas as entradas. Eu me viro para encará-la, mas ela pigarreia e olha para o banco no canto onde um casal de hóspedes está sentado, com suas roupas brancas. Mas peraí. Eles não estão só sentados. Um está montado no outro.

Ai, pelo amor de Deus! Mas ela está certa. Eu a guio pelo jardim, até o caminho que leva aos Chalés da Floresta. Está muito escuro e quieto aqui, longe do caos e do barulho do gramado da frente. Pode ser aqui.

Mas estou me sentindo um pouco... estranha. Um pouco desconectada. Alguma coisa esquisita está acontecendo com a minha visão. Os chalés parecem estar cada vez mais altos. Eu pisco, e eles se encolhem de volta ao seu tamanho normal. Mas no segundo seguinte eles se inclinam em minha direção. Levanto a mão para me defender deles e fecho os olhos. Quando os abro de novo (que alívio!), eles voltaram às suas posições normais.

— Está tudo bem, Francesca? — pergunta Michelle.

— Claro — respondo, me recompondo e me lembrando do meu propósito ao visualizar a filmagem da adega mais uma vez.

Francesca Meadows consegue superar esse tipo de coisa. Francesca não sente ciúmes. Ela entende que sexo e atração são desejos naturais e importantes que, às vezes, simplesmente não conseguem ser suprimidos.

Mas Frankie... Frankie está puta da vida com Michelle, a putinha traiçoeira e ingrata.

Acho que na verdade vou gostar disso.

— Michelle — digo. — Está bem claro para mim que tudo isso aqui está além de sua capacidade. Chegou a hora de ir embora, meu amor. Infelizmente, você me decepcionou, e eu odeio quando as pessoas me decepcionam.

Michelle ergue o queixo e vejo novamente aquele lampejo desafiador em seus olhos. Não era exatamente o que eu esperava.

— Não — diz ela.

— O que quer dizer com "não"?

Dou uma risada genuína. De tudo que...

De repente, a risada fica presa em minha garganta. Algo atrai minha atenção perto das árvores. Alguma coisa estranha está acontecendo com as sombras. Elas se movem e se expandem em minha direção, saindo da escuridão mais profunda da floresta. Balanço a cabeça.

— A questão é que — diz Michelle, levantando a mão para alisar uma mecha imaginária de cabelo — está na hora de você ir, Francesca.

Por um instante, fico tão atônita que não consigo falar. É como se um animalzinho domesticado tivesse acabado de se virar e morder minha mão. Pelo amor de Deus. Eu escolhi Michelle justamente por ela ser tão sem graça... A mais básica de todas, alguém que poderia ser meu pau-mandado.

Percebo mais movimentos perto das árvores. Sobre o ombro de Michelle, vislumbro formas bizarras e sobrenaturais se unindo e se dissolvendo nas sombras da floresta mais uma vez. Figuras escuras com cabeças de pássaros. Perfis demoníacos, como foices. Olhos vazios me encarando.

Não é real, não é real, não é real.

— Ah, é muito real — diz Michelle.

Eu falei em voz alta?

—Você está vendo eles — diz ela —, não está?

Dou um passo para trás, querendo me afastar dela.

—Você achou que você fosse a pior coisa na floresta — diz ela. — Não achou?

— Pare com isso — digo.

—Você sempre demonstrou desrespeito por esse lugar. Pelas nossas tradições.

Ela afasta a gola para revelar uma marca logo abaixo da clavícula. Conheço essa marca, pois uma vez a pintei por toda a floresta para assustar os outros.

—Você é... um *deles*?

— Seus irmãos nojentos me trancaram naquela casa da árvore — diz ela. — O que eles fizeram... — Por um instante, ela para e fecha os olhos. Então, ela os abre novamente. — Eu não fui a primeira. E provavelmente também não fui a última.

Eu a encaro.

—Você é...

— Shelly. Não que você tenha se dado ao trabalho de perguntar a porra do meu nome naquela época.

Eu diria que a reconheço, mas a verdade é que nem reparei nela naquela noite. Ela era só uma menina qualquer da lanchonete, de moletom, com argolas douradas horríveis.

— Eu não fiz nada — digo. — Foram meus irmãos...

—Você estava muito feliz em deixar eles continuarem, não estava? Mas tem razão, minha questão é com eles.

Enquanto ela falava, tudo se encaixou de uma maneira muito sinistra.

— Esse tempo todo, você tem sido...

— O alpiste no gramado. A sidra. — Ela faz uma pequena reverência. — Eu mesma. O galo morto preso na sua porta ontem... Esse foi outro dos nossos números. E espero que você tenha gostado da nossa instalação na praia.

Não faço ideia do que ela quer dizer com sidra ou galo. Mas o alpiste? Foi ela? Aquela coisa na praia?

Outra vez, sinto mais raiva do que medo. Eu a coloquei em uma posição de confiança, relevei seu estilo horrível e sotaque duvidoso. E é assim que ela me retribui? Como ela ousa? Dessa vez, não tento conter meus sentimentos. Não preciso de nenhuma respiração tranquilizante. Minha raiva é meu poder sombrio.

— Bem — digo. — Tudo faz sentido agora. Uma vez puta, sempre puta. Sim, eu vi você, sua vaca burra. Ontem à noite, na adega. Só mantive você aqui hoje porque pensei que podia ser útil. Mas agora está claro que você não serve mais para nada.

Dou um passo em sua direção. Quando faço isso, percebo as sombras grotescas se aproximando, saindo de trás das árvores. As cabeças encapuzadas aparecendo, os bicos ferozes. Vindo em minha direção como se estivessem prontos para me envolver. Junto com eles, risadas profanas, conversas, aumentando até virar um rugido. Tapo meus ouvidos com as mãos, mas ainda consigo ouvir. Estão dentro da minha cabeça?

— Alguém nos deixou uma mensagem — diz Michelle. — No lugar antigo. Da maneira antiga. Acusando você de um crime pior. De tirar uma vida. Da morte de um morador de Tome. Bem aqui, nesta floresta. Você encobriu tudo. Você e o velho.

Caído em seu escritório na floresta... a porta aberta para a noite. Os delírios aterrorizados antes de ele morrer...

O chão parece oscilar e balançar. Isso não pode estar acontecendo.

— Eu não fiz isso — digo. — Você não tem provas.

Ela sorri.

— Não precisamos de provas. Você não entende? Nós cuidamos das coisas à nossa maneira, como sempre fizemos. Mas vamos dar uma chance para você. Vá embora agora, dentro de uma hora, e não volte mais.

O ultraje dessa proposta. A indelicadeza bárbara de me expulsar da casa que pertence a minha família há décadas.

— Esta é *minha* terra — sibilo. — Minha herança.

Nesse momento, me lembro da garrafa quebrada na bolsa que peguei da Pardal. Coloco a mão dentro e sinto o vidro cortado beliscar a ponta do meu dedo. Sim. Afiado o suficiente para fazer o trabalho.

Minha mão se fecha em volta do gargalo. Estou prestes a retirar a garrafa quando vejo uma nova figura, entrando na clareira, vindo de outra parte da floresta. Muito real, definitivamente humano. Mas totalmente diferente do homem que conheço, o rosto transfigurado pela raiva.

Owen.

Eu me viro e corro.

OWEN

Por um instante, fico simplesmente imóvel, observando-a correr, como se meus pés estivessem presos no chão.

Eu a segui com os olhos até a beira da floresta. Depois disparei entre as árvores, até chegar aos Chalés da Floresta e ver Francesca parada lá. Queria que ela me olhasse nos olhos. Eu precisava que ela explicasse. Parte de mim estava desesperada para ser convencida de que, apesar do que ela disse ao telefone, de alguma maneira, ela era inocente. A alternativa... impensável.

Mas o olhar em seu rosto quando me viu agora há pouco simplesmente me disse tudo. A culpa, brilhando como um farol.

Isso e o fato de que ela saiu correndo.

Eu criei este lugar para ela. Para a deusa-menina que vi pela primeira vez tantos anos atrás. Para o sonho de perfeição que ela e esse prédio representavam. A mulher que deu sentido a tudo. Meu amor. Minha luz.

Assassina? A assassina da minha mãe?

Agora está tudo muito claro, tão claro como estava quando eu era um menino segurando aquele fósforo aceso. Prevendo a mudança que eu estava prestes a proporcionar.

Eu sei o que tenho que fazer.

FRANCESCA

Saio correndo em direção ao Solar. Estou quase no prédio principal, atravessando o estacionamento dos funcionários, quando olho para o outro lado e avisto os dois penetras que subiram no palco parados ali. O mais velho — a personificação do desespero, um homem de meia-idade vestido como adolescente, usando uma camiseta com dizeres asquerosos — está segurando um dos lampiões decorados. Eu os encaro por um instante, e eles me olham boquiabertos, dois ratos encurralados. O cheiro de gasolina, a chama, as poças brilhantes de líquido no chão entre eles e o prédio. E, no mesmo momento, me dou conta de que Pardal, a única testemunha do que aconteceu naquela época, está trancada dentro da casa. O que eu disse? O universo sempre conspira a meu favor.

—Vão em frente! — digo. —Vai. Eu duvido. Eu *duvido*.

Ainda assim, eles hesitam. Parecem assustados. Acho que têm medo de mim. Talvez aquele encontro perto da floresta tenha me mudado de alguma forma, me dado um poder transcendental.

— Ah, pelo amor de Deus! — grito. — Tudo sou eu que tenho que fazer?

Vou até eles, seguro o lampião, o jogo na poça cintilante do fluido, e a chama corre em uma cadeia líquida de fogo em direção ao prédio mais rápido do que os olhos conseguem acompanhar, e talvez essa seja a coisa mais linda que eu já vi na vida.

Este lugar é a criação de uma vida inteira. É o único lugar onde eu me senti realmente feliz. Onde pude ser eu mesma. Mas agora ele está envenenado. Contaminado de uma forma irreversível. Essa pode ser a resposta. Um incêndio terrível provocado por moradores ressentidos da região. Se eles tentarem dizer o contrário, eu os destruirei nos tribunais. Meu avô gostava de dizer: nunca vá a lugar algum sem seus advogados.

Um novo começo. Uma purificação de tudo que veio antes. Sim, enxergo claramente agora. Purificação pelo fogo. Um renascimento das cinzas e dos resquícios da tragédia, como uma fênix.

E, além disso, tenho um seguro excelente.

Eu me escondo brevemente nas sombras da casa e observo as chamas começarem a subir. Então, me viro e volto correndo para o estacionamento dos funcionários, onde o Aston Martin de Owen brilha como uma carruagem de prata, pronta para me levar embora.

Preciso sair daqui. Preciso me afastar de tudo isso para recuperar minha clareza mental. Isso é tudo... Bem, é *muita informação*, sabe?

Um plano começa a se formar. É *claro* que eu não sabia nada sobre o corpo enterrado no terreno. Uma surpresinha desagradável que veio com minha herança. Mas eu *sabia* que meu avô estava tendo um caso com aquela mulher. Ele tinha histórico, afinal, com aqueles escândalos anteriores que deixavam minha avó desesperada. E talvez as coisas tenham saído do controle uma noite, na floresta, onde ficava o escritório dele...

Meu avô era pragmático, afinal. *Você não pode difamar os mortos*, ele disse uma vez, quando publicou suas memórias e colocou a culpa em diversos colegas falecidos. Não se pode condenar os mortos por nada também. Sabe, realmente acho que ele não se importaria. Sem dúvida, acho que ele entenderia. Talvez até aprovasse? E meu avô era engenhoso, como eu. Quando contei a ele sobre o bilhete que Cora havia me deixado, tentando fazer as pazes, depois de ter invadido o escritório do meu avô na floresta, ele me disse que o usaria a nosso favor:

Me desculpe. Não consigo nem imaginar o que você está pensando de mim agora, mas espero que entenda...

O que poderia ser mais simples do que reaproveitar o bilhete? Enviá-lo ao marido de Cora e fingir que ela tinha fugido? Deixando para trás sua vida de merda naquele estacionamento de trailers. Provavelmente, era só uma questão de tempo mesmo.

Respiro fundo. Já estou me sentindo melhor. Estou começando a ver como tudo vai dar certo. Meu avô vai levar a culpa, postumamente. Eu sou a parte prejudicada. Os pecados dos nossos pais, avós etc. O veneno do patriarcado. Podemos dar toda uma abordagem feminista a isso. Não, talvez façamos com menos raiva, com mais tristeza. Tudo uma questão de cura.

Eu me recuso a ser punida por algo que aconteceu há tanto tempo. A menina que eu fui um dia parece uma parente distante. A única coisa que tenho em comum com ela é que ambas somos sobreviventes. Sobrevivemos a todos aqueles momentos em que as pessoas nos decepcionaram.

Paro de repente, escorregando no cascalho, e sento no banco do motorista do carro prateado. Tiro a chave da capinha do meu celular, e o carro ganha vida com um rugido enquanto tudo atrás de mim começa a queimar.

BELLA

Abro os olhos, sentindo uma dor densa e lancinante. Rastejo até a porta. Trancada. Ela... me atingiu, não foi? Sim, vejo o fóssil coberto de sangue, jogado no tapete antigo. Eu me movo por instinto apesar da dor, pensando apenas em sair dali. Alcanço o fóssil e o uso para quebrar a janela. Retiro o máximo de cacos da moldura da janela que consigo, depois subo em uma cadeira e me esgueiro pelo espaço. Estou vagamente ciente da ponta de vidro quebrado em minha carne, mas ela não é nada comparada à dor na minha cabeça.

A queda no caminho de cascalho do lado de fora é maior do que eu esperava, e eu caio mal. Fico de pé, tremendo e tropeçando, depois meio que corro, meio que cambaleio até a frente do Solar, minha visão embaçando como se estivesse cheia de água. Consigo sentir o cheiro da fumaça. O calor está ainda mais intenso agora.

Então, escuto o ronco de um motor e vislumbro o carro prata deslizando pelo acesso de veículos. A figura loira ao volante.

Tudo que consigo pensar é: ela está indo embora. Ela está fugindo. Eu deveria detê-la, mas não consigo pensar direito — está tudo enevoado pela dor em minha cabeça. Será que consigo travar o portão daqui, de alguma maneira? Não, não tenho tempo...

Começo a cambalear em direção à rua, ao acesso de veículos, mas não adianta. Não tem como eu alcançá-la. No entanto, outra pessoa também parece querer detê-la. Uma figura sai correndo da floresta. Quando ela se aproxima, vejo que é Owen Dacre em disparada atrás do carro, como se estivesse possuído. E agora consigo distinguir as formas sombrias saindo da outra extremidade das árvores, se aproximando do portão. Depois da noite passada, eu reconheceria aquelas silhuetas macabras em qualquer lugar.

— Ai, meu Deus — diz alguém. Viro a cabeça e vejo Eddie. — Você está bem? Sua cabeça... seus braços... Você está sangrando. Venha, acho que você precisa se sentar...

— Eddie. — Sinto falta de ar quando seguro o braço dele. — Ela me atacou. E agora está indo embora. Olhe...

O carro prata desliza, implacável, em direção aos portões.

— Não posso deixá-la ir — digo. — Tem que ser agora, esta noite. Preciso impedir que ela saia impune mais uma vez.

EDDIE

Saio correndo em direção à parte de trás do Solar. Disse a Bella que ia pegar uma bolsa de gelo para a cabeça dela. Já vi várias concussões jogando rúgbi, e a dela parece bem ruim. Tentei fazer com que ela se sentasse, mas ela ainda estava em pé quando me afastei. Espero realmente que ela não esteja pensando em fazer nenhuma burrice.

Viro a esquina e dou de cara com Nathan Tate, me encarando com um olhar animalesco — ele parece ainda mais perturbado que antes.

Então, ouço um estrondo abafado e uma janela em algum lugar lá em cima se quebra inteira, chuva de vidro ao nosso redor.

— Ai, meu Deus — digo. — Nathan, o que você fez?

— Não fui eu — diz ele. — Foi a porra daquela bruxa maluca. Juro. — Em seguida, ele avança para a frente e agarra meus ombros. — Eddie. Eu estava indo procurar você. — Ele franze a testa. As próximas palavras saem de uma vez só. — Então... lá vai, tá? Eu realmente vendi heroína para o Jake muitos anos atrás. Eu... Sim, olhe, desde esse dia, eu me senti um merda por isso. Fiquei na merda. E... me desculpe, cara. Mas você tinha que ver. Tava na cara que ele precisava de alguma coisa para se sentir melhor. Ele estava triste pra caralho.

Ele olha para o acesso de veículos.

— Não acredito que ela acabou de tacar fogo na própria casa. Que psicopata do caralho... — A voz dele fica mais firme, os olhos perturbados, os punhos fechados ao lado do corpo. — Ela tinha que tirar isso de mim também, né? E agora ela está saindo ilesa. Não. Foda-se.

Então eu me viro e o observo correr.

OWEN

Vejo os faróis traseiros do meu próprio carro desaparecerem pela rua. Mas me sinto um super-humano, detentor de uma velocidade e força anormais, meu corpo inteiro se contorce de adrenalina e raiva do couro cabeludo até a ponta dos pés, como se eu pudesse rasgar uma pessoa, membro por membro, com minhas próprias mãos.

Agora eu entendo. Foi por isso que me senti impelido a voltar para cá.

Pensar em Francesca vivendo uma vida tranquila e luxuosa sob o sol enquanto todo esse tempo minha mãe estava aqui, abandonada no chão frio e escuro. Ela escapou da justiça por todos esses anos.

Mas isso acaba hoje.

Ela não vai escapar dessa vez.

FRANCESCA

Eu me aproximo dos portões. Pelo retrovisor, meio escondidas, vejo as chamas bruxuleantes saindo das janelas de baixo. Quase desejo poder ficar para assistir. Sinto um pequeno arrepio de ansiedade. O mesmo arrepio que senti tantos anos atrás na floresta, pronta para ver o medo surgir no rosto da Pardal. Ou quando ofereci os brownies que fiz naquela noite, esperando as consequências se desenrolarem.

Então, olho para a frente e penso avistar aquelas figuras encapuzadas horríveis se esgueirando no ponto mais distante da floresta. Outra olhadela pelo retrovisor e consigo ver uma silhueta correndo, me alcançando. Owen. E, conforme eu me aproximo dos portões, alguém sai das sombras. Vejo o cabelo loiro brilhante — Michelle, com uma expressão sinistra e determinada no rosto.

Mas os portões estão se abrindo para me deixar passar, então piso fundo no acelerador, aumentando a velocidade, deixando-os para trás. Os portões estão se fechando agora, e consigo respirar de novo. Vou conseguir me safar. Como na primeira vez.

Agora é tudo passado. Estou indo mais rápido do que qualquer pessoa conseguiria a pé, mesmo com essa estrada do interior cheia de curvas, e sinto que tenho todo o tempo do mundo. Quando freio por causa de uma curva sinuosa, algo cai da bolsa da Pardal e vai parar no chão do carro. Paro o carro e pego. Parece ser um diário. Folheando rapidamente, vejo as datas. Meu nome. Arranco as páginas e as entrego ao vento quente. Jogo a casca vazia atrás de mim, desprovida de qualquer poder que já teve um dia. Que sensação boa... Uma purificação física do passado.

Então, piso fundo no acelerador de novo.

Agora estou fazendo a curva que leva àquela fazenda fedorenta do lado do penhasco, com aquele estacionamento de trailers horroroso na frente.

Vou precisar de um novo local, obviamente. Um lugar no exterior. Talvez possamos mudar um pouco: oferecer sessões de terapia, redefinições mentais de uma semana. Uma clínica de detox só que sem o masoquismo. Consigo visualizar as entrevistas profundas. É normal esperar que esse tipo de coisa — esse tipo de escândalo, porque é o que eu acho que vai ser — afastaria as pessoas. Longe disso.

O vento quente bate em meu cabelo, o ar aveludado da noite de verão toca com delicadeza meu rosto. As estrelas estão tão brilhantes. Na verdade, parecem estar brilhando apenas para mim. Cintilando, quase vibrando, com essa energia linda e louca, como se o universo estivesse falando diretamente comigo, como ele costuma fazer. Abaixo a cabeça e vejo que algumas delas estão espalhadas em meu colo, brilhando para mim. Pisco. Que estranho. Que maravilhoso!

Pego um punhado e jogo para o ar. Elas se espalham no céu da meia-noite como purpurina, como os pontinhos do anel de opala preta que tenho. Rio, e minha risada é levada pela brisa quente como flores sopradas pelo vento. Eu me sinto um pouco diferente. Mas não de uma maneira ruim. Apenas... livre. Deixo meu olhar vagar para o mar, sonhando com novos horizontes.

Quando volto a olhar para a estrada, há uma silhueta no meio. Balanço a mão para afastá-la, como espalhei as estrelas. Não acontece nada. Fecho os olhos e os abro de novo. A silhueta continua lá. Uma apreensão sombria me acomete. *Um mau pressentimento.* Tento voltar para as estrelas, para o vento quente. Sei que deve ser um truque das sombras criando uma mancha em minha visão.

Não, eles não são reais.

Mas, por mais que eu pisque, ainda está lá, a figura alta de preto, a capa esvoaçando como um remendo mais profundo da noite. Braços levantados, como se fizesse um sinal para eu parar. Conforme me aproximo, vejo a forma medonha da cabeça, o bico adunco.

A sensação sinistra cresce, uma nuvem de pavor me envolve. Algo estranho está acontecendo com a minha visão, pois a figura também parece estar se expandindo, crescendo na minha frente. Os braços estendidos se transformam em duas asas pretas se abrindo para me envolver inteira. Estou quase em cima dela, mas ela não se move. Giro um pouco o volante, tento desviar. Buzino. Mas ela entra mais ainda em meu caminho. Parece que vai pular em cima de mim, no capô do carro. Viro bruscamente o volante, e há um baque e um som de algo se estilhaçando. Quando afundo o pé no acelerador, não acontece nada além de um ruído estridente. Abro a porta com pressa, olho para cima, e ela está vindo atrás de mim.

Ouço um uivo vindo de todos os lados — eu estou uivando, o universo está uivando. Acho que consigo ouvi-la uivar também, tantos anos atrás, quando ela caiu no chão da floresta.

Empurro a figura sombria, e um pedacinho macio sai na minha mão. Estou correndo agora, fugindo. Estou na floresta? Alguma coisa — galhos? — se enrosca em minhas pernas. Não, são arbustos espinhosos, se entrelaçando em mim. Eu avanço mesmo assim, e, de repente, eles cedem fácil demais, como se fossem nuvens de fumaça. E agora não há nada embaixo de mim, nada à minha frente, além do ar quente de uma noite de verão. Estou voando, pairando no céu estrelado.

Ah. Agora não estou mais subindo, estou despencando, e...

As sombras se dissolvem de volta à floresta. Aglomeram-se e aglutinam-se em volta da árvore dos cem olhos. Sombras com forma, com substância. Elas ainda não falharam em fazer justiça. Elas são como a natureza. E a natureza sempre dá um jeito.

Depois

O dia depois do solstício
EDDIE

A fumaça está se dissipando agora, e, além dela, não há uma nuvem sequer no céu. Todos estão sentados no gramado, a maioria enrolada em mantas térmicas de alumínio das ambulâncias, embora já esteja quente. Mas, tudo bem, eu entendo. Depois do susto, e tudo mais.

Minhas costas estão me matando. Meus ombros parecem ter sido arrancados das articulações. Ainda dói quando respiro. Estão me chamando de herói por causa da quantidade de gente que tirei do Solar antes de ele ser totalmente destruído pelas chamas. Quando olhei para cima e vi o prédio, todo engolido pelo fogo, não parei para pensar. Agi no piloto automático e corri para ajudar. Agarrei as pessoas enquanto elas saíam do prédio. Algumas estavam totalmente fora de si — não sei se pela sidra, pela fumaça ou por sei lá o quê. Puxei uma, depois outra, para a segurança do gramado, longe dos pedaços de vidro e pedras caindo. Fiz isso várias e várias vezes.

Ouço o crepitar de um walkie-talkie. Dois policiais — um de farda e outro com roupas comuns — estão a poucos metros de distância, conversando baixinho. Mas capto algumas palavras:

— Então, é uma questão de sequência de eventos. Como ela foi parar a um quilômetro e meio de distância daqui, lá embaixo do penhasco, enquanto este lugar queimava...

— Ai, meu Deus, Eddie — diz Ruby, cambaleando em minha direção, me fazendo perder a conclusão da conversa dos policiais.

— Você está bem, Ruby?

Ela só balança a cabeça, sem falar nada. Eu me levanto, e ela se joga em meus braços para um abraço, e talvez eu a tenha abraçado por muito tempo, ou muito apertado, porque ela se afasta devagar e olha para mim.

— *Você* está bem, Eds?

Abro a boca, mas não consigo encontrar as palavras para responder. Não consigo nem pensar por onde começar.

—Você foi incrível, Eds. O que foi? É porque tem duas pessoas que não conseguiu tirar de lá? Não pode se sentir culpado. Você não tinha como saber que tinha mais gente lá dentro. Consigo ver no seu rosto que isso está consumindo você.

É verdade que eu queria salvar o maior número de pessoas possível. Por isso corri de volta para o prédio em chamas tantas vezes. Sem me importar com o que aconteceria comigo.

Teve duas pessoas que eu não consegui salvar. Todos nós vimos os sacos pretos atrás da ambulância. Mas não me sinto culpado por isso. Sei que provavelmente não havia nada que eu pudesse fazer. Acho que Ruby me conhece bem — e talvez *saiba* ler minhas expressões. Mas o que ela acha que está vendo não é exatamente tudo.

BELLA

— Fique parada — diz o paramédico enquanto termina o último ponto no machucado acima da minha sobrancelha.

Fico lá sentada, enrolada na manta térmica, apertando os olhos de dor, tentando escutar as conversas ao meu redor. Ouço rumores sobre mortes, talvez diversas delas.

A polícia está aqui agora. Observo os policiais se moverem entre os grupos de hóspedes no gramado, falando com todo mundo. Não quero falar com eles. Ainda não. Não consigo organizar meus pensamentos — minha cabeça está doendo, pelo visto tive uma concussão bem séria. A última coisa de que me lembro mesmo é de ver Francesca ir embora dirigindo aquele carro prata e saber que eu não podia deixá-la escapar.

Será que desmaiei depois disso? Acho que devo ter desmaiado. Não me lembro de nada do que aconteceu depois.

Agora só consigo pensar em minha filha. Só quero voltar para casa, para ela, para minha bebezinha. Minha vida simples e segura. Mas acho que vai demorar um pouco até eu poder fazer isso.

Entendo Cora melhor agora. Você não para de querer as coisas, ou de querer se agarrar a uma versão anterior de si mesma, só porque se tornou mãe. Ainda mais quando se tem um filho e você mesma ainda é uma criança. Nós víamos Cora como uma garota descolada e maneira, e ela nos via como duas adolescentes que não faziam ideia das responsabilidades que ela tinha em casa. Naquele lugar mágico — o lugar que pensei ser uma Nárnia, um País das Maravilhas —, ela podia escapar para outro mundo por algumas horas todo dia.

O ruído de um rádio me faz olhar para cima. Há policiais fardados para todos os lados, além de alguns que imagino estarem à paisana. Mas meus olhos são atraídos por uma figura em particular. Um homem com mais ou menos a minha idade, cabelo bem curtinho, um pouco grisalho nas têmporas. É o mais alto deles e parece ser o mais experiente. Ele se vira para mim, a luz do sol ilumina seu rosto.

Mas não pode ser.

INVESTIGADOR DE POLÍCIA WALKER

— É um milagre não ter tido mais vítimas — diz Fielding a Walker. — Comecei a tentar fazer uma lista de testemunhas-chave, como você pediu. Está todo mundo dizendo que um rapaz, um funcionário, ajudante de cozinha, foi o herói. Dizem que ele ajudou a tirar um monte de gente lá de dentro. É um bom menino. Está um pouco assustado. Não parece se considerar um herói também, mas geralmente esses são os heróis de verdade. Devíamos indicar ele para uma daquelas medalhas de bravura, ou algo assim. Olhe. Ele está sentado bem ali. Venha conhecer.

Walker segue o investigador Fielding até uma parte do gramado, onde um jovem forte está sentado, fitando o vazio, pálido, exausto e com olheiras.

— Aqui está ele — diz Fielding. — Qual é seu nome mesmo, amigo?

— Eddie — responde o menino. — Eddie Walker.

Fielding se volta para o investigador Walker.

— Hum. Que coincidência. Acho que é um nome bem comum. — Ele olha de novo para o menino. E para Walker outra vez. — Engraçado. Se fosse possível, eu diria... — Ele para de falar, confuso.

Walker consegue vê-lo tentando assimilar o impossível.

Agora o menino, ou melhor, algo entre um menino e um homem, está se levantando, olhando para Walker fixamente. Walker vê o momento exato em que a ficha dele cai.

— Que porra é essa? — diz Eddie.

Pelo jeito desajeitado como ele fala "porra", Walker percebe que ele não usa essa palavra com muita frequência.

Minha mãe criou os filhos para não falarem palavrão.

— Se puder nos dar um momento — diz Walker, se virando para o investigador Fielding.

— Sim. Claro... chefe.

Mas, enquanto se afasta, Fielding olha para trás uma vez, duas, como se tentasse entender o que está vendo.

Walker sabia que esse momento chegaria. O momento em que ele precisaria se afastar do caso porque estaria muito envolvido para continuar. Quando ele teria que revelar sua profunda ligação com essa parte do mundo. Admitir que, embora tenha vindo de Londres, não é de lá que ele é.

Ele consegue sentir que Fielding está observando de longe. Ele sabe que precisa explicar algumas coisas. Dar muitas satisfações, na verdade. Existe uma chance de isso resultar numa medida disciplinar — ou coisa pior. Mas ele não pode se preocupar com isso agora. Porque, acima de tudo, ele precisa se explicar para o rapaz que está parado na sua frente. Ele engole em seco.

— Sou eu — diz ele. — Jake, seu irmão mais velho. Eu voltei.

EDDIE

— Não — digo. — Não pode ser você.

É algum tipo de piada sem graça. Só pode ser. Não faz o menor sentido. Jake estava perdido na vida, era um drogado. Roubou o trator do meu pai. Ele estava sem rumo. Não tem como ele ter se tornado isso — *um policial*, entre todas as alternativas.

Mas é ele. Embora seu rosto esteja mais fino, mais velho. Por baixo de tudo, consigo ver o menino das fotos nos álbuns. Eu deveria saber. Eu as fitei muitas vezes em meu quarto, tentando me lembrar de como ele era, tentando imaginar como ele estaria hoje em dia.

Agora eu sei.

Também sei, depois da noite passada, que ninguém é o que parece.

— Eddie — diz ele, a voz grossa. Vejo seus olhos se encherem de lágrimas. — Não consigo acreditar. Sei que é burrice... Sei quanto tempo se passou. Mas, na minha cabeça, você ainda é aquele menininho loiro. Brincando na piscina de plástico. Você amava muito aquela piscina.

Ele cobre os olhos e o vejo respirar fundo, de forma trêmula. Então, ele tosse e endireita os ombros. Eu o observo se recompor.

— Me desculpe. Pensei tanto nisso. Mas, de alguma maneira, não consigo assimilar você parado aqui na minha frente, um homem feito. E estão dizendo que você é um herói, Eddie. Meu irmãozinho! Soube o que você fez. Como você salvou as pessoas ontem à noite. Olhe... sei que não é meu papel. Sei que não tenho o direito de dizer isso, depois de tanto tempo. Mas estou tão orgulhoso de você...

— Não — digo, rápido. — Eu não sou um herói.

— Mas...

— Não sou.

— Tudo bem. — Ele assente, como se fosse deixar aquilo de lado por enquanto. — Olhe. Eu... imagino que você tenha um monte de perguntas.

Estou sentindo tantas coisas de uma vez só, tenho tantas perguntas para fazer que nem sei por onde começar.

— Sim... onde você estava? — pergunto. — Achei que estivesse preso... ou até... — Não consigo dizer *morto*. — Mas, mas... olhe só você. Você está *bem*.

As palavras saem com raiva. Eu estou com *raiva*. Se ele está bem, de que serviu tudo aquilo?

— Ah, Eddie — diz ele. — Eu não estou bem. Estou melhor que antes. Acho que dá para dizer isso. Fiquei muito mal naquela época. Depois de tudo que fiz com a mamãe e o papai. Depois que o papai me expulsou de casa. Mas não foi só isso. Uma coisa muito ruim aconteceu, Eddie. Não tinha como eu voltar para cá depois daquilo. Não assim.

— Eu sei — digo. — Eu sei da mulher que morreu.

O rosto dele fica pálido.

— Como? — sussurra ele.

— Ela me contou.

Aponto para o outro lado do gramado, onde Bella está sentada e um paramédico faz um curativo na cabeça dela. Ela está nos encarando também. Não, ela está encarando Jake.

— Então ela veio — murmura ele, quase para si mesmo. — Eu não sabia se ela viria. Depois de tanto tempo. Fiquei me perguntando como ela tinha lidado com aquilo, se ela ficou tão abalada quanto eu. Veja, eu precisava encontrar uma maneira de viver comigo mesmo. Esse trabalho, ele tem me feito bem. Desvendar assassinatos. É como... uma penitência, eu acho. Sou especialista em casos arquivados, Eddie. Em descobrir a verdade depois de muito tempo. Buscar justiça. — Como se estivesse falando para si mesmo, ele diz: — Talvez eu devesse saber que esse era o único fim que poderia ter.

Ele passa a mão no cabelo curto e arrepiado, olha para o chão. Está respirando rápido, o peito subindo e descendo. Enfim, se controla. Ele olha no fundo dos meus olhos.

— Eu vi com meus próprios olhos. Sei que as chances de conseguir uma acusação em casos como esse, de quinze anos atrás, são quase zero. O sangue nunca está nas mãos dessas pessoas. Elas têm os melhores advogados, os melhores contatos. Essa... crença na invencibilidade. É como se eles herdassem isso com todo o resto.

Ele franze a testa.

— Eles me ameaçaram naquela época. Ameaçaram nossa família. Mas então aconteceu essa ironia estúpida de o meu trabalho ser literalmente desvendar assassinatos, pelo amor de Deus... e eu nunca poder fazer nada sobre um assassinato que testemunhei com meus próprios olhos. — O tom de sua voz muda agora. Está mais firme, mais furiosa. — Eu sabia que não podia deixá-la sair impune dessa...

Ele para de falar e olha por cima do meu ombro. Eu me viro e vejo Bella Springfield parada a poucos centímetros.

— *Jake?*

Ele assente e pigarreia.

— Oi — diz ele. — Quanto tempo...

Se ele tentou soar animado, não funcionou. Eu me pergunto se os dois estão se lembrando da última vez em que se viram. Dois adolescentes apavorados.

Por um instante, eles simplesmente se encaram. Então, Bella fecha os olhos e suspira, como se tivesse acabado de entender alguma coisa.

— Foi você — diz ela, olhando de novo para ele. — Não foi? Você me mandou aquelas reportagens. Você me trouxe de volta para cá.

Ele assente.

—Você sabia o que eles tinham feito com o corpo. Me desculpe por nunca ter respondido à sua mensagem naquela época. Eu estava muito mal... Mas eu sempre me arrependi de não fazer nada, de não dizer nada. Principalmente depois que virei policial, quando meu trabalho se tornou desvendar casos arquivados. Então *ela* simplesmente voltou para cá, como se nada tivesse acontecido, e reconstruiu esse lugar, apagando o passado. Ela veio atrás das terras dos meus pais e começou a reivindicá-las, graças aos contatos que tem na prefeitura. Está no site do hotel. Alegando que eram dela de verdade. Aí encontrei você.

Então, ele aponta para outra direção. Eu me viro e vejo Owen Dacre sentado com a cabeça entre as mãos. Seu rosto está escondido, mas ele parece arrasado.

— Ele foi o primeiro com quem entrei em contato — diz Jake. — O primeiro que trouxe de volta para cá, antes de você. Parece muito cruel de certa maneira. Mas não aguentei pensar em todos os anos que ele passou achando que a mãe havia decidido abandoná-lo sem mais nem menos.

— Ai... meu Deus — diz Bella, encarando. — Eu me sinto tão burra... Como não percebi? É ele, é claro que é. Estou vendo agora. Mas eu só o conhecia como Camarão. Acho que foram as roupas, o nome. — Ela franze a testa. — E o fato de ele ter se casado com ela...

Jake balança a cabeça.

— Quando se remexe o passado dessa maneira... pode ter repercussões que você nunca imaginou. Nunca achei que ele fosse esconder dela quem ele era. Achava que talvez houvesse alguma maneira de chegar a ele, de contar o que aconteceu. Mas aí ele se apaixonou por ela tão rápido. Foi quando me dei conta de que eu precisava de mais. Quando atraí você.

Bella apenas balança a cabeça, sem saber o que dizer. Então, ela fala:

— Mas você não *sabia* se eu viria. Você não sabia se nenhum de nós viria.

Jake assente.

— Claro que não. Mas fiz o que eu podia para dar andamento às coisas. Não sabia exatamente o que ia acontecer, mas eu achava que *alguma coisa* ia acontecer. Veja, é isso que se faz com casos arquivados. Você volta às testemunhas principais, você traz de volta os protagonistas. Você faz tudo que pode. Mexe cada pauzinho. Tenta enxergar por todos os ângulos. Vira tudo do avesso. — Ele franze a testa. — Mas acho que eu não conseguiria ter previsto tudo isso. Eu... — Ele para de falar.

— O quê? — incita Bella.

Ele dá uma olhada para trás, para seus colegas policiais. Abaixa a voz.

— Eu não deveria dizer isso para você. Pode me trazer problemas. Mas talvez não importe agora. Tem um corpo, lá embaixo do penhasco... Temos que esperar um reconhecimento formal, mas é ela, eu sei que é.

Ouço Bella respirar fundo.

— Foram os Pássaros — diz Jake. — O velho Graham Tate jura que viu eles. Tinha uma pena preta na mão dela.

— Ela está morta? — Engulo em seco, porque é como se houvesse algo preso em minha garganta. — Está dizendo... Está dizendo que Francesca Meadows está morta?

— Estou. — Jake assente. Então, olha mais atentamente para mim. — Eddie? Você está bem?

A voz dele parece estar muito longe. Porque de repente é como se eu não estivesse exatamente aqui. Estou lá novamente. Na noite passada...

O solstício
EDDIE

Vejo a silhueta prata do carro se movendo na escuridão pelo acesso de veículos, em direção aos portões. As palavras de Nathan Tate ecoam em minha mente: "Mas você tinha que ver. Tava na cara que ele precisava de alguma coisa para se sentir melhor. Ele estava triste pra caralho."

Penso no meu irmão perdido. No meu pai arrasado. Na minha família, destruída pelo que ela fez. Entendo o que Bella quer dizer. Francesca Meadows é rica, poderosa e está há quinze anos impune. É claro que ela vai se safar mais uma vez.

O que eu posso fazer? Mas eu preciso fazer *alguma coisa*. Nunca odiei ninguém na minha vida. Mas depois que descobri a verdade... É. Acho que eu a odeio.

Não há muito tempo. *Pense, Eddie*. A estrada adentra em curvas por um bom trecho antes de encontrar o mar de novo, e não dá para andar a muito mais de trinta quilômetros por hora... a trilha do penhasco é muito mais estreita, mais direta. Talvez haja uma chance...

Corro até o bicicletário, a apenas alguns metros de distância. Pego minha bicicleta. Enquanto pedalo como um louco, passo por Nathan Tate, que não tem nenhuma chance de alcançá-la, então quase perco o equilíbrio ao avistar Owen Dacre correndo em direção aos portões, possuído de raiva. Oscilo um pouco quando passo por Michelle, fitando o acesso de veículos com uma expressão de ódio. E, enquanto saio pelos portões, vislumbro diversas silhuetas escuras com o canto do olho me observando partir.

Mas então, todos eles ficam para trás, e só sobra eu. Na trilha do penhasco, pedalo com todas as minhas forças, derrapando em seixos e passando por buracos, as pernas tremendo, os pulmões queimando, o suor escorrendo pelos meus olhos. A lua ilumina o caminho, pairando imensa e pesada acima da água. Meu peito queima, sinto ânsia de vômito com todo o esforço. Mas não posso parar. Só sei que preciso chegar lá a tempo.

Finalmente chego ao local onde a estrada encontra o penhasco perto do estacionamento de trailers. Salto da bicicleta, ofegante. Percorro com os olhos todas as direções, tentando captar qualquer som mais alto que as marteladas do meu coração em meus ouvidos. Nenhum sinal de carro. Cheguei tarde demais. Ela já deve ter passado. Mas então...

Sim, consigo escutar o ronco de um motor. Consigo ver o brilho de faróis sobre uma pequena elevação na estrada, vindo da direção do Solar. Um lampejo de prata. É ela. Meu coração está batendo ainda mais rápido. Essa é a minha chance.

Mas preciso de algo mais. *Eu* preciso ser mais. Mais do que o simples Eddie Walker, que não consegue nem matar uma aranha quando a namorada pede. Preciso de algo que a paralise de tanto medo.

O ronco do motor fica mais alto. Não tenho muito tempo. Largo a bicicleta e, quando a cestinha pousa no asfalto com uma pancada suave, eu me lembro da máscara, da capa e das luvas escondidas lá dentro. Penso na imagem aterrorizante daquelas figuras escuras na floresta.

Levanto a máscara, só que de repente ela parece mais do que simplesmente uma máscara. É como se estivesse vibrando com um estranho poder... ou talvez sejam só minhas mãos, que não param de tremer. Por um instante, paro e encaro a máscara: será que devo? Mas agora é inevitável. É a única opção.

Eu a coloco. Puxo a capa em volta dos ombros e, embora esteja um baita calor e o tecido preto seja grosso e pesado, ela está estranhamente fria. Estremeço, o primeiro arrepio que senti na noite inteira.

Fico parado, esperando. Ouço um grito vindo da direção do estacionamento de trailers. Olho para trás. E, ao luar, vejo o velho Graham Tate agarrado à cerca externa, segurando uma garrafa de uísque e me fitando com olhos arregalados e assustados. Levo um segundo para perceber que ele não está vendo a mim, Eddie. Ele está vendo um dos Pássaros. E ele está apavorado.

Essa coisa que estou usando... é mais do que só um tecido e penas agora. Está me transformando em alguém — em alguma coisa — diferente. Um poder sombrio se infiltra em mim. E, quando os faróis fazem a última curva, vou para o meio da estrada, levanto as mãos, a capa chicoteia atrás de mim e eu grito: "PARE." Mas até minha voz não é mais minha. Ela sai como um guincho — como um som que eu nunca emiti, como um som que nenhum ser humano nunca emitiu.

Avisto o rosto dela através do para-brisa, e ela também está apavorada.

Ótimo.

Porque eu não sou mais o Eddie. O medo se foi, a dúvida se foi. Tudo que restou foi a raiva. Mais do que só minha raiva sobre a minha família, que é um sentimento triste, irritante e doloroso. Isso é maior, maior do que eu, mais poderoso, mais perigoso. Emocionante, quase. Como se em algum lugar, bem lá no fundo, um fogo tivesse sido aceso. E eu consigo ouvir um gorjear na minha cabeça, como os dos pássaros no gramado hoje de manhã.

O carro se aproxima cada vez mais, mas ela precisa parar. Estou aqui. Não vou deixá-la passar. Ela está correndo em minha direção, consigo ouvir o ronco do motor rugindo cada vez mais alto, e talvez ela não pare, afinal. Não tenho tempo de sair do caminho. Vejo seu rosto pálido pelo para-brisa, sua boca totalmente aberta gritando. No último segundo, ela desvia para um dos lados, e o carro prata bate no barranco da lateral da estrada com um barulho de vidro se estilhaçando. Há um instante de calma e silêncio. E por um momento penso que é isso. Será que ela...?

Não. Ela está abrindo a porta com força, saindo do banco do motorista. Ela se vira e olha para mim, está assustada, dá para ver. Mas não é suficiente. Não é suficiente ela estar assustada. Eu preciso de mais. *Os Pássaros* precisam de mais. O barulho em minha mente fica mais alto e se transforma em um clamor. Ela está correndo para longe de mim, e talvez seja assim que uma ave de rapina se sinta quando vê um ratinho correndo na grama, pois, ao vê-la correr, só consigo sentir a raiva crescer, a necessidade crescer. Estou perseguindo-a. E agora estou alcançando-a, mas ela está abrindo caminho em meio aos arbustos espinhosos na beira da estrada, e uma vozinha na minha cabeça, o que restou do Eddie, pensa: "Por que por aí? Por aí, não..."

Eu me impulsiono entre os arbustos espinhosos atrás dela e os sinto rasgar a capa, e, quando estou quase a alcançando, sinto a escuridão do outro lado, a escuridão e o espaço e *nada*, e no último segundo ela se vira para trás, para mim, como se tivesse acabado de mudar de ideia, estende o braço e a sinto puxar uma pena.

Outro grito. Nem sei se foi ela ou eu, se foi real ou dentro da minha cabeça, mas de repente ela se foi.

Estou sozinho no topo do penhasco.

Sinto o cheiro de fumaça vindo de algum lugar.

E o único som que ouço é o do vento quente rasgando o mar.

Ai, meu Deus.

Dois meses depois
EPÍLOGO
OWEN

Eu herdei tudo. O parente mais próximo. Um menino do interior, um menino que cresceu em um estacionamento de trailers, um menino que antes tinha vergonha de ser muito pobre, se tornou o lorde do Solar. Ou do que restou dele, afinal.

A parte mais bizarra é que, às vezes, sinto saudades de Francesca. Ou melhor, sinto saudades da Francesca que eu achava que conhecia. De seu brilho. E então me lembro: aquela pessoa era uma ilusão. Uma farsa. Cínica. Então é como se eu experimentasse a perda pela segunda vez.

Meu primeiro instinto foi vender o lugar, me livrar, não ter mais nada a ver com ele. Coloquei à venda, e os compradores em potencial surgiram do nada. Eram todos da mesma espécie: empreendedores querendo construir novas propriedades luxuosas, investidores de fundos de hedge em busca de um refúgio longe de Londres, grandes redes de hotelaria nem um pouco abaladas com o drama e a tragédia. Afinal, um local assim — com uma vista de tirar o fôlego — não aparece com muita frequência.

Mas não consegui. Querendo ou não, esse foi o último lugar onde minha mãe esteve. Eu precisava construir algo para ela.

Vai ser meu primeiro projeto voltado para o público. No lugar do imponente bloco de pedra ancestral, haverá uma galeria ultramoderna e cheia de luz, dedicada a exibir exclusivamente trabalhos de artistas locais. Um novo destino cultural neste lugar remoto. Também vou construir um centro comunitário para famílias da região, com piscina e quadras de tênis. O jardim será convertido em alojamentos. A floresta ficará aberta ao público novamente.

Vou fazer isso tudo por ela. Pelo menino que fui um dia. E por este lugar. Porque, no fim, Tome cuidou da minha família. Eles trouxeram minha mãe de volta para mim. Eles cuidaram dos seus. Os moradores daqui, as pessoas comuns. Os verdadeiros herdeiros desta terra.

EDDIE

Estou sentado em meu quarto, fitando a escuridão. As estrelas estão tão brilhantes hoje. Consigo vê-las lá em cima — a Ursa Maior, a Ursa Menor. As estrelas estão iguais. A floresta está igual. Agora eu... nunca mais serei o mesmo.

Há um burburinho vindo da sala de estar, lá embaixo. Uma gargalhada estrondosa. Isso foi... meu pai? É um som tão pouco familiar. Então, minha mãe diz alguma coisa. E aí outra voz, uma voz velha/nova. Jake.

Ele voltou para casa. Depois de quinze anos, meu irmão mais velho voltou para casa. Todos nós sob o mesmo teto outra vez — uma família. Por enquanto, apenas por umas duas horas. Um passo de cada vez. Mas hoje ele veio para o almoço de domingo, então ficou para se sentar perto da lareira na sala. E é estranho e superconstrangedor às vezes, como se todos nós estivéssemos tentando interpretar os papéis de membros da família sem termos decorado nossas falas. Jake e meu pai alcançando o molho ao mesmo tempo, pedindo desculpas um para o outro como estranhos.

Somos estranhos. Nunca vamos recuperar os anos perdidos. Às vezes, vejo meu irmão observando meu pai quando ele não está olhando e penso: *Jake não o perdoou*. Ainda não. Talvez nunca perdoe. Em outros momentos, vejo meu pai observando Jake intensamente com uma expressão envergonhada e triste. E sei que há mais por vir... coisas difíceis, confusas, furiosas e tristes que precisam ser encaradas, mas que não podem até eles passarem pelo estágio do estranhamento educado.

Hoje, porém, todos querem se dar bem, então agimos assim: conversamos sobre crumble de amora, a barriga de todo mundo cheia de comida e bebida. Jake está dizendo agora o quanto sente saudade do creme inglês da minha mãe, ela fica com os olhos cheios de lágrimas e estende o braço para ajeitar o cabelo dele. Então, Jake brinca que ele sente falta até dos caroços no creme, e minha mãe finge dar um tapinha em sua orelha. Aquilo — a parte feliz — foi o que me fez pedir licença e vir para cá ficar sozinho. Porque fico bem com a estranheza. Eu prefiro, na verdade. Posso me esconder atrás dela, esconder a mudança dentro de mim.

Peguei Jake me olhando de um jeito curioso uma ou duas vezes. E, quando estávamos só nós dois, ele abriu a boca como se fosse dizer algo, depois a fechou de novo como se tivesse mudado de ideia, ou só não conseguisse encontrar as palavras. Acho que ele já viu isso muitas vezes no trabalho dele: culpa.

A pior parte é que todos por aqui acham que sou um herói. Elogiam o ótimo trabalho que fiz durante o incêndio, tirando todas aquelas pessoas... Voltei de bicicleta para o Solar porque não tinha como eu voltar para casa depois do que aconteceu. Do que eu fiz.

Se eu tive a intenção? Eu sabia o que podia acontecer quando coloquei a capa? Quando fiquei parado na estrada para detê-la? Quando eu, Eddie Walker, me tornei um assassino?

Tomo um susto com o som de uma batida suave na porta do meu quarto. Minha mãe enfia a cabeça para dentro antes que eu possa responder, porque ela nunca espera, embora seja possível imaginar que, por ter tido dois filhos adolescentes, ela tivesse aprendido a esperar trinta segundos pelo menos.

— Tudo certo, meu amor?

Ela entra no quarto e fica parada olhando para mim. Eu me sinto como se tivesse sido pego fazendo algo suspeito, apesar de eu estar apenas sentado aqui na cama contemplando a escuridão. Acho que é porque não tive tempo de colocar minha máscara... a versão antiga do Eddie que eu preciso usar como uma fantasia.

— Tudo — digo. Minha voz sai um pouco rouca.

— Estou indo para o meu clube do livro — diz ela. — Acho que Jake também vai embora daqui a pouco, se quiser se despedir.

— Claro.

Assim como vi Jake fazer algumas vezes, minha mãe abre a boca como se quisesse dizer alguma coisa e a fecha de novo. Eu queria que ela parasse de me olhar. Queria que só fosse embora, para eu não ter que tentar fingir tanto.

Então ela deixa uma coisa cair no chão com um *tum* abafado. Nós dois olhamos para baixo, para a pequena silhueta preta no piso.

— Opa — diz minha mãe.

Mas há uma pausa antes de ela se abaixar para pegar. Uma pausa que me dá tempo de ver o que é: uma luva comprida, de couro preto. Nada a ver com o tipo de coisa que minha mãe costuma usar (eu sei, porque uma vez economizei dinheiro para comprar umas luvas de caxemira bege que ela usa todo outono e inverno). Mas essa não é a razão pela qual sinto um calafrio. É porque eu já vi luvas assim.

— Mãe — digo. — O que é isso?

Minha mãe segura a luva por um instante com as duas mãos, como se estivesse pesando-as, como se estivesse decidindo o que dizer a seguir.

— Foi você — diz ela, enfim. — Não foi, amor?

Por um momento nauseante, eu só a encaro, o coração acelerado, sentindo que vou vomitar. Ela está dizendo...?

Então, minha mãe diz:

— Quer dizer, foi você que pegou as... As coisas no armário embaixo da escada, não foi?

Estou meio aliviado, meio confuso. Peguei aquelas coisas para impedir meu pai de usá-las, para protegê-lo. Meu pai, um dos Pássaros da Noite. Meu pai, que escondeu a máscara, a capa e as luvas lá.

Não foi...?

— Foi um lugar muito idiota para deixar as coisas — diz minha mãe, balançando a cabeça. — Eu precisava de um lugar onde eu pudesse pegar tudo rápido e também onde seu pai não fosse olhar, já que ele nunca limpa nada. Por sorte, havia uma sobrando para eu usar. Uma das nossas companheiras não estava usando a dela naquela noite.

Meu pai, não. *Minha mãe*. Minha mãe era — é? — um Pássaro da Noite.

Mas... Não. Não pode ser. Simplesmente não pode. Minha mãe é lar, segurança, conforto, empadão e ver programas de culinária juntos. Minha mãe não entra na floresta no meio da noite usando uma capa e uma máscara.

Mas talvez nada devesse me surpreender agora. O mundo inteiro virou de cabeça para baixo. Ninguém é o que parece. Inclusive eu.

— Mas... — digo, tentando encontrar as palavras, sem saber por onde começar. — Eu achei... Eu tinha tanta certeza de que era meu pai...

—Você achou que seu pai fosse um Pássaro? — Minha mãe dá um pequeno suspiro. — Seu pai, de noite, vai para um dos anexos e joga Fortnite, acho que é esse o nome, de madrugada, com estranhos na internet. Nós dois tivemos que encontrar uma maneira de viver nossas vidas, sabe? Depois de tudo.

—Você... — Eu ainda não consigo lidar com a magnitude dessa nova informação. Começo com as primeiras coisas que me vêm à mente: o sangue na floresta. As figuras de capa preta. — Foi você — digo —, *você* matou Ivor?

Minha mãe solta um pequeno suspiro.

— Ivor estava velho e doente. Ele tinha artrite em todas as articulações, estava com uma dor permanente. Ele teve uma vida boa, e sua hora tinha chegado. Precisávamos de um sacrifício, para o solstício. Para o Samhaim também, o Beltane... todos os outros. É tradição. Uma sangria para nos trazer sorte em nossos empreendimentos. E nós precisávamos especialmente nesse solstício.

Eu a encaro. Ela nem soa como ela mesma. É como se outra pessoa — outra coisa — tivesse possuído o corpo da minha mãe. Então, ela olha para mim e diz com sua voz normal:

— Sinceramente, Eds. Toda vez que eu olhava para o coitado do Ivor, parecia que ele me dizia: "Me ajude." Muito mais gentil que ser mandado para o abatedouro.

— Mas... meu pai parecia tão culpado...

— Ah, seu pai *realmente* se sentia culpado, porque ele não conseguia se lembrar se tinha deixado o portão aberto. Ele achou que podia ter sido culpa dele Ivor ter escapado. Ele estava bebendo, e você sabe como seu pai fica quando bebe.

Enquanto ela fala, outra peça do quebra-cabeça se encaixa.

— Peraí. *É por isso* que você estava trabalhando no hotel? — Eu me lembro de flagrá-la com o uniforme branco empurrando o carrinho, dentro dele a roupa de cama para lavar, salpicada de sangue. — Os lençóis — digo —, com o sangue...

Minha mãe dá de ombros.

— Ah, bem. Sim... Eu estava indo... entregar uma mensagem quando esbarrei com você.

Minha cabeça gira quando me lembro daquela noite na floresta, com Delilah, há muito tempo. A pena preta na mesa.

— E o velho? O lorde Meadows?

— Nós simplesmente fizemos uma visita a ele... ou duas. Sabe o que dizem sobre consciência pesada. Vai saber... talvez exista mesmo essa história de morrer de medo.

O rosto de Francesca Meadows naquela noite. Os olhos encarando, a boca gritando...

— Isso... — Minha mãe ostenta a luva preta agora como se fosse mais que apenas uma luva, o que suponho que seja. — *Isso* me deu um propósito. Quando coloco a máscara e a capa, me sinto diferente. Me sinto poderosa. Maior do que eu mesma.

Suas palavras pairam no silêncio por um bom tempo. Sinto que ela está me observando, mas não consigo olhar nos olhos dela.

E, de repente, ouço um som vindo lá de baixo — outra gargalhada do meu pai.

Minha mãe dá um passo para a frente e coloca as mãos em meu ombro. Finalmente, consigo levantar meu olhar para encará-la.

— Essa risada — diz ela. — Você entende o milagre que é isso? Achei que nunca mais veria seu pai feliz. Finalmente, *finalmente*, nossa família pode começar a se curar. E Tome também. Livre de uma parasita mortífera. Porque os Pássaros são como a natureza. E a natureza sempre dá um jeito.

Ela segura meu rosto com as duas mãos.

— Ah, meu menino amado. Não chore. Por favor, não chore.

Fico aqui no escuro e no silêncio com apenas as estrelas me contemplando. E eu entendo o que minha mãe disse sobre se tornar alguém — algo — diferente. Entendo, pois senti a mesma coisa naquela noite.

Mas, mesmo assim, eu a matei. Também sei disso. Sinto como se houvesse um machucado profundo dentro de mim, que ninguém mais pode ver. Apesar de tudo o que minha mãe falou sobre cura, não sei se — ou como — vou me recuperar disso. Provavelmente nunca.

Mas eu faria isso de novo, se tivesse a chance de voltar no tempo? Sim. Eu acho que sim.

BELLA

Dou um gole na minha cerveja, em cima do balcão pegajoso do bar, e escuto a proprietária conversando com os dois clientes assíduos nas banquetas ao lado.

— Ouvi dizer que o inquérito descobriu que também tinha no organismo dela, a mesma coisa que as outras pessoas — diz o homem dois bancos adiante. — Então ela estava dirigindo drogada e teve uma *bad trip*, uma alucinação, ou algo assim. Correu para além do penhasco e desapareceu.

Nem Francesca Meadows conseguiria sair dessa.

Nunca consegui a confissão que me fez vir até aqui. O alívio por quinze anos de culpa corrosiva e que mudou a minha vida. Mas talvez fosse uma esperança ingênua. A verdade é que as pessoas não mudam assim, mesmo disfarçando com um papinho de bem-estar e linho branco.

Mas não foi a minha absolvição que me trouxe até aqui, sei disso agora. Fui trazida até aqui por causa da mulher — da mãe — enterrada em uma cova sem marcação na floresta de Tome. Engraçado. Já que foi a própria Francesca que disse que eu não tinha um propósito. E, nos últimos quinze anos, ela esteve certa. Mas, ao voltar para cá, eu encontrei um. Consigo olhar minha filha nos olhos agora. Talvez eu nunca me recupere por completo, mas posso passar algo melhor para ela.

É hora de me despedir deste lugar. É por isso que estou de volta esta noite. Daqui uma hora, vou encontrar Jake Walker para dar uma volta no caminho do penhasco, pelos velhos tempos. Só duas pessoas se reunindo brevemente, enfim livres das sombras do passado.

Mas, antes, preciso de uma dose de coragem. Já faz tempo — muito tempo. Dou outro gole na cerveja e volto a prestar atenção na conversa do bar.

—Você com certeza soube o que o velho Tate anda falando, né? — diz o homem mais perto de mim. — Ele jura de pés juntos que foram *eles*...

— Graham Tate não conseguiria nem dizer onde termina uma garrafa de Bell's e começa outra — diz a dona do bar, interrompendo-o. — Então me desculpe por desconfiar das histórias dele. Além disso, se quer saber, o próprio filho dele testemunhou que a viu colocando fogo no lugar. Incendiar o próprio hotel... Se isso não é estar doidona de drogas, não sei o que é.

Com Hugo e Oscar Meadows sufocando lá dentro. Até para ela isso passou dos limites.

— Claro... — diz o homem mais perto, se virando para o companheiro com a sobrancelha franzida (e talvez um toque de empolgação). — Você viu o corpo, cara.

—Vi. — Seu companheiro de copo dá de ombros. — Chegando da pesca da manhã. Negócio horrível. Eu não era fã daquele lugar nem daquela família, mas não desejaria aquele fim para ninguém.

— Ah, e você soube do filho pródigo? Um policial, veja só! Achei que nunca mais fôssemos ver a sombra de Jake Walker. Esse vai ser um Natal em família estranho.

— Shh. — O outro homem dá uma cutucada nele. — A mãe dele está aqui hoje, olhe.

Sigo o olhar deles até a mesa comprida no fundo. Uma mesa de mulheres, um tanto destoante nesse espaço relativamente masculino. A maioria de uma certa idade (muitos cabelos grisalhos, algumas raízes sem retoque), conversando em um murmúrio baixo e respeitável.

Agora que olho com atenção, reconheço dois rostos. A loira, a mais jovem entre elas, não era a gerente do Solar? E aquela...? Sim, estou vendo o colarinho clerical: a vigária que conheci na cruz da cidade. A dona do bar sai de trás do balcão com uma bandeja de bebidas e a coloca na mesa com um coro de satisfação. Ela puxa uma cadeira para se juntar às outras.

O primeiro homem se vira de volta. Dá de ombros e toma um gole de sua cerveja.

— Qual é a dessas esquisitas aqui hoje à noite? Parece que invadiram o lugar.

AGRADECIMENTOS

Por onde eu começo? Muitas pessoas dedicadas e criativas ajudaram este livro a se concretizar, e não consigo expressar quão grata sou a todas elas. Porém, acho que preciso começar com a inigualável equipe editorial formada por Kate Nintzel, Kimberley Young e Charlotte Brabbin, por trabalharem TANTO: incansavelmente, rapidamente... e, principalmente, com muito bom-humor. Nenhuma dúvida ou pensamento maluco na madrugada eram pequenos ou aleatórios demais, e vocês encararam com a maior naturalidade todas as minhas correções de última hora e todos os meus questionamentos. Obrigada. Sou muito grata a todas vocês, e nunca me pareceu tão injusto só haver um nome na capa!

Em seguida, às minhas agentes literárias dos sonhos, Cathryn Summerhayes e Alexandra Machinist. Vocês são *rock stars* — tão determinadas, brilhantes e divertidas! Obrigada às duas pela sabedoria sem igual, inteligência e instintos impecáveis. Eu me sinto privilegiadíssima pela companhia de vocês duas e por ser representada por ambas. Vamos à turnê!

Cath, obrigada especificamente por perambular em volta dos vulcões islandeses comigo quando estava superdoente e por me resgatar no meio dos cruzamentos de Los Angeles. Eu amo cada momento de trabalho (e de planejamento!) com você.

Alexandra, obrigada pelos almoços com drinques no Soho, conversas e fofocas fabulosas. Quero ser que nem você quando crescer.

Para o glorioso Jason Richman. Todo mundo dizia maravilhas sobre você antes de eu te conhecer, e agora sei o motivo — você é uma ótima companhia, além de brilhante no que faz. Trabalhar com você esse ano foi incrível! E que venha mais!

Para Katie McGowan e Aoife MacIntyre, obrigada por todo o trabalho incansável para encontrar lares para os meus livros no mundo todo!

Para Annabel White e Jess Molloy, obrigada por todas as coisas que vocês fazem e pela alegria imensa e eficiência sem igual com que colocam tudo em prática! É sempre um prazer vê-las no escritório.

Para Annabelle Jansens, muito obrigada pelo trabalho árduo e por sua paciência com essa autora desorganizada e rebelde!

Para minhas maravilhosas assessoras de imprensa dos dois lados do Atlântico, Emilie Chambeyron e Eliza Rosenberry, obrigada pelo talento, empenho e energia de vocês, e por fazerem tudo com tanta graça e humor. É uma alegria trabalhar com cada uma de vocês de novo depois do hiato de um livro!

Obrigada à equipe de marketing dos sonhos: Sarah Shea, Abbie Salter, Vicky Ross, Kaitlin Harri e Amelia Wood — obrigada por acolherem este livro de forma tão calorosa e criativa... Espero que possamos nos divertir na divulgação! Drinques de canabidiol para todo mundo?!

Para a fabulosa Holly Martin — que emoção incrível e inesperada trabalharmos juntas... Vamos dar uma fugidinha para almoçar, começar a falar em códigos e deixar Al e Harry com ciúmes!

Para a brilhante Frankie Gray — obrigada por tomar as rédeas com tanta graça e confiança. Que maravilha nos reunirmos de novo... Garotas das manchetes para sempre.

Para as equipes espetaculares da HarperCollins dos EUA e do Reino Unido: Brian Murray e Charlie Redmayne, Liate Stehlik e Kate Elton, Roger Cazalet, Tom Dunstan, Bethan Moore, Emily Scorer, Ben Hurd, Fionnuala Barrett, Sophie Waeland, Jennifer Hart, Kelly Rudolph, Maya Horn, Jeanne Reina, Andrea Molitor, Pam Barricklow, Jessica Rozler, Michele Cameron, Marie Rossi, Rhian McKay e Linda Joyce. Obrigada por todo o trabalho árduo e por acreditarem em mim e nos meus livros!

Para a maravilhosa e imensamente talentosa Anna Barrett, do The Writer's Space, pela leitura editorial tão sensata, incisiva e incentivadora. Vocês podem contatá-la em: www.the-writers-space.com.

Para Graham Barlett, por sua brilhante expertise sobre a polícia — quaisquer erros (e uma pequena pitada de licença artística!) que eu tenha cometido nos trechos do investigador de polícia Walker são de minha responsabilidade. Fico muito grata pela sua ajuda. E, leitores, confiram os livros de Graham — eles são fantásticos!

Para Jordan Moblo, por toda sua fé em mim e nos meus livros. Obrigada.

Para Juniper & La Follia, por tornarem grande parte do trabalho de escrever este livro tão deliciosa!

Para meus pais maravilhosos, Sue e Paddy, e meus fantásticos sogros, Liz e Pete, por todo o apoio, amor e ajuda com os pequenos!

Para os tais pequenos: meus menininhos engraçados e loucos, por preencherem minha vida com pura diversão.

Para Al. Eu realmente nem sei como começar a falar de você porque tudo começa e termina com você, meu coautor, meu primeiro leitor e sábio conselheiro, tudo ao mesmo tempo. Você segurou os bebês, acalmou minha ansiedade criativa e tocou as coisas. Tenho tanta sorte de tê-lo do meu lado, e vou registrar isso aqui no papel para que você não possa ignorar, fazer pouco caso ou careta! Obrigada, por tudo.

intrinseca.com.br

@intrinseca

editoraintrinseca

@intrinseca

@editoraintrinseca

intrinsecaeditora

1ª edição	FEVEREIRO DE 2025
impressão	LIS GRÁFICA
papel de miolo	LUX CREAM 60 G/M²
papel de capa	CARTÃO SUPREMO ALTA ALVURA 250 G/M²
tipografia	BEMBO